日本 古典 文學選

（上代・中古）

日本 古典 文學選

（上代・中古）

圖書出版　亦樂

◆ 머리말 ◆

　　일본 고전문학은 上代로부터 明治초기에 이르기까지 긴 역사의 흐름속에서 수많은 작품을 탄생시켜왔다.

　　본서는 이러한 작품을 구체적으로 음미하면서 각 작품이 오랫동안 많은 사람에게 향유되어온 까닭을 이해함과 동시에 문학사의 흐름까지 파악할 수 있는 자료를 만들어 보고자 시도되었다.

　　이러한 의도를 충분히 살리기 위하여 본문중에서는 시대별 문학사 흐름에 대한 상세한 해설과 함께 옛 사람들의 숨결이 살아있는 영인본 본문과 지도, 그림 등을 실었다. 또한, 각 작품의 흥미로운 부분을 주석으로 최대한 살렸으며, 주석 하나하나 마다 기존 주석을 토대로 새로운 해석을 시도해 보았다. 이 과정에서 대학생 뿐만 아니라 일반인도 쉽게 이해할 수 있도록 기술하는 한편, 대학원 전공자 및 연구자에게도 도움을 제공하고자 최근의 연구 동향과 연구문헌 목록명 등, 유익한 정보도 한 눈에 알아볼 수 있게 하였다.

　　그럼에도 불구하고 부적합한 부분이나 미흡한 부분이 많은 줄로 알며 이점에 대해서는 아낌없는 질정을 바라는 바이다.

　　끝으로 이 책을 펴내는데 도움을 주신 亦樂 出版社 여러분께 심심한 사의를 표하는 바이다.

1999년　　8 월 20 일
저 자

凡例

1.본문은 歷史仮名遣い를 원칙으로 함. 『今昔物語集』는 원문. 단 주석에
  는 現代仮名遣い를 원칙으로 함.
2.読み仮名는 歷史仮名遣い.
3.해설 I 은 활자본(번각본) II 는 영인본 III연구문헌목록명. 각각 가장
  최근의 책이나 논문을 표시한 것임.

목　차

上 代 文 学

(〜794년)

【1】

古事記

- 712년 -

太安万侶(?~723)

『古事記』는 상·중·하 3권으로 구성되어 상권 머리에 서문(序文)이 있다. 서문은 3단으로 나누어지는데 1단에는 천지개벽부터 역사를 회고하고 2단에는 天武천황(?~686년)이 壬申の乱(672년)을 평정하여 즉위한 영웅으로 帝紀(역대 천황의 이름과 황비·자녀들을 비롯하여, 중요 사적·능에 이르는 계보를 중심으로 기록)와 旧辞(신화·전설·가요 등의 전승)의 선록(選録)을 기도했다는 것을, 그리고 3단에는 元明천황(661~721년) 때에 이르러서『古事記』가 완성되었다는 것을 기술하고 있다. 원문은 四六騈麗体(넉 자, 여섯 자의 대구(対句)로 쓴 한문의 한 체)의 한문체이다. 이 서문에 의하면『古事記』는 天武가 稗田阿礼(생몰년 미상)를 시켜 帝紀와 旧辞를 암송케 하였으나, 天武의 죽음으로 완성되지 못하였다가, 元明가 太安万侶에게 稗田阿礼가 암송하는 帝紀와 旧辞를 문서로 만들어 봉헌하도록 하므로서 완성에 이르렀다는 것이다. 그리고 이들 帝紀와 旧辞를 정리하는 목적은 천황 체제에 역행하는 기록을 수정하여 올바른 역사를 후세에 전해야 한다는 것에 있다는 것도 명기하고 있다. 따라서『古事記』는 단순한 신화, 전설, 전승의 차원을 넘어서 정치적 의도까지 포함된 어떤 창작 의식에 의한 고도로 윤색된 창작물이라 할 수 있다. 표기에 있어서도 당시 유일한 표기법인 한

문으로는 일본 고대사를 기술할 수 없다며, 太安万侶의 독창적인 문자 표기가 시행되어 있어,『古事記』의 창작성은 표기면에서도 논의될 수 있다.

　상권은 천지개벽부터 시작하는 신화, 중권은 초대 神武천황부터 応神천황까지의 3~4세기, 하권은 仁徳천황부터 推古천황(554~628년)까지의 5~6세기를 기술한다. 전권에 걸쳐 펼쳐지는 수많은 신화 및 전설은 문학 뿐 만 아니라 신화학, 비교문학, 민속학, 고고학에 이르는 여러 문학에서도 연구 대상이 되어 있어 학문적 흥미를 충분히 제공해 준다. 그리고 太安万侶의 집필은, 어떤 정치적 목적으로 편성 작업이 시작된『古事記』를 사상서 혹은 역사서의 차원을 넘어서 문학 작품의 차원까지 그 위상을 높였다.

Ⅰ新編日本古典文学全集1古事記. 山口佳紀·神野志隆光. 小学館. 1997.6.
Ⅱ小島憲之. 国宝真福寺古事記. 桜楓社. 1978.
Ⅲ梅田徹他. 参考文献案内. 別冊国文学　No.49　古事記日本書紀必携. 學燈社. 1995.11

【本文1-1】

天地初めて 發れし時、 高天原に成れる神の名は、 天之御中主 神[高の下の天を訓みて阿麻といふ。下これに效へ]、次に 高御産巣日神、次に 神産巣日神。此の 三柱 の神は並 独 神と成り坐して身を隠したまひき。

　次に 国稚く浮べる 脂 の如くして、 くらげなすただよへる時、 葦牙の如く萌え騰る物に因りて成れる神の名は、 宇摩志阿斯訶備比古遅神、次に 天之常立 神[常を訓みて登許といひ、立を訓みて多知といふ]。此の二柱 の神も亦 独神と成り坐して、身を隠したまひき。

　上の件の五柱 の神は 別天つ神。

　次に 成れる 神の名は、国之常立神[常・立を訓むことも上のごとし]、次に 豊雲野神。此の二柱 の神も亦 独神と成り坐して、身を隠したまひき。次に 成れる 神の名は、 宇比地迩神、次に 妹須比智迩神。次に 角杙 神、次に 妹活杙 神[二柱]。次に 意富斗能地神、次に 妹大斗乃弁神。次に 於母陀流神、次に 妹 阿夜訶志古泥神。 次に 伊邪那岐神、次に妹伊邪那美神。

　上の 件 の国之常立神より以下、伊邪那美神以前を、并せて 神世七代と称ふ[上の二柱 の 独神はおのもおのも一代と云ふ。次に双へる十はしらの神はおのもおのも二はしらの神を合せて一代と云ふ。]

原文　　天地初發之時、於高天原成神名、天之御中主神[訓高下天云阿麻。下效此]、次高御産巣日神、次神産巣日神。此三柱神者亦獨神成坐而、隱身也。次國椎如浮脂而、久羅下那州多陀用弊流之時[流字以上十字以音]、如葦牙因萌騰之物而成神名、宇摩志阿斯訶備比古遲神[此神名以音]、次天之常立神[訓常云登許。訓立云多知]。此二柱神亦獨神成坐而、隱身也。

　上件五柱神者別天神。

　次成神名、國之常立神[訓常立亦如上]、次豊雲(上)野神。此二柱神亦獨神成坐而、隱身也。次成神名、宇比地邇(上)神、次妹須比智邇(去)神[此二神名以音]。次角杙神、次妹活杙神[二柱]。次意富斗能地神、次妹大斗乃辯神[此二神名亦以音]。次於母陀流神、次妹阿夜(上)訶志古泥神[此二神名皆以音]。次伊邪那岐神、次妹伊邪那美神[此二神名亦以音如上]。上件自國之常立神以下、伊邪那美神以前、并稱神世七代[

上二柱獨神各云一代。次雙十神各合二神云一代也]。（상권）

【注釈1-1】

1)「発」의　훈독에는　ヒラク(大系・全集本)설,　オコル(集成本)설이　있음.　ア
　ラハル의　훈독　예는『黒板本金剛般若集験記(くろいたぼんこんごうはん
　にゃしゅうげんき)』『古文尚書(こもんしょうしょ)』등에　있음.
2)本居宣長(もとおりのりなが)는「天(あま)つ神(かみ)」의　거처,　즉　하늘이
　라고　하여,　西郷信綱(さいごうのぶつな)는　지상의　왕권　정통성이　신화적
　으로　유래한다고　생각하였던　천상에　있는　타계(他界)라　했다.
3)하늘의　중심에　계시는　신.
4)高天原(たかまがはら)계통　신화의　최상의　신.「タカミ」는　칭송하여　아름
　답게　부른　호칭,「ムス」는　생성의　뜻이지만,　祝詞(のりと)에서는　神魂(か
　むむすひ)　등과　같이　신의　이름에　魂(むすひ)라는　이름이　있어,　단순히
　물질을　생성한다는　의미뿐만　아니라,　모든　사물을　존재케　하는　영적(霊
　的)인　생성력을　의미한다.　그래서「ムスヒ」라는　이름을　가진　신은　고대
　부터　오늘날에　이르기까지　각지의　수많은　신사에　모셔져　있다.
5)「カム」는　칭송하여　아름답게　부른　호칭.　出雲(いずも)계통　신화의　최상
　의　신.　平田篤胤(ひらたあつたね)는　여신이라고　주장.　이　신은,　神産御巣
　日御祖命(かむむすひみおやのみこと)라는　다른　이름으로　3번　등장하지만
　「オヤ」가　모친을　의미하는　경우가　많다.
6)숫자　3은　5・7과　함께　중국의　성수(聖数)관념에　의함.「ムスヒ」의　두　신
　은　일본　고유　신앙의　대상이었지만,　거기에　관념적인　신인「天之御中主神
　(あめのみなかぬしのかみ)」를　등장시켜　삼극구조를　구성.　하늘을　중심으
　로　하여,　高天原(たかまがはら)계와　出雲(いずも)계의　신들이「ムスヒ」라
　는　두　신에게　집약되고,　대치되기　때문이다.
7)이야기의　뒤에　등장하는　짝을　이룬　남녀　신에　대치되는　단독신을　말함.
8)사람이　사는　토지,　그것이　아직　새로이　생겨　얼마　지나지　않은.
9)해파리와　같이,　즉　줏대　없는　것처럼.
10)갈대　싹이　불에　타오르는　것　같이　위세　좋게　자라나는.
11)「ウマシ」는　칭찬하는　말.「ヒコヂ」는　남자의　존칭.　뒤의「葦原中国
　　(あしはらのなかつくに)」탄생을　암시하는　이름.
12)뒤의「国之常立神(くにのとこたちのかみ)」에　대응하는　신.
13)高天原(たかまがはら)의　신들을　天(あま)つ神(かみ)라고　말하지만,　그　안

에서도 특별한 신을 말함.

14)국가의 영원성을 의미하는 신의 이름.『日本書紀(にほんしょき)』에서는 이 신을 첫 번째로 등장시켜 중시하고 있다.

15)「トヨ」는 칭송하여 아름답게 부른 호칭. 국토가 형성되는 전 단계를 신성하게 표현한 이름일 것이다. 이 부분까지가 홀로 존재 하는 신, 이하는 짝을 이룬 남녀신.

16)두 신,「ヒヂ」는 진흙,「ニ」는 흙을 의미.「ウ」와「ス」는 발음상으로 대우(対偶)의 형태를 취하기 위한 것.

17)本居宣長(もとおりのりなが)는,「イモ」를 부부든지, 형제든지, 다른 동지이든 간에, 남녀가 일대일의 관계가 될 때 그 여자를 가리킨다 함.

18)「ツノ」는「角(つの)ぐむ」로 싹튼다는 의미.「イク」는 태어난다는 의미.「クヒ」는 말뚝으로, 땅 속의 뿌리에서 지면으로 나온 그루터기를 의미 함. 지상에서 생명이 형태를 갖춰가는 것을 의미하는 이름.

19)두 신 이름의「ヂ」와「ベ」는 남자와 여자를 나타냄.「オホ」는 큰,「ト」는 남녀의 음부를 의미 함. 국토가 생성되어, 그곳에서부터 생명이 형성되고, 남녀의 생식기가 형성되어져 감.

20)「オモ」는 얼굴,「ダル」는 족하다. 즉 용모가 만족스럽다는 뜻으로, 몸이 제대로 갖춰져 아름다워지는 것을 칭찬하는 말.

21)「アヤ」는 감동사.「カシコ」는 송구하다는 의미. 이 두 신은, 지금까지와 같이 어떠한 형상으로의 신격화가 아닌, 남녀 신이 서로 그 형상이 멋있다라고 하는 회화가 신의 이름이 된 것임.

22)두 신의「イザ」는「誘(いざな)う」의「イザ」, 상대의 행동을 유도할 때의 말.「ノ」는 '의'.「キ」와「ミ」는 남자와 여자 신인 것을 나타냄. 이 두 신은, 성숙한 남녀로서, 서로 유혹하는 말을 그 이름으로 대신함.

23)주6 참조.

[참고] 천지가 갈라지기 시작했을 때부터, 5개의 別天(ことあま)つ神(かみ)의 출현에 이어, 7대(代) 12신이 탄생한다. 이 장면에 이어서 伊邪那岐神(いざなきのかみ)·伊邪那美神(いざなみのかみ)가　天之御中主神(あめのみなかぬしのかみ)를 맞대고 돌아 만나 결합한 후 일본 국토를 창출하는 장면이 묘사된다. 즉 우주의 기원보다는 국토와 생명의 기원에 관심이 있었음을 알 수 있다. 그리고 그 해답은 하늘을 중심으로 이루어지는 남녀의 사랑에 있다고 감지한 것이다.

【本文1-2】

又昔、新羅の国王の子有り、名は[1]天之日矛と謂ひき。是の人参渡り来たり。参渡り来つる所以は、新羅国に一つの沼有りて、名は[2]阿具奴摩と謂ふ。此の沼の辺に一の賎しき女昼寝したり。是に[3]日の耀虹の如く其の[4]陰の上を指しき。亦一の賎しき夫有りて、其の状を異しと思ひて、恒に其の女人の行を伺ひき。故、是の女人、其の昼寝せし時より妊身みて、[5]赤玉を生みき。而に其の伺へる賎しき夫、其の玉を乞ひ取りて、恒に裹みて腰に著けたり。此の人、田を山谷の間に営れり。故、[6]耕人等の飲食を一つの牛に負せて山谷の中に入るに、其の国主の子天之日矛に遇逢へり。而に其の人に問ひて曰はく、「何しかも汝は飲食を牛に負せて山谷に入る。汝は必ず是の[7]牛を殺して食はむ」といひて、即ち其の人を捕へて[8]獄囚に入れむとす。其の人答へて曰はく、「吾は牛を殺さむとには非ず。唯田人の食を送るにこそ」といひき。然れども猶赦さざりき。而に其の腰の玉を解きて、其の国主の子に[9]幣しつ。故、其の賎しき夫を赦して、其の玉を将ち来て床の辺に置きしかば、即ち美麗しき嬢子に[10]化りぬ。仍りて婚ひて[11]嫡妻と為き。而に其の嬢子、常に種々の[12]珍味を設けて、恒に其の夫に食はしめき。故、其の国主の子、[13]心奢りて妻を罵るに、其の女人の言はく、「凡そ吾は汝の妻と為るべき女に非ず。吾が[14]祖の国に行かむ」といひて、即ち窃に小船に乗りて逃遁げ渡り来て、難波に留まりき［此は難波の比売碁曾の社に坐す阿加流比売と謂ふ神なり］。

是に天之日矛、其の妻の遁げしことを聞きて、乃ち追ひ渡り来て、難波に到らむとする間に、其の渡の神塞へて入れざりき。故、更に還りて多遅摩国に泊てき。即ち其の国に留まりて、多遅摩之俣尾の女、名は前津見に娶ひて生める子、多遅摩母呂須玖。此の子、多遅摩斐泥。此の子多遅摩比那良岐。此の子、多遅麻毛理、次に多遅摩比多詞、次に清日子［三柱］。此の清日子、当摩之咩斐に娶ひて生める子、酢鹿之諸男、次に妹菅竈由良度美。故、上に云へる多遅摩比多詞、其の姪由良度美に娶ひて生める子、葛城之高額比売命［此は息長帯比売命の御祖］。故、其の天之日矛の持ち渡り来し物は、玉津宝と云ひて、珠二貫、又振浪ひれ・切浪ひれ・振風ひれ・切風ひれ、又奥津鏡・辺津鏡、并せて八種なり［此は伊豆志の八前の大神なり］。（중권）

【注釈1-2】

1)「矛(ほこ)」는 쌍방에 칼을 꽂은 창과 비슷한 무기인데, 고대 제사의 도구. 제사에 쓰이는 도구를 신격화한 이름.

2)일자(一字) 일음(一音)으로 기술한 것은 이국적 분위기를 연출하기 위한 표기. 뜻과 장소는 미상.

3)일광(日光)감정(感精)설화라 불리고 『삼국유사』에서도 볼 수 있고 중국의 『史記(しき)』에는 순(舜)의 탄생도 모친이 무지개를 보고 임신하였다고 함.

4)여성의 음부.

5)「虹(にじ)」의「ニ」는 丹(に=빨간)와 같은 음.

6)농사일을 하는 사람.

7)『日本霊異記(にほんりょういき)』중권　제5에는　聖武(しょうむ)천황　때 어떤 돈 많은 사람이 이방 신의 재앙을 피하기 위해, 이방 신에게 소를 제물로 바쳤다는 이야기가 있다.

8)감옥.

9)일반적으로는 선물 또는 신께 바치는 제물인데 여기서는 뇌물.

10)일종의 난생(卵生) 설화.『삼국사기』중 신라 시조 설화에 혁거세가 알로 태어난다는 이야기가 있다. 알에서 태어난 처녀는 나중에 신이 되므로 신혼(神婚) 설화적 성격을 지니고 있다. 또 이것과 유사한「床(とこ)の辺(べ)に置(お)けば, たちまちに麗(うるは)しき荘夫(をとこ)に成(な)りぬ」라는 기술이 神武(じんむ)천황이 황후를 찾는 기사에서 볼 수가 있는데, 이것은「丹塗矢(にぬりや=빨갛게 칠한 화살)」가 훌륭한 남자로 변하는 이야기이고「丹塗矢(にぬりや)」전설임으로 역시 신혼 설화이다.

11)정실.

12)맛이 있는 음식.

13)오만하여서 아내에게 욕설을 했다는 이야기는 『丹後国風土記逸文(たんごのくにふどきいつぶん)』에서도 볼 수 있다.

14)조상.

15)大阪市(おおさかし)와 그 부근. 당시에는 해안이었다.

16)住吉大社(すみよしたいしゃ)의 지사. 神功(じんぐう)황후가 신라를 정벌하여 住吉大神(すみよしだいじん)으로 하여금 신라를 지키는 사명을 주었다. 住吉大神(すみよしだいじん)은 신라계 귀화 씨족이 모셨던 신.

17)해협의 신.

18)兵庫県(ひょうごけん)　동해쪽　해안.「天之日矛(あめのひほこ)」는　大阪(おおさか)만에서 배로 瀬戸内海(せとないかい)를 뒤돌아서 동해 쪽으로 이동한 셈.

19)「垂仁紀(すいにんき=『日本書紀(にほんしょき)』垂仁(すいにん)천황　때의 기록)」에는 부친과 딸이 반대로 기술 됨.

20)「垂仁紀」에는 但馬諸助(たじまのもろすけ)라 함.

21)미상.

22)미상.

23)『古事記(こじき)』「垂仁(すいにん)단」에 천황의 명령을 받아 常世国

(とこよのくに)에 가서 橘(たちばな)의 열매를 가지고 온 사람으로 三宅連(みやけのむらじ)의 조상이라 함.

24)이하 「由良度美(ゆらとみ)」까지 미상.

25)『古事記(こじき)』「開花(かいか)」단에 「息長氏(おきながうじ)」의 시조「息長宿弥王(おきながのすくねのみこ)」와의 사이에 「息長帯比売命(おきながたらしひめのみこと)」를 낳았다는 족보의 기술이 이미 나옴.

26)『古事記』「仲哀(ちゅうあい)단」에서 신라를 정벌한 神功(じんぐう)황후.

27)모친.

28)신령을 담은 옥.

29)많은 구슬을 꿰뚫어 실로 묶은 것 두 개.

30)이하 두가지 것은 파도를 일으키거나 잠잠하게 하는 주술적인 힘을 가진 천.

31)이하 두가지 것은 바람을 일으키거나 잠잠하게 하는 천.

32)사람들이 이하 두가지 거울에는 항해의 안전을 지켜주는 힘이 있다고 믿고 두가지 거울을 먼바다와 해안에 모셨다.

33)兵庫県(ひょうごけん) 出石町(いずしちょう)에 있는 出石神社(いずしじんじゃ).

〔참고〕「日矛(ひぼこ)」는 신라 왕의 아들이며 처를 쫓아 일본에 도래하였다. 그의 몇 대 후손으로 신라 정벌의 주인공인 神功(じんぐう)황후가 태어난다. 또 「日矛」의 처는 신라 정벌에 공노가 있던 住吉大神(すみよしだいじん)의 자신(子神)이다. 이 이야기는 「日矛」와 관계된 것으로, 즉 신라계 도래인을 천황가(家) 및 궁정 세력과의 동화를 지향하기 위해 만들어진 것으로 생각되어진다.

【2】

日本書紀

- 720년 -

舍人親王(?~735)

天武천황(?~686년) 재위 10년(681년) 기사에 川嶋황태자(657~691년)를 비롯하여 12명의 황족과 귀족을 소집하고 帝紀 등을 기록하게 하였다는 기록이 있다. 그로부터 40년 후 완성, 당시의 편자 대표는 舍人親王이다.

전 30권. 권1·2는 神代 상·하이며 이하 神武천황부터 持統천황(645~702년)까지를 편년체로 묶었다. 원래는 계도 한 권이 더 있었다고 한다. 神代紀는 단락마다 「一書二日ハク」라고 하여 내용이 다른 전설을 기술하고 있다. 권3 神武 이하는 천황의 계통·성행·소재지·후비·황자녀(皇子女)에 관한 기술과 재위 중의 사적을 기록, 승하 때의 연령과 능의 소재를 기술하는 것이 기본 형식이다.『古事記』와는 달리 정식 한문체이며, 중국 전적의 표현을 인용한 수식을 사용하고 있다. 대외적으로도 자신 있게 내놓을 수 있는 서적을 작성하는데 편찬 의도가 있었던 것으로 생각되어 진다.

또『古事記』와는 다른 자료를 보존 제공하여, 독자적 전설·설화·가요(128수)를 전하고있다. 성립 직후부터 조정에서는『日本書紀』에 관한 강의가 실시되었고 그 강의 노트는 「私記」라고 불리며 전해져 왔다. 鎌倉시대에는 이것을 집대성한『釈日本紀』가 편찬되기도 하였다.『古事記』보다 널리 유포되어 고대어 자료로서도 그 가치가 있다.

『日本書紀』의 연구는 성립 직후부터 궁정에서의 강독을 시작으로 예로부터 다양한 각도에서 이루어져 왔다. 그러나 시대에 따라서도 연구의 특정 경향이 있어 왔다. 특히 明治부터 大正, 昭和 20년(1945년)까지는 정치 상황 탓으로 연구 대상으로서는 금기시 되었다. 예를 들면, 津田左右吉(1873~1961년)는 황실의 존엄을 모독하였다는 이유로 기소되어 유죄 판결을 받았다. 1946년 이후 자유로운 연구가 가능하게 되어, 새로운 연구가 개척되는 한편, 발굴 조사의 진행으로 고고학적 지식과 견해를 얻는 등 학제적 연구에 의한 일본 고대사 연구가 발달하여『日本書紀』의 내용 이해에 새로운 방향을 제시하게 되었다.

Ⅰ新編日本古典全集2~4　日本書紀1~3. 小島憲之他. 小学館. 1994~
　1998.6.
Ⅱ石崎正雄. 天理図書館善本叢書　日本書紀1~3. 八木書店. 1983.5～ 9.
Ⅲ梅田徹他. 参考文献案内.　別冊国文学　No49　古事記日本書紀必携.
　學燈社. 1995.11

【本文2】
　　　神代 上

古 に天地未だ剖れず、陰陽分れざりしとき、渾沌れたること 鶏子の如くして、溟涬にして 牙 を含めり。其れ 清陽 なるものは、薄靡きて天と為り、重 濁れるものは、淹滞ゐて地と為るに及びて、精 妙なるが合へるは 搏 り易く、重 濁れるが凝りたるは 竭 り難し。故、天先づ成りて地後に定る。然して後に、神聖、其の中に生れます。 故曰はく、開闢くる 初 に、 洲壤の浮れ 漂 へること、譬

へば　游魚の　水上に浮けるが猶し。時に、天地の中に　一　物生れり。

状　葦牙の如し。便　ち神と化為る。　国常立尊　と号す。[至りて　貴

きをば尊と曰ふ。　自　余　をば命と曰ふ。　並　に美挙等と訓ふ。下皆

此に效へ。]　次に　国狭槌尊　。次に　豊斟渟尊　。凡て　三　の神ます。

　乾　道　独　化す。所以に、此の　純　男を成せり。

一書に曰はく、天地初めて判るるときに、一物虚中に在り。状貌言ひ

難し。其の中に自づからに化生づる神有す。国常立尊と号す。亦は

　国底立　尊　と曰す。次に　国狭槌尊　。亦は国狭立　尊　と曰す。次に

　豊国主尊　。亦は豊組野尊　と曰す。亦は豊香節野尊　と曰す。亦は浮

経野豊買　尊　と曰す。亦は豊国野尊　と曰す。亦は豊囓野尊　と曰す。

亦は　葉木国野尊　と曰す。亦は見野尊　と曰す。

一書に曰はく、古に国　稚しく地稚しき時に、譬へば　浮　膏　の猶く

して漂蕩へり。時に、国の中に物生れり。　状　葦牙の抽け出でたるが

如し。　此に　因りて化生づる　神有す。可美葦牙彦舅尊　と号す。次

に国常立尊。次に国狭槌尊。葉木国、此をば播挙矩爾と云ふ。可美、

此をば干麻時と云ふ。

一書に曰はく、天地混れ成る時に、始めて　神人有す。可美葦牙彦舅

尊　と号す。次に国底立尊。彦舅、此をば比古尼と云ふ。

一書に曰はく、天地初めて判るるときに、始めて俱に生づる神有す。

　国常立　尊　と号す。次に国狭槌尊。又曰はく、　高　天原に所生れま

す神の名を、天御中主 尊 と曰す。次に高皇産靈尊。次に 神皇産靈

尊 。皇産靈、此をば美武須毘と云ふ。

一書に曰はく、天地未だ生らざる時に、譬へば 海上 に浮べる雲の

根係る 所無きが猶し。其の中に一物生れり。葦牙の初めて埿の中に

生でたるが如し。便ち人と化為る。 国常立 尊 と号す。（권1）

【注釈2】

1)『古事記(こじき)』상권과 함께『日本書紀』권1·권2는「神代(じんだい)」
　라고 불린다.「神代」의 2권은 1단마다 우선 본문이 있고, 다음에 이전
　(異伝)을「一書(あるふみ)」로 시작되는 단락으로 기술한다.

2)빙빙 회전하여 형태가 정해지지 않은 모양.

3)계란. 형태가 정해지지 않은 것을 말함.

4)「三五歷紀(さんごれきき)」에「溟涬始牙(ほのかにきざしはじまり)」라
　하여 자연의 기(気)가 처음으로 생겼다는 뜻인데,『日本書紀(にほんしょ
　き)』는「溟涬而含牙(ほのかにきざしふふめり)」라 하여 자연의 기가 생
　기고 사물의 씨앗이 발생했다는 뜻이다. 일본 고대 전승에 갈대의 싹이
　트고나서 사물의 씨앗이 되었다는 전승이 있어,『日本書紀』가 중국 문
　장을 차용했다라기보다는 일본 신화에 맞게 한문을 섭취했다고 보아진다.

5)물질이 발생하는데 있어, 그 원인이 된 것.

6)맑고 양(陽)적인 것.

7)물이 사물을 덮어 굳은.

8)작고 미묘한 것.

9)이후부터 일본의 세계 기원 신화가 서술됨.

10)국토.

11)갈대의 싹. 牙(キバ)는 엄니. 형태가 싹을 연상시킴.

12)대지(大地)가 모습을 나타낸다는 의미.

13)한자의 읽는 법을 지정하는 기술.

14)신의 신성한 벼를 심는 귀중한 땅이라는 의미.

15)혼돈 되어 정착하지 못하고 떠도는 상태를 의미한다.

16)숫자 3은 중국에서 신성한 수로 여겼다.

17)양기. 앞의 세 신은 양기를 받아서 생성했다라는 의미.

18)전혀 음기를 받지 않은 순수한 남성이라는 의미.

19)「亦(また)は」이하는 말의 발음이 본디의 음에서 벗어나 달라짐으로서 생긴 이칭(異称).

20)혼돈 속에서 대지가 나타남이라는 의미.

21)「豊斟渟尊(とよくむぬのみこと)」의 발음이 본디의 음에서 벗어나 달라진 명칭.

22)「豊国野尊(とよくにののみこと)」로 부터「豊」을「葉木」와 서사(書写)가 겹쳐지는 중 생겨난 이름이 아닌가라고 생각된다.

23)국토가 생성되어 얼마 지나지 않을 때. 젊고 어린 것.

24)혼돈 되어 정착하지 못하고 떠도는.

25)「ウマシ」는 미칭(美称). 갈대의 싹을 신격화한 이름.

26)사람과 같은 형상을 한 신.

27)가공 천상세계에 실제 大和(やまと)를 반영하고 있다라는 것이 정설(定説).

28)하늘의 중앙에 있는 중심이 되는 신. 중국 사상에 있어서 하늘의 주재자(主宰者)인 천제의 관념으로부터 만들어진 신.『古事記(こじき)』에서는 최초의 신으로 나타남.

29)『古事記(こじき)』에 있어서는 高天原(たかまがはら)계의 최상의 신으로서 활약한다.

30)『古事記(こじき)』에 있어서는 出雲(いずも)계의 최상의 신으로서 묘사되고 있다.

[참고] 천지의 시작 및 신들의 탄생을 서술하고 있다. 본문은 혼돈하여 떠도는 것들 중에 갈대의 싹과 같은 것이 변하여「国常立尊(くにのとこたちのみこと)」가 되고, 그리고 나서「国狭槌(くにのさつち)」「豊斟渟(とよくむぬ)」이라는 세 신이 태어났다고 말함. 3은 중국에서 신성한 수(数)로 여겨짐으로 중국 사상이 반영되었다라고 생각하기 쉬우나, 원래 일본의 고대 전승에 있어서, 세계는 ①혼돈, ②대지, ③흙, ④생명의 출현이라는 네개의 요소로부터 생성해 간다라고 하는 사고(思考)가 있었다는 것을 추측할 수 있다.「一書(あるふみ)」도 제4를 제외하면 거의 같다.『古事記』는 신의 이름 표기 한자가 틀리지만,『日木書紀』의 제4「又曰(またいわ)く」이하와 같다. 첫 부분은 중국의『淮南子(えなんじ)』등의 옛 전승을 조합시켜 일반론으로서 제시한 것이다. 여섯 번째「一書(あるふみ)に曰(いわ)く」는 생략함.

【3】

風土記

- 성립시기미상 -

작자미상

　『続日本紀』에 713년 전국에 명하여 각 지방의 산물·지세·지명의 유래·노인들의 전승 등을 보고 편집하였다는 기록이 있는데 그것이 「風土記」였다고 생각되어 진다. 현존하는 것으로 완본은 出雲·常陸·播磨·肥前·豊後 다섯 지방의 「風土記」와 여러 책에 인용되어 있는 山城·大和·摂津·尾張 등 49개 지방의 逸文風土記 등이 있고, 그 중 상태가 완전한 것은 「出雲風土記」뿐이다.

　성립 연대는 「出雲風土記」가 733년이라는 것 이외에는 알 수 없다. 713년 천황의 지시 사항에는 다음 다섯 가지가 기록되어 있다. 즉 ①군향(郡郷) 등의 이름에는 한자 두 글자를 사용하도록, ②군내(郡内) 산물명을 명기하도록, ③토지가 비옥한지 아닌지를 명기하도록, ④산·강·평야의 이름과 그 유래를 기술하도록, ⑤노인들에게 전해오는 전설을 기술하도록 하고 있다. 「出雲風土記」만이 이 조건에 부합하고 있고 다른 風土記 逸文에는 ④⑤의 신화·전설들이 많이 기술되어 있다. 대표적 전설은 「出雲風土記」의 国引き전설, 「播磨風土記」의 三山전설, 「常陸風土記」의 童子女松原전설, 「逸文丹後風土記」의 浦島子전설, 比治山羽衣전설 등이다. 문체는 대부분 한문체, 가요는 이두와 비슷한 万葉仮名이다.

　각 지방에 전해온 설화와 가요, 그리고 近畿 지방을 중심으로한 황실 귀족에 의한 전래에는 다른 계통의 신화·전설을 접할 수 있어, 상대 지방 문화를 연구하기에 귀중한 자료가 된다.

　연구 업적에는 지시(地誌)를 중심으로한 연구 경향이 많고, 문학적 연구는 적은 편이다. 그러나 1985년에 드디어 風土記学会가 탄생하여 앞으로의 향방이 기대된다.

Ⅰ新編日本古典文学全集5 風土記. 植垣節也. 小学館. 1997.10
Ⅱ秋本吉徳. 古典資料類従38 出雲国風土記諸本集. 勉誠社. 1984
Ⅲ万葉七曜会. 上代文学研究年報1970～1993. 論集上代文学2～21. 笠
　間書院. 1961～1996

【本文3】

意宇の郡

　意宇と号くる所以は、国引きましし 八束水臣津野命、詔りたまひしく、「八雲立つ出雲の国は、狭布の 稚国なるかも。初国小さく作らせり。故、作り縫はな」と詔りたまひて、「栲衾、志羅紀の三埼を、国の余ありやと見れば、国の余あり」と詔りたまひて、童女の胸鉏取らして、大魚のきだ衝き別けて、はたすすき穂振り別けて、三身の綱うち挂けて、霜黒葛くるやくるやに、河船のもそろもそろに、国来、国来と引き来縫へる国は、去豆の 折絶より、八穂爾支豆支の御埼なり。此くて、堅め立てし 加志は、石見の国と出雲の国との堺なる、名は 佐比売山、是なり。亦、持ち引ける綱は、薗の長浜、是なり。亦、「北門の 佐伎の国を、国の余ありやと見れば、国の余あり」と詔りたまひて、童女の胸鉏取らして、大魚のきだ衝き

別けて、はたすすき穂振り別けて、三身の綱うち挂けて、霜黒葛くる

やくるやに、河船のもそろもそろに、国来、国来と引き来縫へる国は、

多久の折絶より、狭田の国、是なり。赤、「北門の農波の国を、

国の余ありやと見れば、国の余あり」と詔りたまひて、童女の胸鉏取

らして、大魚のきだ衝き別けて、はたすすき穂振り別けて、三身の綱

うち挂けて、霜黒葛くるやくるやに、河船のもそろもそろに、国来、

国来と引き来縫へる国は、宇波の折絶より、闇見の国、是なり。赤、

「高志の都都の三埼を、国の余ありやと見れば、国の余あり」と詔

りたまひて、童女の胸鉏取らして、大魚のきだ衝き別けて、はたすす

き穂振り別けて、三身の綱うち挂けて、霜黒葛くるやくるやに、河船

のもそろもそろに、国来、国来と引き来縫へる国は、三穂の埼なり。

持ち引ける綱は、夜見の嶋なり。堅め立てし加志は、伯耆の国なる

火神岳、是なり。「今は、国は引き訖へつ」と詔りたまひて、意宇

の社に御杖衝き立てて、「おゑ」と詔りたまひき。故、意宇といふ。

[謂はゆる意宇の社は、郡家の東北の辺、田の中にある墩、

是なり。囲み八歩ばかり、其の上に一もとの茂れるあり。]

【注釈3】

1)島根県(しまねけん) 북부.

2)『古事記(こじき)』에서는 須佐之男命(すさのうのみこと)의 사대 후손, 즉
　大国主命(おおくにぬしのみこと)의 조부. 出雲(いずも)지방의 선조적 위
　치에 있는 신.

3)힘차게 구름이 솟아올라 간다는 뜻. 出雲(いずも)의 枕詞(まくらことば).

4)형성 된지 얼마 안 되는 국토.

5)땅을 꿰매고 붙여서 영토를 확대하자.

6)닥나무로 만든 옷. 흰색이어서 「新羅(しらぎ)」를 수식하는 말.

7)「三(み)」는 명사에 붙어서 존경 혹은 정중의 뜻을 나타내는 접두어. 갑.

8)남아 있는 땅.

9)폭 넓은 가래를 칭찬하는 말. 젊은 여성의 넓은 가슴이 그 지방이 풍요로
  움을 나타낸다.

10)큰 물고기를 낚을 때 그 아가미를 봉망으로 찌르듯 땅을 가래로 찌르고.

11)가래로 땅을 떼고. 「はたすすき(=참억새)」는 「屠(ほふり=물리치거나 전
   멸시킴)」의 枕詞(まくらことば).

12)세개의 밧줄을 꼬아 합친 튼튼한 밧줄.

13)서리가 내린 덩굴풀 열매. 까매서 「繰(く)る(=감다, 당기다)」의 枕詞(ま
   くらことば).

14)감아 당기고 또 당겨.

15)느린 속도로 간다는 뜻으로 「もそろ(=살살)」의 枕詞(まくらことば).

16)살살.

17)平田市(ひらたし) 小津(こづ).

18)해안선이 구부러진 부분. 항구의 가장 깊숙한 곳.

19)八百土(やほに)라고도 쓰고 땅을 칭송하는 말.

20)大社町(たいしゃまち) 日御崎(ひのみさき).

21)말뚝. 여기서는 땅을 끌어당기는 밧줄을 거는 말뚝.

22)三瓶山(さんべさん).

23)神門郡(かんどぐん) 북부 해안 구릉지.

24)出雲의 동해쪽 항구.

25)大社町 鷺浦(さぎうら).

26)八束郡(やつかぐん) 鹿島町(かしまちょう) 講武(こうぶ) 부근.

27)鹿島町(かしまちょう) 佐陀本郷(さだほんごう) 부근.

28)八束郡(やつかぐん) 島根町(しまねちょう) 野波(のなみ).

29)松江市(まつえし) 手角(たすみ).

30)松江市 本庄町(ほんじょうちょう) 新庄(しんじょう).

31)北陸(ほくりく)지방의 옛 이름.

32)能登(のと)반도 북단 珠洲崎(すすみさき)일까?

33)美保関町(みほのせきちょう) 地蔵崎(じぞうざき).
34)鳥取県(とっとりけん) 境港市(さかいみなとし)에서 米子市(よなごし)까
   지 이어지는 弓ヶ浜(ゆみがはま). 夜見ヶ浜(よみがはま)라고도 함.
35)鳥取県(とっとりけん).
36)大山(だいせん). 표고 1729미터. 中国(ちゅうごく)지방에서 가장 높은 산.
   伯耆富士(ほうきふじ)라는 별칭이 있고 현재는 사화산.
37)네 번의 国引(くにび)き가 끝났다는 뜻. 첫 번째는 島根(しまね)반도 서
   부 돌출부. 두 번째는 중앙부에서 북으로 돌출한 곳. 마지막으로 동부
   돌출부. 반도의 특징적 돌출부 형성 과정이 완료된 셈.
38)특정 신사를 뜻하는 것이 아니고「意宇(おう)」의 땅 전체를 성스러운
   것으로 여긴 표현.
39)지팡이를 땅에 꽂고 점유권을 주장하는 행위.
40)가사(仮死) 상태를 뜻하는 瘁(をえ)와 통하는 말.
41)군청. 松江市(まつえし) 山代町(やましろちょう) 茶臼山(ちゃうすやま)
   남쪽이 유적지로 추정됨.
42)낮은 산.
43)주변.
44)우거진 한 개의 나무. 꽂은 지팡이가 뿌리를 내려 성장한 것.

[참고] 군 이름 유래의 구비 전승을 그대로 기술한 国引(くにび)き의 첫
번째와 마지막은 한반도 신라와 北陸(ほくりく)의 能登(のと)반도에서 땅을
밧줄로 끌어당겨 왔다고 기술하고 있는데, 이것은 그 지방에서 이민 온 사
람들이 있었음을 말한다.

【4】

懷風藻

かいふうそう

- 751년 -

찬자미상

近江朝(667~672년)부터 奈良朝(710~784년) 후기에 걸친 80년 이상의 오랜 기간의 시를 수록하고 64명의 약 120편을 모았다. 64명의 계층은 천황·황태자·관인·승·도래인 등으로 다양하지만 당시 지식인층에 한정되어 있고 또 이런 사실은 한시문이 궁정 문학으로 존재하고 있었다는 사실을 말하고 있다. 大友皇子(648~672년)·大津皇子(663~686년)·文武천황(683~707년)·藤原不比等(659~720년)·大伴旅人(665~731년)·長屋王(684~729년) 등이 유명하다. 이 중 大津皇子 大伴旅人 등 24명의 『万葉集』가인(歌人)도 있어 한문학(漢文学)과 和歌와의 교류를 단적으로 보여준다.

『懷風藻』의 시풍은 중국 육조기(六朝期)의 시의 영향을 받았고 또한 초기 당나라 시의 영향도 엿볼 수 있다. 시 형체는 오언시 109수, 칠언시 7수이며, 平安 초기의 칙찬(勅撰)한 시집이 칠언시를 주로 하는 것과는 대칭적이다. 구수는 8구의 시가 대단히 많아, 그 외는 4구, 12구, 10구의 순. 시는 대체로 4기로 나누어지는 시대순으로 배열되어 있다. 제1기는 近江朝. 이 시대의 100편 이상이 된다는 시는 壬申の乱(672년)의 병화에 의해 대부분 소실되어 大友皇子의 2수만이 남아 있다. 제2기는 壬申の乱 이후 和銅(708~715년)까지. 50여수의 시는 궁정을 중심으로한 것이 많다. 이후 長屋王 시대

를 제3기로 하고, 이때는 초기 당나라 시의 모방기로 보아지고 있다. 長屋王(ながやおう)는 壬申(じんしん)の乱(らん) 때의 공로자 高市皇子(たけちのおうじ)(654～696년)의 장자로서 정치상의 유력자임과 동시에 奈良朝(ならちょう) 시단의 후원자이기도 하였다. 長屋王(ながやおう) 사망 후가 제4기. 궁정에서의 시를 많이 수록한 가운데에서 작자의 심정을 토로한 石上乙麻呂(いそのかみのおとまろ)(?～750년)의 시 4수 등이 읊어지게 된 것은 上代詩(じょうだいし)의 진전이라 할 수 있다. 또한, 작품 전체로서는 중국 시를 흉내내는 형태를 벗어나지 못하지만 和歌(わか)가 후일 획득해야 할 것을 일찍이 중국 문학으로부터 섭취하면서 그것을 일본 문학 속에 정착시킨 점은 유의할 만하다.

Ⅰ日本古典文学大系69 懐風藻. 小島憲之. 小学館. 1964.6
Ⅱ없음.
Ⅲ万葉七曜会. 上代文学研究年報1970～1993. 論集上代文学2～21. 笠間書院. 1961～1996

【本文4-1】

　　　従二位大納言 大伴宿禰旅人　一首　年六十七

　　　　五言　初春 宴に侍す　一首

　　寛政 の 情 即に遠く、 迪 古の道 惟れ新し。

　　穆々四門の客、済々 三徳の人。

　　梅雪残岸に乱れ、 煙霞早春 に接く。

　　共に遊ぶ 聖主の沢、同に賀く 撃壌の仁。

原文

　寛政情即遠　迪古道惟新　穆穆四門客　済済三徳人

梅雪亂殘岸　煙霞接早春　共遊聖主澤　同賀撃壤仁

【注釈4-1】

1)무신(武臣)이며　가인(歌人).　『万葉集(まんようしゅう)』에　長歌(ちょう
　か)　한 수와　短歌(たんか) 66수, 서간 하나가 있음.

2)나라를 다스리는데 관대한 천황의 국민을 위하는 마음은 먼 옛날부터 이
　어져 왔고.

3)밟다. 따르다.

4)상고의 올바른 길.

5)베풀어주신 정도(政道)는 이제 새롭다.

6)사방의 궁문에서 찾아오는 손님.

7)보통 『中庸(ちゅうよう)』의 「知仁勇三者(ちじんゆうのみっつのものは)
　天下之達徳也(てんかのたつとくなり)」에 의해 지, 인, 용을 뜻함.

8)매화에 내린 눈은 무너진 강 둔덕에 난무하여.

9)안개가 이른 봄 하늘을 가로질러 길게 뻗쳐 있다.

10)천자의 은혜. 천황이 베풀어주는 연회에 참석할 수 있는 것을 뜻함.

11)중국 尭帝(ようてい) 때와 같이 천하태평하고 안락한 인심이 많은 정치.
　「撃壤」은 尭帝(ようてい) 때 백성들이 땅을 구르며 태평함을 노래하던
　고사를 말함.

〔참고〕大伴旅人(おおとものたびと)의　모친은　巨勢郎女(こせのいらつめ),
아들에 家持(やかもち)가 있다. 727년 太宰府(だざいふ)의 장관으로서 北九
州(きたきゅうしゅう)에 부임. 730년 大納言(だいなごん)가 되어 귀경할 때
까지 당시 筑前守(ちくぜんのかみ)였던 山上憶良(やまのうえのおくら)와 교
류하여 이른바 筑紫歌壇(つくしかだん)를　형성　하였다.『万葉集(まんよう
しゅう)』에는 70 수가 넘는 和歌(わか)가 실려 있다.

【本文4-2】

従四位下左中弁兼神祇伯　中臣朝臣人足　二首　年五十

五言　吉野 宮 に 遊ぶ　二首(そのうちの一首)

惟れ山にして且惟れ水、能く智にして亦能く仁。

万代埃無き 所 にして、一朝 柘に逢ひし民あり。

風波 転 曲 に入り、魚鳥共に 倫を成す。

此れの 地 は 即 ち 方丈 、 誰か説はむ桃源の賓。

原文

　惟山且惟水　　能智亦能仁　　萬代無埃所　　一朝逢柘民
　風波轉入曲　　魚鳥共成倫　　此地卽方丈　　誰說桃源賓

【注釈4-2】
1)中臣氏(なかとみうじ)는 고대 호족. 궁중 제사를 담당.
2)奈良県(ならけん) 吉野町(よしのちょう)의 별궁.
3)첫 번째와 두 번째 구는『論語(ろんご)』「子曰(しいわく) 智者楽水(ち
　しゃはみずをたのしみ) 仁者楽山(じんしゃはやまをたのしむ)」에 의한 표
　현. 대저 산은 인자가 또한 물은 지자가 즐겨 찾는 곳이라는 뜻.
4)吉野(よしの)는 예로부터 만대에 걸쳐 티끌도 없는 곳이므로.
5)우연히.
6)柘枝媛(つみえひめ)를 만난 사람이 있던 곳.『万葉集(まんようしゅう)』
　385,『続日本後紀(しょくにほんこうき)』소재「興福寺(こうふくじ)」승려
　의「長歌(ちょうか)」에서 개략이 추측되는「柘枝(つみえ)」전설이 있다.
　吉野川(よしのがわ)를 내려와 그물에 걸린 뽕나무의 일종「ツミ」의 가지
　를 美稲(うまし)라는 청년이 주웠는데, 그것이 여자가 되어 같이 살다가
　후일 하늘로 날아가 헤어졌다고 함.
7)바람 소리 파도 소리가 한층 고조되어 가는 곡조와 어울려.
8)함께 즐기다.
9)신선이 살고 있는 듯한 곳.『史記(しき)』진시황본기에 신선이 산다는 바
　다 속 섬이라 함.
10)새삼스럽게 누가 도원향에 다녀온 사람의 이야기를 할 것인가? 여기는
　도원향(桃源郷) 이상의 선경.「桃源(とうげん)의 賓(ひん)」는 陶淵明(と
　うえんめい)작『桃花源記(とうかげんき)』에 있는 고사.

　〔참고〕「山水仁智…」는『論語(ろんご)』의 사상이며 도원은 신선경이다.

持統朝(じとうちょう)에 吉野(よしの)로 수많은 행렬이 이루어져 吉野를 유
교적 성지로 인식하여 신선경으로 여겼다. 이후 吉野 유람 때의 시는 중국
육조기(六朝期)의 산수 유람 시의 형식을 거쳐 천황 찬미시로 정착했다.

【本文4-3】

従五位下大学助　背奈王行文　二首(そのうちの一首)　年六十二

五言　秋日　長　王が宅にして新羅の　客　を　宴　す

一首　賦して「風」の字を得たり

賓　を嘉みして　小雅を韻ひ、　席　を設けて　大同を嘉みす。

流　を鑒て筆海を開き、　桂　に攀ぢて談叢に登る。

盃酒　皆　月有り、歌声共に風を逐ふ。

何ぞ　専対の　士　を事とせむ、幸はくは　李陵　が弓を用ゐたまへ。

原文

嘉賓韻小雅　　設席嘉大同　　鑒流開筆海　　攀桂登談叢

盃酒皆有月　　歌聲共逐風　　何事專對士　　幸用李陵弓

【注釈4-3】

1)肖奈(しょうな)를 잘못 옮겨 쓴 것. 고구려계 도래 씨족.「新撰姓氏録(し
んせんしょうじろく)」에는 고구려왕 好台(こうたい=호태왕) 7대 후손 延
典(えんてん)왕의 후예라고 되어있음.『万葉集』권16, 3836에 한 수의 和
歌(わか)가 수록 됨.

2)長屋王(ながやおう). 天武(てんむ)천황의 손자. 奈良朝(ならちょう) 시단
의 후원자. 藤原氏(ふじわらし)에 의한 정치적 음모로 부인 자녀들과 자
결함.『日本霊異記(にほんりょういき)』등에서는 악령(悪霊)으로 묘사 되
기도 함.

3)이 연회에서 읊어진 것으로 추정되는 시가 약 10수정도『懐風藻(かいふ
うそう)』에는 더 있다.

4)사람이 모여서 서로 시를 읊을 때 옛 시문의 한 글자를 각자 분배받아 그 글자를 운자로 삼아 작시했는데 이 작자는 '風'자를 운자로 분배받았다.

5)손님을 기쁨으로 맞이하여.

6)『詩経(しきょう)』「小雅(しょうが)」에 사슴이 울 듯 손님을 기쁘게 맞이하는 주인공의 가요가 있음. 長屋王(ながやおう)가 신라에서 온 사람을 환영하는 자리에서『詩経(しきょう)』「小雅(しょうが)」를 읊고 평화를 경축했다는 뜻.

7)모든 나라가 평화로운 세상.

8)수류를 보고 크게 글 솜씨를 발휘 하다는 뜻.

9)長屋王(ながやおう)의 연회에서 활발한 담론에 참가한다는 뜻. 桂(かつら)는 귀인 즉 長屋王(ながやおう)를 가르킴.

10)연회 참석자의 손에 든 술잔에 달이 비치고 있는 것을 말함.

11)자신의 자유 의지로 한 나라와 교섭할 수 있는 사신(使臣)을 말함. 이 문장의 뜻은 '신라의 사신(使臣)이여, 임무에 구애받고 긴장한 모습은 이제 그만하고'.

12)바라옵거니와.

13)漢(かん)의 武帝(ぶてい)의 가신으로 활 솜씨가 뛰어난 무인(武人). 匈奴(きょうど)와 싸워 활이 떨어져 항복함. 이 문장은 '이릉(李陵)의 활 솜씨처럼 이 훌륭한 술을 마음놓고 즐기세요'라는 뜻.

14)「何事(なにごと)ぞ~幸(たの)み用(もち)いる」라고 한다면, 주12부터의 문장은 '신라의 사신이여, 활의 명수(名手)이면서도 적군에 투항한 이릉의 활처럼 그런 약한 활에 의지하다니 어쩐 일인가?'라고 해석할 수 있는데, 이것은 즉 '시문을 짓는 이 자리에서 한 수도 읊지 않고 있다는 것은 시 솜씨가 없다고 항복하는 것과 같아, 어서 시를 읊어보라'라는 뜻. 또한 더 나아가 '이릉처럼 일본에 종속 하라'라는 뜻으로 해석하는 설도 있다.

[참고] 당시의 실력자이자 문예를 사랑하여 후원자의 역할을 한 長屋王(ながやおう)를 중심으로 신라의 사신과 함께 시를 주고받는 자리가 있었고 그 자리에서 읊어진 시가 10수『懐風藻(かいふうそう)』에 실려 있다는 것은 당시 일본과 주변 국가와의 관계를 생각하는데 주목할 만 하다.

【5】

万葉集
（まんようしゅう）

- 성립시기미상 -

편집자미상

20권에 약 4516수의 가요를 수록. 내용에 따라 죽음과 관련된 挽歌, 주로 恋歌인 相聞, 그리고 雑歌로 나누어진다. 雑歌는 어느 部立에도 들어가지 않는 잡다한 것이라기보다 行幸, 従賀, 遊猟 등 공적(公的)인 성격을 지닌다. 그러나 미분류된 권15(17~20), 계절에 따른 雑歌 相聞으로 분류한 권8·10, 古今相聞往来歌를 모은 거대한 작자 미상 가군(歌群)인 권11·12, 권14는 東歌(防人歌 5수 포함), 권17이후는 마치 大伴家持(?~785년)의 일기와 같은 구성으로 되어있는 등 각기 특수한 권으로 이루어져 있다.

가풍(歌風)의 변화에 따라 4기로 나누는데 1기는 舒明천황(생몰년미상)~壬申の乱(672년)까지. 고대 가요의 세계에서 5·7조(調)가 정착되며 大化改新(645~701년) 등 한자 문화가 바탕을 이루는 시기. 대표적 가인(歌人)은 額田王(생몰년 미상). 天智천황(626~671년)을 기다리는 相聞歌도 있지만 熟田津の歌·春秋争いの歌 등 필연적인 요청에 의해 읊어졌다고 보이는 공적(公的)인 작품이 대부분. 2기는 壬申の乱~奈良 천도(遷都)(710년)까지. 乱의 승리로 황실권력 중앙 집권 확립기. 전문적 궁정 가인(歌人) 등장. 柿本人麻呂(생몰년 미상)가 대표적으로 황실 찬가와 특히 挽歌가 유명. 高市皇子挽歌는 가장 긴 長歌이다. 3기는 天平 5년(733년)까지. 万葉의 최대 전성기.

개성적인 가인(歌人)이 등장하여 개인적인 서정을 읊음. 자연미를 읊은 山部赤人(생몰년 미상), 讚酒歌로 유명한 大伴旅人(665~731년), 특이한 가인(歌人) 山上憶良(660~733년), 그리고 高橋虫麻呂(생몰년 미상)가 있다. 4기는 天平宝字 3년(759년)까지. 난숙·퇴폐기에 해당. 작품은 기교적이다. 대표적 가인(歌人)으로는 大伴家持가 있다.

Ⅰ 新編日本古典文学全集6~9 万葉集1~4. 小島憲之외. 小学館. 1994. 5.20~1996.8.10.
Ⅱ 西本願寺本万葉集. おうふう. 1996.5.31. 元暦校本万葉集1~4. 勉誠社. 1986.6.25.
Ⅲ 岩下武彦외. 万葉集関係「辞典·事典」「各種索引」「研究文献目録」一覧. 特集 万葉集 国文学解釈と鑑賞 第62巻8号. 至文堂. 1997.8.

【本文5】

　　　天皇、蒲生野に遊猟する時に額田王の作る歌

あかねさす　紫野行き　標野行き　野守は見ずや　君が袖振る

茜草指　武良前野逝　標野行　野守者不見哉　君之袖布流

(권一20)

　　挽歌　　　紀伊国にして作る歌

もみち葉の　過ぎにし児らと　携はり　遊びし磯を　見れば悲しも

黄葉之　過去子等　携　遊礒麻　見者悲裳　　　　(권九1796)

現には　逢ふよしもなし　夢にだに　間なく見え君　恋に死ぬべし

寤者　相縁毛無　夢谷　間無見君　恋爾可死　　　(권十一2544)

大伴　坂上　郎女の和ふる歌

¹⁵来むと言ふも　来ぬ時あるを　来じと言ふを　¹⁶来むとは待たじ　来
じと言ふものを

将来云毛　不来時有乎　不来云乎　将来常者不待　不来云物乎
　　　　　　　　　　　　　　　　　　　　　　　　　　（권四527）

大伴　家持　久迩　京　より　坂上　大　嬢　に贈る歌

¹⁷人目多み　逢はなくのみそ　心さへ　¹⁸妹を忘れて　我が思はなくに

人眼多見　不相耳曾　情左倍　妹乎忘而　吾念莫国　　　（권四770）

¹⁹鳰鳥の　²⁰葛飾早稲を　²¹饗すとも　その²²愛しきを　²³外に立てめやも

爾保杼里能　可豆思加和世乎　爾倍須登毛　曾能可奈之伎乎
刀爾多弖米也母　　　　　　　　　　　　　　　　（권十四3386）

【注釈5】
1)紫(むらさき)·日(ひ)·昼(ひる) 등의 枕詞(まくらことば). 「あかね」는 뿌
　리에서 적색 염료를 채취하는 다년초 식물.「さす」는 색·빛을 발한다는 뜻.
2)지치를 재배하는 곳. 뿌리에서 염료 채취.
3)일반인의 출입을 금한 곳.「しめ」는 신(神)이나 자기의 소유임을 표시.
　相聞歌(そうもんか)에 자주 등장하는「標結(しめゆ)ふ」는 한 여자를 자
　기만이 독점하여 다른 남자가 접근하지 못하게 함을 의미.
4)「標野(しめの)」를 지키는 사람.
5)「野人(のもり)」가 보고있지 않느냐며 상대에게 주의를 요하는 표현.
6)애정의 표시.

〔참고〕유명한　大海人皇子(おおあまのみこ)와의　贈答歌(ぞうとうか).　둘
사이에는　十市皇女(とおちのひめみこ)가　있지만, 額田王(ぬかたのおおきみ)
는　그후　天智(てんち)천황측으로　가버린다. 삼각관계를 둘러싼 恋歌(こいう

た)로 볼 수도 있는 이 작품은 天智(てんち) 7년 5월 5일의 縱猟(みかり) 때의 작품이다. 중국 풍습에서 따온 궁정행사이며 額田王(ぬかたのおおきみ)가 후궁으로 天智(てんち)측에 갔는지는 확실치 않다. 그녀의 재능을 기대한 발탁으로 보여진다.

7)『古今集(こきんしゅう)』이후는 紅葉(もみじ)로 바뀜. 「過(す)ぐ」의 枕詞(まくらことば).
8)「過(す)ぎにし」는 죽음을 가리킴.
9)손을 맞잡고.
10)「磯(いそ)」는 해안의 바위 등이 있는 곳.

[참고] 자연 그 자체를 읊고 있는 듯이 보이지만 이미 죽은 사랑하는 아이를 그리워하는 挽歌(ばんか).

11)현실. 꿈의 반대.
12)꿈은 「伊米・伊目(いめ)」등 仮名(かな)식으로 표기되어 있으며, 「ゆめ」가 아니라 「いめ」임을 알 수 있다. 당시 꿈은 상대방이 자기를 생각하고 있기 때문에 자기의 꿈에 나타난다고 믿었다. 꿈에서 나마 보고 싶어도 안 나타난다는 원망의 가요도 많이 등장하는데, 그것은 이런 생각에서 연유됨.
13)「見(み)え」는 見(み)ゆ의 명령형. 「君(きみ)」는 사랑하는 남자를 부르는 호칭. 그외에 背(せ)・背子(せこ) 등이 있다.
14)挽歌(ばんか)에서는 직접 죽음을 가리키는 표현은 없지만, 相聞歌(そうもんか)에는 恋死(こひしぬ)라는 형태로 많이 등장한다.
15)당시의 결혼은 남자가 밤에 여자의 집을 방문하고 아침이면 돌아가는 식의 妻問婚(つまどいこん). 여기서 「む」는 의지표현. 남자가 오겠다고 했어도 오지않을 때가 있는데.
16)이 「む」는 추량표현 '올 것이다'의 뜻. 안온다고 한 사람을 '혹시 오지 않을가'하며 기다리지는 않겠다고 하고 있다.

[참고] 坂上郎女(さかのうえのいらつめ)는 여류 가인(歌人)중 가장 많은 작품을 남김. 天武(てんむ)천황의 다섯번째 아들 穂積皇子(ほづみのみこ) 그리고 배다른 오빠 宿奈麻呂(すくなまろ)와 각각 결혼하지만 사별. 藤原麻

呂(ふじわらのまろ)와의 결혼도 실패로 끝나는 등 개인적으로는 불행했다고 보여진다. 격한 어조의 恋歌(こいのうた)를 많이 남기고 있지만, 실제 사랑에 빠져 읊은 것이 아니라 허구적 사교적 성격이 짙다.

17)『万葉集(まんようしゅう)』의 恋歌(こいのうた)는 대부분 서로 만나지 못함을 슬퍼하는 내용. 그 주된 원인의 하나가 人目(ひとめ)・人言(ひとごと)이며 다른 사람에게 알려지거나 소문을 두려워 함.「み」는 원인, 이유를 나타내는 접미어. 여기서는 서로 떨어져있어 못만나는 것을 人目(ひとめ)가 多(おお)이니까에 빗대어 표현하고 있다.

18)「妹(いも)」는 남자가 사랑하는 여자를 부르는데 한정되는 표현. 비슷한 뜻의「妻(つま)」는「鹿(しか)が妻(め)」처럼 동물의 경우에도 쓰이는 등 범위가 넓다.

[참고] 家持(やかもち)가 内人(うどねり)로서 久迩京(くにきょう)에 있을 때 奈良(なら)에 있는 大嬢(おおいらつめ=坂上郎女(さかのうえのいらつめ)의 딸)에게 보낸 和歌(わか).

19)「葛飾(かづしか)」의 枕詞(まくらことば).

20)葛飾(かづしか)지방=현 東京都(とうきょうと)葛飾区(かつしかく)에서 초기에 생산되던 신종 쌀.

21)새곡식을 신에게 바쳐 제사를 지내더라도.

22)그리운 사람. 東歌(あずまうた)에서는 愛(いとお)しき는 かなしき로 표현하고 있다. 당시 일반적으로 신에게 제사지내는 것은 여성의 역할. 新嘗祭(にいなめさい)때 밤에 남자를 집에 들이는 것은 금지.

23)「めやも」는 반어(反語). 집밖에 세워 둘 수는 없다는 뜻. 신앙상의 터부를 조금씩 깨어나가는 과정으로도 볼 수 있다.

【6】

神楽歌
<ruby>かぐらうた</ruby>

- 성립시기미상 -

작자미상

　협의(狭義)로는 궁정 神楽에 사용하는 노래이며, 광의(広義)로는 神事에 사용하는 노래를 뜻한다.

　神楽라는 신에게 바치는 예능이며, 그 기원은 『古事記』 天 石戸 신화에서 天宇受売命가 보여준 「わざ」에 기인한다고 한다. 平安 궁정 神楽는 천황 즉위 때의 大嘗祭의 琴歌神宴를 시작으로 열린다. 또 神楽는 궁정 외에 귀족의 神祭와 여러 신사의 제사에서도 행해졌고, 그 유행권은 궁정에 한하지 않은 광범위한 것이었다.

　神楽 진행에는 일정한 순서와 구조가 있다. 우선 庭火를 태우고 神楽에 어울리는 신성한 공간을 마련한다. 다음 신을 맞이하는 採物の歌는 신이 강림할 때의 표식이 되는 신성한 식물과 무기를 읊은 것이다. 대부분의 採物の歌는 短歌 형식이다. 그 다음은 신을 맞이하여 인간과 신, 신과 신이 술을 마시며 함께 즐기는 향연 가무인 前張 순이다. 前張에는 인간미 짙은 노래가 많아, 특히 小前張에 민요 색이 짙은 노래가 있는데, 이것은 短歌 형식이 아니다. 이어지는 千歳 法와 早歌는 前張에 속하는 성격의 노래이며, 明星는 신을 보내는 노래다. 신을 맞이하여 함께 즐기고 보내는 것이다. 사람들은 그 과정에서 풍작·풍어를 기원하기도 하고, 혹은 건강 또는 자손의 번영을 빌었다. 총 노래 수는 서사본(書写本)에 따라 다르지

만, 가장 많은 神楽歌를 집성한 鍋島家本에는 93수가 수록되어 있다.

神楽歌에 대한 이해는 주석에 의해 추구되어 왔다. 현존하는 가장 오래된 주석은 室町시대 一条兼良(1402～1481년)에 의한 것이며, 근세에도 賀茂真淵(1697～1769년)들에 의해 주석서가 쓰여졌다.

Ⅰ日本古典文学全集25　神楽歌. 臼田甚五郎他. 小学館. 1976.3.
Ⅱ林謙三. 天理図書館善本叢書16　古楽書遺珠. 八木書店. 1974.3
Ⅲ林雅彦他. 古典歌謡研究文献目録抄. 国文学　解釈と鑑賞　55巻5
　号. 至文堂. 1990.5

【本文6】

弓　　本

弓といへば　品なきものを　梓弓　真弓　槻弓

品ももとめず　品ももとめず

原文

由美止伊倍波　志奈々支毛乃遠　安川佐由美　万由美　川支由美
志奈毛々止女須　志那毛々止女須

末

陸奥の　梓の真弓　我が引かば　やうやう寄り来

忍び忍びに　忍び忍びに

原文

美地乃久乃　安津佐乃万由美　王駕比可波　也宇也宇与里古
志乃比志乃比仁　志乃比志乃比仁

湊田　本

湊田に　鵠八つ居り　や　捕ろちなや　捕ろちなや

八つながら　捕ろちなや

原文

美奈止多仁　久々比也川乎利　也　止呂地名也　止呂千奈也
也川奈加良　止呂千名也

末

八つながら　ものも言はず居り　や　捕ろちなや　捕ろちなや

八つながら　捕らしなや

原文

也川奈加良　毛乃毛伊波須乎利　也　止呂知奈也　止呂知奈也
也川名加良　止良之奈也

又本返

鵠八つ居り　や　捕らちなや　捕らちなや

八つながら　捕らちなや

原文

久々比也川遠利　也　止良千奈也　止良知奈也
也川奈加良　止良千奈也

又末返

ものも言はず居り　捕らちなや　捕らちなや

八つながら　捕らちなや

原文

　　毛乃毛伊波須遠利　　止良千奈也　　止良知奈也

　　也川奈加良　　止良千奈也

本方　あいさ　あいさ　　　　末方　あいさ　あいさ

原文

　　本方　安伊佐　安伊佐　　　　末方　安以佐　安以佐

【注釈6】

1)採物(とりもの=제사　때의　도구)로서의　활은　악령을　퇴치, 신령을　부르는　주술　도구. 활에는　영이　실리기　때문에　남녀가　서로　마음을　주고받는다는　연상을　유발시킨다.

2)물건의　우열　없이.

3)가래나무로　만든　활.

4)참빗살나무로　만든　활. 『伊勢物語(いせものがたり)』24단　和歌(わか)에　읊어져　있다. 남녀가　서로　그리워하여　마음이　끌리는　것을　표현한　것.

5)느티나무로　만든　활.

6)종류를　따지지　않는다. 아무　것이나　좋다. 즉　연애　상대도　고르지는　않는다라는　은유.

7)동북　지방.

8)『万葉集(まんようしゅう)』(1327과　3437번)에「陸奥(みちのく)の　安達多良(あだたら)真弓(まゆみ)　弦(つら)著(は)けて　引(ひ)かばか人(ひと)の　我(わ)を言(こと)なさむ」「陸奥(みちのく)の　安太多良(あだたら)真弓(まゆみ)　はじき置(お)きて　せらしめ来(き)なば　弦(つら)はかめかも」라고　있듯이, 현재　福島県(ふくしまけん)　二本松市(にほんまつし)와　安達郡(あだちぐん)　등의　경계　安達太良山(あだたらやま)에서　나오는　활이　유명하였다.

9)슬슬　나에게　다가와요.

[참고]　제사　때　사용하는　도구로서의　활. 그것에는　신이　내린다고　함. 이　노래는　남자가　자신을　활로　비유하여　신이　활에　내리듯이　여자가　남자에게　마음을　주도록　청하는　것. 고대의　제사는　사람들의　생활　그　자체였던　것이다.

10) 하구에 인접한 밭.
11) 백조의 옛 명칭. 그 우는 소리에서 붙은 이름. 「八(やっ)つ」는 다수(多数) 혹은 성스러운 수라는 뜻.
12) 잡아서 자기 것으로 하고 싶어라.
13) 모두. 전부.
14) 말도 안하고 조용히 있더라.
15) 소리 내지도 않고 조용하구나.

[참고] 天人女房譚(てんにんにょうぼうたん)을 연상시키는 노래라 할 수 있고, 그 내용은 하늘에서 내려와서 우의(羽衣)를 벗고 목욕하는 여덟 명의 처녀를 모두 잡아 자기와 함께 있도록 하고 싶다는 이야기이다. 天人女房譚(てんにんにょうぼうたん)은 『近江国風土記(おうみのくにふどき)』일문(逸文)에 나오는 伊香連(いかごのむらじ)의 시조 설화가 유명하여 후세의 『雑話集(ぞうわしゅう)』『歌林拾葉集(かりんしゅうようしゅう)』등에 변용된 이야기가 있고, 기타 많은 옛 이야기로 일본 각지에 전해지고 있다. 또 天人女房譚은 세계적으로 분포하는 백조 처녀 설화의 일종으로 동북 아시아에서 많이 볼 수 있는 것이기도 하다. 이러한 설화는 설화의 기본적 구조인 신혼담과 깊은 관계가 있으므로 내포하는 문제의 뿌리는 깊고, 타 설화에 미친 영향도 커서 지금까지도 많은 논의가 되어 왔다. 그런데 여덟 마리의 백조 모두를 잡고 싶다는 것은 지나친 욕망이며, 솔직하면서도 해학적인 이야기이다.

【7】

催馬楽

- 성립시기미상 -

작자미상

神楽歌와 깊은 관계를 가진 고대 가요의 하나. 催馬楽라는 명칭에 관해서는 여러 설이 있지만 확증은 없다. 명칭 문제는 성립 문제와도 관련되어 있는데 역시 미상이다.『梁塵愚案抄』에 의하면, 원래 지방에서 조정(朝廷)으로 공물을 운반할 때 부르던 노래였다는 기술이 있고, 催馬楽라는 문자가 나오는 최고 문헌『日本三代実録』貞観元年(859년) 10월 23일 기사에는 広井女王(생몰년 미상)가 젊은 시절 즐겨 읊었다는 기록이 있어, 결코 천한 성격의 노래가 아니었던 것으로 생각된다. 그 계승은 836년 이후 藤原貞敏(807~867년)의 정율 작업을 시작으로 소리의 높고 낮음과 억양을 곡선으로 표시한 것이 만들어지고 각 악기의 악보가 차차 작성되었다. 그리고 平安朝 귀족 생활을 화려하게 장식한 御遊는 和琴·箏·琵琶·笙·篳篥·笛를 반주 악기로 하며, 源家와 藤家의 유파가 생겨 귀족 사회에 자리잡게 된다. 一条천황(재위 986~1015년) 전후가 전성기이며,『源氏物語』에서는「東屋」「竹河」등의 제목으로 쓰여지기도 하였다. 중세에 들어서서는 차차 쇠퇴하여 足利시대에 맥이 끊어졌는데, 1626년 後水尾천황(1596~1680년) 二条城 行幸 때 여섯 곡이 다시 흥행하게 되었다.

催馬楽의 원래 성격은 興宴 가요라 할 수 있다. 平安시대 귀족들이 즐긴 興宴의 중심은 찾아온 내빈을 맞이하여 베푸는 것이었다.

이것은 신(神)을 초청하여 신과 함께 즐기고 신을 보내는 궁정의
大嘗祭 등의 연회와 맥락을 같이하는 것이다. 따라서 神楽歌와
催馬楽는 중복되는 구조를 가지는 것이다.

　催馬楽의 세계는 중앙에서 지방(대부분이 서쪽 일본), 귀족에서
서민에 걸친 인간성을 다극적이고 다면적으로 묘사하고 있다. 의례
적이고 형식적인 면도 있지만, 인간성을 다양하게 반영한 점이 매
력이라고 할 수 있다.

Ⅰ 日本古典全集25 催馬楽. 臼田甚五郎他. 小学館. 1976.3
Ⅱ 山田孝雄. 催馬楽抄. 古典保存会. 1926
Ⅲ 林雅彦他. 古典歌謡研究文献目録抄. 国文学　解釈と鑑賞　巻55巻5
　号. 至文堂. 1990.5

【本文7】

東屋　拍子十八

　東屋の　真屋のあまりの　その雨そそき　我立ち濡れぬ

　殿戸開かせ　鎹も　錠もあらばこそ

　その殿戸　我鎖さめ　おし開いて来ませ　我や人妻

原文

　安川末也乃　末也乃安万利乃　曾乃安万曾々支　和禮多知奴禮奴
　止乃止比良可世　加須可比毛　止左之毛安良波己曾
　曾乃止乃止　和禮左々女　於之比良伊天支末世　和禮也比止川末

山城

　山城の　狛のわたりの　瓜つくり　なよや　らいしなや

さいしなや　瓜つくり　瓜つくり　はれ　瓜つくり

我を欲しと言ふ　いかにせむ　なよや　らいしなや　さいしなや

いかにせむ　いかにせむ　はれ　いかにせむ　なりやしなまし

瓜たつまでにや　らいしなや　さいしなや

瓜たつま　瓜たつまでに

原文

　也末之呂乃　己末乃和太利乃　宇利川久利　奈与也　良伊之奈也
　左以之名也　宇利川久利　宇利川久利　波禮　宇利川久利
　和禮乎保之止伊不　伊加爾世牟　奈与也　良伊之奈也　左以之名也
　以加爾世牟　伊加爾世牟　波札　伊加爾年牟　奈利也之名末之
　宇利太川末天爾也　良伊之名也　左以之名也
　宇利太川末　宇利太川末天爾

石川　　拍子十五　三段　　一段六・二段六・三段三

石川の　高麗人に　帯を取られて　からき悔する

いかなる　いかなる帯ぞ　縹の帯の　中はたいれなるか

かやるか　あやるか　中はたいれたるか

異説、「中はたいれたるか」。

原文

　伊之加波乃　己末宇止爾　於比乎止良礼天　可良支久以須留
　伊可奈留　以可奈留於比曾　波奈多乃於比乃　奈可波多伊礼奈留加
　可也留可　安也留可　奈可波太伊礼太留可
　異説、奈可波太以礼太留可

【注釈7】

1)용마루에서 사방으로 지붕을 이은 정자.『源氏物語(げんじものがたり)』
   의 권 이름이 됨.
2)용마루에서 지붕을 앞 뒤 두 방향으로 이은 정자.
3)정자의 처마 끝.
4)정자의 처마 끝에서 떨어지는 낙수물로.
5)대문.
6)열쇠.
7)문을 닫히게 하는 기구. 열쇠와 같은 것.
8)「や」는 반어의 조사. 나는 남의 처가 아닙니다. 당신의 여자예요.

[참고]『古事記(こじき)』중권에서 八千矛神(やちほこのかみ)가 沼河比売
(ぬなかわひめ)를 찾아가 방문을 밀고 당기고 하며 청혼의 마음을 읊었던
노래에서 그 선례를 볼 수 있다. 남자가 밤에 여자의 집을 방문하는「通(か
よ)い婚(こん)」이라는 풍습에서 읊어진 가요.『源氏物語(げんじものがた
り)』에서는 권 이름으로「東屋(あずまや)」라는 이름의 권이 있듯, 催馬楽
(さいばら)중에서도 인기가 많은 가요(歌謡).

9)京都府(きょうとふ) 중·남부.
10)이 지방에 현재 相楽郡(そうらくぐん)에 山城町(やましろちょう) 上狛
   (かみこま)와 精華町(せいかちょう) 下狛(しもこま)라는 지명이 있다.
   「狛(こま)」라는 지명은 도래계 사람들이 집단 생활하는 곳을 뜻하는데,
   여기서는 널리 조선 반도 전체를 뜻하여,「狛(こま)のわたり」란 거기서
   도래한 사람들을 뜻함.
11)참외를 재배하는 농부. 외국종 식물 참외 재배 기술을 가지고 한반도에
   서 일본에 이주한 것.
12)이하「さいしなや」까지 囃(はや)し詞(ことば=가요의 중간이나 끝에 가
   락을 맞추기 위해 넣는 말).
13)참외가 익을 때까지. 여자를 참외로 비유.

[참고] 다음「石川(いしかわ)」에도 한반도에서 귀화한 사람과 일본 여성
과의 접촉을 읊은 가요가 있다. 相聞歌(そうもんか)적으로 남녀 두 사람이
읊은 것. 藤原宗忠(ふじわらのむねただ)의『中右記(ちゅううき)』에서는 石

淸水八幡宮(いわしみずはちまんぐう)에서 열리는 臨時祭(りんじさい) 때의
神楽(かぐら)로서 불리워진 기록이 있어, 후세에는 神楽歌(かぐらうた)에
가까운 기능을 갖게 되었다는 것을 알 수 있다.

14)大阪府(おおさかふ) 남부 石川(いしかわ) 유역. 도래인들이 많이 살고 있
   었다.
15)여기서는 고려에서의 도래인을 뜻함.
16)『催馬樂譜入文(さいばらふいりあや)』에는 '외국 사람들은 호색가이므
   로 여자만 보면 동침을 하려 한다'는 기술이 있다. 띠를 벗긴다는 뜻.
17)분하고 후회스럽다.
18)옅은 남색.
19)뜻이 미상. 가운데가 짤린 띠라는 뜻일까?
20)뜻이 미상. 가락을 맞추기 위한 그다지 뜻이 없는 말일까?
21)띠 가운데가 짤린다는 뜻과 도래인과의 사이가 끝났다는 뜻을 일컫는 말.
22)제 2단 말미의 다른 전승일까?

 [참고] 도래인의 초기 집단 생활은 일정 지역에서 생활하였으므로, 그 생
   활양식과 모든 면에 있어서 일본인들에게 신기한 것들도 있었을 것이다.
   특히 고려에서 도래한 사람들 수가 많았으므로 고려 도래인 집단은 일본인
   에게는 특이한 존재였던 것이다.

中 古 文 学

(794년～1192년)

【8】

文華秀麗集
ぶんかしゅうれいしゅう

- 818년 -

撰 藤原冬嗣(775~826) 외
ふじわらのふゆつぐ

　서(序)에 의하면, 전(前) 칙찬시집(勅撰詩集)『凌雲集』성립 후
400여 년 간 100여수가 넘는 많은 시의 탄생이 있었는데 嵯峨천황
(786~842년)의 칙명에 의해 누락된 시와 새로운 시를 합쳐서
菅原清公(770~842년)·仲雄王(생몰년 미상)·勇山文継(생몰년 미상)·
滋野貞主(785~852년)·桑原腹赤(생몰년 미상) 등과 함께 찬집한 것
이다. 또한, 서에는 시의 배열 방법·작자 수·시 수·서명 등이 기술
되어져 있지만,『凌雲集』가 개인별 배열인 것에 반하여,『文華秀麗
集』는 제재별로 시를 모아, 열람하기 쉬운 배열 법을 택하고 있다.
이것은 개인보다도 시를 더 중히 여긴 것으로 간주 할 수 있고, 시
전체를 보는데도 몹시 편리하다. 다음의 제3 칙찬시집인『経国集』
도 이러한 방법을 채택하고 있지만, 이것은『文選』의 편찬 방법에
서 배운 것이라 말 할 수 있다. 작자는 嵯峨천황·淳和천황(786~840
년)을 포함한 28명, 시의 수는 148수(현존은 143수, 하권의 권말에
5수를 뺌)이다.
　『文華秀麗集』의 분류는『文選』의 분류를 참고로 하여, 권상 :
遊覧14수·宴集4수·餞別10수·贈答13수, 권중 : 詠史4수·述懐5수·艶情
11수·楽府9수·梵門10수·哀傷15수, 권하 : 雑詠48수가 현존한다. 이것
들 중 梵門은『文選』에는 없다. 이것은 最澄(767~822년)·空海(77

4~835년)와 같이 불가(仏家)의 출현이 원인의 하나이지만, 당시 전래된 많은 당대(唐代) 시집(詩集)에 불교 관계의 시가 포함되어 있는 것에 자극을 받아, 梵門를 신설했다고 봐야 할 것이다. 그 중 제일 많이 시가 게재되어진 것은 嵯峨천황으로 34수, 그 다음으로 巨勢識人(생몰년 미상)의 20수, 관인(官人)은 물론 발해로부터의 사신 등의 작품도 선택되었다. 『文華秀麗集』의 찬고(撰考) 경향은 시의 아름다움을 깊이 음미함이 두드러지고 있다.

Ⅰ日本古典文学大系69　文華秀麗集. 小島憲之. 岩波書店. 1964.6.5.
Ⅱ없음.
Ⅲ川口久雄.　三訂版研究文献目録.　平安朝日本漢文学史の研究　上篇.
　明治書院. 1975.12

【本文8-1】
　　勅を奉じて内宴に陪る詩。一首。　　　王孝廉

　　海国来朝遠き方自りし、　百年一酔天裳に謁ゆ。

　　日宮座外 何の見る 攸 ぞ、　五色の雲飛び万歳に光る。(권상)

原文
　　海國來朝自遠方　百年一醉謁天裳
　　日宮座外何攸見　五色雲飛萬歲光

【注釈8-1】
1)『類聚国史(るいじゅうこくし)』弘仁(こうにん) 6년(815년)조에 渤海(ぼっかい) 대사(大使)로서 정월 7일 従三位(じゅうさんい=中納言(ちゅうなごん) 尚侍(しょうし)에 해당)를 받은 기록이 있음. 이것은 그 때 지은 작품.
2)천황을 배알하고 베풀어주신 연회에서 백년에 한 번이라고 할 만큼 마음껏 술을 마시고 크게 취하였다. 「天裳(てんしょう)」는 天子(てんし=천

　황)의 옷을 뜻함과 동시에 천황을 뜻함.
3)천황께서 앉아 계시는 모습 외에 보이는 것은.
4)청, 황, 적, 흑, 백. 오색 구름은 경사의 징후.

〔참고〕천황이 가까운 사람만 불러 베푸는 연회석에 발해국 대사가 참석하여 서로 시를 읊어『文華秀麗集(ぶんかしゅうれいしゅう)』에 실리게 된 이 작품은 일본과 발해 양국 문화교류의 일단을 보여준다.

【本文8-2】

　内史貞主の「秋月歌」に和す。一首。　　　御製

　天秋夜静かに月光 来り、半ば 珠簾を捲けば 満輪開く。手を挙げて 攀ぢむとするも誰れか能く得む、襟を披きて 影を抱かむも 豈に懐 に重ねむや。雲暗く空中に清輝少く、風来りて吹き払ひ 看 更に皎らかなり。

　形 は秦鏡 の如く山頭を出で、色は楚練に 似て天の 暁くるかと疑ふ。 群陰共に盈つ三五の時、四海同に朋なり一月の輝。 皎潔なり秋を悲しぶ班女が扇、玲瓏なり夜を鑒らす 阮公が帷。 洞底の葉落ちて秋巳に晩れ、虜塞の征夫久しく 帰 を忘れぬ。

　賎妾此の時高楼の上、情 を銜みて一たび対かへば 悲 に勝へず。

　三更の露重し絡緯の鳴、 五夜の風吹く 砧杵の声。明月年々色を改めぬに、看る人歳々白髪生ふ。 寒声淅瀝竹窓虚しく、 晩影蕭条柳門疎し。 姮娥に 従 ひて 薬 を窃みて遁げず、 空閨月に対かひて離居を恨む。 (권하)

【注釈8-2】

1)『経国集(けいこくしゅう)』14「秋月(しゅうげつ)」에　실린　滋野貞主(し
げののさだぬし)가 지은 시.

2)嵯峨(さが)천황의 작품.

3)하늘에 가을의 기색이 넘치고.

4)옥으로 장식한 발.

5)만월이 모습을 나타낸다.

6)잡으려고 해도.

7)달빛.

8)어떻게 품에 끌어 안을 수 있을까? 빛은 실체가 없어 안을 수 없는 것이다.

9)지켜보는 사이에 달은 더욱 밝아진다.

10)달의　형태는　秦(しん)의　거울과　닮아.『西京雑記(さいきょうざっき)』에
진시황제가 사람의 선악을 비추어보던 큰 거울에 관한 기술이 있음.

11)그 색은 楚(そ)에서 생산되는 광택 있는 흰색 견처럼 밝고 희어서 마치
날이 밝아지는 듯 하다.

12)운집한 음기가 함께 가득 차는 보름달이 되어.

13)달의 하얗고 청결한 모습은 총애를 잃고 버림 받아 가을을 슬퍼하는 班
婕妤(はんしょうよ)의 흰 견으로 만든 원형의 부채와 같다. 班婕妤는 漢
(かん)의　成帝(せいてい)의　사랑을　받지만,　후일　그　총애를　빼앗긴다.　이
불행한 여인을 주제로 한 시에는 육조 이래「班婕妤」「婕妤怨(しょう
よおん)」「長信怨(ちょうしんおん)」등이 있음.

14)밤의　장막을　밝게　비치는,　阮籍(げんせき)가　읊었던,　달과　같다.『文選
(もんぜん)』에　阮籍가　지은　詠懐詩(えいかいし)　중에「薄帷(はくい)鑑
明月(めいげつにてらされて)」라고 있음.

15)중국　湖南省(こなんしょう)　북부에　있는　洞庭湖(どうていこ).　揚子江(よ
うすこう)에 이어진다.

16)적의 침입을 막는 요새에 있는 남편.

17)신분이 천한 여자인 나.

18)(남편을) 그리워하는 마음을 품고 잠시 달과 마주 보면 슬픔을 견디지
못한다.

19)밤 12시쯤 이슬이 많이 내리고 귀뚜라미 소리가 들린다.

20)새벽 바람이 불어 옷을 다듬는 다듬이질 소리가 들린다.

21)바람과 낙엽 소리가 추위를 느끼게 하고 그 소리가 불쌍하고 쓸쓸하게

들려, 대나무 가지가 드리워진 창문에 인기척조차 없는 것이 더 허전하
게 한다.

22)늦가을에 달빛 그림자는 쓸쓸하고 곁에 버드나무가 서 있는 대문에는
인기척이 없다.

23)姮娥(こうが)를 따라서 죽지 않는 불사의 약을 훔쳐먹고 달에 도망가지
도 않고. 『淮南子(えなんじ)』에 姮娥(こうが)가 불사의 약을 훔쳐먹고
달에 도망간 이야기가 있음.

24)허전히 홀로 자는 침실에서 달을 마주보며 남편과 떨어져 사는 것을 원
망하고 탄식한다.

[참고] 嵯峨(さが)천황은 薬子(くすこ)の変(へん)를 진압한 810년 이후 30
여년이라는 긴 세월을 정치적 안정 속에서 정치적으로는 律令(りつりょう)
를 보강, 수정하고, 문화적으로는 연중행사를 발달시켜 문예를 일으켰다.
스스로도 시문을 지어서 空海(くうかい)・橘逸勢(たちばなのはやなり)와 더
불어 「三筆(さんぴつ)」라 불리는 명필가이기도 하였다.

【9】

さんごうしいき
三教指帰

- 797년 -

くうかい
空海(774~835)

『三教論』(さんごうろん) 이라고도 함. 따로 『聾瞽指帰』(ろうこしいき) 1권이 있고 『三教指帰』(さんごうしいき)
와는 서문(序文)과 권미(巻尾)의 시를 다르게 할뿐, 본문은 대동소
이하다. 통설로는 『聾瞽指帰』(ろうこしいき)가 초본, 『三教指帰』(さんごうしいき)가 재치본 이라
고도 말하여 진다.

『三教指帰』(さんごうしいき) 는 「亀毛先生論」(きぼうせんせいろん) 「虚亡隠士論」(きょぼういんしろん) 「仮名乞児論」(かめいこつじろん) 으로
구성된다. 등장인물 5명 (蛭牙公子(しつがこうし)는 방탕한 청년 귀족, 그의 비호

자 兎角公, 그리고 亀毛先生·虚亡隠士·仮名乞児)에 의한 대화 토론의 형태로 서술된다. 亀毛先生는 蛭牙公子에게 충효의 중요성과 학문 도덕의 필요성을 설명, 그것이 약속하는 세속적 행복을 말하고 교도한다. 亀毛先生의 교시를 곁에서 듣고 있던 虚亡隠士는 세속적 행복의 공허함을 말하여 도교를 신선도(神仙道)적 측면에서 설명, 장수의 기법을 체득하므로 불로장생에 이르는 것이 가능하다고 주장한다. 마지막으로 등장하는 仮名乞児는 亀毛先生·虚亡隠士가 설명하는 유교·도교의 천박함을 슬퍼하며 불교의 기본적 교리를 밝히고 부처의 위대함과 덕을 칭송하여 끝맺음을 한다. 여기서 주목해야 할 것은 仮名乞児 등장 장면에서 그를 출가 후 정식 수계(受戒)하지 않고 편력(遍歷)하는 수행자로서 서술하고, 충효에 관한 문제가 새삼스럽게 언급되어지는데, 이것은 몇 년간의 사색과 독경 수행을 쌓아 온 空海 자신의 체험에 뒷받침된 서술이라는 것이다. 『三教指帰』의 성격상 하권에 중점이 놓여진 것은 당연한 것이고, 앞의 2권이 각각 한 장면씩 묘사되어지는 것과는 달리 하권은 「写懐頌」「観無常賦」「生死海賦」「詠三教詩」로 나뉘어져 있다. 그 중에도「観無常賦」「生死海賦」는 불교의 기본 교리를 설명하여 불교의 우수성을 설파(説破)하는 『三教指帰』의 중심부라 할 수 있다. 「賦」는 운문(韻文)의 한 양식이며, 길고 짧은 문구들의 대구(対句)를 주체로 구성되어 있고 화려한 수사(修辞)로 나열적 묘사기술을 하는 문체의 한 형식이다.

　이 작품은 한편의 희곡적인 구성을 가진 일본 최초의 사상 비판서이다.

Ⅰ日本古典文学大系71　三教指帰. 渡辺照宏. 岩波書店. 1965.11.5
Ⅱ築島裕·小林芳規. 中山法華経寺蔵本　三教指帰注　総索及び研究. 武

50　日本 古典 文學選（上代・中古）

蔵野書院. 1980.8.15

Ⅲ米山孝子. 文献案内. 国文学解釈と教材の研究　第41巻8号. 學燈社.
　　1996.7

【本文9】

仮名乞児論　　懐を写す頌　　無常を観ずる賦

生死海の賦　　三教を詠ずる詩

仮名乞児といふもの有り。何人といふこと詳にせず。蓬茨の衡に生れて縄枢の戸に長れり。高く囂塵を屏けて道を仰いで勤苦す。漆髪剃り隕して、頭は銅の匜に似たり。粉艶都べて失せて、面は瓦の堝かと疑ふ。容色のかほばせ鮹顡とかしげ、体形のすがた蔂而といやし。長き脚、骨竪つて池辺の鷺の若く、縮まれる頸、筋連なつて泥中の亀に似たり。五綴の木鉢は牛嚢に比して常に左の肱に繋けたり。百八の槵子は馬絆に方むで右の手に係けたり。道神の屩を著いて牛皮の履を棄つ、駄馬の索を帯にして犀角の帯を擲つ。茅座常に提げたれば市の辺の乞人も頬を押うて俯して羞づ。縄牀、縋負すれば、獄の傍の盗士も膝を抱いて仰いで歎く。口破れたる軍持は油を沽る肩に異ならず、鐶落ちちたる錫杖は還つて薪を売る手に同じ。折頞とはなびせに高匡とまかぶらたかに、顑頤とおとがひぼそに隅目とますみたてり。嚬める口、髭無くして孔雀の貝に似たり。欠けたる脣、歯疎かにして狡兎の脣の若し。偶市に入るときは瓦礫、雨のごとくに集り、若し津を過ぐるときは、馬尿、霧のごとくに来る。

阿毘私度は常に膠漆の執友たり。光明婆塞は時に篤信の檀主たり。或るときは金巌に登つて雪に遇うて坎壈たり。或るときは石峯に跨がつて粮を絶つて轍軻たり。或るときは雲童の娘を眄て心懈むで思を服け、或るときは滸倍の尼を観て意を策して厭ひ離る。霜を払つて蔬を食ふ、遥かに伋が行に同じ。雪を掃うて肱を枕とす、還つて孔の誠に等し。青幕、天に張つて房屋を労せず、縞幌、嶽に懸つて幃帳を営まず。夏は意を緩うして襟を披いて太王の雄風に対ひ、冬は頚を縮め袂を覆うて燧帝の猛火を守る。橡の飯・茶の菜一旬を給がず。紙の袍・葛の褞二の肩を蔽さず。一枝に逍遥し半粒自ら得たり。何曾が滋き味を願はず、誰か子方が温かなる裘を愛せむ。三楽の叟も此に比すれば、愧有り、四皓の老も此に対へば、儔に非ず。形は笑ふつべきに似たれども、志は巳に奪はれず。(권하)

【注釈9】

1)가공의 인물이지만, 작자 자신을 비유한 것.
2)윤회하여 해탈 할 수 없는 고통의 세계를 바다에 비유한 것.
3)초가집에 태어나.
4)문을 줄로 이은 가난한 집에서 자랐다.
5)요란스럽게 먼지가 이는 번화가. 더럽고 성가신 세상사.
6)불도(仏道)에 힘쓰고 정진하는 것.
7)옻과 같은 검은 머리.
8)구리쟁반.

9)화장을 한 아름다움.

10)금속을 용해하는데 이용하는 항아리. 거칠거칠하게 튼 얼굴을 비유.

11)얼굴과 몸이 말라 꺼칠해진 것.

12)작고 보기 싫은 어린이와 같다.

13)말라서 뼈와 가죽밖에 남지 않은 발을 묘사한 표현.

14)마른 목.

15)다섯 개의 파편에 파손된 것을 연결하여 붙인 바리(스님의 밥그릇). 아주 보잘것없는 바리.『四分律旧注(しぶんりつきゅうちゅう)』에 나오는 말.

16)나무 바리를 넣는 주머니는 소의 사료를 넣어 두는 주머니와 비슷함.

17)수주(数珠). 108개의 구슬을 한 줄로 이었다는 의미.『木槵子経(もくげんじきょう)』에 나오는 말.

18)말의 엉덩이 부분에 다는 장식품. 모양은 큰 수주(数珠)와 닮았다.

19)道祖神(どうそじん). 마을 외각의 갈림길이나 경계에 모셔진 신. 여행자가 안전을 기원하기도 했다.

20)지나가던 여행자가 道祖神(どうそじん)에게 절반은 버릴 작정으로 공양한 천한 짚.

21)소가죽으로 만든 멋진 구두.

22)짐을 운반하는 말을 끄는 줄.

23)물소의 뿔로 버클을 만든 고가의 허리 띠.

24)드디어 다 짠것이다.

25)걸식.

26)仮名乞児(かめいこつじ)의 모습이 너무나 초라했기 때문에 시장 주변에서 구걸하는 거지도 그의 모습을 보기가 부끄러웠다.

27)줄을 돌려 만든 원형의 깔개. 유랑하는 비구(比丘)의 소지품.

28)끈으로 묶어 등에 짐.『論語(ろんご)』에 나오는 표현.

29)감옥의 구석에 있는 도둑.

30)물병. 비구(比丘)의 소지품.

31)기름 장사의 어깨. 심한 노동 끝에 거칠어지고 더러워진 어깨를 뜻하여 보기 좋지 않은 형상을 의미한다.

32)수행자가 가진 지팡이.

33)콧등이 망가져 있다는 것.

34)눈이 쑤욱 들어가 보기 싫게 높은 눈꼬리.

35)뾰족하여 보기 싫은 턱.

36)모난 눈.

37)子安貝(こやすがい=자패).

38)재빠른 토끼. 토끼와 같이 입이 세개로 나누어져 있는 것.『史記(しき)』
　　에 나오는 말.

39)고목. 가치가 없는 것을 비유.

40)선착장.

41)말의 소변.

42)『聾瞽指帰(ろうこしいき)』의 작자 자신에 의한 주(註)에는「阿毘法師
　　(あびほうし)」라 한다. 뛰어난 법의 스승이라는 성자.

43)아교와 옻. 절친한 사이의 동지를 뜻함.

44)정식 수계(受戒)한 승려가 아닌 편력(遍歷)하는 한 수행자.

45)시주. 단가.

46)愛媛県(えひめけん) 喜多郡(きたぐん) 長浜町(ながはまちょう) 金山出石
　　寺(きんざんしゅっせきじ).

47)곤궁한 모습. 뜻을 얻을 수 없는 것.『楚辞(そじ)』에 나오는 말.

48)愛媛県(えひめけん) 西条市(さいじょうし) 石鎚山(いしづちさん).　표고
　　1982m.

49)누구와도 만나지 않는다.

50)미상.

51)곁눈질하여.

52)마음의 긴장이 풀어져서.

53)미상. 읽는 방법은『聾瞽指帰(ろうこしいき)』의 작자 자신의 주(註)「古
　　倍乃阿麻(こべのあま)」에 의함.

54)지그시 바라보며.

55)야채.

56)『説苑(せつえん)』에 나오는 子思(しし)와 같은 꾸밈 없고 진실한 생활.
　　좋은 옷을 소유하지 않고 20일 동안 식사는 9회밖에 하지 않았다.

57)孔子(こうし).

58)푸른 하늘을 지붕으로 삼는다는 것.

59)하얀 구름을 언덕에 걸쳐 장막으로 삼는다.

60)장막도 필요로 하지 않는다.

61)상쾌한 바람이라는 뜻.

62)최초로 나무를 비벼서 불을 발생시킨 사람.『尚書(しょうしょ)』에 나옴.

63)도토리 밥. 보잘것없는 식사라는 뜻.

64)맛이 좋지 않은 야채. 보잘것없는 식사라는 뜻.

65)열흘간.

66)종이로 만든 옷.

67)칡 섬유로 만든 천에 솜을 넣어 지은 옷. 초라한 옷.

68)『文選(もんぜん)』 '작은 새는 숲속에 집을 짓는데 나뭇가지 하나가 있으면 족하고 먹는데 곡물알 몇 개로 족하다'는 문구에 의함.

69)『仏本行経(ぶつほんぎょうきょう)』 '하루에 마의 열매 반알만 먹고 지낸다'는 문구에 의함.

70)『晋書(しんじょ)』에 나오는 陳(ちん)의 사람. 학문을 좋아하고 예도 있었지만 사치스러운 성품이었고 음식도 임금보다 좋은 음식을 골라 먹었다.

71)子思(しし)가 가난한 생활을 한다는 것을 듣고 田子方(でんしほう)가 보낸 따뜻한 가죽 옷.

72)『列子(れっし)』에 나오는 栄啓期(えいけいき)라는 노인. 그는 세 가지 낙(楽)(사람, 남자, 장수)을 가진다 하였음.

73)『史記(しき)』에 나온 네 사람의 노인. 漢(かん)의 高祖(こうそ) 때 그의 아들을 보좌하여 의(義)가 깊었다.

[참고] 작자는 모든 지식을 동원하여 유교와 도교에 대해 불교의 우수성을 설파한다.

【10】

日本霊異記

- 810~824년경 -

景戒(생몰년 미상)

성립에 관해서는 복수의 편찬 단계를 거친 것은 확실하지만, 하권 39화가 가장 새로운 822년에 일어난 일을 담고 있기 때문에 성립은 그 후 얼마 안되는 시기인 것으로 보아진다. 상권 35화, 중권

42화, 하권 39화의 합계 116화가 있고, 각 권 머리 부분에는 서문, 하권 말미에는 발문(跋文)적 기술이 있다. 현세에서 원인을 만들어 현세에서 응보가 나타나는 현보담이 대부분이며, 선한 응보도 있지만 악한 응보를 받는 일이 많아, 심각한 내용의 이야기가 눈에 띈다. 또 그들 설화는 私度僧 간에서 전승되어 온 것이다. 私度僧는 율령 체제의 질서에서 소외된 존재이며, 탄압의 대상이기도 하였지만, 이들 설화에서는 이러한 私度僧를 옹호하는 내용이 많다.

상권 서문에 명시하였듯이 당나라 孟献忠『金剛般若集驗記』등 중국 불교 설화집 형식에 의거하면서도 자신의 나라 일본의 불교 영이담을 수록한다는 데에 편집 목적이 있고, 이것이 이 작품의 독자적 달성이라는 평가를 받고 있다. 또 景戒는 현실 세계를 주관하는 불법의 원리, 즉 인과율(因果律)의 존재를 확신하고 그 원리에 대한 외경이 깊어 가면서 그 증거가 되는 사실담의 집성을 의도한 것이며, 景戒는 시대에 대한 위기 의식을 느끼고 있었던 것이다. 격동하는 사회 상황과 맞서 현실 위기를 극복하는 유일한 지표야말로 불법 원리에 대한 신앙이라는 강한 이념을 설화집이라는 형태 속에서 주장하려고 하였던 것이다. 그러나 이러한 시도는 이 설화집이 처음이자 마지막이 된다. 그 원인에는 그 이후, 사회 모순이 한층 심각해지고 불법 원리에 대한 신앙이 더 이상 현실적 효용을 보유하지 못하게 되는 것과 동시에 불교 자체에도 정토교 사상의 대두 등으로, 현세보다 내세를 강조하는 움직임이 두드러지게 되기때문이다.

이 설화집은 후세 불교 설화집에 직간접적으로 영향을 미친 것으로 귀중하다는 것 이외에도 일본 불교 여명기에 있어, 신화적 세계와의 긴장 관계를 전하는 많은 설화를 수록하고 있다는 것도 빼놓을 수 없는 점이다.

Ⅰ新編日本古典文学全集10 日本霊異記. 中田祝夫. 小学館. 1995.9
Ⅱ大屋徳城. 日本国現報善悪霊異記. 便利堂. 1934

Ⅲ中野猛他.　説話文学関係文献目録.　今昔研究年報1〜10.　風間書房.
　1987〜1996

【本文10】

諾樂の右京の薬師寺の 沙門 景戒 録す

　原 夫れば、内 経 ・ 外書の日本に伝はりて興り始めし代には、凡
そ二時有り。皆、百済の国より 浮べ来れり。軽嶋の豊 明 の宮に
宇御 メタマヒシ 誉田の 天皇 のみ代に、外書来れり。磯城嶋の金
刺の宮に 宇御 めたまひし欽明天皇のみ代に、内典来れり。然れども
乃 ち 外を学ぶる者は、仏法を誹れり。内を讀む者は、外典を軽み
せり。愚痴の 類 は迷執を懐き、罪福を信なりとせず。深智の 儔ハ
内外を觀て、 信 として 因果を恐る。

　是に諾樂の薬師寺の沙門 景戒 、 熟 世の人を瞰るに、才好くして
鄙ナル行あり。利養を 翹 て、財物を 貪 ること、磁石の鉄山を挙
して鉄を 嘘フヨリモ過ぎたり。他の分を欲ひ 己 が物を惜むこと、
流 頭の粟の粒ヲ粉キて、以て糠を噉ムヨリモ 甚 だし。或いは 寺
の物を 貪 り、 犢 に生れて 債 ヲ 償 ふ。或いは 法僧を誹りて 現
身に 災 を 被 る。或いは道を殉め 行 を積みて、 現に 験 を得た
り。或いは 深く信じて善を修め、以て生きながら 祜 に霑ふ。善惡
の 報 は、影の 形 に 随 ふが如し。苦樂の 響ハ、谷の音に応ふる
が如し。 見聞きする者は、 甫 ち 驚 き怪しび、一卓の内を忘る。

慚愧する者は、条に悸キシ惕み、起ち避る頃を忪ぐ。善悪の状を呈すにあらずは、何を以てか、曲執を直して是非を定めむ。因果の報を示すにあらずは、何に由りてか、悪心を改めて善道を修めむ。

昔、漢地にして冥報記を造り大唐国にして般若験記を作りき。何ぞ、唯し他国の伝録をのみ慎みて、自土の奇事を信じ恐りざらむや。粤ニ起ちて自ら瞩るに、忍び寝ムコト得ず。居て心に思ふに、黙然ルコト能はず。故、聊かに側ニ聞けることを注し、号けて日本国現報善悪霊異記と曰ふ。上・中・下の参巻と作し、以て季の葉に流フ。（상권）

【注釈10】

1)奈良(なら).

2)南都七大寺(なんとしちだいじ)의　하나. 天武(てんむ)천황의　명령에　따라
　건립.

3)출가한　자의　총칭.

4)「夫」는　읽지　않음.

5)불교　관계의　서적.

6)불교　외의　서적. 주로　유교　관계의　서적.

7)배에　실려　도래함.

8)応神(おうじん)천황.

9)주　5와　같음.

10)곧. 아무　생각　없이.

11)당시　유교와　불교의　우열　논쟁이　활발하였음을　알　수　있다.

12)오역십악(五逆十悪)을　행하면　죄가　되고　오계십선(五戒十善)을　행하면
　복을　얻는다는　인과(因果)의　원리.

13)원인과　결과의　법칙.

14)유심히　세상　사람들을　바라보니.

15)비굴한 행동.

16)이익을 얻기를 원하여 재물을 탐닉하다.

17)빨아 들이는 것 보다 더 하다.

18)타 기록에는 전해진 바 없으나 불전(仏典)에 나오는 사람 이름으로 생각
되어짐. 중권 서문에도「糠(ぬか)の米(こめ)を食(くら)へども明(あきら)
かに宝(たから)を捨(す)て」(쌀을 가루로 하여 먹을 정도로 극도의 절
약을 하여도 재물을 잃고)라고 기술함. 여기서 이는 상당한 구두쇠이므
로 쌀을 알로 먹지 않고 겨가루로 하여 먹었는데, 그 습관으로 조도
알을 일부러 갈아서 먹었다고 함.

19)현세에서 절의 재물을 탐내고 후세 송아지로 태어나 전세의 잘못을 갚
는다. 상권 20, 중권 9와 32 등에서도 절의 재산을 횡령하는 이야기를
다루고 있다.

20)불법과 승려를 불신함으로 악보(悪報)를 얻는 이야기. 상권 5와 29, 중권
1, 11, 35, 40, 하권 14, 15, 24, 29, 33 등.

21)불법의 원리 즉 인과율(因果律)에 대한 깊은 믿음.「深信(しんしん)」의
절대성을 주장하는 이야기에는 상권 5, 6, 17, 31, 중권 13, 14, 34, 42,
하권 3, 7 등이 있다.

22)복을 받는다.

23)인과응보를 보거나 듣거나 하는 사람은 너무나 놀라. 동석자가 있다는
것도 잊고 당황한다.「一卓」을「天下」로 해석하는 설도 있다.

24)자신이 진 죄를 부끄러워하는 자.

25)마음 아파하여 그 자리에서 급히 떠나려 한다.

26)잘못을 바로 잡고 선악을 가린다.

27)唐(とう).

28)唐臨(とうりん)저. 650~655년 사이에 성립. 현보담을 수집한 불교설화
집.『日本霊異記(にほんりょういき)』가 모범으로 한 서적.

29)『金剛般若集験記(こんごうはんにゃしゅうげんき)』孟献忠(もうけんちゅ
う)저. 718년 성립.『金剛般若経(こんごうはんにゃきょう)』의 영험담을
수록. 구성면에서『日本霊異記(にほんりょういき)』가 본 받은 서적.

30)일본. 일본에서 생기는 영험함은 불법이 보편적인 진리임을 확인해 준
다. 그리고 일본이 天竺(てんじく=인도) 唐土(とうど=중국)과 견줄만한
불교의 땅임을 주장함.

31)지금 일본이 처한 상황을 생각하고 주변을 돌아보니 나는 더 이상 가만

히 있을 수 없다.

32)『日本靈異記(にほんりょういき)』는 구비 설화를 수집한 것임을 시사한
　　다. 그러나 문헌 설화에 의한 것으로 추정 되는 설화도 적지 않다.

33)숫자 3은 불교에서 성스러운 수이다.

［참고］상권 서문의 일부.『日本靈異記(にほんりょういき)』편찬 의도와
목적이 명백히 기술되어 있다. 景戒(きょうかい·けいかい)는 당시의 사회
상황에 위기의식을 가지고, 현실의 위기를 극복할 유일한 방법이 바로 불
법 원리에 대한 믿음이라는 것을 설화집 형태로 주장하려 하였다.

［11］

竹取物語

- 901~956년경 -

작자 미상

　작자를 源 順(911~983년)로 보는 설도 있지만 미상이다. 한시
의 교양이 많은 지식인에 의한 작품이다.

　竹取の翁가 빛이 나는 대나무 줄기 밑부분안에서 키 3촌의 귀여
운 여자 아기를 발견하여 양육한다. 3개월쯤 되자, 키는 보통 성인
만큼 자라고, 용모는 눈부실 정도로 아름답게 성장하여「なよたけ
のかぐや姫」라는 이름으로 불리게 된다. 그녀에게 청혼하는 다섯
명의 귀족이 있었는데, 그녀는 그들에게 보물을 요구한다. 그녀가
요구한 보물은 금 줄기를 가지고 흰 열매를 맺는 나무, 용 목에 걸
린 오색의 옥, 제비가 가지고 있는 자패 등 보통 구하기가 어려운
난제였기에 다섯 명은 몹시 힘들어한다. 마지막 천황의 구애에도
그녀는 따르지 않고 8월15일 밤 고향인 달에 돌아가고 만다. 천황
은 그녀가 준 편지와 불사의 약이 담긴 작은 항아리를 태우도록 명

령하고, 그 뜻을 받아 많은 무사(武士)들이 산에 올라가는데, 그 산이 「士에 富む山」 즉 「富士の山」이다.

『源氏物語』 絵合わせの巻에 「物語のいできはじめの祖」라 하여, 작품을 구성하는 かぐや姫의 출생과 성장, 다섯 명의 귀족과 천황의 청혼, かぐや姫의 승천이라는 구성의 3부분은 각 각 『万葉集』『風土記』 등에 보이는 竹取翁설화, 妻争い설화, 羽衣설화 등 고대 전승 설화를 제재로 하는 것과 동시에 중국과 인도의 고사를 바탕으로 당시 사회에 대한 풍자를 섞는 등, 초기 作り物語의 대표작이다. 문체는 한문 훈독의 구조를 지니며, 소박하고 친근감을 주는 문체이다.

『竹取物語』는 옛 이야기, 설화, 物語, 한시 등과도 관련을 가지고 있으므로, 그 연구는 설화학, 민속학 등 학제적 방법을 동원하면서 다양하게 이루어져 왔다. 문학 면에서는 특수한 성립 사정 때문에 원형을 규명하는 방향 쪽으로 기울어진 경향도 있지만, 다방면에 관련이 있는 요소를 가지고 있는 작품이기 때문에, 더욱 논의되어야 할 작품이다.

I 新編日本古典文学全集12 竹取物語. 片桐洋一. 小学館. 1994.12.
II 阪倉篤義. 　天理図書館善本叢書29　竹取物語・大和物語.　八木書店.
　　1976.7.14
III 片桐洋一.　参考文献.　新編日本古典文学全集12　竹取物語.　小学館.
　　1994.12.

【本文11-1】

いまはむかし、たけとりの 翁 といふものありけり。野山にまじりて竹をとりつつ、よろづのことにつかひけり。名をば、さぬきのみやつことなむいひける。その竹の中に もと光る竹なむ一すぢありける。

あやしがりて、寄りて見るに、筒の中光りたり。それを見れば、三寸ばかりなる人、いとうつくしうてゐたり。翁いふやう、「我朝ごと夕ごとに見る竹の中におはするにて知りぬ。子になりたまふべき人なめり」とて、手にうち入れて、家へ持ちて来ぬ。妻の嫗にあづけて、やしなはす。うつくしきこと、かぎりなし。いとをさなければ、籠に入れてやしなふ。

たけとりの翁、竹を取るに、この子を見つけて後に竹取るに、節をへだてて、よごとに、黄金ある竹を見つくることかさなりぬ。かくて、翁やうやうゆたかになりゆく。

この児、やしなふほどに、すくすくと大きになりまさる。三月ばかりになるほどに、よきほどなる人になりぬれば、髪あげなどとかくして髪あげさせ裳着す。帳の内よりもいださず、いつきやしなふ。この児のかたちのきよらなること世になく、屋の内は暗き所なく光満ちたり。翁、心地悪しく苦しき時も、この子を見れば苦しきこともやみぬ。腹立たしきこともなぐさみけり。

翁、竹を取ること、久しくなりぬ。勢、猛の者になりにけり。この子いと大きになりぬれば、名を、御室戸斎部の秋田をよびて、つけさす。秋田、なよ竹のかぐや姫とつけつ。このほど三日、うちあげ遊ぶ。よろづの遊びをぞしける。男はうけきらはず招び集へて、いとかしこく遊ぶ。

世界の男、あてなるも、賎しきも、いかでこのかぐや姫を得て
しがな見てしがなと、音に聞きめでて惑ふ。そのあたりの垣にも、
家の門にも、をる人だにたはやすく見るまじきものを、夜は安きいも
寝ず 闇の夜にいでても、穴をくじり、垣間見、惑ひあへり。さる
時よりなむ、「よばひ」とはいひける。

【注釈11-1】
1)지금으로서는 옛 이야기이지만.
2)들어가서.
3)大和国(やまとのくに) 広瀬郡(ひろせごうり) 散吉郷(さぬきごう), 현재 奈
　良県(ならけん) 北葛城郡(きたかつらぎぐん)의 마을 장.
4)「なむ」를 받아서 「ありける」가 됨. 많은 필사본은 「ありけり」.「り」
　와 「る」의 초서체는 유사하여 잘못 적은 글씨가 많다.
5)이상히 여겨서.
6)약 10㎝. 숫자 3이 많이 사용됨.
7)귀여운 모습으로 누워 있었다.
8)음이 같은 籠(こ=바구니)와 子(こ)의 두가지 뜻을 나타내고 있다.
9)손바닥에 놓고. 그 만큼 작다.
10)「竹取(たけと)るに」가 중복되어 있는 것은 구비(口碑) 설화를 그대로
　기술한 흔적이라고 생각되어짐. 본작품 문체의 특징.
11)「よ」는 마디와 마디 사이.
12)숫자 3.
13)보통 성인의 체격까지 성장하여.
14)성인식을 뜻함. 어린 여자애가 하는 어깨까지의 머리를 땋아 올린 머리.
15)성인 여성의 정장. 성인식을 뜻함.
16)실내에 펼쳐 드리우는 칸막이. 귀족이 딸을 귀하게 키우는 듯함.
17)귀하게.
18)이 세상에 이보다 품위 있고 화려하며 청결한 아름다움은 더 이상 없고.
19)그 후에도 황금이 든 대나무를 발견하는 일이 오랜동안 있었다.
20)그래서 부호가 되었다.

21)지명. 宇治(うじ)라는 설과 大和(やまと) 三輪山(みわやま) 근처라는 설
   이 있다.
22)제사를 맡아 하는 씨족.
23)부드럽고 탄력이 있는 대나무라는 뜻.
24)반짝반짝 빛나 듯 아름다운 공주라는 뜻.『古事記(こじき)』에 垂仁(す
   いにん)천황의 부인 중 한명에 迦具夜比売命(かぐやひめのみこと).
25)이름을 지은 것을 축하하여 삼일간 흥겹게.
26)누구 할 것 없이.
27)대단히 성대하게 연회를 베풀었다.
28)신분이 높은 사람도.
29)어떻게 하여서라도.
30)'얻어서 신부로 맞이하고파'라고.
31)소문을 듣고 마음을 어지럽힌다.
32)竹取(たけとり)の翁(おきな) 집에서 일하는 사람도 かぐや姫(ひめ)의 모
   습을 쉽게 볼 수 없는데도.
33)아무것도 보이지 않는 캄캄한 밤인데도 찾아와.
34)판자울이나 문에 구멍을 뚫어.
35)우왕 좌왕들 하고 있다.
36)결혼을 뜻하는 「よばひ」이라는 말이 이 사건을 계기로 사용하게 되었
   다는 어원을 설명하고 있다.『竹取物語(たけとりものがたり)』에는 이러
   한 어원설이 많다. 여기서는 남자가 밤에 여자의 침소에 조용히 기어 가
   듯이 침입한다는 夜這(よば)い의 뜻으로 푼 민간 어원설이다. 這(は)う
   는 '기어 가다'라는 뜻. 고대에는 남자가 상대방의 이름을 부른 것으로
   결혼이 성사되었다. 즉 여자가 남자에게 자기 이름을 알리는 것이 바로
   남자를 받아 들이겠다는 의사 표현이었다.「よばひ」는 よぶ(부르다)의
   미연형 よば에 계속의 뜻을 나타내는 조동사ふ가 접속한 よばふ의 명사
   화. 平安(へいあん)시대 이후에는 ふ에 연결하는 동사가 정해져서 ふ까
   지 포함하여 하나의 동사로 보게 됨.

[참고] 竹取(たけとり)の翁(おきな)가 소인(小人) かぐや姫(ひめ)를 대나무
속에서 발견하여 키우는데 3개월만에 성인이 된다. 竹取(たけとり)の翁(お
きな)설화로서 옛부터 입에서 입으로 전해온 이야기의 머리부분이다. 이 이
야기가 옛부터 전해온 설화라는 것은 한 단어로 두 가지 뜻을 나타내는 기

지 있는 문장을 동음이나 유사어를 구사하여 만들어 내었다는 것과「今(い
ま)は昔(むかし)」로 시작하는 형식, 그리고 똑같은 말을 중복하는 형태가
많이 있다는 것 등으로 입증 된다. 그래서 이 이야기는 大和朝廷(やまと
ちょうてい)에 종복한 讚岐(さぬき) 출신 부족의 시조설화라는 학설이 있
다. 신분이 낮은 竹取(たけとり)의 翁(おきな)의 집을 무대로 하는 것과「よ
ばひ」의 어원을 민간 어원설적으로 설명하는 것은 작자의 관심이 서민들
의 삶의 터에 있었다는 것을 시사하고 있다.

【本文11-2】

　日暮れぬれば、かの 寮 におはして見たまふに、まことに 燕 巣つ
くれり。くらつまろの申すやうに、尾浮けてめぐるに、荒籠に人をの
ぼせて、吊り上げさせて、 燕 の巣に手をさし入れさせてさぐるに、
「物もなし」と申すに、中納言、「惡しくさぐればなきなり」と腹
立ちて、「誰ばかりおぼえむに」とて、「我のぼりてさぐらむ」との
たまひて、籠に乗りて、吊られのぼりてうかがひたまへるに、 燕 尾
をささげて、いたくめぐるに合せて、手をささげてさぐりたまふに、
手に平める物さはる時に、「我、物にぎりたり。今はおろしてよ。
翁 、し得たり」とのたまへば、集りて、とくおろさむとて、 綱を
引きすぐして綱絶ゆる、すなはちに、やしまの 鼎 の上にのけざまに
落ちたまへり。人々あさましがりて、寄りて抱へたてまつれり。御眼
は白眼にて、臥したまへり。人々、水をすくひ入れたてまつる。から
うじて息出でたまへるに、また 鼎 の上より、手とり足とりして、下
げおろしたてまつる。からうじて、「御心地はいかが思さるる」と問

へば、息の下にて、「物はすこしおぼゆれど、腰なむ動かれぬ。されど、子安貝を、ふと握り持たれば、うれしくおぼゆるなり。まづ紙燭して来。この貝の顔見む」と御ぐしもたげて、御手を広げたまへるに、燕のまり置ける古糞を握りたまへるなりけり。それを見たまひて、「あな、かひなのわざや」とのたまひけるよりぞ、思ふに違ふことをば、「かひなし」といひける。

　貝をえ取らずなりにけるよりも、人の聞き笑はむことを日にそへて思ひたまひければ、ただに病み死ぬるよりも、人聞きはづかしくおぼえたまふなりけり。

　これを、かぐや姫聞きて、とぶらひにやる歌、

　　年を経て　浪立ちよらぬ　住の江の　まつかひなしと　聞くはまことか

とあるを、読みて聞かす。いと弱き心に、頭もたげて、人に紙を持たせて、苦しき心地にからうじて書きたまふ。

　　かひはかく　ありけるものを　わびはてて　死ぬる命を　すくひやはせぬ

と書きはつる、絶え入りたまひぬ。これを聞きて、かぐや姫、すこしあはれとおぼしけり。それよりなむ、すこしうれしきことをば、「かひあり」とはいひける。

【注釈11-2】
1)大炊寮(おおいづかさ). 지방에서 보내온 쌀, 잡곡을 수납하여 분배하는 관청.
2)かぐや姫(ひめ)가 石上麿足(いそのかみのまろたり)에게 제시한 결혼 조건

은 제비가 가지고 있다는 자패(紫貝)다. 제비가 출산 때 알과 함께 낳는
다는데, 사람이 보면 없어진다고 한다.

3)아무것도 없습니다.

4)누가 자패를 찾아낼 수 있을까? 나 이외의 누구도 찾아내지 못할 것이다.

5)「くらつまろ」, 즉 여기서는 大炊寮(おおいづかさ)의 창고를 지키는 사
   람을 가리키는 말. 앞에「くらつまろと申(もう)す翁(おきな)」라는 기술
   이 있다. 행하는 일이 성사되었을 때 무의식적으로 하는 관용구와 같은
   것으로도 생각 됨.

6)줄을 늦추면 되는 것을 너무나 황급히 내리게 하여 반대쪽에서 줄을 당
   겼기 때문에 줄이 없어져.

7)곧 바로.

8)여덟개의 솥. 大炊寮(おおいづかさ)에서 여덟개의 솥의 신을 모시는 솥.
   밑에 세개의 다리가 있음.「やしま」는 여덟개의 섬. 즉 일본 국토를 말
   하고 일본 전체를 대표하는 솥의 신을 모시고 있는 셈이다.

9)겨우.

10)재빠르게 잡아서 가지고 있기 때문에.

11)길이 50cm·직경 1cm정도로 깎은 소나무. 위 부분에 기름을 바르고 아래
   부분을 종이로 감은 조명구.

12)싸 놓은 오래된 똥.

13)아이고 조개가 없어진 거구나.

14)기대에 어긋나는 것을.

15)~した甲斐(かい)がない(~한 보람이 없다)와 貝(かい)がない(조개가 없
   다)의 두 가지 뜻을 나타냄.

16)손에 잡은 것이 자패가 아니었다는 것을 알고 낙심하여 부러진 허리도
   잘 붙지 않는다. 中納言(ちゅうなごん)는 어리석은 짓을 하여 구혼이 끝
   난 것이 사람들에게 알려지는 것을 두려워하였지만, 그로 인하여 병들고
   말았다.

17)날이 갈수록.

18)단순한 병으로 죽는 것보다 자패를 찾다가 한심한 결과로 끝이 나고, 또
   그로 인하여 죽는 것을 부끄러워하신다.

19)보내는 문안 노래.

20)오랫동안 찾아 오지 않는 당신. 貝(かい)도 없으니 기다릴 보람도 없을
   것 같다(甲斐がない)고 하니 정말입니까?「住(すみ)の江(え)」는 大阪市

(おおさかし) 住吉区(すみよしく) 住吉神社(すみよしじんじゃ) 근처의 해안. 소나무의 명소로 많은 노래에 나온다.「住の江のまつ」의「まつ」는 掛(か)け詞(ことば)로 松(まつ)와 待(ま)つ 두 개 뜻을 가지고 있음.

21)옆에서 누가 읽어준다. 中納言(ちゅうなごん)은 편지도 못 읽을 정도로 쇄약해져 있다.

22)「貝(かい)」는 없었지만 당신으로부터 편지를 받게 되어서 고생한 보람은 있었습니다만, 괴로워하다가 죽어가는 내 목숨을 그 숟가락으로 떠내듯이, 당신은 왜 내 청혼을 받아 주시고 구하여 주시지는 아니하시옵니까?「かい」는 표면적으로는 甲斐(かい=보람)의 뜻을, 뒤에 匙(かい=숟가락)이라는 뜻을 나타낸다. 그래서「すくひ」도 救(すく)ふ(=구제하다)와 掬(すく)ふ(=떠내다) 두 가지 뜻을 나타냄.

23)쓰자마자 그만 절명하셨다.

24)불쌍하게 생각하셨다. かぐや姫(ひめ)가 中納言(ちゅうなごん)을 불쌍하게 생각하였던 것은 단순이 中納言(ちゅうなごん)이 죽었다는 사실뿐만 아니라 그의 노래가 かぐや姫(ひめ)에게 감동을 주었기때문이다.

〔참고〕かぐや姫(ひめ)가 石上麿足(いそのかみのまろたり)에게 결혼 조건으로 제시한 것은 제비가 가지고 있는 자패를 찾는 일이었다. 자패가 제비 몸에서 나온다는 이야기는 전거(典拠) 미상. 당시의 속신으로 생각이 됨. かぐや姫(ひめ)에게 구혼하는 다섯명의 귀족 중 마지막으로 등장하는 인물 이야기.『竹取物語(たけとりものがたり)』가 숫자 3으로 구성되어 있는 만큼 다섯명의 귀족도 원래는 세 명이 었던 것으로 예측이 되는데, 앞의 세명과 이 이야기를 포함한 뒤의 두명과는 여러 차이점이 있다는 지적이 나와 있고 그것이 정설이다. 예를 들어 앞의 세 명에 관해서는 인물의 특징이 기술되어지고 있지만, 뒤의 두 명은 그런 기술 없이 바로 이야기가 시작한다든가, 앞의 세 명은 진짜 보물이 아니었지만 그래도 형식적이기는 하지만 보물을 지참했는데 뒤의 두 명은 かぐや姫(ひめ)에게 청혼할 사람로서는 너무 어울리지 않은 무능한 인물로 묘사되어 있다는 것이다. 그래서 뒤의 두 명이 등장하는 부분은 작품이 완성된 다음, 이야기를 더 재미있게 하여서 보다 풍부한 해학을 독자에게 제공하려는 의도에서 나중에 부가된 것으로 생각되어진다.

【12】

古今和歌集
こきんわかしゅう

- 905년 -

紀友則(미상)・紀貫之(872?~945)
きのとものり　　　きのつらゆき

凡河内躬恒(미상)・壬生忠岑(미상)
おおしこうちのみつね　　みぶの ただみね

　　20권에 1111수를 수록. 万葉集이후 한시의 그늘에 가려져 공식석상에서는 자취를 감추었던 和歌의 부활에는 律令체제의 붕괴 仮名의 발달과 함께 和歌를 많이 사용한 여성 중심의 後宮문화의 성립과 歌合에 의한 和歌의 촉진이 있었다. 이러한 기운을 바탕으로 醍醐천황(885~930년)에 의해 최초의 勅撰和歌集가 탄생되었다. 春・夏・秋・冬・賀・離別羈旅・物名・恋歌1~5・哀傷・雑・雑体・大歌 所 御歌로 분류되어 紀貫之의「仮名序」・紀淑望의 한문「真名序」가 있다. 仮名序에서는「やまと歌は人の心を種として……」즉「人の心」를 和歌의 기본으로 한다는 것을 주장한다.「万葉集に入らぬふるき歌」에서『万葉集』의 작품은 포함시키지 않겠다는 의도를 알 수 있지만 실제『万葉集』수록 작품이 포함되어 있다. 季節歌와 恋歌가 비중을 많이 차지하고 있으며『万葉集』의 挽歌는 哀傷歌로 바꾸고 있다.『古今集』의 주요테마는 시간의 흐름과 변화라고 볼 수 있는데 시간의 흐름에 따라 작품이 수록되어 있다. 꽃을 예로들면 '봉오리→피고→지는'순서, 恋歌도 '사랑의 설레임→이루어지기까지

→사랑이 깨어진 후 원망하거나 포기'하는 순서이다.

『古今集(こきんしゅう)』는 제작 연대와 가풍(歌風)의 변화에 따라 흔히 3기로 나눈다. 1기는 読(よ)み人(ひと)知らず시기이며, 万葉(まんよう)에서 古今調(こきんちょう)로 넘어가는 과도기. 솔직한 심정표현의 万葉風(まんようふう)·民謡風(みんようふう)가 많다. 2기는 在原業平(ありわらのなりひら)(825~880년)·遍昭(へんじょう)(816~880)·小野小町(おののこまち)(생몰년 미상)·大伴黒主(おおとものくろぬし)(생몰년 미상)·文屋康秀(ふんやのやすひで)(생몰년 미상)·喜撰法師(きせんほうし)(생몰년 미상)의 六歌仙(ろっかせん)시대. 優美(ゆうび)의 감정을 기교적으로 읊는 경향이 있다. 3기는 찬자(撰者) 중심시대이지만 찬자(撰者)외에 素性法師(そせいほうし)(생몰년 미상)·伊勢(いせ)(877?~938?년) 등도 있으며 古今集(こきんしゅう) 가풍(歌風)을 대표한다.

Ⅰ新日本古典文学大系5 古今和歌集. 小島憲之 외. 岩波書店. 1989.2
Ⅱ久曾神昇. 陽明叢書国書篇第1輯 古今和歌集. 思文閣出版. 1977.9
Ⅲ伊藤一男. 古今和歌集主要研究文献紹介(単行書). 国文学 解釈と教材の研究 巻40第10号. 學燈社. 1995.8

【本文12】

春歌上(はるのうたうへ)　渚院(なぎさのゐん)にて 桜(さくら) をみてよめる　　　　在原 業平(ありわらのなりひら)

世(よ)の中(なか)に たえて 桜(さくら) の なかりせば 春(はる)の 心(こころ) は のどけからまし

(권一53)

秋歌上(あきのうたうへ)　是貞親王(これさだのみこの) 家(いへの) 歌(うた) 合(あはせ) によめる　　　　大江千里(おおえのちさと)

月見(つきみ)れば ちぢに 物(もの)こそ 悲(かな)しけれ わが身(み) 一(ひと)つの 秋(あき)にはあらねど

(권四193)

よみ人(ひと)しらず

鳴き渡る　雁の 涙 や 落ちつらむ　もの思ふ宿の　萩の上の露

（권四221）

　　　　冬 歌　　　梅の花に雪のふれるをよめる　　　　　　小野 篁

花の色は　雪にまじりて　見えずとも　香をだに匂へ　人の知るべく

（권六335）

　　　　恋 歌一　　　　　　　　　　　　　　　　　　　　在原 元方

音羽山　おとに聞きつつ　逢坂の　関のこなたに　年を経るかな

（권十一473）

　　　　恋 歌二　　　　　　　　　　　　　　　　　　　　紀貫之

くれなゐの　ふり出でつつ　泣く 涙 には　袂 のみこそ　色まさりけれ

（권十二598）

　　　　恋 歌五　　　　　　　　　　　　　　　　　　　　小町

秋風に　あふ田の実こそ　かなしけれ　わが身むなしく　なりぬと思へば

（권十五822）

【注釈12】

1)河内国(かわちのくに) 지금의　大阪府(おおさかふ)　枚方市(ひらかたし)의
　淀川(よどがわ) 가까이에 있던　文徳(もんとく)천황의　離宮(りきゅう). 후
　에　惟喬親王(これたかしんのう)의　소유로　됨.『伊勢物語(いせものがた

り)」82단 참조.
2)전혀. 조금도.
3)『万葉集(まんようしゅう)』의 꽃이 매화라면 본집 이후는 벚꽃이 중시.
「なかりせば」는 없었다면.
4)「春(はる)の心(こころ)」는 동시에 春(はる)の人(ひと)の心(こころ)이다.
5)「のとけし」는 조용하다, 한산하다라는 의미.「まし」는「せば~まし」
의 형태로 反実仮想文(はんじつかそうぶん). 만약~였다면~이었을텐데.
만약 이 세상에 벚꽃이 없었더라면, 봄날에 사람들의 마음은 평안했을텐
데.
6)「千(ち)」는 숫자에 붙는 즉, 二十歳(はたち), 三十路(みそぢ)와 같은
「ち」가 덧붙은 것.「ち」는 무한한 수(数)로서 쓰이고 있음.「ちぢ」는
밑의「一(ひと)つ」와 대조.
7)왠지 슬프다.
8)「一つ」는 한사람이란 뜻. 나혼자만의 가을은 아니지만, 그런 기분이 들
어서라는 뜻. 가을 중에서도 특히 달에 대해 비애를 느끼는 것은 당시의
공통된 시정(詩情).
9)밤에 울면서 하늘을 날아감.
10)기러기를 의인화시켜 울며 날아가는 기러기의 눈물이 흘러내린 것일까
라는 뜻. や는 의문. 의인법은 본집 특징중의 하나.
11)「もの思(おも)ふ」는 용례가 많으며 사랑 때문에 탄식.「宿(やど)」는
자신의 집을 말함.
12)「萩(はぎ)の花(はな)の上(うえ)に置(お)いて露(つゆ)よ」로 심중의 감동
을 나타냄. 싸리에 맺힌 이슬을 자기처럼 지난 밤 슬피울며 날아간 기
러기의 눈물로 보고 있다.
13)「花(はな)の色(いろ)は」의「は」는 밑의「香(か)」에 대비.
14)매화의 흰색이 흰눈과 뒤섞여.
15)향기만이라도.「匂(にほ)へ」는 명령형. 매화를 의인화.
16)매화라고 사람들이 추측하여 알 수 있게.
17)京都(きょうと)에서 東国(あずまのくに)으로 가기위해서는 우선 音羽山
(おとわやま)를 넘고 逢坂(おうさか)의 関(せき)를 넘는 것이 순서. 여기
는 음이 같은「おと」에 걸리는 枕詞(まくらことば).
18)「おと」는 소문.「つつ」는 반복한다는 뜻. 여자에 관한 소문을 몇번
들으면서.

19)逢坂(おうさか)의 「関(せき)」의 이쪽편에 있다는 뜻이므로 소문으로만
　 듣고 만나지 못하고 있음을 나타낸다. 逢坂(おうさか)는 전통적인 표현
　 이지만 「逢坂(あふさか)の関(せき)のこなた」는 새로운 표현.
20)이 시대의 슬픔의 눈물은 홍색. 세번째 구의 눈물에 연결. 한편 염료로
　 서의 홍색으로도 쓰임.
21)「ふり出(い)で」는 우는 모습을 형용. 슬픈 나머지 큰 소리를 냄. 한편
　 염료로 사용하기 위해 물에 우려낸다는 의미도 포함.
22)염료와 눈물을 대비. 그 눈물로는.
23)「袂(たもと)」는 눈물을 닦는 것으로 사용.
24)「色(いろ)」는 물론 홍색. 「まさり」는 물들어 진해진다는 뜻.

　[참고] 눈물로 물드는 소매와 염료로 물드는 옷을 대조시켜 심적(心的)으
로 애절한 작품이기는 하지만 표현적으로 기교적 이지(理智)적이며 작품을
복잡하게 만드는 것이 취지. 그것이 古今風(こきんふう)의 일면이기도 함.

25)거칠게 벼를 넘어뜨리는 것을 말함. 「あき」는 飽(あ)き(=싫증)와 같은
　 음. 애인이 자기에 싫증이 났다는 뜻.
26)「たのみ」는 「田(た)の実(み)」로 벼를 뜻함. 거기에 頼(たの)み(=의지
　 할 것. 믿는 것)가 겹쳐져 있다.
27)「わがみ」란 「我(わ)が実(み)」를 말하며 벼를 자기 자신으로 보고 있
　 다. 거기에 「我(わ)が身(み)」가 겹쳐져 있다. 「空(むな)しく」는 벼를
　 수확하지 못하게 된다는 의미에다 「わが身(み)のむだになる」라는 의미
　 를 더하고 있다. 자신의 마음을 자연현상화시킨 작품.

【13】

土佐日記
とさにっき

- 935년경 -

紀貫之(872?~945)
きのつらゆき

예전에는 「土左日記」라 쓰여지고 「とさの日記」라 불렸다. 작자는 三十六歌仙의 한 사람 紀貫之이며, 紀友則(생몰년 미상)와 凡河内躬恒(생몰년 미상) 그리고 壬生忠岑(생몰년 미상) 등과 함께 『古今集』를 편찬하였다. 100수가 넘은 그의 작품이 『古今集』에 실려 있고 사상 첫 번째 가론으로 명성이 높은 「仮名序」를 써, 당대 가단(歌壇) 제1인자로서의 실력을 과시하였다. 『土佐日記』는 작자가 말년에 土佐守의 임무를 마치고 935년 2월 16일 임지를 출발하여 서울에 귀착할 때까지 55일간의 체험을 하루도 빠지지 않고 여성의 입장에서 여성이 집필하고 있는 것 같이 서술한 것이다.

내용은 和歌 57수와 가론을 함께 하여 출발 시의 송영과 이별, 같은 배를 탄 사람들의 언동, 자연 경관, 바람과 파도, 해적에 대한 공포, 귀경을 고대하는 심정 등 다양하다. 그러나 이야기의 중심이 되는 것은 土佐守 재임중 갑자기 죽은 여자아이에 대한 애석한 정이다. 그 비탄의 표현은 심경 소설적이며, 일기를 하나의 문예 작품으로까지 상승시켰다. 또 여러 곳에서 세상에 대한 작자의 비판과 성실함에 대한 깊은 감동과 애착, 그리고 경박함과 타산에 대한 비난과 공격 등을 서술하고 있다.

본 작품은 내용 서술에 있어 한문이 지닌 간결한 문체의 장점은 살렸지만, 한문 훈독 조의 딱딱함을 감추지는 못하였다. 하지만, 한문으로는 서술하기 어려운 속마음을 仮名 문자로 표현하는데 성공하였고, 문장 안에서의 기지와 해학은 문체의 특색이기도 하다.

머리 부분에서 '이 일기는 여성의 필작이다' 라며, 용이하게 허구성을 가할 수 있는 자유로운 입장을 확보하고 있다. 그 결과 종래의 남성 일기가 한문체로 쓰여져 공적이고 비망록적인 것에 비해, 본 작품은 문예적 창작적인 것이 되어 자조적 요소와 근대성을 도입하게 된 것이다. 이러한 방법은 『蜻蛉日記』 등에도 영향을 주어, 왕조 여류 문학을 완성하게 한 것이다.

Ⅰ 新編日本古典文学全集13 土佐日記. 菊地靖彦. 小学館. 1995.10.
Ⅱ 萩谷朴. 影印本土左日記. 新典社. 1968.3. 日本大学文理学部国文学研究室. 土左日記総索引. 桜楓社. 1967.7.20
Ⅲ 村瀬敏夫. 土佐日記研究文献一覧. 土佐日記. 翰林書房. 1994.4.

【本文13-1】

男もすなる日記といふものを、女もしてみむとて、するなり。

それの年の、十二月の、二十日あまり一日の日の、戌の時に門出す。そのよし、いささかに、ものに書きつく。

【注釈13-1】

1) 남자인 작자가 자신을 여자로서 기필한 부분. 당시 남자는 일기를 변체 한문으로 썼고 그 일기는 메모나 비망록적 성격을 지님. 여자들은 ひらがな로 보다 서정적인 일기를 쓴 것으로 생각됨.

2) ひらがな를 사용하는 것은 여성. 작자가 자신을 여성으로 가장하여 집필함.

3) 承平(しょうへい) 4년(934년).

4) 오후 8시경.

【本文13-2】

　家に至りて、門に入るに、月明ければ、いとよくありさま見ゆ。聞きしよりもまして、いふかひなくぞこぼれ破れたる。家に預けたりつる人の心も、荒れたるなりけり。中垣こそあれ、一つ家のやうなれば、望みて預かれるなり。さるは、便りごとに物も絶えず得させたり。今夜、「かかること」と、声高にものもいはせず。いとはつらく見ゆれど、志はせむとす。

　さて、池めいてくぼまり、水つける所あり。ほとりに松もありき。五年六年のうちに、千年や過ぎにけむ、かたへはなくなりにけり。今生ひたるぞまじれる。大方のみな荒れにたれば、「あはれ」とぞ、人々いふ。思ひ出でぬことなく、思ひ恋しきがうちに、この家にて生まれし女子の、もろともに帰らねば、いかがは悲しき。船人も、みな子たかりてののしる。かかるうちに、なほ悲しきに堪へずして、ひそかに心知れる人といへりける歌、

　　生まれしも帰らぬものを　わが宿に　小松のあるを　見るが悲しさ

とぞいへる。なほ飽かずやあらむ、またかくなむ。

　　見し人の　松のちとせに　見ましかば　遠く悲しき　別れせましや

忘れ難く、口惜しきこと多かれど、え尽くさず。とまれかうまれ、疾く破りてむ。

【注釈13-2】

1)집을 관리해주겠다는 사람이 관리를 소홀히 하여서 집이 심하게 파손되어 있다.
2)부재중 집을 관리한 사람이 성실한 사람인지 그 성실성을 시험에 보려는 표시를 집에 했었다라는 뜻. 집이 심하게 파손되어 있는 것은 관리한 사람이 성의 있게 관리하지 않았다는 증거.
3)관리해 주겠다고 한 사람은 바로 옆집 주인이었다. 그 집과는 간단한 울타리가 있었지만 한 집 같이 되어있었다는 것.
4)집 관리는 그쪽에서 희망한 일이었는데라는 불만.
5)그래도.
6)기회가 있을 때마다.
7)관리해 주고 있는 것에 대한 감사의 선물.
8)도대체 어떻게 관리하면 집이 이렇게까지 파손될 수 있을까.
9)하인들이 소동을 일으키지 못하도록 한다.
10)박정하다는 생각이 들지만.
11)사의를 표하는 선물.
12)연못처럼.
13)절반 가량.
14)참 안됐다.
15)京都(きょうと)를 떠나 다시 귀경하게 된 오늘까지의 일들이 생각나고 그런 일들 중 슬프고 그리운 추억 가운데에서도.
16)모여 서로 기뻐하고 있다.
17)貫之(つらゆき)의 처.
18)새로운 생명. 즉 죽은 자기 딸을 회상함.
19)이전 살아 있던 아이.
20)소나무처럼 천년씩이나 살아 있었다면.
21)멀리 土佐(とさ)에서 영원한.
22)지금까지 쓴 일기를 찢어버리자. 작품 첫부분과 대응하여 끝맺음을 하는 기술.

[참고] 어린 자식을 잃은 슬픔에 잠긴 가운데 사람들 마음이 매우 이기적이며 쉽게 변하는 것에 대해 분노 하지만, 자식에 대한 부모로서의 자신의 심정이 변하지 않는 것을 발견하고 그것을 유일한 위로로 삼는다. 이 작품

의 창작은 거기에서 시작되었다.

【14】

伊勢物語

いせものがたり

- 성립시기 미상 -

작자 미상

모두 125개의 짧은 이야기로 구성된 일본 문학사상 최초의 歌物語이다. 『源氏物語』「総角」에는 『在五が物語』, 『狭衣物語』 권1에는 『在中将の日記』라는 별명이 있는데『源氏物語』「絵合」에는 『伊勢物語』라고 쓰여져 있고「在五」는 이 작품의 주인공 모델인 在原業平를 가리기 위해 전해진 서명일 것이다. 작가는 미상이지만 『古今和歌集』시대 歌人인 伊勢라는 여성으로 추정하는 설이 平安시대부터 있지만 伊勢가 죽은 후에 성립된 이야기라고 생각되는 段도 있고 남자가 쓴 문체(文体)이므로 의문이 많다. 물론「在五」 「在中将」라는 말이 표시하는 在原業平는 작자가 아니다.

六歌仙 중 한 사람이며 유명한 歌人이었던 在原業平(825~880)는 平城天皇(774~824)의 아들 阿保親王(792~842)의 제5자이며 일본 최초의 勅撰和歌集인 『古今和歌集』에 편자를 제외하면 가장 많은 30首의 和歌가 수록되어 있는데 紀貫之는 『古今和歌集』仮名序에

서 業平의 和歌를「心余りてことば足らず」라고 비평하고 있다. 在原業平가 和歌에 담겨 있는 뜻이 많아서 이해하기 어려운 것이다. 그래서인지 어떤 상황에서 和歌가 성립되었는지에 관한 사정을 설명한 상당히 긴 詞書き가 있다. 和歌만으로는 이해하기 어려운 내용을 詞書き가 보충하여 和歌와 함께 독립된 이야기 세계를 구성하고 있는 것이다. 이 詞書き가 이야기로서의 構成力을 더욱 가지게 되면 충분히『伊勢物語』의 하나의 이야기가 될 가능성이 있다. 古今和歌集가 성립되기 전에 이미 전설화되고 있었던 業平에 관한 전승(伝承)은 和歌와 함께 전해지어 형상화(形象化)되어 伊勢物語의 일부가 된 것이다.

Ⅰ伊勢物語(新日本古典文学大系17). 秋山虔. 岩波書店. 1997.1
　　伊勢物語(新編日本古典文学全集12). 福井貞助. 小学館. 1994.12
Ⅱ伊勢物語(影印校注古典叢書6). 小林茂美. 新典社. 1975.5
　　伊勢物語諸本集(天理図書館善本叢書３). 片桐洋一. 天理大学出版
　　部 八木書店. 1973.1
Ⅲ竹取物語伊勢物語必携. 鈴木日出男編. 學燈社. 1989.4
　　研究の現在と展望(研究講座伊勢物語の視界　　王朝物語研究会編).
　　木戸久二子. 新典社. 1995.5

【本文14-1】
　　むかし、男、初冠して奈良の京 春日の里に、しるよしして、狩りにいにけり。その里に、いとなまめいたる 女 はらからすみけり。男 かいま見てけり。思ほえず、ふる里にいとはしたなくてありければ、心地まどひにけり。男 の着たりける 狩 衣の裾を

切りて、歌を書きてやる。その男、信夫摺の狩衣をなむ着たりけ
る。

　　　春日野の　若紫の　すりごろも　しのぶの乱れ　かぎりしられず

となむ、追ひつきて言ひやりける。ついでおもしろきこともや思ひ
けむ。

　　　みちのくの　忍ぶもぢずり　たれゆゑに　乱れそめにし　われならな
くに

といふ歌の心ばへなり。

　　　昔人は、かくいちはやきみやびをなむしける。(1단)

【注釈14-1】

1)物語(ものがたり=이야기)나 説話(せつわ) 등 본문 맨 앞 부분에 쓰여져
　있는 형식적인 말. 『伊勢物語(いせものがたり)』에는「むかし」「むか
　し、男(おとこ)」「むかし、男ありけり」 등으로 이야기가 시작함.

2)당시 11살~17살의 남자가 처음으로 관(冠)을 쓰는 것. 성인 의식(儀式).
　元服(げんぶく)라고도 함. 성인은 궁중에서 일을 할 수 있음.『源氏物語
　(げんじものがたり)』주인공인 光源氏(ひかるげんじ)의 경우 12살에 성인
　식을 했음.

3)六歌仙(ろっかせん) 중 한 사람인 在原業平(ありわらのなりひら)를 모델
　로 한 인물. 在原業平의 형인 在原行平(ありわらのゆきひら) 등을 모델로
　하여 쓰여진 이야기도 있음.

4)현재 奈良市(ならし) 春日山(かすがやま)의 산기슭.

5)자기 영토를 소유하고 있어서. 여기서 「よし」는 '관계가 있다'라는 뜻.

6)매사냥을 하러 갔다. 「けり」는 이야기를 쓴 사람이 보거나 듣거나 한
　과거 일이 아니라 다른 사람의 이야기를 통해 알게 된 과거 일을 나타내
　는 조동사. 物語(ものがたり=이야기)에서는 「けり」가 많이 사용됨. 이
　야기를 쓴 사람이 직접 경험한 과거를 나타내는 조동사는「き」임.「い
　に」는 ナ변격동사「往(い)ぬ」의 연용형.

7)平安(へいあん)시대에는 内裏(だいり)가 아닌 지역을 「里(さと)」라고 함.

8)젊디 젊고 아름다운.

9)동복(同腹)의 형제. 여기서는 자매.

10)원뜻은 '울타리 너머로(빈틈으로) 엿보다'. 그늘에서 집 안을 본다. 「て」는 완료 조동사 「つ」의 연용형. 완료 조동사에는 「ぬ」도 있는데 「ぬ」는 의지가 없는 동작, 「つ」는 의지가 있는 동작과 함께 쓸 때가 많다. 여기서는 주인공이 엿볼 생각을 가지고 엿본 것이다.

11)뜻밖에. 그늘에서 엿본 집 안에 아름다운 여성들이 있는 것과 현재 서울이 아닌 지역 이를테면 시골에 살고 있는 여성들에게 마음이 사로잡힌 것이 뜻밖이다라는 뜻도 있음.

12)옛 서울과 고향 등과 같이 뭔가 밀접한 관계가 있는 지역을 가리키는 말. 여기서는 옛날 서울. 奈良(なら)는 794년까지 서울이었음.

13)황폐된 옛날 서울에 아름다운 여성들이 살고 있는 것이 어울리지 않아서. 일설에 뜻밖에 아름다운 여성들을 보고 쑥스러워서.

14)마음이 동요되고 말았다.

15)주격(主格)을 나타내는 격조사(格助詞).

16)사냥이나 여행을 갈 때 입는 옷.

17)옛날 연애는 처음에 和歌(わか=노래)를 주고 받는데서 시작했다.

18)陸奥国(みちのくに) 信夫郡(しのぶごうり=현재 福島県(ふくしまけん)에 있는 지역)에서 나는 넉줄고사리의 줄기와 잎을 천에 문질러 뒤틀린 무늬를 낸 것. 「しのぶ」에는 사람을 사모한다는 뜻인 '偲(しの)ぶ'의 의미도 있음. 마음의 동요를 암시함.

19)春日野(かすがの)에 막 초목이 싹튼 '지치'라는 식물과 같이 젊디 젊고 아름다운 당신들을 사모하고 있는 저의 마음은 이 노래에 적혀있는대로 뒤틀린 무늬를 낸 「しのぶずりの狩衣(かりぎぬ)」와 같이 천 갈래 만 갈래로 흐트러져 있습니다. 「若紫(わかむらさき)」는 아름다운 여성들의 상징. 보라색은 옛날부터 고귀한 색깔. 「知(し)られず」의 「れ」는 가능을 나타내는 조동사 「る」의 미연형. 「春日野(かすがの)の若紫(わかむらさき)のすり衣(ぎぬ)」는 「しのぶのみだれ」를 끌어내기 위한 序詞(じょことば).

20)여성들을 엿본 후에 곧.

21)「いひやる」는 사자(使者)나 편지(여기서는 和歌)를 보낸다는 뜻.

22)이하는 앞의 이야기에 대한 「後注(こうちゅう)」의 형식을 빌린 서술. 「地(じ)の文(ぶん)」이라고도 함. 「ついで」는 기회라는 뜻. 남자가 입

고 있었던 옷이 「しのぶずりの狩衣(かりぎぬ)」로 읊은 和歌의 本歌(ほ
んか)에서도 「みちのくの忍(しの)ぶもぢずり」라고 하기 때문에 재미
도 있고 감흥도 있는 것 같다고 생각했던 것일까?

23)陸奥(みちのく) 信夫(しのぶ)라는 지역에서 나는 넉줄고사리로 염색한
천에 문질러 뒤틀린 무늬와 같이 저의 마음이 천 갈래 만 갈래로 흐트
러져 있는 것은 누구 때문인가? 모두 당신 때문입니다.

24)취지(趣旨).

25)옛날 사람.

26)'금방 성인식을 치렀는데 너무 빨리'라는 해석이나 '여인을 보자마자 맹
렬히'라는 해석이 가능하다.

27)우아한 행위. 여기서는 아름다운 여인을 엿보고 노래를 보낸 것.

〔참고〕平安(へいあん)시대에는 귀족(貴族) 자식은 성인식을 치르면 어떤
사람은 정부에서 관위(官位)를 받고 궁중에 봉사했다. 나이는 11살부터 17
살까지다. 『伊勢物語(いせものがたり)』1단 이야기의 주인공인 「男(おとこ)」
도 「初冠(ういかうぶり)」를 했다하더라도 아직 어린 소년이다. 그런 소년
이 사냥을 하다가 도중에서 어떤 집을 발견하여 집 안을 엿보았다. 이 시
대에는 집 안을 엿보는 행위 자체가 그 집 안에 뛰어난 여성이 있는지 없
는지 확인하는 행동이며, 연애에 대해서는 상당히 빠른 각성(覚醒)을 하고
있다는 것을 알 수 있다. 작자는 요즘은 그런 사람이 없는 것 같은데 옛날
에는 있었으며 더군다나 전통적으로 유교 영향이 많은 한국 사람의 입장에
서 보면 어딘지 이상한 느낌이 들겠지만, 작자는 우아하다고 평가한 것이
다. 그러나 어디까지나 「昔人(むかしひと)は」이며 『伊勢物語(いせものが
たり)』가 성립된 시기에는 거의 볼 수 없었던 것이다. 독자는 「むかし」의
이야기로서 읽고 옛날의 우아한 시대를 그리워하는 것이다.

【本文14-2】

　むかし、 男 ありけり。 女 のえ得まじかりけるを、年を経てよば

ひわたりけるを、 からうじて 盗みいでて、 いと暗きに来けり。

芥 川といふ河を 率ていきければ、草の上に 置きたりける露を、「

かれは何ぞ」となむ 男 に 問ひける。

ゆく先おほく、夜もふけにければ、鬼ある 所 ともしらで、神さ
へいといみじう鳴り、雨もいたう降りければ、あばらなる 蔵 に、
女 をば奥に押し入れて、男、弓やなぐひを負ひて戸口に居り、
はや 夜も明けなんと思ひつゝ、ゐたりけるに、鬼はや 一 口に食ひて
けり。「あなや」といひけれど、神鳴るさわぎにえ聞かざりけり。や
うやう夜も明けゆくに、見れば、率て来し 女 もなし。足ずりをし
て泣けどもかひなし。

　　　　白玉か なにぞと人の 問ひし時 露とこたへて 消えなましもの
を
　これは、二条の 后 のいとこの女御の御もとに、仕うまつるやう
にてゐたまへりけるを、かたちのいとめでたくおはしければ、盗みて
負ひて出でたりけるを、御兄人 堀河の大臣、太郎国経の大納言、ま
だ 下らふにて 内へまいりたまふに、いみじう泣く人あるを聞きつけ
て、とどめてとりかへしたまうてけり。それを、かく鬼とはいふなり
けり。まだいと若うて、后 のたゞにおはしける時とや。(6단)

【注釈14-2】

1)여성이지만 도저히 나의 처로 맞아들일 수 없는 여성.「女(おんな)の」의
「の」는 동격(同格) 격조사. 일반적으로 뒤에 오는 말은 활용이 있는 단
어의 연체형 이며 그 말 다음에 똑같은 명사가 생략됨.「の」앞에 있는
명사를 보충하고 '―이고 ～하는(～한,～인)―'라 해석을 함.

2)「え」는 부사(副詞). 부정 표현과 호응해서 불가능을 나타냄. 여기서는

여성이 남성보다도 훨씬 지위가 높은 가문의 따님임을 암시.

3)한자로는「夜這(よば)ひ」. 구혼하다. 옛날에는 밤에 남자가 사랑하는 여
  자 집에 다니는「通(かよ)ひ婚(こん)」이었다.

4)계속 구혼했으나.「わたる」는 보조동사. 어떤 행위를 계속함을 나타냄.

5)간신히.

6)집에서 여성을 꾀어내고. '꾀어내다'라는 말은 고전어에서는「誘(いざな)
  ふ」가 포함되어 있음. 여기서「盗(ぬす)み」라 한 이유는 여성의 친권자
  (親権者)에게서 허락을 받지 않았기 때문이다.

7)너무 어두웠을 때.「に」는 격조사. 연체형에 접속되는 격조사 「に」는
  형식명사를 보충하면서 해석을 해야 함.

8)강의 이름으로 大阪府(おおさかふ)高槻市(たかつきし)에 있는 강과「内裏
  (だいり)」안에 흐르고 있었던 시내가 있음.

9)원래「率(ゐ)る」 동사에는 '데리고 가다'라는 뜻밖에 없음. 그러나 여인
  이 강을 걸어서 건너가기 힘든 것과 본문 뒤에「盗(ぬす)みて負(お)ひて
  出(い)でたりけるを」가 있으므로 옛날부터 '여인을 업고'라고 문맥상 해
  석을 해 왔음.

10)자동사. (서리가) 내리다.

11)그것은. 서리를 가리킴. 연인은 서리를 본 적도 없을 만큼 고귀(高貴)한
  가문의 규중(閨中) 처녀임을 이해할 수 있음.

12)여인이 애인에게 물어봤으나 남자는 아무 대답도 하지 않았다. 왜 아무
  대답도 하지 않았는지 문맥상 이상한 느낌이 있음.

13)목적지까지의 거리. 어디로 가려고 하는가는 미상(未詳).

14)민간 전승의 거인 전설과 결합된 도깨비 같은 것. 〔참고〕 참조.

15)천둥.

16)형용사「いたし」의 연용형ウ음편. 부사적으로 쓰임. '너무'라는 뜻.

17)벽에도 지붕에도 틈 투성이인 집.

18)곡물등을 보관하는데 이용하는 창고.

19)화살통.

20)곧.

21)문맥상 두 가지 해석이 가능함.「明(あ)け」가「明(あ)く」의 연용형이라
  면「なん」은 완료 (강조) 조동사「ぬ」미연형+ 추정 조동사「む(ん)」
  가 되며 '틀림없이 곧 밤이 샐 것이다'라는 뜻.「明け(あ)」가「明(あ)
  く」의 미연형이라면「なん」은 실현을 기대하거나 희망을 나타내는 종

조사로 '곧 밤이 새었으면 좋겠는데' '곧 밤이 새었으면 한다'라는 뜻. 문
맥상 희망을 나타내는 뜻.

22)하면서.

23)한자로는 「居(い)る」. '서다'가 아닌 상태를 나타냄. 앉아 있었으니.

24)사람을 먹는 거인(巨人) 전승을 상상시킨다.

25)아이고.

26)시끄러운 천둥 소리 때문에.

27)차차. 점차.

28)발버둥치며.

29)이제 와서는 할 방법이 없다. 어쩔 수 없다.

30)'진주인가요 무엇인가요'라고 애인이 물었을 때 '그것은 서리이다'라고
가르쳐주고 덧없이 사라지는 서리처럼 저도 이 세상에서 사라졌으면 좋
겠는데.「消(き)えなましものを」에서「な」는 완료(강조) 조동사「ぬ」
의 미연형.「まし」는 현실과는 반대적인 상태를 가정하는 反実仮想(は
んじつかそう) 조동사인「まし」의 연체형.「ものを」는 역접 접속조사.
和歌(わか)에 쓰여져 역접과 감동을 나타냄.

31)이하 地(じ)の 文(ぶん). 앞 이야기를 설명한 부분.

32)藤原長良(ふじわらのながよし)의 딸인 高子(こうし 842년-910년). 866년
清和天皇(せいわてんのう)와 결혼.

33)藤原明子(ふじわらのみんし). 高子(こうし)의 부친 藤原長良(ふじわらの
ながよし)의 동생 藤原良房(ふじわらのよしふさ)의 딸. 文徳天皇(もんと
くてんのう)의 女御(にょうご). 清和天皇(せいわてんのう)의 모친.

34)봉사하는 것과 같이.

35)여기서는 궁중에서 생활함을 가리킴.

36)용모가 너무 수려하다.「おはし」는 존경 보조동사 「おはす」의 연용형.

37)高子(こうし) 형인 藤原基経(ふじわらのもとつね).

38)高子(こうし) 형인 藤原国経(ふじわらのくにつね).「太郎」는 장남.

39)지위가 낮은 자.

40)内裏(だいり). 궁중.

41)만류하고 여동생을 되찾으셨다.

42)그런 일화(逸話)를.

43)주어는 高子(こうし).

44)후의 二条后(にじょうのきさき)가 아직도 后(きさき)가 아니었을 때.

45)의문을 나타내는 계조사.

〔참고〕 「鬼」라는　한자는 「万葉集(まんようしゅう)」에서는 「モノ」「シコ(醜)」「餓鬼(ガキ)」「妖鬼(ヨウキ)」로 읽고 있음. 또 하나 山上憶良(やまのうえのおくら)「沈痾自哀文(ちんあじあいのふみ)」(권5)에 「為鬼」라는 용례가 있는데 읽기가 「オニノタメニ」로 되는가 「キノタメニ」로 되는가에 대해서는 미상. 「妖鬼(ヨウキ)」라는 말도 있으므로 중국적 陰陽道(おんみょうどう)적인 뜻이 있는 것 같다. 「日本書紀(にほんしょき)」에 있는 鬼神(アシキカミ) 邪鬼(アシキモノ)는 大和(やまと)정부에 반항하는 세력을 가리킴. 「竹取物語(たけとりものがたり)」의　「ある時(とき)は、風(かぜ)につけて知(し)らぬ国(くに)に吹(ふ)き寄(よ)せられて、鬼(おに)のやうなるもの出(い)で来(き)て殺(ころ)さんとしき」에 있는 「鬼(おに)」는 불교와 결합된 것이다. 여기서는　「鬼(おに)はや一口(ひとくち)に食(く)ひてけり」에 사람을 먹는 거인(巨人) 전설의 영향을 볼 수 있고, 또 「三代実録(さんだいじつろく)」887년 8월 17일자 기사 중에 보이는, 어느 남자가 여인을 잡아 먹었다는 이야기를 배경으로 성립된 것이다. 「これは」이하 문장은 「むかし、男(おとこ)」의 모델인 在原業平(ありわらのなりひら) 사적(事蹟)에 의하여 앞 이야기를 설명한 부분. 「地(じ)の文(ぶん)」이라 함. 이 6단 「芥川(あくたがわ)」 이야기는 후세 작품에 큰 영향을 주었다.

【本文14-3】

　むかし、男 ありけり。その男、身をえうなきものに思ひなして、京にはあらじ、東の方に住むべき国求めにとて行きけり。もとより友とする人 一人、二人して行きけり。道知れる人もなくて、まどひ行きけり。

　三河の国 八橋という 所 にいたりぬ。そこを八橋といひけるは、水ゆく河の、蜘蛛手なれば、橋を八つわたせるによりてなむ、八橋といひける。その 沢のほとりの木のかげに下りゐて、乾 飯食ひけり。その沢にかきつばたいとおもしろく咲きたり。それを見てある人のいはく「かきつばたといふ五文字を句の上にすゑて、旅の心をよめ」といひければ、よめる。

　　　唐衣　きつつなれにし　つましあれば　はるばるきぬる　たびをしぞおもふ

とよめりければ、皆人乾飯のうへに涙落としてほとびにけり。

　行き行きて、駿河の国にいたりぬ。宇津の山にいたりて、わが入らむとする道はいと暗う細きに、蔦楓は茂り、物心細く、すずろなる目をみることと思ふに、修行者あひたり。「かかる道はいかでかいまする」といふを見れば、見し人なりけり。京に、その人の御もとにとて、文書きつく。

　　　駿河なる　宇津の山べの　うつつにも　夢にも人に　あはぬなりけり

　富士の山を見れば、五月のつごもりに、雪いと白うふれり。

　　　時しらぬ　山は富士の嶺　いつとてか　鹿子まだらに　雪のふるらむ

　その山は、ここにたとへば、比叡の山を二十ばかり重ねあげたらむほどして、なりは塩尻のやうになむありける。

　猶行き行きて、武蔵の国と下つ総の国との中にいと大きなる河あり。それをすみだ河といふ。その河のほとりにむれゐて、思ひやれば、かぎりなく遠くも来にけるかな、とわびあへるに、渡守、「は

や船に乗れ、日も暮れぬ」といふに、乗りて渡らむとするに、みな人

ものわびしくて、京に 思ふ人なきにしもあらず。さるをりしも、

白き鳥の、嘴と脚と赤き、鴫の大きさなる、水の上に遊びつつ魚

を食ふ。京には見えぬ鳥なれば、みな人見しらず。渡守に問ひけ

れば、「これなむ都鳥」といふを聞きて、

　　　名にし負はば いざこと問はむ みやこどり わが思ふ人は あり

やなしやと

とよめりければ、舟こぞりて泣きにけり。(9단)

【注釈14-3】

1)이 세상에서 자신은 쓸모가 없는 인간이구나.『伊勢物語(いせものがた
　り)』가 성립된 시대는 藤原氏(ふじわらし) 일족(一族)이 정치 권력을 완
　전히 장악하여 奈良(なら)시대에 정치에 참여했던 가문은 권력을 잃어가
　고 있는 중이었다.
2)굳게 생각하고 결심하여. 「なす」는 동사에 '심하게,강하게,무리하게'라는
　뜻을 덧붙이는 보조동사.
3)서울인 平安京(へいあんきょう)에는 살지 않겠다. 서울에 있어도 자리가
　없는 것을 암시함.
4)원래 滋賀県(しがけん) 大津市(おおつし) 남부 逢坂山(おうさかやま)에
　있었던 逢坂(おうさか)의 関(せき)보다 동쪽에 있는 지역을 가리킴. 平安
　(へいあん)시대에는 信濃国(しなののくに=현재의 長野県(ながのけん) 전
　역)과 武蔵国(むさしのくに=현재의 東京都(とうきょうと) 와 埼玉県(さい
　たまけん)의 전역과 神奈川県(かながわけん)의 일부 지역)등 箱根(はこ
　ね)의 関(せき)보다 동쪽에 있는 나라들을 가리킴. 서울에서 먼 지역은 중
　앙 정부 지배력이 비교적 약한 지역이어서 자리 잡을 기회도 있었을 것
　이다.
5)살기 좋은 나라. 자리를 잡을 수 있는 나라. べき는 조동사 べし의 연체
　형. 여기서는 가능이나 어울리다라는 뜻.

6)오래 전부터.

7)友(とも)とする 人(ひと)는 男(おとこ)가 친구라 생각하고 있는 사람.「友なる人」는 객관적으로 보아도 친구인 사람.「友」가 아니라 「供(=수행원)」로 해석을 한 주석서도 많지만 함께 여행을 가고 있는 어떤 사람이 「男」에게 존경어 없이 「旅(たび)の心(こころ)をよめ」라고 동사 명령형을 쓰고 있기 때문에 「友」로 해석을 하는 것이 좋다.

8)「して」는 '~와 함께' 라는 의미를 나타내는 격조사(格助詞). 인원수를 한정하지 않아 막연히 씀으로 불안한 심정을 강조함. 그러나 본문 전체로 보면 함께 여행을 간 사람은 두 사람 이상.「伊勢物語絵巻(いせものがたりえまき)」등『伊勢物語(いせものがたり)』의 주된 장면을 그린 그림에서는 모두 3사람을 그리는 것이 일반적이다.

9)서울에 살고 있었던 사람이어서 길을 모른다.

10)서울에서 あづまの方(かた)에 갈 때는 큰 길인 東海道(とうかいどう)를 이용한다. 그러나 가 본 적이 없었던 사람이어서 東海道를 가고 있는데도 불안하고 고민하면서.

11)현재 愛知県(あいちけん) 동부 지역.

12)愛知県(あいちけん) 知立市(ちりゅうし) 동쪽에 있는 逢妻川(あずまがわ). 歌枕(うたまくら=뛰어난 경치로서 和歌에 자주 나오는 지명).

13)이하는 지명의 유래를 설명하는 서술로 고대 문학이나 역사서에 많은 地名縁起説(ちめいえんぎせつ).

14)강의 흐름이 거미 다리처럼 방사형이어서.

15)물이 얕게 괴고 풀이 자라는 곳.

16)근처. 가까이.

17)앉고.

18)말려서 딱딱하게 된 밥.

19)제비붓꽃.

20)아름답게.

21)완료 조동사. 동작과 상태의 계속이나 존속(存続)을 나타내는 용법이 많다. 여기서는 '피어 있다'라는 뜻.

22)그 곳에 있는 사람이라는 뜻과 어떤 사람이라는 뜻이 있음.

23)말하는 것은. 言ふ 미연형에 명사를 만드는 접속어 「く」가 접속된 말.

24)和歌(わか) 중 短歌(たんか)는 5음(ひらがな로 5개 문자가 됨)·7음·5음·7음·7음으로 모두 5구로 구성되어 있는데 각 구 맨 위에 각각 「か・

き・つ・は・た」라는 ひらがな를 하나씩 읊으면서.

25)「る」는 완료 조동사 り의 연체형. 다음에 있는 和歌(わか)를 수식함.

26)「古今和歌集(こきんわかしゅう)」등에 있음. 唐衣(からごろも)를 오랫동안 입어서 풀을 먹인 섬유에서 풀기가 없어져 버린 것같이 오래되고 친하게 지내온 처가 서울에 남아 있기 때문에 이렇게 먼 곳에 온 여행의 수고를 깊이 느끼게 된다. 唐衣는 着(き)る(=입다)의 枕詞(まくらことば). 唐衣きつつ는 「なれ」를 유도하는 序詞(じょことば). きつつ는 「来(き)つつ(=오면서)」와 「着(き)つつ(=입으면서)」, 「なれ」는 「馴(な)れ(=친하게 되고)」와 「褻(な)れ(=풀기가 없어져 옷이 길들여지고)」, 「つま」는 「妻(つま)(=처,며느리)」와 「褄(つま)(=着物(きもの)의 앞섶 좌우 끝)」, 「はる」는 「はるばる(=멀리)」의 「はる」와 「貼(は)る(=着物에 풀을 먹이다)」 와의 각각 掛(か)け詞(ことば). 「唐衣(からごろも)」・「着(き)つつ」・「褻(なれ)れ」・「褄(つま)」・「張(は)る」는 縁語(えんご). 각 구 맨 위에 か・き・つ・は・た가 쓰여져 있는 折句(おりく).

27)그 곳에 있는 사람은 모두.

28)뛰어난 和歌(わか)에 대한 감격의 눈물.

29)말린 밥이 눈물에 붙었다.

30)현재 静岡県(しずおかけん) 중앙부 지역.

31)静岡市(しずおかし) 丸子(まるこ)와 志太郡(しだぐん) 岡部町(おかべまち) 사이에 있는 산. 東海道(とうかいどう)의 宇津谷峠(うつのやとうげ)라는 고개가 있음.

32)산 길 양쪽에 나뭇잎이 우거져서 어두운 것이다.

33)담쟁이덩굴과 단풍나무.

34)예상하지 못한 힘들고 괴로운 일을 당할지도 모른다.

35)여러 나라를 행각(行脚)하면서 불도 수행을 하는 승려.

36)행각승의 말. 이러한. 서울에서 멀리 떨어진 산 속에서 만난 것이 뜻밖이어서 いかでか(=왜,어떻게)이다.

37)서울에서 만난 적이 있는 사람.

38)이름을 밝히지 않아 막연히 서술하고 있지만 물론 '男'가 사랑하는 연인에게.

39)고대의 편지는 주로 和歌(わか)로 구성되어 있음.

40)駿河(するが)에 있는 宇津(うつ)의 山(やま)의 산길에 왔는데 산 이름을

표시하는 「うつつ(現=현실)」에 있어서도 꿈 속에서도 이제 당신이 나를 사랑하지 않기 때문에 당신의 모습을 볼 수 없군요. 平安(へいあん) 시대 중기 전에는 상대방이 나를 그리워하고 사랑하고 있기 때문에 상대방의 꿈을 꾼다고 믿고 있었다.

41)겨울에 내린 눈이 아직 하얗게 남아 있군요. 여기서 「り」는 존속(存続)의 조동사. 음력 5월달 말에 눈이 내린 것이 아니라 겨울에 내린 것이 남아 있는 것.

42)계절을 모르는 산은 富士山(ふじさん)이구나. 여름임을 모르고 겨울에 내린 눈이 사슴털같이 아직 여기저기 남아 있구나.

43)서울 가까이 있는 산에 비유하면.

44)京都(きょうと)와 滋賀県(しがけん) 사이에 있는 산. 天台宗(てんだいしゅう) 총본산인 延暦寺(えんりゃくじ)가 있음.

45)산 모습은.

46)염전에서 모래를 원뿔꼴로 쌓아 올린 것.

47)東京都(とうきょうと) 葛飾区(かつしかく)는 당시 下総(しもふさ)の国(くに)이며 台東区(たいとうく)는 武蔵(むさし)の国(くに)임. 사이에 있는 강이 隅田川(すみだがわ).

48)여기까지 같이 여행을 온 친구와 함께 앉아.

49)여행과 서울을 생각해보면.

50)감동을 나타냄.

51)괴로움을 서로 이야기하고 있었더니. 「あへ」는 '서로 하다'라는 뜻을 덧붙이는 보조동사 「あふ」 已然形(いぜんけい).

52)나룻배 사공.

53)빨리.

54)괴롭고 슬프고. 武蔵(むさし)の国(くに)까지는 서울에 살고 있는 사람도 잘 알고 있겠지만 隅田川(すみだがわ)를 건너가면 심리적으로 너무 먼 나라이다.

55)서울에 사랑하는 연인이 없지는 않다.

56)마침 배를 타려고 하던 참.

57)흰 새이며. 「の」는 동격(同格) 격조사.

58)부리.

59)도요새.

60)붉은부리갈매기.

61)이름 속에 都(みやこ)라는 말이 있으니까 자아 물어볼까. 사랑하는 서울
　사람은 잘 지내고 계시는지.
62)배에 있는 모든 사람. 각각 사랑하는 사람이 서울에 있기 때문에 뛰어난
　和歌(わか)를 감탄하면서 고향 생각에 사로잡혀 우는 것이다.

〔참고〕소위 東下(あずまくだ)리의 단으로서 유명한 이야기다. 사랑하는
연인과 헤어져 関東(かんとう)로 내려가는「男(おとこ)」와 그 친구 마음
속에는 서울이 아닌 지역에서 새로운 생활을 하자는 희망과 여인과 이별한
것에 대한 슬픔이 동시에 있다. 그러나 서울에서 멀리 떨어진「すみだ川(が
わ)」를 배를 타서 건너갈 때의 和歌(わか)에는 희망을 찾아볼 수는 없고
슬픔만이 담겨 있다.
　이 9단 이야기는 후세의 작품이나 작가에게 큰 영향을 주고 東海道(とう
かいどう)를 내려가는 사람이면 누구나「むかし、男」의 여행을 생각내는
것이다. 鎌倉(かまくら)로 향한 阿仏尼(あぶつに)의『十六夜日記(いざよい
にっき)』나 宗祇(そうぎ)의『東関紀行(とうかんきこう)』등을 비롯하여 그
후의 江戸시대의 많은 작품들 속에서 그 영향을 볼 수가 있다.『伊勢物語
(いせものがたり)』와『源氏物語(げんじものがたり)』등을 근거로 쓴 井原
西鶴(いはらさいかく)의『好色一代男(こうしょくいちだいおとこ)』에는　주
인공이 東下(あずまくだ)리를 하는데 바로 이 9단에 의거한 것이다.

【本文14-4】

　むかし、田舎わたらひしける人の子ども、井のもとに出でてあそ
びけるを、大人になりにければ、男 も 女 も恥ぢかはしてありけれ
ど、男 はこの 女 をこそ得めと思ふ、女 はこの 男 をと 思ひつ
つ、親のあはすれども、聞かでなんありける。さて、この 隣 の
男 のもとよりかくなん。

　　　筒井つの 井筒にかけし まろがたけ 過ぎにけらしな 妹見ざる
まに

女、返し、

くらべこし 振分髪も 肩すぎぬ 君ならずして 誰かあぐべき

などいひいひて、つひに 本意のごとくあひにけり。

さて 年ごろ経るほどに、女、親なく、頼りなくなるままに、もろともにいふかひなくてあらむやはとて、河内の国 高安の 郡に、いき通ふ 所 出できにけり。さりけれど、このもとの 女、悪しと思へるけしきもなくて、いだしやりければ、男、異 心ありてかかるにやあらむと思ひうたがひて、前裁のなかにかくれゐて、河内へいぬる顔にて見れば、この 女、いとよう 化粧じて、うちながめて、

風吹けば 沖つ白浪 立田山 夜半にや 君がひとり 越ゆらむ

とよみけるを聞きて、かぎりなくかなしと思ひて、河内へもいかずなりにけり。

まれまれかの高安に 来て見れば、はじめこそ 心 にくもつくりけれ、今はうちとけて、手づから 飯がひとりて、笥子のうつは物に盛りけるを見て、心 憂がりて、いかずなりにけり。さりければ、かの 女、大和の方を 見やりて、

君があたり 見つつを居らむ 生駒山 雲なかくしそ 雨は降るとも

といひて 見いだすに、からうじて、大和人「来む」といへり。よろこびて待つに、たびたび 過ぎぬれば、

君来むと いひし夜ごとに 過ぎぬれば 頼まぬものの 恋ひつつ

ぞ経る

といひけれど、男　住まずなりにけり。(23단)

【注釈14-4】

1)이 부분에는 여러 가지 해석이 있는데 서울에서 그다지 떨어지지 않은 지역에 가서 생활하고 있었던 사람들의 아이들. 자세한 것은 〔참고〕 참조. 「ども」는 복수를 나타내는 접미어.

2)우물.「もと」는 근처, 곁.

3)서로 부끄러워하고 있지만. 「かはす」는 동사에 '서로'라는 뜻을 덧붙이는 보조동사.

4)처로 맞아들이자. 「め」는 추정·의지를 나타내는 조동사 'む'의 已然形(いぜんけい). 계조사 「こそ」의 結(むす)び(=위에 있는 계조사에 대응하는 활용형). 여기서는 의지.

5)서로 마음 속으로 결혼하고 싶다고 계속 생각하여. 「こそ得め」가 생략되어 있음.

6)반복 계속을 나타내는 접속조사.

7)결혼시키려고 하는데. 「会う」에는 서로 얼굴을 본다는 뜻이 있는데 그 당시는 성인이된 여인은 남편 이외에는 얼굴을 보이지 않았다.

8)승낙하지 않고 있었다. 소꿉친구와 결혼하고 싶다는 여인의 강한 의지를 볼 수 있음.

9)이웃집 남자. 소꿉친구 남자.

10)우물 井筒(いづつ)의 높이와 겨루던 나의 키는 井筒의 높이를 지나서 결혼할 자격이 있는 남자가 되고 만 듯합니다. 당신과 만나지 않았을 사이에. 「筒井(つつい)つの」는「筒井筒(つついづつ)」로 쓴 사본도 많이 있음.「筒井(つつい)」는 둥글게 파내린 우물.「つ」는 어의 미상.「井筒(いづつ)」는 우물 지상 부분을 나무나 돌로 만든 두름. 「かけ」는 「かく」의 연용형으로 비교하다라는 뜻.「まろ」는 상대방에게 친근감을가지고 말할 때 쓰이는 1인칭 대명사.「けらし」는 과거 조동사「けり」의 연체형「ける」에 추정 조동사「らし」 종지형이 접속하여 한 단어가 된 것.「な」는 감동을 나타내는 종조사.「妹(いも)」는 친근감을 가지고 처·애인·자기 자매를 부를 때 쓰이는 명사.

11)답장을 和歌(わか)로 함. 返歌(へんか).

12)서로 길이를 견주어 온 나의 머리카락도 어깨를 지나 길게 자랐습니다. 당신을 위해서가 아니라면 도대체 누구를 위해 머리를 올리는 여인의 성인식을 행할까요, 아니오 당신을 위해서가 아니면 머리를 올리는 보람 도 없습니다.「振分髮(ふりわけがみ)」성인식 전의 남녀 아이들 머리 스 타일. 머리카락을 좌우로 갈라 어깨 정도에서 잘라서 간추린 것. 「な ら」는 단정(斷定) 조동사 「なり」의 미연형. 「あぐ」는 「髮(かみ)上 (あ)ぐ」의 「あぐ」이며 여인 성인식 형식의 하나. 당신을 위해서 머리 를 올린다라는 답장은 청혼에 응한다는 뜻이다. 「か」는 비꼬는 뜻을 나타내는 반어(反語) 계조사(係助詞).

13)등과 같이. 여기에 있는 和歌(わか) 이외에도 많은 노래가 있다는 것을 상상시킴.

14)사랑을 확인하는 和歌(わか)를 서로 주고 받기 하면서.

15)드디어.

16)어렸을 때부터의 희망대로.

17)결혼했다. 平安(へいあん)시대의 결혼은 저녁에 남자가 여자 집을 방문 하는 通(かよ)い婚(こん)이라는 형태. 생활에 필요한 것은 여자의 양친 이 준비했다.

18)그리하여.

19)몇 년이 지난 사이에.

20)여자 양친이 돌아가셔서. 경제적 기반이 없어졌다는 상태를 표시함.

21)경제적으로 의지할 수 있는 방법이 없어졌기에.

22)여인과 함께 있어 앞으로도 가난한 생활을 할 수 있겠느냐. 「いふかひ なし」의 원의 '말한 보람이 없다'라는 뜻. 여기서는 초라하다. 「やは」 는 비꼬는 뜻을 나타내는 반어(反語)의 계조사(係助詞). 「とて」는 '라 고 생각하여'라는 뜻을 나타내는 격조사(格助詞).

23)大阪府(おおさかふ) 동부 지역. 八尾市(やおし)에 高安山(たかやすやま) 가 있음.

24)왕래하는 곳. 「通(かよ)い婚(こん)」 형태로 새로운 애인이 생기고 말았 다는 뜻. 그당시 남자는 여러 여인 집에 다녔다.

25)최초의 아내.

26)사나이가 딴 여인의 집에 다니고 있는 것을 질투하거나 나쁘게 생각하 고 있는 빛도 없고.

27)딴 여인 집에 가려고 하는 남자를 나가게 했기에.

28다른 남자에게 사랑하는 마음을 두는 것.

29)다른 여자 집에 가려고 하는 나를 질투도 하지 않고 나가게 할 것인가?

30)마당가에 심은 나무들. 나무를 심은 곳에 몸을 숨길 만큼 넓은 정원이 있는 집을 상상하게 한다.

31)가는 척하고.「顔(かお)」는 체, 척.

32)매우 아름답게 화장하여. 다른 남자가 오는 것을 상상하게 하는 서술이다.

33)여러 가지 생각에 잠기면서 멍청히 밖을 바라보고.「ながむ」에는 여러 생각에 잠기다라는 뜻도 있음.

34)밤 늦게 立田山(たつたやま)이라는 산을 당신이 혼자서 넘어가고 있는 것일까.「風(かぜ)吹(ふ)けば　沖(おき)つ白浪(しらなみ)(=바람이 불면 이는 앞 바다의 흰 파도)」는「たつ」를 이끌어내는 序詞(じょことば).「たつ」는「波(なみ)が立(た)つ(=파도가 일다)」의「たつ」와 立田山(たつたやま)의「たつ」두 가지 뜻을 가지고 있는 掛(か)け詞(ことば). 立田山(たつたやま)은 奈良県(ならけん) 生駒郡(いこまぐん) 서부에 있는 산.「君(きみ)」는 2인칭 대명사. 당신.「らむ」는 눈으로 볼 수 없는 현재의 사실을 추정하는 조동사. 밤에 어두운 산길을 걸어가고 있는 남편을 염려하고 있는 노래.

35)읊은 것을 듣고.

36)더없이, 너무.

37)몹시 귀엽다. 몹시 사랑스럽다.

38)가지 않게 되었다.「なり」는 4단 동사.

39)간혹. 가지 않게 되었지만 간혹 간 것이다.

40)高安(たかやす)에 왔고 여자의 행동을 보면. 이야기 작자의 시선은 高安에 있음.

41)우아하게. 형용사「心(こころ)にくし」어간에「も」가 붙어 부사적으로 쓰이고 있는 용법인가?「心にくくも」라 한 사본도 많다.

42)체하고 있었는데.「けれ」는 계조사「こそ」의 結(むす)び이며 已然形(いぜんけい).「こそ」의 結(むす)び로 문의(文意)가 종지되지 않을 때는 結(むす)び 다음에 역접의 뜻을 보충해야 함.

43)허물없이.

44)여인에게 봉사하는 사람이 아니라 여인이 자기 손으로.

45)주격.

46)밥 등을 담는 공기.

47)밥이나 국물 등을 푼 것을.

48)괴로운 마음이 되어서.

49)그러므로, 그래서. 남자가 여인 집을 찾아오지 않았기 때문에.

50)현재의 奈良県(ならけん). 「方(かた)」는 방향. 남자가 살고 있는 지역.

51)아득한 먼 곳을 보고. 「やる」는 멀리 떨어진 곳에서'라는 뜻을 덧붙이
   는 보조동사.

52)당신이 살고 있는 방향을 언제까지나 바라보면서 살아가겠습니다. 구름
   이야! 당신이 살고 있는 방향에 있는 生駒山(いこまやま)을 감추지 마세
   요. 가령 비가 와도. 「あたり」는 장소, 지역. 「つつ」는 동시에 진행
   됨을 나타내는 접속조사. 「居(を)り」는 살아가다, 생활하다. 「生駒山
   (いこまやま)」는 현재의 奈良県(ならけん) 生駒郡(いこまぐん)와 大阪府
   (おおさかふ) 南河内郡(みなみかわちぐん) 사이에 있는 산. 여인이 살고
   있는 高安(たかやす)와 남자가 살고 있는 大和(やまと) 사이에 있음.
   「な」는 부사. 「な〜そ」의 꼴로 공손한 금지를 나타냄. 「そ」는 종
   조사.

53)사자(使者)를 통해서 和歌가 쓰여져 있는 편지를 보내고.

54)집 안에서 밖을 바라보고 있었더니.

55)겨우.

56)大和에 살고 있는 남자.

57)오겠다. 이야기를 말하는 시점(視点)이 高安에 있음. 'む'는 의지를 나타
   내는 조동사.

58)오겠다고 했을 때마다.

59)남자가 오지 않아 헛되이 지났기 때문에.

60)당신이 오겠다고 하신 밤마다 오지 않아 헛되이 지났으니까 이제 당신
   의 말을 믿을 수 없는데 그래도 당신을 사모하면서 지내고 있습니다.

61)남자가 여자 집을 오가고 부부로서의 생활을 하는 것.

[참고] 「ゐなかわたらひしける人(ひと)の子(こ)ども」에 대해서는 옛날부
터 여러 해석이 있다.
 1)행상(行商)하는 사람들의 아이들.
 2)지방관리(地方官吏)들의 아이들.
 3)무언가 사정이 있어서 「ゐなか」로 가서 생활을 한 사람들의 아이들.
   「ゐなか」라는 어휘의 뜻에 대해서도 여러 생각이 있다.

a)서울에서 멀리 떨어진 시골.

b)「内裏(だいり)」도 「里(さと)」도 아니지만 서울에서 그다지 떨어지지 않은 지역이며 등장인물과 심리적으로 친근감이 있는 지역.

원래 이 23단 이야기는 筒井(つつい)에 관한 전승과 大和(やまと)에서 전승되고 있었던 이야기 그리고 高安(たかやす)의 여인에 관한 이야기 세가지가 하나가 된 것이라고 한다. 그러나『伊勢物語(いせものがたり)』를 在原業平(ありわらのなりひら)를 비롯한 역사적 인물을 모델로 한 우아한 이야기이며 그 연상 속에서 이 23단을 보면 3)와 b) 입장에 서서 이야기를 읽어가면 다른 이야기와 같이 우아한 이야기가 되지 않을까. 그러나 이것은 고전을 어떻게 향수(享受)하는가에 관한 문제제기에 불과하다.

【15】

大和物語

- 951년경 후 증보 -

작자 미상

『伊勢物語』다음의 歌物語이지만 다양한 등장 인물을 실명으로 기술하는 등 몇 가지 부분에서 다른 점이 있다.

『大和物語』의 소재는 주로 당시의 歌語り이다. 歌語り는 당시 귀족간에 유행한 和歌에 관한 설화이며, 아직 구승 단계에 있는 유동성이 많은 이야기다. 내용은 잡다하지만, 귀족들의 일상 생활에 뿌리를 둔 잡담이라든가 소문 이야기 같은 것으로 和歌에 의한 문학적 요소와 더불어 세속적 흥미도 함께 하고 있다. 각 설화는 구성 요소로서 ①누가? ②언제? ③어디서? ④어떤 사정에서? ⑤어떤 和歌를 읊었는가? 하는 다섯 가지 요소를 가지고 있다. 물론 이 모든 요소를 구비하지 않은 경우도 있지만, 적어도 ①④⑤는 없어서는 안될 것들이다. 각 설화는 이들 중 한 두 가지 요소가 연쇄적으

로 작용하게 되며 그로 인하여 앞뒤로 연관성을 가지게 된다. 무질 서한 구조로 보이지만, 실은 자유로운 연상에 의한 구조를 가지고 있는 것이다.

『大和物語』는 173단으로 구성되어 있고 142단까지의 전반부와 143단부터의 후반부로 나눌 수 있다. 전반부에는 『後撰集』 시대 歌人의 贈答歌를 중심으로 하는 歌物語를, 후반부에는 전승에서 취재한 산문 중심의 歌物語를 모아, 설화 문학적 요소가 강하다. 전반부에서 화제가 되는 인물은 宇多法皇(867~931년)과 밀접한 관계를 가지고 있는 사람들이다. 현실의 권세를 떠나 운치 있는 것을 좋아하는 法皇 주변에는 권세와 지위를 소유하면서도 그런 것에 집착하지 않은 풍류객, 그리고 문예에 재능이 있어도 높은 지위에 오르지 못하여 실의에 빠진 사람들이 모이고 있었다. 작자의 관심은 권세를 떠나 「もののあわれ」를 이해하는 그런 사람들에게 향하고 있었다. 宇多法皇 주변에는 그러한 사람들이 모이고 있었던 것이다. 후반부의 주류는 전설이며, 生田川전설, 蘆刈전설, 立田山전설, 猿沢의 池の采女入水전설, 安積山の山の井전설, 그리고 姨捨山전설 등 잘 알려진 이야기가 많아 문학적으로 뛰어난 것들이다.

Ⅰ新編日本古典文学全集12 大和物語. 高橋正治. 小学館. 1994.12
Ⅱ阪倉篤義.　天理図書館善本叢書29　竹取物語・大和物語.　八木書店. 1976.7.14 高橋正治. 大和物語の研究系統別本文篇上・下. 臨川書店. 1988.10復刻
Ⅲ高橋正治. 参考文献. 新編日本古典文学全集12. 小学館. 1994.12

【本文15-1】

　陽成院にありける 坂上 とほみちといふ 男、おなじ院にありける 女、「さはることあり」とてあはざりければ、

秋の野を　わくらむ鹿も　わがごとや　しげきさはりに　音をばな

くらむ（53단）

【注釈15-1】
1)陽成(ようぜい)천황 퇴위 후의 거주지. 平安京(へいあんきょう) 중심부.
2)미상.
3)지장이 있습니다.
4)가을은 사슴이 교미하는 시기.
5)풀을 헤치며 들판을 다니는 사슴도. 사슴은 짝을 찾아다닌다.
6)나와 비슷한 처지에 있는 것 같다.
7)우거진 풀이 방해가 되어. 자신이 여러 가지 장애 때문에 당신과 만날 수
　없는 것과 같이.

［참고］사슴은 예로부터 시문에 사랑을 찾아다니는 사람의 심정을 읊을
때 소재가 된 동물. 가을은 사슴이 교미하는 시기가 되는데, 이 때 암컷이
수컷을 부르는 울음소리가 들리는 것이다. 또 사슴은 신(神)의 사자로 신앙
의 대상이 되기도 하였다. 이루어지지 않은 사랑에 가슴을 태우는 마음을
읊은 내용.

【本文15-2】
　故御息所の御姉、おほいこにあたりたまひけるなむ、いとらうらう

じく、歌よみたまふことも、おとうとたち御息所よりもまさりてなむ

いますかりける。わかき時に、女親はうせたまひにけり。まま母の手

にいますかりければ、心にもののかなはぬ時もあり。さてよみたま

ひける。

　　ありはてぬ　命　待つまの　ほどばかり　憂きことしげく　嘆かずも

がな

となむよみたまひける。梅の花を折りてまた、

かかる香の 秋もかはらず にほひせば 春恋してふ ながめせましや
とよみたまへりける。いとよしづきてをかしくいますかりければ、よ
ばふ人もいとおほかりけれど、返りごともせざりけり。「女といふも
の、つひにかくて果てたまふべきにもあらず。ときどきは返りごとし
たまへ」と、親もまま母もいひければ、せめられてかくなむいひやり
ける。

思へども かひなかるべみ しのぶれば つれなきともや 人の見
るらむ

とばかりいひやりて、ものもいはざりけり。かくいひける心ばへは、
親など、「男あはせむ」といひけれど、「一生に男せでやみな
む」といふことをよとともにいひけるもしるく、男もせで二十九に
てなむうせたまひにける。(142단)

【注釈15-2】
1)미상. 이 이야기는 창작이며 실제 인물을 설정하지 않아도 됨.
2)장녀의 경칭.
3)세월의 공이 쌓여 얻은 소양과 사려가 깊은 심오함에서 나오는 아름다움
  이 있어.
4)남녀에 관계없이 동생을 가리키는 말.
5)계모 밑에서 자랐기 때문에.
6)『古今集(こきんしゅう)』권18에 平貞文(たいらのさだふみ)가 관직을 그
  만 둘 때의 작품으로 실려 있음. 영원히 살 수 없는 덧없는 생명이기에.
7)그 잠시 동안만큼.
8)괴로운 일이 많아 탄식하는 일이 없었으면 합니다.
9)계모를 가을로 생모를 봄으로 그리고 모친의 사랑을 향으로 비유함. 그렇
  게 그리운 향기가 가을에도 난다면은 봄이 그립다는 생각에 잠기지는

않겠지요.

10)이유가 있음직한 데, 그윽하고 고상하며 아름답게 계셨기 때문에.

11)청혼하는 사람.

12)답장. 대답.

13)끝까지 이렇게 결혼도 하지 않고 돌아가시면 안 됩니다.

14)부친.

15)저는 당신을 마음에 두고 사모하고 있습니다만.

16)추측의 조동사「べし」의 일부인「べ」에 원인·이유를 나타내는 접미어 「み」가 접속한 것. 생각해도 보람없는 일일 테니까.

17)마음에서 묵묵히 그리워하고 있는 것을.

18)냉정한 여자라고 당신은 생각하시겠지요.

19)심정. 마음.

20)시집을 보내겠다.

21)항상 말하고 있었는데 알 수 있고.

22)세상을 떠났다.

〔참고〕 실제 인물에 관한 일화처럼 서술하고 있지만 창작이다. 끝까지 정절을 지킨 여성의 이야기.

【16】

平中物語

- 965년 이전? -

작자 미상

30여단의 和歌 설화로 구성된 작품이다. 和歌 153수를 수록하고 있으며, 통일적 주인공을 그린다는 점에서『伊勢物語』와 유사하지만,『伊勢物語』가 실재 在原業平(825~880년)의 실상 범위를 일탈하여 허구를 다수 보유하고 있는 것에 반하여, 본 작품은 平中의

실상 범위를 벗어나지 않는다. 平中(へいちゅう)라는 인물이 平 貞文(たいらのさだぶみ)(871?~923년)를 가리키고 있다는 것은 본문과『古今集(こきんしゅう)』를 통해서 알 수 있다. 또한 연애 物語(ものがたり)가 내용의 대부분이라는 것은 같지만『伊勢(いせ)物語(ものがたり)』에는 잘 나타나는 상식에 도전하는 과격한 열정과 행동성이『平中物語(へいちゅうものがたり)』에는 부족하고 소극성이 눈에 띈다. 반면 지적 방관성에 따른 여유와 유희성, 오락성이 풍부하여,『伊勢物語(いせ ものがたり)』의 패러디라는 평가를 받기도 한다. 六歌仙(ろっかせん)시대의 여파 속에서 『伊勢物語(いせ ものがたり)』와 같은 낭만성 고양에 대해 반동적인 지적 태도였던 것으로도 생각되어진다.

작품 속의 여자는 신사(神社)를 찾아다니기를 좋아하여 때로는 밤중에 남자가 머무는 방 앞을 서성거리기도 하고, 신사(神社) 참배 도중 적당한 남자다 싶으면 차에서 내려 말을 걸기도 한다. 남자는 남자대로 화려한 소달구지에는 타지 않고 외출 때에는 말을 휙 타고 간다. 절에서 밤을 지낼 때에도 여자와 간단한 칸막이 하나를 사이에 두고 가슴을 설레기도 한다. 또 밤에 마음에 든 여자 침소 잠입에 성공해도, 여자 모친에게 발각될 것 같은 느낌만 들면 서둘러 툇마루 밑에 들어가 버린다. 이런 식으로 平中(へいちゅう)라는 남자의 신분이 중급 관리에 지나지 않고 그다지 높은 신분이 아니었기 때문에『伊勢物語(いせ ものがたり)』『源氏物語(げんじ ものがたり)』와는 상당히 취향을 달리한 작품이 되었다. 그래서 보다 일상적이며 활발하고 흥미로운 세계가 전개된다.

『大和物語(やまと ものがたり)』와의 관련에서 논의될 경우가 많았던 이 작품도 차차 독자적 平中物語論(へいちゅうものがたり)이 나오기 시작하고,『後撰和歌集(ごせん わか しゅう)』『古今和歌集(こきん わか しゅう)』혹은 歌合(うたあわせ)에서, 또 이전과는 반대로『平中物語(へいちゅうものがたり)』에서『大和物語(やまと もの がたり)』를 본다는, 동시대 작품과의 관계를 모색하므로서 그 의미하는 바를 캐내려는 연구가 이루어지고 있다.

Ⅰ 新編日本古典文学全集12　平中物語. 清水好子. 小学館. 1994.12
Ⅱ 目加田さくを. 平仲物語. 武蔵野書院. 1957.
Ⅲ 清水好子. 参考文献. 新編日本古典文学全集12. 小学館. 1994.12

【本文16-1】

　また、この 男、おほかたなるものから、ときどき、をかしきこと

はいひけり。それに、 桜 のいみじうおもしろきを折りて、 男 のい

ひやる。

　　咲きて散る 花と知れるを 見る時は 心 のなほも あらずもある

かな

　女 、返し、

　　年ごとの 花にわが身を なしてしが 君が 心 や しばしとまる

と　（8단）

【注釈16-1】

1)보통인 관계. 특별한 사이가 아니지만.

2)재치가 있는 편지는 보내고 있었다.

3)피었다가 금방 떨어지는 벚꽃이지만 아름답게 피어 있는 벚꽃을 보니 그
　대로 나둘 수가 없어서 꺾어 버리게 됩니다. 사람 마음이란 벚꽃과 같이
　변하기 쉬운 것인데 당신 마음도 그렇겠지만 그래도 당신의 아름다움을
　보니 그대로 지나칠 수가 없군요.

4)나는 해 마다 꽃 피는 벚꽃이 되기를 원합니다. 왜냐하면 금방 변하는 당
　신 마음도 해 마다 벚꽃이 필 때는 잠시라도 나에게 머물까봐.「てしが」
　는 자기 희망을 나타내는 종조사.

［참고] 특별하지 않은 관계인데도 주고 받는 和歌(わか) 내용이 서로의
성숙함을 느끼게 한다. 특히 여자의 성숙함이 변하기 쉬운 남자 마음을 능
가하고 있다.

【本文16-2】

　また、このおなじ 男、友だちどもあまたものして、日の暮れにければ、帰り来るに、道のほどに、ある人のいひける、「名もあるものを、ここら来てやただに帰らむ。この花のあかぬに帰ることよまむ」「げにげに、さいはれたり」とて、集りて、まづ、平中、

　　　花にあかで　なに帰るらむ　女郎花　おほかる野べに　寝なましものを

とよみけり。いまかたへの人々もよみけり。　　　（14단）

【注釈16-2】

1)凡河内躬恒(おおしこうちのみつね)・紀友則(きのとものり) 등으로 예측됨.
2)女郎花(おみなえし)라는 좋은 이름을 가진 꽃이 있는데. 女(おみな)는 여자라는 뜻. 다음 和歌(わか)에서 꽃 이름을 알 수 있다. 女郎花(おみなえし)는 여성을 비유하여 많은 和歌(わか)에서 읊어져 왔다.
3)계속 구경하고 싶어도 돌아가야하는 심정을 읊어 보자.
4)주인공 平中(へいちゅう)의 이름은 이 부분과 39단에만 나온다.
5)이 和歌는『古今集(こきんしゅう)』권4 秋歌(あきのうた)上(うえ)에 실려 있다.
6)여랑화 혹은 마타리. 秋(あき)의 七草(ななくさ)의 하나.
7)자리를 함께한 사람들도 이어서 읊었다.

[참고]『古今集(こきんしゅう)』에서는 宇多(うだ)천황 제위시 蔵人(くろうど=천황 측근이며 궁중 행사에 관한 일 및 太政大臣(だいじょうだいじん)과의 연락을 맡다 하는 관리)들의 일행이 꽃구경 후 돌아오는 길에 平貞文(たいらのさだふみ・平中(へいちゅう)는 호)가 읊였던 和歌(わか)로 기록이 되어있다.

【本文16-3】

　また、この 男 、見通ひにして、人目にはつれなうて、うちには、ものいひ通はすことはあれど、あふべきことはかたくぞありける。されば、思ひは離れず思ふものから、こと 女 ども、この 男 の親族の 男 なる、花摘みにぞいきける。さて、山にまじりて遊ぶに、この 男 の馬、放れにけり。荒れて、さらにとられざりければ、この 心 通はす 女 ぞ、「恐ろしくもはやりあるかな」。 男 、

　　春の野に 荒れてとられぬ 駒よりも 君が 心 ぞ なつけわびぬる

　女 、返し、

　　とる袖の なつくばかりに 見えばこそ 摘野の駒も 荒れまさるらむ　　（33단）

【注釈16-3】
1)면식이 있는 여자인데.
2)아무렇지 않은 태도를 하여.
3)은밀히.
4)사랑을 속삭이는 편지를 주고 받고 하지만.
5)서로 정을 나눈다는 것은 어려운 것이었다.
6)결혼하고 싶다는 생각을 버리지 못하여.
7)붙잡을 수 없었기에.
8)붙잡기가 어렵습니다.
9)고삐 다루는 솜씨가 좋아야지 제대로 말을 다룰 수 있는 법이다. 당신이 그렇지 못 하기에 말도 더욱 사나워지는 것입니다. 여자는 남의 눈치만 보고 있을 뿐인 이 남자에게 좀 더 적극적이고 남자다움을 요구하고 있다.

[참고] 어떤 사정인지 모르지만 두 사람은 단 둘이서는 만나기가 어려운 사이이다. 그래서 여자는 남의 눈치를 염려하여 남자답게 여자에게 대하지

못 한 남자를 원망한다. 여자는 사나운 말을 보면서 무서워하지만, 그러한 모습을 남자에게 원하고 있다.

【17】

宇津保物語
〔うつほものがたり〕

- 970~999년경 -

작자 미상

작자에 관해서 중세이래 源 順〔みなもとのしたごう〕(911~983년)로 하는 설이 있지만, 아마 복수의 작자에 의한 작품이고 順〔したごう〕가 작자라고 한다면 초기의 한 사람이었을 것으로 생각되어진다. 전 20권은 각 각 별도의 구상에 의해 형성된 것으로 생각되는 3부분으로 나눌 수 있다. 제1부는 清原俊蔭〔きよはらのとしかげ〕가 당나라로 건너가는 도중 표류하여 波斯国〔はしこく〕(페르시아)에 표착(漂着), 하늘에서 내려온 이로부터 거문고를 전해받아 비전(秘伝)의 곡을 습득하고 귀국한다. 그의 손자 仲忠〔なかただ〕는 집이 가난하였기에 「うつほ(동굴)」 에 살면서 모친으로부터 거문고를 배운다. 그 때 貴宮〔あてみや〕라는 아름다운 공주가 있었는데 仲忠〔なかただ〕를 포함한 많은 사람이 청혼한다. 제2부는 仲忠〔なかただ〕의 가문이 음악으로 번영하는 모습과 천황 가문의 정권 쟁탈, 제3부는 영원을 지향하는 음악의 미(美) 세계를 묘사한다. 전체적으로 공상적 이야기로 시작하여 차차 귀족 생활을 사실적으로 서술하므로 귀족 사회를 다면적으로 묘사한다.

성숙한 귀족 사회의 자기 인식 욕구가 낳은, 문학 사상 최초의 장편 物語〔ものがたり〕라는 평가이다. 그 구성은 일관성을 잃지만, 여류 문학에는 충분히 전개되지 못하고 끝난 현실 사회에 대한 포괄적 시야를 가지고 객관적으로 파악하여, 사회적 존재로서의 인간 인식에 도달

하였다는 것이다. 최종적으로는 덧없는 현세를 넘어서 영원성 지향을 독자적 방향으로 모색한 것으로『源氏物語』등과는 별도의 物語의 가능성을 보여주고 있다고 할 수 있다.

　이 작품의 권서(巻序)는 통일되지 않은 구성과 주제가 뒤섞여 중복되는 부분이 많아 어수선하며, 그로 인하여 문체와 표현에 있어서도 각 부분에 이질성이 있는 등 성립 문제에 관한 문제가 연구자의 흥미를 유발하여 왔다. 지금은 존재하지 않은 가공 속의『宇津保物語』에 관해서 운운하기보다는 현존하는『宇津保物語』를 있는 그대로 음미하므로서 '物語란 무엇인가'라는 기초적 과제 연구를 통해 그 독자성을 해명하는 노력이 필요하다는 지적이 있다.

Ⅰ 日本古典文学大系10~12 宇津保物語1~3. 河野多麻. 岩波書店.
　1959~1962.
Ⅱ 三谷栄一. 平安朝物語板本叢書3 うつほ物語一~四. 有精堂出版.
　1986.5.20
Ⅲ 上原作和. うつほ物語参考文献一覧. 国文学解釈と教材の研究　43巻
　2号. 學燈社. 1998.2.

【本文17】

　中納言「かのりうかくは給はりていぬの守にし侍らむ」カンのおとゞ打ち笑ひて「いつしかともハた、サてもかやうの折にはいふやうかある」との給へば「大方の事はいかゞ侍らむ。この琴の族ある所、声する所には、天人のかけりて聞き給フなれば、ソへたラむとて聞ゆるなり」カンのおとゞ内侍のすけして「大将おとゞ、かの己のが琴コゝに要ぜらるめり。取らせむ」と聞え給へれば、急ぎて三条殿に渡り給ヒて、取らせておはしたり。三宮とり給ヒて、中納言にさしやり給へれば、唐の縫物の袋に入れたり。児を懐に入レながら琴を取り出で給ひて「[12]年比此の手をいかにし侍らむと思ひ給へ歎きつるを、後は知らねど」などて、[13]はうしやうといふ手を華やかに弾く。声いと誇りかに賑はしきものから、又あはれに凄し。

[15]万物の音多く、琴の調べ合せたる声、向ひて聞くよりも遠くて響きたり。

御方がた上達部、皇子達[16]「そゝやそゝや、事なりにたるべし。かゝる事はありなむと思ふ所ぞかし。我等がしどけなきぞかし」とて、あるは御履も穿きあへ給はず、あるは御衣も着あへ給はで、[17]手惑ひをしつゝ、走り集りて、[18]御前にあたりたる東の簀子に[19]植ヱたるごとおはしまさフ。[20]涼の中納言はうち休み給へる寝耳に聞きて、驚きながら[21]冠もうちそばめてさし入れ、[22]指貫直衣などを引き下げて、[23]まびろけて出で来たり。是彼見給ひて、いみじう笑ひ給フ。源中納言[25]「物語をだにせざむなり。あなかまや」と手うちかきて、石畳のもとにて、直衣指貫着て上りぬ。[27]御方の御随身ドモハ御門ノモトニ居リ、コト供人ハ[28]築地ノコノ方に立てり。中納言かゝるべき[29]曲を音高く弾くに、風いと声あらく吹く。空の気色騒がしげなれば、[30]「例のもの手触れにくきぞかし。煩はし」と思ヒて、弾き止みて、かんのおとゞニ申給フ。[31]「今古楽一仕うまつらむとすれど、騒がしければえなむ。これに御手[32]一遊ばして鬼に聞カせ給へ」と聞え

給へば「はしたなげにぞあめる」君「仲忠がためには、これに勝る

折なむ侍ルまじき」と聞え給へば、かむのおとゞ御床より下り給ヒて

琴を取り給ヒて、たゞ一弾き給ふ。その音さらにいふ限りなし。

(蔵開　上)

【注釈17】

1)仲忠(なかただ).

2)저 거문고는 어머님께서 주신다고 하시니까 아이의 장난감으로 합시다.
   아이 이름이 犬宮(いぬみや). 이 거문고는 仲忠(なかただ)의 조부 清原俊
   蔭(きよはらのとしかげ)가 波斯国(はしのくに)에서 仙人(せんにん)로부터
   받은, 줄이 일곱 달린 칠현금. 일본 거문고는 육현.

3)모친. 俊蔭(としかげ)의 딸.

4)금방이라도 이 아이가 연주할 것 같이 말씀하네요. 이럴 때 따로 하실 말
   씀이 있으실 텐데.

5)흔히 하는 말이라면 무엇이 재미있겠습니까?

6)태어난 아이 곁에 두려고 해서 드린 말씀입니다.

7)「内侍(ないし)のすけ」는 궁정에서 천황을 가까이 모시는 여성 관리인데
   그녀를 사자(使者)로 보내어.

8)仲忠(なかただ)님이 자신의 거문고가 지금 필요하다고 하십니다. 여기에
   있으니 가지고 가시오.

9)모친의 거처.

10)당나라 자수가 있는 주머니에 들어 있다.

11)넣은 체.

12)오랫동안 이 연주 기술을 전할 만한 후계자가 없는 것을 한탄하고 있었
   지만 이제 후계자가 나타났다.

13)거문고 곡명.

14)화려하고 활기찬 연주이지만, 한편으로는 차분하고 사람을 매료하는 힘
   이 있다.

15)예를 들어, 모든 악기와 거문고가 합주하는 큰 소리를 가까이에서 듣는
   것보다 멀리서 듣는 편이 소리가 울려서 좋다.

16)저 소리 좀 들어보세요. 반드시 경사가 있었음이 틀림없어요. 그럴 줄
   알았어요. 우리가 미리 알아차리지 못했다니 어이가 없네요.
17)당황하여. 서둘러.
18)황후가 출산하실 곳.
19)나무를 나란히 심은 듯 많은 사람이 서서 계신다.
20)源凉(みなもとのすずし). 仲忠와 아울러 거문고의 명수.
21)굽혀진 체.
22)귀족의 복장.
23)옷이 흐트러진 체.
24)源凉(みなもとのすずし).
25)아무도 나에게 알려주지 않으니까 말이다. 그냥 누워 있었는데 갑작스러
   운 일로 이런 모습으로 뛰어 나온 것이다. 그만 웃어.
26)사람들에게 자신이 곤란하다는 것을 알리는 손짓.
27)源凉(みなもとのすずし)의 측근들은 대문 옆에 있고 다른 하인은 토담
   안쪽에 서 있다.
28)정원에 조성한 약간 높은 언덕.
29)자신에게 어울리는 곡.
30)평상시 자주 즐겨 연주한 곡이 잘 연주되지 않는다. 날씨가 변동되니 연
   주하기가 귀찮다.
31)仲忠(なかただ)의 말. 지금 옛 곡을 하나 연주하려 하였습니다만, 날씨가
   여의치 않아서 그렇게 못하게 되었습니다.
32)칠현금으로 한 곡 연주하여 귀신에게 들려 주십시요. 仲忠(なかただ)의
   연주로 귀신이 난폭해졌으니 모친의 연주로 귀신들을 조용하게 해 달라
   는 것이다.
33)모친의 말. 이럴 때 제가 연주한다는 것은 어른답지 못한 일인 것 같습
   니다.
34)저를 위해서는 모친이 지금 연주하신다면 더 이상의 기회(모친으로로부터
   곡을 배운다는 뜻)는 없을 것입니다.

[참고] 仲忠(なかただ)와 女一宮(おんないちのみや) 사이에 태어난 딸 犬
宮(いぬみや)의 탄생을 축하하여 仲忠와 그 모친(俊蔭(としかげ)의 딸)이
조부 清原俊蔭(きよはらのとしかげ)로부터 전수받은 곡을 연주한다. 그들의
거문고 연주 솜씨가 보통이 아니라는 것을 기술한 부분. 라이벌 源凉(みな

もとのすずし)와의 경쟁에서의 진실한 승리는 음악에서 승리한 仲忠(なか ただ) 모자(母子)라는 것을 주장한다.

[18]

おちくぼものがたり
落窪物語

- 968~999년경 -

작자 미상

4권으로 된 본 작품은 『住吉物語』, 『堤中納言物語』 중 「貝合」 와 더불어 「継子いじめ譚」 이라고 불리는 것이다. 「継子いじめ譚」 는 세계적으로 유포된 신데렐라형 옛 이야기의 한 유형이며, 그 내 용은 계모에 의한 학대, 계모에 대한 복수, 귀족 집 아들과의 결혼, 행운이 따른 생활 등의 요소가 그것이다. 본 작품도 이러한 요소를 완비하고 있다. 아름다운 落窪の君는 흉한 계모의 학대를 받지만, 후일 하녀 부부의 기지로 左近少将道頼라는 부군을 만나 행복하게 산다. 少将는 계모와 나머지 딸들에게 다섯 번에 걸쳐 복수를 하지 만, 나중에 화해하여 太政大臣의 벼슬에까지 올라간다.

『宇津保物語』와 『源氏物語』라는 2대 장편 物語 사이에서 성립 하였고, 「継子いじめ譚」 로는 지금은 현존하지 않는 『古本住吉物 語』에 선구자의 자리를 내주어, 문학사적으로는 그 높은 완성도에 비하여 별 가치가 없는 작품이라고 생각되어 왔다. 그러나 『竹取物 語』 『宇津保物語』에서 볼 수 있는 전기성은 사라지고 더욱 사실 적인 묘사로 『源氏物語』에 한 걸음 가까워졌다고 할 수 있다. 또

阿漕라는 귀족 사회 저변에 속하는 하녀의 활약을 크게 부각시켜 언급하고 있는 점, 招婿婚(남자가 여자의 집을 방문하는 식의 결혼 형태)적 일부다처제를 대신하여 부부가 동거하는 일부일처제를 지시하는 기술 -일부일처제는 이미 하급 귀족의 여자들이 획득하고 있었다는 인식이 정착되어 있다- 등에 의해『源氏物語』를 낳은 배경으로 저변에서의 문학 활동이 성행하고 있었다는 것을 실증하는 작품으로 문학사적 가치를 부여하는 설 등이 나와, 읽는 작업을 통하여 문학사적 위치를 모색하는 연구도 진전을 보이고 있다.

Ⅰ新日本古典文学大系18 落窪物語. 藤井貞和. 岩波書店. 1989.5
Ⅱ吉田幸一. 九条家本·慶長写本 落窪物語. 古典文庫. 1986.11
Ⅲ吉海直人. 落窪物語研究文献目録. 新日本古典文学大系18. 岩波書店. 1989.5

【本文18】

中納言殿に来て、おとどに「かうかうなむのたまひつる」とて、この包める物を、北の方に奉れば、「あやしう、おぼえな」とて、引きあけて見るに、おのが箱なり。「落窪の君に取らせしにこそあめれ」と見るに、「いかなることならむ」と思ふに、肝心騒ぐに、まして底に書けるものを見るに、むげに落窪の君の手なれば、目も口もはだかりぬ。「この年ごろ、いみじき恥をのみ見せつるは、くやつのするなりけり」と思ふに、ねたういみじきこと二つなしとは、世の常なり。一殿のうち、ゆすりみちてののしる。おとど、家取られて、いみじき仇敵と思ひし心地を、「わが子のしたるなりけり」と、思ふに、罪もなく、さきざきの恥も思ひ消えて、「子どもの中にさいはひありけるものを。何しにおろかに思ひて。かの家は、この人の母の家にて、ことわりなりけり」と言ひいます。

かかれば、北の方、ねたくいみじくて、けしき我にもあらで、「かの所をこそ、さも領ぜられめ、この年ごろ造りつる草木を、物入れて。それ運び取りたまへ。家買ひたまふあたひにこそは、わたしたまはめ」と言へば、越前守、「こはなでふことぞ。さらば、よその人のやうにものしたまふかな。おのづから、この族に、はかばかしき人なくて、見つくる人に、『面白の駒は、いかにいかに』と笑はるるがはしたなきに、同じ殿ばらと言へど、ただ今のおぼえの類なき人に言ふに、因縁になりぬるこそ、頼もしくうれしけれ」と言へば、大夫「いでや、それはことか。この君の懲じたまひしさまは、いといみじかりき」、越前守「いかにいかに、懲じたまひし」と問へば、「いかばかりかうたてありしこと」とて、かたはしよりつぶつぶと語りて、「いかにあこぎなど言ひつらむ。見えたてまつらむにつけてこそ、恥かしけれ」と言へば、越前守、爪弾をして、「あないみじ。おのれは国にのみ侍りて知らざりけり。あさましきわざをこそはしたまひけれ。　（권3）

【注釈18】
1)越前守(えちぜんのかみ)는　부친　中納言(ちゅうなごん＝落窪(おちくぼ)の君

(きみ)의 부친)의 저택에 돌아와서.

2)이상하다. 짐작 가는 데가 없는데. 앞에서 衛門督(えもんのかみ)가 그를
　찾아간 越前守(えちぜんのかみ)에게 '당신의 모친께서 아끼셨던 물건을
　아내가 소중히 보관해 두고 있으니 가지고 가십시오'라고 하여 이 상자를
　전했음.「な」는 형용사「なし」의 어간 용법으로 강조하는 뜻이 있음.

3)상자 밑에 적혀 있는 和歌(わか)를 보니.

4)틀림없이.

5)놀라서 눈이 크게 열리고 입이 벌어졌다.

6)衛門督(えもんのかみ)에게 당한 수많은 치욕을 이름.

7)흔히 있는 표현으로는 충분하지 않다.

8)저택 안을.

9)落窪(おちくぼ)の君(きみ)의 계모는 소란을 피워 집안 전체를 떠들썩하게
　한다.

10)中納言(ちゅうなごん)는 연고도 모르고 落窪(おちくぼ)の君(きみ)의 죽
　은 모친이 소유권을 가진 三条邸(さんじょうてい)를 衛門督(えもんのか
　み)에게 점령당하고 있었다.

11)주6과 같음.

12)落窪(おちくぼ)の君(きみ).

13)죽은 모친.

14)落窪(おちくぼ)の君(きみ)와 결혼한 衛門督(えもんのかみ)가 소유하는
　것도 당연하다. 딸의 행복을 기뻐하는 부친으로서의 모습이지만, 그 모
　습 뒤에는 딸을 고귀한 집안에 시집 보내고 자신의 출세를 기대하는 마
　음도 읽을 수 있다.

15)제정신을 잃어.

16)비용을 들여. 앞의「造(つく)りつる」를 수식.

17)새집 구입비용에 보태 쓰세요.

18)우연히.

19)만날 사람마다.

20)中納言(ちゅうなごん)의 딸 四(よん)の君(きみ)의 남편 兵部少輔(ひょう
　ぶのしょうゆう). 어리석은 사람으로 유명. 中納言(ちゅうなごん) 일가의
　부끄러움이었다. 당시 少将(しょうしょう)이었던 衛門督(えもんのかみ)는
　四(よん)の君(きみ)와의 혼담이 있었을 때 面白(おもしろ)の駒(こま=그
　얼굴이 말을 닮아 우스운 것으로 붙여진 별명)라고 불린 兵部少輔(ひょ

うぶのしょうゆう)를 자기 대신 四の君와 결혼하게 하였다.

21)신분이 높은 남자에 대한 경칭. 「ばら」는 복수를 뜻함.

22)천황의 총애가 지극한 사람.

23)혈연 관계.

24)中納言(ちゅうなごん)의 삼남.

25)三条邸(さんじょうてい)의 초목을 반출하자는 말에 대하여 '어찌 그런 일을 할 수 있을까'라는 뜻.

26)얼마나 한심스러운 일이었을까요.

27)阿漕(あこぎ=이 집 하인 이름) 같은 사람은 우리들을 그 집 사람들에게 어떻게 이야기하고 있을지 모르겠다.

28)손가락을 튕기는 행위. 한심하다는 불만을 나타냄.

〔참고〕 수년간 衛門督(えもんのかみ)로부터 이유도 없이 괴롭힘을 당해온 中納言(ちゅうなごん) 일가가 衛門督(えもんのかみ)의 정실이 실종 후 행방 불명이었던 落窪(おちくぼ)의 君(きみ)라는 사실을 알게 된다. 中納言(ちゅうなごん)와 그의 장남 越前守(えちぜんのかみ)는 자신들의 출세를 기대하여 기뻐하는 것을 보고 계모는 더욱 더 속상한 마음을 감출 수 없다.

〖19〗

蜻蛉日記
かげろうにっき

- 974년경 -

藤原道綱母(936?~995)
ふじわらのみちつなのはは

작품명은 平安(へいあん) 중기의 가인(歌人)인 작자 자신이 명명한 것이다.

전권의 동시 성립 여부는 명확하지 않지만, 내용에서 969, 971년경이 성립과 관계가 있다고 추측할 수 있다. 상·중·하 3권으로 되어, 각 각 15년, 3년, 3년, 도합 21년간의 생활 기록이다. 상권은 藤原兼家(929~990년)와 결혼한 954년부터 968년까지이며, 결혼하여

남편을 기다리는 수동적 입장이 된 작자의 고뇌가 주로 묘사되고,
부친의 陸奥 부임과 道綱 탄생, 町の小路의 여자에 대한 질투, 그리
고 모친의 죽음 등을 삽화적으로 서술하고 있다. 이것은 나날이 기
록하는 일기가 아닌 회상록이다. 중권은 967년부터 971년까지이며,
左 大臣高明의 실각 등과 함께 작자의 질병, 활쏘기를 겨루는 의
식에서의 道綱의 승리, 唐崎에서의 불제, 그리고 石山 참배로 이어
지고 전편의 절정은 鳴滝参籠의 기사이다. 작자의 고뇌는 깊어가며,
그 심리 묘사에 많은 서술이 할애되지만, 鳴滝籠り를 전후하여 자
신의 인생을 돌이켜보고 깊이 음미하는 맑은 필치가 전개된다. 하
권은 972년부터 974년까지이며, 중권 끝 부분의 조화적 분위기가
이어지고, 兼家를 먼 곳에 서 있는 사람처럼 객관적으로 바라보며,
체념한 듯한 심상을 신변 잡기적으로 기술함과 동시에 源 兼忠
(1160~1209년)의 딸이 낳은 兼家의 딸을 양자로 받아 드린 일들을
기술한다.

작자는 物語가 진실성을 가지지 못한 것에 대한 새로운 문학적
영위라는 자각에서 일기를 서술하고 있다. 서문을 보면, 이 작품은
「そらごと」인 物語가 아니라 한 여성의 실제 인생을 사실 그대로
서술하는데에 목적을 두고 서술한 것임을 알 수 있다. 그래서 이
작품은 자신의 내면에 빛을 비추어 객관적으로 묘사하는 자조 문학
의 첫 작품이라고 할 수 있으며, 物語가 당시의 사건 본위로 꾸며
낸 이야기였던 것과는 달리 개인의 심리를 그려내는 산문문학으로
서의 시초가 되기도 하여, 平安시대 여류 일기의 대표적 작품으로
서 높이 평가받고 있다.

Ⅰ新編日本古典文学全集13 蜻蛉日記. 木村正中. 小学館. 1995.10
Ⅱ上村悦子. 蜻蛉日記. 笠間書院. 1969(再刊1982)
Ⅲ金正凡他. 王朝女流日記文学研究文献目録抄. 国文学解釈と鑑賞 第

62巻5号. 至文堂. 1997.5

【本文19】

正月ばかりに、二 三日 見えぬほどに、ものへ渡らむとて、「人来ば取らせよ」とて、書きおきたる、

　知られねば 身をうぐひすの ふりいでつつ なきてこそゆけ 野にも山にも

返りごとあり、

　うぐひすの あだにてゆかむ 山辺にも なく声聞かば たづぬばかりぞ

などいふうちに、なほもあらぬことありて、春、夏 なやみ暮らして、八月つごもりに、とかうものしつ。そのほどの 心 ばへはしも、ねんごろなるやうなりけり。

　さて、九月ばかりになりて、出でにたるほどに、箱のあるを 手まさぐりに開けて見れば、人のもとに遣らむとしける文あり。あさましさに、見てけりとだに知られむと思ひて、書きつく。

　うたがはし ほかに 渡 せる ふみ見れば ここやとだえに ならむとすらむ

など思ふほどに、むべなう、十月つごもりがたに、三夜しきりて見えぬ時あり。つれなうて、「しばしこころみるほどに」など、気色あり。

　これより、夕さりつかた、「内裏にのがるまじかりけり」とて出

づるに、心えで、人をつけて見すれば、「町の小路なるそこそこなむ、とまりたまひぬる」とて来たり。さればよと、いみじう心憂しと、思へども、いはむやうも知らであるほどに、二三日ばかりありて、あかつきがたに門をたたく時あり。さなめりと思ふに、憂くて、開けさせねば、例の家とおぼしきところにものしたり。つとめて、なほもあらじと思ひて、

　　なげきつつ ひとり寝る夜の あくるまは いかに久しき ものとかは知る

と、例よりはひきつくろひて書きて、移ろひたる菊にさしたり。返りごと、「あくるまでもこころみむとしつれど、とみなる召使の来あひたりつればなむ。いとことわりなりつるは。

　　げにやげに 冬の夜ならぬ 真木の戸も おそくあくるは わびしかりけり」

　さても、いとあやしかりつるほどに、ことなしびたる、しばしば、忍びたるさまに、内裏になど言ひつつぞあるべきを、いとどしう心づきなく思ふことぞ、かぎりなきや。（상권）

【注釈19】
1)天暦(てんりゃく) 9년(955년) 1월.
2)남편 兼家(かねいえ)가 모습을 나타내지 않았을 때.
3)외출하자.
4)兼家(かねいえ) 혹은 兼家의 사자.
5)'사람들에게 보이지 않는 휘파람새'와 '어떻게 될지 모르는 자기자신'을

의미함.

6)「うぐいす」는 휘파람새.「うぐいす」와 「憂(う)」와의 掛(か)け詞(ことば).

7)「なく」는 「鳴(な)く=새가 울다」와 작자가 「泣(な)く=소리 내어 울다」와의 掛(か)け詞(ことば).

8)일시적 기분으로.

9)보통이 아닌 일. 여기서는 이 여자가 임신하였다는 뜻. 8월말에 道綱(みちつな)를 출산함.

10)어쨌든 성사되었다. 출산하였다.

11)출산 전후.

12)배려. 그 친절 뒤에 다른 여성 관계가 있었다.

13)그 사람이 나갔을 때에.

14)편지를 넣어 두는 손세간.

15)손으로 가지고 놀며 아무 생각 없이.

16)다른 여자.

17)「疑(うたが)はし」와 「橋(はし)」와의 掛(か)け詞(ことば).

18)「文(ふみ)」와 「踏(ふ)み」와의 掛(か)け詞(ことば).

19)예상대로.

20)삼일 연속으로 남자가 여자를 찾아와서 삼일 째에 여자 가족과 남자와의 대면, 즉「露顯(ところあらわし)」가 있으므로, 결혼이 성립한다는 당시 풍습이 있었다.

21)아무렇지 않다는 얼굴로.

22)뭔가 숨겨둔 비밀이 있다.

23)궁중에 중요한 볼 일이 있다.

24)뭐라고 말해야 할지 표현할 줄 모르고.

25)그 사람이 온 것이라는 생각은 들지만.

26)가 버렸다.

27)掛(か)け詞(ことば). 밤이「明(あ)ける」와 문을 「開(あ)ける」의 두 가지 뜻을 표현함. 자신은 몇 밤을 계속 기다리고 있는데도 당신은 문을 열 때까지의 짧은 시간도 기다려 주지 않았다는 비판.

28)평상시보다 정중하게.

29)국화가「色(いろ)あせた」와 兼家(かねいえ)가 다른 여자에게「心移(こころうつ)りした」와의 掛(か)け詞(ことば).

30)급한.

31)괴롭습니다.
32)그렇게 하더라도.
33)다른 여자 집에 다니면서 아무렇지도 않아 하고 있다.
34)알아차리지 못하도록.
35)자기는 궁중에 있다고 알려 주는 것이 도리인데도 전혀 배려하지 않은 것이.
36)더욱 더 불쾌하다.

［참고］진실을 和歌(わか)에 담고 호소해도 진지한 대답도 해 주지 않고 아무렇지도 않은 태도인 남편. 그래서 작자의 마음은 스스로 닫히게 될 뿐. 그러나 자성을 깊이 하므로서 자기자신의 진실한 모습을 확실히 찾으려는 욕구는 강해지고 본 작품 창작에 이르는 것이다.

【20】

三宝絵

- 984성립 -

源　為憲 (?~1011)

　본서 서문에 의하면 984년 11월달에 源 為憲가 尊子内親王를 위하여 집필한 책이다. 尊子内親王는 円融天皇 女御이었지만 982년에 삭발하여 여승이 되었다. 본서는 여승이 된 尊子内親王를 위하여 쓰여진 불교 입문서이다. 작가 源 為憲는 한시(漢詩)를 잘 하는 사람이며 遠江国나 美濃国 등의 国司(지방에 있는 나라의 장관)를 역임했다.

『三宝絵詞』라는 별명이 있는 것으로 알 수 있듯이 원래 絵(그림)와 詞(이야기)가 함께 있었던 책인데 현존본에는 그림이 없고 이야기만 전해져 있다. 仏·法·僧(불법승)이라는 삼보를 가리키는 말인 「三宝」와 원래 그림이 그려져 있는 것을 나타내는 「絵」라는 말이 하나가 되어 책 이름이 된 것이다.

상권은 모두 과거세(過去世)의 보살(菩薩)에 관한 설화 13항목으로 구성되어 있으며 위대한 석가 모습이 서술되어 있다. 중권은 일본에 불교가 전래된 聖德太子 시대부터 奈良시대 말기까지의 불교사를 개략한 18항목으로 구성되어 있으며 지고(至高)한 불법이 서술되어 있다. 하권에는 본서가 집필된 당시 朝廷와 민간 및 절에서 행하고 있었던 불교 행사에 대한 개요나 역사등 31항목으로 각각 구성되어 있으며 승려와 승려의 행위를 존경할 도리가 설명되어 있다.

각 설화 말미에 『最勝王経』『報恩経』등을 비롯해서 의거한 출전을 표시한다. 중권 제4~제17 항목 설화는 『日本霊異記』만을 의거한 것이며 제1~제3에는 승려 전기등과 함께 『日本霊異記』를 출저로 들고 있다. 하권은 승려 전기와 절에 관한 역사등을 기록한 寺院縁起에 의거한 설화이며 전체적으로는 불교 교전을 인용한 것이 아니라 『法苑珠林』(당나라 道世 편찬)에 의거한 부분이 많다.

여성을 대상으로 집필된 책이며 난해(難解)한 설명도 없고 불교 교리를 철학적으로 설명하는 태도도 없어 알기 쉬운 내용이다. 불교 교의(教義)로서는 天台宗에 가까운 가르침을 볼 수 있는데 浄土教 신앙의 영향도 헤아릴 수 있다.

본서는 平安시대 말기부터 광범위하게 받아들여져 『大日本国法

華験記』『今昔物語集』『宝物集』『私聚百因縁集』等에 소재를 제
공한 설화문학 원류 중 하나의 작품이다.

Ⅰ 三宝絵集成(笠間叢書131). 小泉弘・高橋伸幸. 笠間書院. 1980.6
　　三宝絵(新日本古典文学大系31). 馬淵和夫・小泉弘. 岩波書店. 1997.9
Ⅱ 三宝絵. 名古屋市博物館編. 名古屋市博物館. 1989.9
　『三宝絵詞』(勉誠社文庫129). 小泉弘. 勉誠社. 1985.4
Ⅲ 『三宝絵』研究文献目録.『三宝絵集成』(笠間叢書131). 小泉弘・高橋伸
　　幸. 笠間書院. 1980.6
　　『三宝絵』研究文献目録.『三宝絵詞』(勉誠社文庫129).　小泉弘.　勉誠
　　社. 1985.4

【本文20】

薬師寺万灯会　二十三日

　薬師寺ノ 万灯会ハ、寺ノ僧 恵達ガハジメタルナリ。イケルホドハ
ミヅカラ 行 ヒテ、 死ニノゾミテハ 大衆ニツケタリ。恵達ノチニハ
律師ニナリテシヌ。寺ノ西ニハフル。此会 行フ夜ハ、カノ墓ニ光ア
リトイヘリ。トシ火ノ功徳ヲホメタル事、アマタノ 経 ニオホクトケ
リ。阿闍世王受決経 ニ 云 。

　阿闍世王 仏 ヲ 請 ジタテマツリテ、供養シタテマツル。帰り給フ
時ニ、王 百 石ノ 油 ヲモチテ、宮ノ門ヨリ祇 園 精 舎ニイタルマ
デトモシ火ヲトモセリ。

　時ニ貧シキ 女 コレヲミテ心 ヲハゲマス。二ノ銭ヲモトメテ
油 ヲ買フ。油 ノアルジイハク、「 汝 キハマリテマヅシ。クヒ物

ヲカハズシテ油ヲ買フハナニノ心ゾ」トヽフ。女コタフ、「我

キク、仏ノ出給ヘルニハアヒガタシ。ワレ幸ニアヒタテマツレリ。

供養ヲタテマツルニチカラナシ。今日王ノ大ナル功徳ヲツクルヲ

ミテ、一ノ灯ヲダニタテマツリテ、後世ノタネトセムトヲモフ

ナリ」トイフ。油ノアルジキ、カナシビテ、アタヒノ外ニクハヘテ

アタフ。即チ仏ノ御前ニトモス。消ム事、夜中マデダニタル

マジ。女誓テ云。「我後ノ世ニ仏トナルベクハ、此油ツキ

ズシテ、ヨモスガラ光キヘザレ」トイフ。仏目連ニ告給ハク、

「天スデニアケヌ。灯ヲケツベシ」ト。目連タチテ諸ノ灯ヲ

ケツニ、王ノ灯ハ皆キヘヌ。貧女ガ一ノ灯、三タビケツニキエズ。

袈裟ヲモチテアフゲドモ、ソノ光イヨイヨマサル。仏ノ給ハク

「ヤミネヤミネ。是ノチノ世ノ仏ノ光ナレバ、汝ガチカラノキ

ヤスベキニアラズ。此女三十劫ヲヘテ仏ニナラム。名ヲバ須弥

灯火如来トイハム」トノ給フ。女キヽテ大キニヨロコブ。

一ノ灯ノ光スラ仏ニナル、況ヤ万灯ヲヤ。ヌス人ノカヽゲ

シダニ道ヲエタリ。況ヤ沙門ノカヽグルヲヤ。此会ノ功徳ハカナラ

ズ知恵ノ光ヲエテ、無明ノヤミヲテラスベシ。(하권 15)

【注釈20】
1)현재 奈良県(ならけん) 奈良市(ならし)에 있는 法相宗(ほっそうしゅう)의
　　본산(本山)인 절. 680년 天武天皇(てんむてんのう)의 발원 이후 持統(じと
　　う)・文武天皇(もんむてんのう) 시대에 걸려서 藤原京(ふじわらきょう)에

건립되었지만 平城京(へいじょうきょう) 천도(遷都)후에 현지(現地)로 옮김.

2)만등회. 참회(懺悔)·멸죄(滅罪)를 하기 위하여 만 개의 등불을 밝히고 부처와 보살께 공양하는 법회(法会).

3)속칭 秦(はた)씨. 薬師寺(やくしじ)의 승려. 38살 때 만등회를 창시. 83살까지 46년간 행했다고 함.

4)임종 때. 天慶(てんぎょう)2년(939) 8월 2일 천화(遷化).

5)어떤 절에 속하고 있는 승려들의 총칭.

6)만등회를 계속하는 것을 부탁했다.

7)율사(律師).승관(僧官)의 하나. 僧都(そうず)의 아래 계급. 『今昔物語集(こんじゃくものがたりしゅう)』권12의 제8화(話)에는 僧都라고 써 있음.

8)매장했다.

9)恵達(えたつ)를 매장한 묘에서 빛이 난다고 사람들이 말하고 있다. 만등회의 공덕에 의한 것이다. 만등회를 행하는 3월 23일에 恵達의 묘에서 빛이 난다는 전승(伝承)은 『今昔物語集(こんじゃくものがたりしゅう)』권12의 제8화(話)나 『宝物集(ほうぶつしゅう)』권6등에도 있음.

10)만등회의 공덕.

11)칭찬(称賛).

12)많은. 만등회의 공덕을 설교한 불교 교전에는 『菩薩本行経(ぼさつほんぎょうきょう)』, 『施灯功徳経(せとうくどくきょう)』, 『受決経(じゅけつきょう)』등 다수가 있음.

13)이하는 『法苑珠林(ほうおんじゅりん)』에 인용되어 있는 『受決経(じゅけつきょう)』 본문을 이용한 것.

14)고대 인도 마게타(摩掲陀=まがだ) 국왕인 빈파사라(頻婆娑羅=びんばしゃら)의 자식. 제파달다(提婆達多=だいばだった)에게 교사되어 부친을 죽여 모친인 위제희(韋提希=いだいけ)를 감금시키고 즉위했지만 그 후에 석가(釈尊)의 교화에 의해 참회(懺悔)하여 불교의 보호자가 되었다.

15)초대하다.

16)공양드리다.

17)석가가.

18)아도세왕(阿闍世王=あじゃせおう).

19)체적의 단위.1석은 약 180리터.

20)아도세왕(阿闍世王=あじゃせおう)의 왕궁.

21)수달장자(須達長者=しゅだつちょうじゃ)가 석가와 제자를 위해 기원(祇

園=ぎおん)에 건립한 절.

22)불러 일으키다.

23)『法苑珠林(ほうおんじゅりん)』에는 탁발(托鉢たくはつ・乞食こつじき)
　의 수행을 하고 엽전 두개를 손에 넣었다고 함.

24)가게 주인.

25)도대체 뭘 생각하고 있느냐.

26)공물을 드리고 싶은데 경제력이 없다.

27)공덕을 쌓은 것을.

28)'하다 못해 ～라도' 라는 뜻을 덧붙이는 부조사.

29)내세의 행복을 비는 원인(선행).

30)감격하여.

31)엽전 2개로 살 수 있는 기름 외에. 『法苑珠林(ほうおんじゅりん)』에
　의하면 엽전 2개로서의 2홉과 3홉.

32)기름의 양이 적어서 밤에는 불이 꺼질 것이다라는 뜻.

33)불타(仏陀=ぶつだ)가 될 수 있으면.

34)밤새껏. 'ザレ'는 부정 조동사 'ず'의 명령형.

35)목건련(目犍連=もくけんれん)의 약칭. 석가 십대 제자(十大 弟子)의 한
　사람. 마게타(摩掲陀=まがだ) 나라의 파라문(婆羅門=ばらもん) 출신.

36)날이 새어 버렸다.

37)등불을 꺼라.

38)승복으로 등불을 붙여도.

39)「ノ給(たま)ハク」로 하나 단어. '말씀하시다'라는 뜻인 'ノ給フ' 미연형
　에 명사화시키는 접미어 「ク」가 접속된 것. 말씀하신 것은.

40)그만두어라.

41)내세에 보살이 될 사람이 주신 등불이어서.

42)꺼버릴 수 있는 것이 아니다.

43)겁(劫)은 불교로 한없이 긴 세월.

44)만불을 드리면 보살이 되는 것이 당연하다.

45)盗人(ぬすびと).도둑.아난(阿難=あなん)이 도둑질을 하려고 불탑에 들어
　가 불등을 붙였더니 불상을 보고 불교 신자가 되었다. 석가 십대 제자
　(十大弟子=じゅうだいでし).

46)薬師寺(やくしじ) 万灯会(まんどうえ)를 시작한 恵達(えたつ)를 가리킴.

47)불교에서 진리를 밝혀 득도하는 것.

48)모든 미망이나 번뇌의 근원이라는 뜻인 무명을 어두운 긴 밤에 비유한 말.

〔참고〕 貧女の一灯(ひんにょのいっとう)으로 유명한 이야기이다. 薬師寺(やくしじ) 승려이었던 恵達(えたつ)에 관한 사적(事蹟)은 『今昔物語集(こんじゃくものがたりしゅう)』 권12의 제8화(話) 『宝物集(ほうぶつしゅう)』 권6에도 쓰여 있는데 여기서는 恵達에 대한 자세한 기술을 하려고 하는 의도는 없는 것 같다. 오히려 불교 경전의 유명한 일화를 소개하여 불교에 귀의하는 것을 권하고 있는 것 같다. 그러나 그 일화는 불교 경전에서 발췌한 것이 아니라 많은 불교 경전에 의거하면서 성립된 『法苑珠林(ほうおんじゅりん)』에 의한 것은 분명하다.

【21】

往生要集

- 985년 -

源信(942~1017)

염불왕생(念仏往生)의 입문서. 서문 뒤에 본문이 10개 부분으로 나뉘고 끝 부분에 발문(跋文)이 있다. 본문은 제1「厭離穢土」를 지옥·아귀·축생·아수라·사람·하늘의 육도(六道)와 총결까지 7개 부분으로 나누어서 서술된다. 특히 주목되는 것은 지옥도와 인도(人道)인데, 그 고뇌의 양상을 여실히 그려내고, 독자로 하여금 세상에 대한 집착을 버리게 하여 제2「欣求浄土」로 인도하여 부처 보살의 내영(来迎)을 맞이하여 극락에 왕생하는 즐거움을 10가지의 낙(楽)으로(十楽) 정리한다. 제3「極楽の証拠」는 극락이 고귀하여 훌륭하다는 것을 칭찬하며, 제4「正修念仏」에서는 당나라『浄土論』에 설파되어 있는 五念門을 정리한다. 제5「助念の方法」에는 제4를 보충하는 내용이 있고, 제6「別時念仏」에서는 이상에서 서술한 염불(念仏)을 생전(生前)과 임종으로 나누어, 특히 임종을 맞이하였을 때의 염불에 관해서는 죽음을 앞둔 환자에게 염불을 권하는 방법에 대해 지극히 자세히 또 친절하게 설명하고 있다. 이하는 보충적 부분이다.

　『往生要集』는 염불에 대한 체계적 조직 구성을 이룬 최초의 서(書)로서 정토교 역사상 일대 금자탑이란 평가를 받고 있다. 다음 해,『往生要集』는 송나라 周文徳에게 보내지게 되어 송나라에서도 높은 평가를 받았다. 일본에서도『往生要集』를 교과서로 한 염불 결사(結社)가 발족되어,『往生要集』의 서사(書写)가 번성하게 이루어져 널리 유포됐다. 특히 당시 末法 의식과 어울려서 그 영향은 대단했다.『栄花物語』,『宝物集』,『平家物語』,謡曲, 浄瑠璃 등 문학에도 영향을 끼치어, 和歌의 머리말에「十楽」가 즐겨 사용된 것에서도 그 영향이 얼마나 컸던가를 짐작하게 한다.

　저자는 平安 중기 天台宗 学僧이며, 権少僧都까지 역임했는데 당시 比叡山의 세속화를 싫어하고 명예와 부(富)를 버리고 横川에 은둔하였다.『源氏物語』에 등장하는 横川僧都는 그가 모델이라고 한다.

Ⅰ日本思想体系6 源信. 石田瑞麿. 岩波書店. 1970.9.25
Ⅱ築島裕他. 最明寺本 往生要集 影印篇. 汲古書院. 1988.6
Ⅲ往生要集研究会. 研究文献目録. 往生要集研究. 永田文昌堂. 1987.8

【本文21】

　次に 臨終の 勧念とは、善友・同 行 にして、その 志 あらん者は、仏教に 順 ぜんが為に、衆 生 を利せんが為に、善根の為に、結

縁の為に、 患 に染みし 初 より 病 の床に来問して、 幸 に 勧進
を垂れよ。ただし勧誘の 趣 は、応に人の意にあるべし。今且く自身
の為に、その 詞 を結びて云く、「 仏子、年来の 間 、この界の 怖
望を止めて、ただ 西方の業を修せり。なかんづく、本より期する
所 は、この臨終 の 十念なり。今既に 病床 に 臥す。恐れざるべか
らず。すべからく目を閉ぢ、合 掌 して、一心に誓期すべし。 仏 の
相好にあらざるより、余の 色を見ることなかれ。 仏 の法音にあら
ざるより、余の声を聞くことなかれ。 仏 の 正 教にあらざるより、
余の事を説くことなかれ。往 生 の事にあらざるより、余の事を思ふ
ことなかれ。かくの如くして、乃至、 命 終 の後に、宝蓮華の 台
の上に坐し、弥陀仏の後に 従 ひ、 聖 衆に囲遶せられて、十万億の
国土を過ぐる 間 も亦またかくの如くに、余の 境 界を縁ずることな
かれ。ただ極楽世界の七宝の池の中に至りて、始めて応に目を挙げ、
合 掌 して弥陀の尊容を見たてまつり、甚深の法音を聞き、諸仏の功
徳の香を聞ぎ、法喜・禅悦の味を嘗め、 海公の 聖 衆を 頂 礼して
普賢の 行 願 に悟入すべし」と。今、十事あり。応当に一心に聴
き、一心に念ずべし。一々の念ごとに疑心を 生 ずることなかれ。

　一には、まづ応に大 乗 の 実智を発して生死の由来を知るべし。

大円覚 経 の偈に云ふが如し。

　一切のもろもろの衆 生 の 無始の 幻 なる無明は

皆もろもろの如来の　円覚の 心 より建 立 せり

と。当に知るべし、生死即涅槃、煩悩即菩提、円融無碍にして無二・

無別なることを。しかるに、一念の妄心に由りて生死界に入りしより

このかた、無明の 病 に 盲 られて、久しく 本覚の道を忘れたり。

ただ諸法は本より 来 、常に 自 ら 寂 滅の相なれども、 幻 の如く

定 性 なく、 心 の随に転変す。この故に 仏子、応に三宝を念じ、

邪を 翻 して 正 に帰すべし。しかも 仏 はこれ医王、法はこれ 良

薬、僧はこれ瞻 病 人なり。無明の 病 を除き、 正見の 眼 を開き、

本覚の道を示して、浄土に引 接 すること、仏法僧にしくはなしなし。

(권중)

【注釈21】

1)임종을 맞이한 사람을 왕생에 인도하기 위해 염불을 올리도록 하는 일.

2)善知識(ぜんちしき)라고도 함. 여기서는 불도에 함께 힘 써서 좋은 자극
　을 주고받는 사이에 있는 사람.

3)수행 길을 함께 하는 사람.

4)번뇌를 가진 자. 불도에서 구원의 대상. 중생.

5)극락왕생 등 선(善)한 응보(応報)를 받기 위한 선한 행위.

6)극락정토와의 인연을 맺는다는 의미.

7)좋은 기회에.

8)사람들에게 권유하여 불교에 입문하도록 하는 것. 그것을 위한 권유의 말.

9)불교 신자. 여기에서는 ‘당신’이라고 외쳐 부름.

10)속세에서의 욕망을 추구하는 것을 포기하여.

11)희망(希望=きぼう)이라는 뜻.

12)염불을 말함.

13)특히. 그 중에서도.

14)南無阿弥陀仏(なむあみだぶつ)라는 여섯 글자를 10번 일념(一念)으로 외

　　우는 사이에 잡념이 없어지는 것을 말함.
15)『栄花物語(えいがものがたり)』권30에도　藤原道長(ふじわらのみちなが)
　　의 임종을 비슷하게 묘사한 문장이 있다.
16)눈에 보이는 모든 것을 뜻함.
17)염불을 외는 소리.
18)부처님의 가르침.
19)연꽃.
20)부처의 가르침과 잡념이 없는 마음의 즐거움.
21)바다처럼 부처 주변에 모여 있는 보살들.
22)화엄경 권40에서 보현보살이 수행한 열 가지의 수행. 즉 여러 부처를 예
　　경(禮敬), 여래(如来)를 칭찬, 널리 공양함, 업을 참회, 부처의 공덕을 기
　　뻐함, 설법을 청하여 부처가 세상에 임하기를 원함, 항상 부처를 따라
　　배우고, 중생과 잘 어울려서, 널리 회향하는 일. 보현보살은 그 열 가지
　　수행을 완성하여 모든 부처님 세계에 모습을 나타낼 수 있는 보살.
23)주 22에서 말한 열 가지 수행.
24)있는 그대로 사물을 올바르게 아는 지혜.
25)「大方広円覚修多羅了義経(たいほうこうえんかくしゅたらりょうぎきょう)」.
26)애초부터 사람 내면에 있는 무명(無明=번뇌에 빠져 진리를 모르는 것)
　　은 실은 있지도 않은 환상과 같은 것.
27)원만하여 완전한 부처의 각성(覚性).
28)생사(生死)가 존재하는 이 세계는 바로 열반(涅槃)과의 경계이며, 번뇌는
　　즉 깨달음이며 서로 접하지 아니하면서 융합하여 두 가지의 다른 것이
　　아니다.
29)마음이 그 본성에 있어서 깨달음이 그 자체라는 것.
30)열반(涅槃)을 나타낸 것.
31)불교의 진리를 이해할 수 있는 올바른 생각.

[참고] 극락 왕생은 모든 불교 신자들의 소원이다. 극락 왕생을 성취하기
위해 모든 수행이 있고 불교도의 모든 생활은 왕생하기 위함에 있다고 할
수 있다. 극락 왕생은 죽음을 맞이하여 결정되는 만큼, 임종 때 왕생을 성
취시키기 위해 가까운 사람끼리 서로의 임종을 지켜 주고 왕생의 길로 인
도하는 일은 불교 신자들에게 있어서 가장 중요한 일이 된다. 이 부분은
그 결정적인 때에 어떻게 죽음을 앞 둔 사람을 왕생의 길로 인도하느냐라

는 문제를 다룬 부분이다. 이하 열 가지의 항목이 제시되는데, 작자의 세심하면서도 따뜻한 인간애를 엿볼 수 있는 부분이다.

【22】

日本往生極楽記

- 집필시기미상 -

慶滋保胤(934?~1002?)

극락왕생자 42명의 이야기 45개를 집성. 保胤가 출가 전 속세에서 집필을 시작하였고 986년 출가 후 聖德太子(574?~622년)·行基(668~749년)들의 이야기를 첨가하였다.

保胤는 정토교의 전파를 기반으로 출가 전에는 勧学会를 조직하고 출가 후는 源信(942~1017년)과 함께 二十五三昧会의 중심이 되어 염불(念仏)결사(結社)운동을 진행하는 등 열렬한 신앙생활을 보낸다. 『日本往生極楽記』는 그러한 保胤가 정토교 이론서인 源信저 『往生要集』에 대응하는 그 실증적인 기록으로서, 그리고 왕생자와 인연을 맺으므로써 자신도 왕생하기를 기대하는 의미로 저술한 것이다. 당나라의 『浄土論』『瑞応伝』에서 영향을 받았다는 것은 서(序)의 저술과 이야기의 배열도 이것들을 모방하여 菩薩·比丘·沙弥·比丘尼·優婆塞·優婆夷의 순으로 연대·신분 등을 고려하여 구성한 것에서도 나타난다. 서적을 자료로 하고 있지만「故老に訪ひ」라 서(序)에 있는 것과 같이 구비 전승에 의한 것도 적지 않다. 그 중에는 후세의 사람들에게 추앙 받은 空也(903~972년)와 教信(?~866년)와 같이 교단과는 무연한 민간포교자·염불자의 이야기도 있는데 이것은 평범한 사람의 왕생이라는 이념을 구체화하려는 것이다. 그리고 각각의 이야기는 한문으로 서술하여 설화적인 서술과 왕생에 직접 관계 없는 것은 간결하게 쓴 한편, 왕생의 예지(予知)·예언(予言), 임종 때의 상황, 사후의 계시 등 왕생에 중점을 맞춰서 기록 하고 있다. 이것은『日本往生極楽記』가 설화적 흥미와는 무관한 절실한 신앙적 요구, 즉 실제로 극락 왕생이 있을 수 있다는 것과 이 서를 저술함으로써 왕생한 사람과 인연을 맺어 자기의 왕생을 기대하는 절실한 욕구로 저술되었다는 것을 말하여주고, 大江匡房(1041〜1111년)『続本朝往生伝』·三善為康(1049〜1139년)『拾遺往生伝』『後拾遺往生伝』등의 往生伝에 계승되어 다른 설화집과는 구별되는 특징이다.

Ⅰ日本思想大系7 往生伝·法華験記. 井上光貞他. 岩波書店. 1974.9

Ⅱ宇都宮啓吾.『日本往生極楽記』解説並び影印.　鎌倉時代語研究　第十七輯. 武蔵野書院. 1994.5

Ⅲ谷山俊英.　『法華経』と平安朝文芸研究文献目録抄.　国文学解釈と鑑賞　第61巻12号. 至文堂. 1996.12

【本文22】

　行基菩薩は、俗姓高志氏、和泉国大鳥郡の人なり。菩薩初めて胎を出でしとき、胞衣に裹み纏れり。父母忌みて樹の岐の上に閣げつ。宿を経てこれを見るに、胞を出でて能く言ふ。収めて養へり。少年の時、隣子村童と相共に仏法を讃嘆せり。余の牧児の等、牛馬を捨てて従ふ者、殆に数百に垂むとす。もし牛馬の主これを用ゐることある時には、使をして尋ね呼ばしむるに、男女老少来り覓むる者、その讃嘆の声を聞きて、牛馬のことを問はず、泣きて帰ることを忘れぬ。菩薩自ら高き処に上りて、かの馬を呼びてこの牛を喚ふに、声に応じて自らに来る。その主各牽きて去りぬ。

菩薩出家して薬師寺の僧となれり。瑜伽唯識論等を読みて奥義を了知せり。菩薩周く都鄙に遊びて、衆生を教化せり。

聖武天皇甚だ敬重して、詔して大僧正の位を授けたまへり。時に智光以為らく、我はこれ智行の大僧、行基は浅智の沙弥なり。朝家何に因りてか我を棄てて彼を賞したまふ、とおもへり。内に皇朝を恨みて、退きて山寺に隠れぬ。智光忽ちに死せり。遺言に依りて暫く葬らざるに、十日ありて蘇ることを得つ。弟子等に告げて云はく、閻王宮の使駈りて我を逐へり。路に金殿あり。高広にして光り曜く。我使者に問ふに、答へて云はく行基菩薩の生るべきの処なりといへり。また行きて遠く見れば、煙炎空に満てり。また使者に問ふに、答へて云はく、汝が入らむと欲するの獄なりといへり。便ち到りぬ。閻王呵いて曰く、汝閻浮提日本国にして、行基菩薩を嫉み悪むの心ありき。今に所以に汝を召すことは、その罪を懲めむとなりといふ。即ち我をして銅の柱を抱かしむるに、肉解け骨融けけり。罪畢てて放ち還せりといふ。

智光蘇ることを得て、菩薩を謝せむと欲へり。菩薩この時に摂津国にありて、難波の江の橋を造る。智光尋ね到るに、菩薩 遥 に見て 意 を知りて咲を含む。智光地に伏して礼を致して、 涙 を流して罪を謝せり。

【注釈22】

1)奈良(なら)시대의 승려. 668년~749년. 15세에 출가하여 唐(とう)에 유학을 다녀온 道昭(どうしょう)로부터 가르침을 받아, 唐(とう) 불교의 영향을 많이 받음. 서민층과 호흡을 같이하며 전도와 사회사업을 전개. 717년에는 조정(朝廷)이 그의 활동을 僧尼令(そうにりょう) 위반으로 금지, 탄압하기도 하였다.

2)출가 전 세속에서의 성씨. 백제계 도래인 文(ふみ)씨에서 분파한 씨족.

3)大阪府(おおさかふ) 堺市(さかいし)·和泉市(いずみし) 부근. 모친 집이 있었음.

4)승려의 복장. 태어날때부터 스님이 될 인물이었다는 것을 나타냄.

5)부모로서는 아들이 승려가 되는 것을 희망하지 않았던 것 같다.

6)나무 위에 유아를 올린다는 것은 부정을 없애는 의식일까?

7)하룻밤.

8)行基(ぎょうき)가 장래, 뛰어난 승려가 될 것을 암시하는 일.

9)나무 위에서 내려, 집안으로 데리고 들어갔다.

10)이러한 아이들은 복수일 것이다.

11)말로 표현하여 그 덕을 찬미하는 것. 불법(仏法)을 찬미하는 동요와 같은 노래를 불렀을 것이다.

12)소나 말을 키우는 일을 하고 있던 아이.

13)달했다.

14)소와 말의 소유자가 소와 말을 찾기 위해 보낸 사람.

15)'소와 말을 찾아와라'라고 하는 주인의 지시를 잊고, 行基(ぎょうき)들의 불법(仏法)을 찬미하는 소리에 매료되어 돌아가는 것도 잊었던 것이다.

16)奈良市(ならし) 西ノ京町(にしのきょうちょう) 소재. 南都七大寺(なんとしちだいじ)의 하나.『三宝絵(さんぽうえ)』에 의한 기사.

17)대승불교의 논서의 하나. 瑜伽師地論(ゆがしぢろん)와 成唯識論(じょうゆいしきろん)를 줄인 말.

18)여기에는 行基(ぎょうき)가 행한 사회사업, 즉 관개 및 교통 시설 정비
   에 관한 기술 등이 있다.
19)독실한 불교 신도. 701년~756년.
20)승려의 관직으로는 최고위. 745년에 비로소 行基(ぎょうき)가 임명되었다.
21)奈良시대 元興寺(がんごうじ)의 승려. 생몰년 미상.「般若心経述義(はん
   にゃしんぎょうじゅつぎ)」「浄名玄論略述(じょうみょうげんろんりゃく
   じゅつ)」「無量寿経論釈(むりょうじゅきょうろんしゃく)」외 많은 저술
   이 있음. 다음 설화는 그의 왕생 설화.
22)생각하기에.
23)지혜가 있고 모든 일을 바르게 행하는 승려.
24)납세나 노역으로부터 빠져나가기 위해 스스로 머리를 깍고 처자를 데리
   고 세속의 직업을 갖는 자를 沙弥(しゃみ)라고 불렀다. 재가(在家)의 沙
   弥는 수행자로서는 미숙한 자일 테지만, 수계한 관승 모두가 덕이 높다
   고는 말 할 수 없고, 오히려 재가(在家)의 沙弥 중에서야말로 고승이 있
   었다. 율령 정치, 그리고 율령제를 배경으로 하여 그 위에 선 者의 부패
   에 대한 서민의 반감이 널리 존재하고 있었던 것을 알 수 있다.
25)천황을 말함.
26)「日本霊異記(にほんりょういき)」「三宝絵(さんぽうえ)」에는 鋤田寺
   (すきたでら)라 한다.
27)염마왕(閻魔王).
28)마지못해 말하다.
29)인도의 세계관의 하나로, 인간세계를 의미한다.
30)大阪府(おおさかふ) 북부와 서부 그리고 兵庫県(ひょうごけん) 동부 지역.

[참고] 본 설화와 앞의 聖徳太子(しょうとくたいし)에 관한 설화는, 권말
에「菩薩二所(ぼさつにところ)」라고 있는 것과 같이, 聖徳太子와 行基
(ぎょうき)에 대해, 왕생을 얻은 자 중에서도, 일본 불교사에 있어서 특별
한 존재인 두 사람에 관한 설화로서 중요한 설화라 할 수 있다. 그러나 이
두개의 설화는 초고본에는 존재하지 않았다. 본 설화 뒤에 兼明親王(かねあ
きらしんのう)의 꿈의 계시에 따라 작자가 뒤에 추가하여 썼던 것이다. 일
본에 불교를 처음으로 받아들였던 聖徳太子의 다음에 沙弥(しゃみ)로서의
行基에 관한 설화를 실었다는 것은 주목할 만한 일이다.

【23】

本朝法華驗記
ほんちょう ほっけ げん き

- 1040～1044년 -

鎭源(942～1017)
ちんげん

　　　『大日本国法華経験記』라고도　일컬어진다.　편자　鎭源은　比叡山
首楞厳院의　스님으로　源信(947～1017)이　주재하는　霊山釈迦講의　참
가자이기도　하였다.『本朝法華驗記』는　법화경의　위력을　실증하기
위해　법화경을　신봉하는　자의　전승　및　법화경　영험설화를　집대성
한　것으로　권상40　권중40　권하49로　모두　129화를　수록하고　있다.
구성은　왕생전(往生伝)을　모방하여　比丘・沙弥・比丘尼・優婆塞・優婆
夷・異類의　순으로　연대순의　배열도　고려된　것이라　할　수　있다. 比
叡山에　관한　설화가　많은　것은　당연하지만,　설화의　무대는　일본　전
국토에　이르른다.　그것은『本朝法華驗記』에　등장하는　인물이　고승
과　명승뿐만　아니라,　명예와　이익을　버리고　교단을　떠나　산림에서
수행하고　각지의　영험　있는　장소를　순례하며　견문을　넓히는　고승이
많았었다는　것과도　관계가　있다.『三宝絵』『日本往生極楽記』등의
선행서에서　소재를　얻은　것　외에도　설화의　형성과　유포,　더　나아가
서는『本朝法華驗記』의　성립에　그러한　고승들의　종교　활동이　소재
가　되었다고　생각되어진다.　고승들의　수행　생활,　주술의　상서러움,
전생,　소생,　시체의　혀가　독경한다는　이야기,　짐승의　몸을　얻은　자
가　괴로워하면서　구원　받기를　원하는　이야기,　왕생　등의　여러　가지
로　기이하고　상서러운　징조의　설화를　예로　들며,　법화경의　선양을
도모하고　있다.　이러한　기이하고　상서러운　징조는　중국의　불교　영

험 설화에 연원한 유형적인 것으로, 고승들의 민간 포교에 사용된
설화였다고 보아진다.

　문체는 변체한문이다. 후세의『今昔物語集』,『拾遺往生伝』,『三
外往生記』등에 많은 소재를 제공하였고 설화 문학의 역사상으로도
매우 중요한 위치를 차지하고 있는 작품이다.

Ⅰ 日本思想大系7 往生伝・法華験記. 井上光貞他. 岩波書店. 1974.9
Ⅱ 京都大学文学部国語学国文学研究室.　日本法花験記　高野山宝寿院
　　蔵. 京大国語国文資料叢書38. 臨川書店. 1983.4
Ⅲ 谷山俊英.『法華経』と平安朝文芸研究文献目録抄. 国文学解釈と鑑
　　賞　第61巻12号. 至文堂. 1996.12

【本文23】

　　第百廿八　　　紀伊国美奈倍郡の道祖神

　沙門道公は、天王寺の僧なり。法華の積める功は、年序尚し。常
に熊野に詣でて安居を勤む。熊野より出でて、本の寺に還る間、
美奈倍郷の海の辺の大きなる樹の下に宿し住れり。夜半に至る
程に、騎に乗りたる人二、三十騎ありて、この樹の辺に至る。
　一の人ありて言はく、樹の下の翁侍ふかといふ。樹の下に答へ
て曰く、翁侍ふといふ。また曰く、早に罷り出でて、御共に
侍ふべしといふ。翁の曰く、駄の足折れ損じて、乗り用うるこ
と能はず。明日治を加へ、もしは他の馬を求めて、御共に参るべし。
年齢老衰して行歩すること能はず、云々といへり。騎に乗れる類
各々分散せり。

　明旦に至りて、沙門 怪 び念ひ、樹の下を巡り見るに、道祖神の像あり。朽ち故くして多くの年を逕たり。10男 の 形 ありといへども女 の 形 あることなし。前に11板の絵馬あり、前の足破損せり。沙門、絵馬の足の損じたるを見了へて、糸をもて綴り 補 ひ、本の 所 に置き畢へぬ。沙門ことの縁を知らむがために、その日を過ぎ巳へて、その夜樹の下に宿しぬ。夜半に至りて、先のごとく数の 騎 来れり。翁 、馬に乗りて出でて行く。

　天 暁 に臨む時、 翁 還り来りぬ。 即 ち持 経 者に語るらく、この数十の 騎 の乗りたるものは 行 疫神なり。我は道祖神なり。国の内を巡る時、必ず 翁 を 13前使 となす。もし共奉せざれば、答をもて打ち遍め、詞をもて罵詈す。 上人の馬の足を療治せるに依りて、この15公事を勤めたり。この恩報ずべきこと難しといふ。持 経 者に種々の16恩顧あり。所謂 17浄 妙の衣服、種々の飲食をもて、 施し与へつ。煩 しきに依りて記さず。道祖神、沙門に語りて云はく、今この下劣の神の形を捨てて、 18上 品の功徳の身を得むと欲す。この身の受けたる苦しびは、19無量無辺なり。 聖 人の 力 に依りて、このことを成さむと欲すといふ。沙門答へて曰く、我このことにおいては、 力 の及ばざるところなりといふ。道祖神の云はく、この樹の下に住りて、三日三夜、法華 経 を 誦 せよ。 経 の威力に依りて、我が苦の身を転じて、 浄 妙の身を受けむといへり。20　（권하）

【注釈23】

1)和歌山県(わかやまけん) 日高郡(ひだかぐん) 南部町(みなべちょう).

2)길가나 경계, 다리 옆 등에 모셔져 있고 악귀·악신을 막아 여행자를 보호
　하는 신. 남근·여음의 형태로 만든 것이 많다.

3)전승 미상.

4)大阪市(おおさかし) 南区(みなみく). 서문(西門)은 극락의 동문(東門)이라
　고 하는 신앙이 平安(へいあん)중기부터 발생하여, 정토교의 산지로서 귀
　천(貴賤)의 신앙을 모았다.

5)紀伊(きい)반도 남부의 험준한 산악 지대. 울창한 산림이 있어 옛날부터
　수행지·성지로서 숭경되었다.

6)승(僧)이 우기 3개월(4/16~7/15) 동안 외출하지 않고 좌선 수행하는 것.

7)말.

8)짐을 운반하는데 쓰는 말.

9)치료를 하여.

10)道祖神(さえのかみ)가 할아버지로 묘사되는 것에 대응한다.

11)나무에 말의 그림을 그려 신사(神社) 등에 봉납하는 것.

12)유행병 등을 가져오는 신.

13)주인을 선도(先導)하는 자.

14)道祖神(さえのかみ)의 힘이 없음을 나타냄.

15)원래 조정의 행사·의식을 의미. 공무.

16)은혜.

17)이 길을 지나는 중들이 道祖神(さえのかみ)에게 공양으로 바친 승복.

18)훤히 다 드러난 남근의 모습보다 나은 모습 즉 공덕을 얻어 깨끗히 단
　장한 모습으로 구제되고 싶다라는 것.

19)한(限)이 없다.

20)이후 道祖神(さえのかみ)가 바라는 대로 3일간 법화경 독송을 한 결과
　道祖神는 보살의 모습이 되어 관음의 곁으로 구제되었다고 한다.

[참고] 불교가 들어와 일본 사회에 정착하면서 기존의 토착 신앙을 흡수,
혹은 토착 신앙과 융합해 나가는 지방의 양상을 전하는 귀중한 설화이다.
『今昔物語集(こんじゃくものがたりしゅう)』권13　제34,『元亨釈書(げんこ
うしゃくしょ)』9는『本朝法華験記(ほんちょうほっけげんき)』를 근거로 한
다. 법화경의 공덕은 동물, 인간뿐만 아니라 道祖神(さえのかみ)와 같은 잡

신까지 구제한다는 법화경 영험담이면서, 민속적 昔話(むかしばなし=옛 이야기)적 흥미도 느낄 수 있다.

【24】

源氏物語

-1001년경 집필 개시 -

紫 式部(생몰년 미상)

모두 54권. 平安시대 여류(女流) 문학 작품 중 최고 걸작. 작가 紫 式部의 부친인 藤原 為時는 歌人이며 또 漢詩人으로서 저명한 사람이다. 어려서 모친과 사별한 紫 式部는 부친의 가르침 아래서, 문학적 재능을 함양한다. 그 후 藤原 宣孝와 결혼하지만 불과 몇년 후인 1001년 남편과 사별한 직후부터 『源氏物語』를 쓰기 시작했다. 『源氏物語』의 평가는 작가가 생존 중일때부터 뛰어나 머지않아 一条天皇의 中宮(천황의 처)인 彰子에 봉사하게 되었다. 『紫 式部日記』는 이때의 궁중 생활에 대한 일기이다.

『源氏物語』는 天皇의 아들로 태어났지만 臣籍降下(천황의 아들이 가신 지위가 되는 것)된 源氏의 일생과 그 아들인 薫의 반 평생을 그린 장편 이야기로서 작품중에는 源氏를 둘러싼 수많은 여성이 등장한다.

「桐壺」의 권에서는 탄생부터 7살에 학문을 시작해서 12살때 성인식을 치르고 4살 연상인 葵の上와 결혼했지만 계모인 藤壺の女御를 사모한다. 17살의 여름에 「帚木」에서는 여성의 선악에 대해서 평판을 하는「雨夜の品定め」라는 묘사 다음에 空蟬와의 만남이 쓰이거나 차례차례로 여성 편력이 계속된다. 그 중에서도 「若紫」의 권 18살때 京都 北山에서 만난 어린 소녀 그 후의 紫の上는 죽을 때까지 源氏와 함께 있었고 그 사랑은 변하지 않았다. 紫の上 사후에 그 뒤를 따르는 듯 源氏도 죽고(「幻」), 「匂宮」의 권부터는 薰를 중심으로 이야기가 전개된다. 薰는 源氏의 아들이지만 사실은 源氏의 친아들이 아니라 源氏의 정실인 女三の宮와 柏木와의 간통으로 태어난 불의의 아들이었다. 그러나 源氏도 옛날에 桐壺天皇의 처였던 藤壺の中宮과 간통하고 그 사이에 생겨난 아들은 冷泉天皇가 되고 출생의 비밀을 안 천황이 源氏에게 지위를 주려고까지 했다.

薰는 大君를 사랑하게 되지만 속세에 수치를 드러내지 말라는 부친의 유언를 지키려는 大君는 결혼을 거부하고 드디어 병으로 쓰러져 세상을 떠난다. 사랑하는 大君의 이복 여동생인 浮舟의 존재를 안 薰는 浮舟를 宇治에서 살게 하지만 匂宮에게 희롱당한 浮舟는 강에 빠져 자살을 시도했고 구출받은 후에 출가한다.

이야기 전체에서는 70년에 걸친 시간이 흐르고 있고 치밀한 구성과 탁월한 묘사등 그 후의 문학에 많은 영향을 주었다. 平安朝이야기 문학 중에서 최고 걸작인 동시에 후세의 일본 문학의 방향을 결정시킨 작품이다.

　江戸시대의 작품에도 큰 영향을 주고 井原西鶴 『好色 一代男』는 『源氏物語』에 의거하면서 江戸시대 풍으로 번안한 것이고 柳亭種彦 『修 紫 田舎源氏』는 구상 전체를 이용하고 있다. 근대로 들어와서도 谷崎潤一郎의 『細 雪』등에 큰 영향을 주어 일본 문학 중의 확고한 위치를 차지하고 있는 작품이다.

Ⅰ源氏物語(新日本古典文学大系19-23). 柳井滋외. 岩波書店.
　1993.1～1994.1
　源氏物語(新編日本古典文学全集20-25). 阿部秋生외. 小学館.
　1994.3～1998.4
Ⅱ源氏物語別本集成(1-15). 伊井春樹,伊藤鉄也,小林茂美. おうふう.
　1988.10～.
Ⅲ源氏物語研究文献目録. 今井卓爾・鬼束隆昭・後藤祥子・中野幸一. 勉誠社. 1993.5.1

【本文24-1】
　いづれの御 時にか、女御 更衣あまたさぶらひたまひける中に い
とやむごとなき際にはあらぬが、すぐれて 時めきたまふありけり。
はじめより 我はと思ひあがりたまへる御方々、めざましきものにお
としめそねみたまふ。 同じほど、それより下臈の更衣たちは、まし
てやすからず。朝夕の宮仕につけても、人の心をのみ動かし、恨み
を負ふつもりにやありけん、いとあつしくなりゆき、もの心 細げに

里がちなるを、いよいよあかずあはれなるものに思ほして、人のそしりをもえ憚らせたまはず、世の例にもなりぬべき御もてなしなり。

　上達部、殿上人なども、あいなく目を側めつつ、いとまばゆき人の御おぼえなり。唐土にも、かかる事の起りにこそ、世も乱れあしかりけれと、やうやう、天の下にも、あぢきなう人のもてなやみぐさになりて、楊貴妃の例も引きき出でつべくなりゆくに、いとはしたなきこと多かれど、かたじけなき御心ばへのたぐひなきを頼みにてまじらひたまふ。

　父の大納言は亡くなりて、母北の方なむ、いにしへの人のよしあるにて、親うち具し、さしあたりて世のおぼえはなやかなる御方々にもいたう劣らず、何ごとの儀式をももてなしたまひけれど、取りたてて、はかばかしき後見しなければ、事ある時は、なほ拠りどころなく心細げなり。前の世にも、御契りや深かりけん、世になくきよらなる玉の男皇子さへ生まれたまひぬ。いつしかと心もとながらせたまひて、急ぎ参らせて御覧ずるに、めづらかなるちごの御容貌なり。

　一の皇子は、右大臣の女御の御腹にて、寄せ重く、疑ひなきまうけの君と、世にもてかしづききこゆれど、この御におひには並びたまふべくもあらざりければ、おほかたのやむごとなき御思ひにて、この君をば、　私 ものに思ほし、かしづきたまふこと限りなし。

（「桐壷」源氏 1살）

【注釈24-1】
1)시대를 명시하지 않는 것이 物語(ものがたり)로서 일반적.
2)中宮(ちゅうぐう) 다음의 지위로 天皇(てんのう) 침실에서 봉사하는 여
　　관(女官). 주로 摂関(せっかん)의 딸.
3)平安(へいあん)시대, 후궁에게 봉사하는 여관(女官)의 하나. 女御(にょう
　　ご) 다음의 지위 天皇(てんのう)의 옷에 관한 일을 하며 天皇의 침실에
　　도 봉사했다. 일반적으로 5위, 또는 4위.
4)높은 지위. 「際(きは)」는 지위, 위계.
5)동격(同格)을 나타내는 격조사(格助詞). 「が」가 역접 접속조사 용법을
　　가지게 된 것은 12세기 이후.
6)天皇(てんのう)의 사랑을 한몸에 받는 사람이.
7)궁중에서 일하기 시작한 초부터.
8)자기만이 天皇의 총애(寵愛ちょうあい)를 받을 것이라고 자부했던 여관들.
9)차마 눈뜨고 볼 수 없는 사람.
10)경멸하다.
11)질투하다.
12)똑같은 계급.
13)계급이 낮은 更衣(こうい).
14)天皇으로부터의 총애를 기대할 수 없어서 마음이 평온하지 않다.
15)남의 마음을 애태우게 하다.
16)동사「積(つ)もる」의 연용형이 명사화된 것. 쌓이고 쌓인 결과.
17)병약.
18)의지 할 데 없이 불안하다.
19)内裏(だいり)가 아닌 장소를 가리키는 말. 궁중에 봉사하는 사람에게서
　　는 그 생가나 친정. 「がち」는 명사나 동사의 연용형에 접속하여 ‘자
　　주～하다’ ‘곧잘～하다’ ‘～하는 경향이 있다’ 란 뜻을 나타냄. 자주 친정
　　에 가고.
20)아무리 생각해도 충분하지 않을 정도로.
21)가엾은 사람.

22)비난.

23)남의 눈치를 보다. 「え」는 가능의 뜻이 있는 부사로서, 부정 표현과 호응하여 불가능의 뜻을 나타냄.

24)세상에서의 전례나 관례.

25)대우.

26)公卿(くぎょう)로 3위 이상인 사람.

27)天皇(てんのう)가 평소 거처로서 살고 있었던 清涼殿(せいりょうでん)의 殿上(てんじょう)の間(ま)란 건물에 올라갈 수 있는 사람. 4위 및 5위 이상인 일부 사람들과 6위인 蔵人(くろうど).

28)이치에 맞지 않는.

29)시선을 돌리다.

30)'빛이 눈부셔서 바로 볼 수가 없다'가 원뜻. 바로 볼 수가 없을 정도인.

31)총애의 모습.

32)사건의 원인. 楊貴妃(ようきひ)를 총애한 唐(とう) 玄宗皇帝(げんそうこうてい)의 옛일.

33)몹시 불쾌하게.

34)걱정거리.

35)주32참조.

36)부끄러워서 견딜 수 없는 일.

37)고마우신 天皇의 마음.

38)의지하여.

39)궁중에 봉사하다.

40)太政官(だいじょうかん)의 차관. 右大臣(うだいじん)에 버금가는 고관으로 公卿(くぎょう)의 일원으로서 국정을 심의하여 시비를 天皇에게 상주하고 宣旨(せんじ=天皇(てんのう)이 말한 것)를 전달했다.

41)公卿(くぎょう)나 殿上人(てんじょうびと) 부인. 그 당시 귀족들 집인 寝殿造(しんでんづくり) 안의 북쪽에 위치한 北(きた)の対屋(たいや)에 부인이 살고 있었다.

42)옛날 기질의 사람.

43)은근함. 여기서는 몸에 밴 교양.

44)현재에 있어서는.

45)세상의 명성.

46)부정어와 같이 쓰여져 '그다지'의 뜻.

47)그 당시 궁중에서의 행사에 필요한 의장등 여러 경비는 모두 여관(女官)
   의 생가에서 부담했다.
48)의식에 필요한 의장이나 물건을 준비하고 대처하다.
49)별로.
50)착실한.
51)중요한 의식이 있을 때는.
52)정치적으로 또 경제적으로 의지할 사람이 없어서.
53)허전한 모습이다.
54)불교 사상에서는 전세의 인연에 따라 현세의 운명이 정해진다고 한다.
   여기서는 天皇(てんのう)와 桐壺(きりつぼ)の更衣(こうい) 두 사람의 전
   세에서의 인연. 「や」는 係助詞. 「けむ」에 걸려서 연체형으로 문장을
   종지하게 한다.
55)청정하고 귀여운.
56)'게다가 ~까지도'라는 뜻을 후속의 用言에 주는 副助詞.
57)아직도 오지 않을까. 그 당시 출산은 여관 집에서 했다. 적출의 아들인
   親王(しんのう)가 궁중에 오는 걸 몹시 기다려지는 天皇(てんのう)의 발언.
58)안타깝게 생각하시고.
59)「せ」는 사역 조동사. 입궐하도록 하고.
60)이 세상에 없을 정도로. 光源氏(ひかるげんじ) 용모가 너무 귀여운 것을
   강조함으로서 주인공의 기구한 일생을 예고함.
61)天皇의 장남.
62)女御(にょうご)를 경제적, 정치적으로 후원하는 사람들의 세력이 강해서.
63)다음에 天皇(てんのう)이 될 사람. 東宮(とうぐう)·春宮(とうぐう)라 함.
   「若菜(わかな)」하권에 朱雀(すざく)天皇로서 즉위한다. 光源氏보다 세
   살 연상.
64)세상 사람들도.
65)소중하게 섬기다. 「きこゆ」는 겸손 보조동사.
66)아름다움.
67)공적 입장에 서서 東宮(とうぐう)로서 소중하게 생각하는 마음.
68)光源氏(ひかるげんじ)를 가리킴.
69)공적인 입장을 벗어나서 개인적으로도 부친인 東宮(とうぐう)보다 소중
   하게 생각하는 마음.

〔참고〕『源氏物語(げんじものがたり)』주인공인 光源氏(ひかるげんじ) 탄생 장면이다. 부친은 天皇(てんのう), 모친은 天皇 처 중의 한사람인데 그다지 지위가 높은 사람이 아닌 이. 태어난 아이는 이 세상에는 없을 정도로 너무나 아름다운 아이이며 天皇의 적자(嫡子)이고 다음에 天皇가 될 東宮(とうぐう)에 위협을 줄 정도였다. 궁중에 봉사하고 있는 많은 사람도 공적으로는 東宮가 될 一(いち)의 御子(みこ)에게 극진히 봉사했는데 개인적으로는 源氏를 사랑하게 되었다. 이만큼 桐壷(きりつぼ)의 更衣(こうい)와 源氏(げんじ)에 대한 지나친 총애는 중국 당나라 玄宗皇帝(げんそうこうてい)와 楊貴妃(ようきひ)와의 고사를 상상하게 할 정도였다. 이 서술은 源氏의 수기(数奇)한 운명의 복선이다.

　「いづれの御時(おおんとき)にか」라고 쓰기 시작한 것은 시대 배경을 막연히 표시하는 옛날 이야기의 전통에 의거한 것이지만 이야기 전체를 살펴보면 『源氏物語』가 성립되었을 때보다 50년 정도 전(前) 시대를 허구 세계의 시대 배경으로 설정한 것을 알 수 있다. 그러나 작가가 그린 세계는 当世(とうせい)이며, 그당시의 현대이다.

【本文24-2】

　たとしへなく静かなる夕の空をながめたまひて、　奥の方は暗うものむつかしと、　女は思ひたれば、　端の簾を上げて添ひ臥したまへり。　夕映えを見かはして、　女もかかるありさまを思ひの外にあやしき心地はしながら、　よろづの嘆き忘れて、すこしうちとけゆく気色、いとらうたし。つと御傍に添ひ暮らして、　物をいと恐ろしと思ひたるさま、　若う心苦し。　格子とく下ろしたまひて、　大殿油まゐらせて、(源氏)「なごりなくなりにたる御ありさまにて、なほ心の中の隔て残したまへるなむ、つらき」と、恨みたまふ。　内裏にいかに求めさせたまふらんを、　いづこにも尋ぬらんと思しやりて、かつはあやしの心や、六条わたりにもいかに思ひ乱れたまふらん、恨みられんに、苦しうことわりなりと、いとほしき筋はまづ思ひきこえたまふ。何心もなきさし向かひをあはれと思すままに、あまり心深く、見る人も苦しき御ありさまを、すこし取り捨てばやと、思ひくらべられたまひける。

宵すぐるほど、すこし寝入りたまへるに、御枕上にいとをかしげなる女ゐて、「おのが、いとめでたしと見たてまつるをば、尋ね思ほさで、かくことなることなき人を率ておはして、時めかしたまふこそ、いとめざましくつらけれ」とて、この、御かたはらの人をかき起こさむとすと見たまふ。

物に襲はるる心地して、おどろきたまへれば、灯も消えにけり。うたて思さるれば、太刀を引き抜きて、うち置きたまひて、右近を起こしたまふ。これも恐ろしと思ひたるさまにて参り寄れり。（源氏）

「渡殿なる宿直人起こして、紙燭さして参れと言へ」と、のたまへば、（右近）いかでかまからん、暗うて」と言へば、（源氏）「あな若々し」と、うち笑ひて、手を叩きたまへば、山彦の答ふる声いとうとまし。（「夕顔」源氏 17살)

【注釈24-2】
1)지나치게 조용한 저녁 하늘. 이변이 일어날 것 같은 예감이 있는 복선.
2)마음 속으로 여러가지 일을 생각하면서 바라보고.
3)그 당시 여성들은 창문 가까이에 있지 않고, 발이 쳐져 있는 깊숙하고 어

두운 자리에 있는 것이 일반적이었다.

4)어쩐지 기분이 나쁘다.

5)夕顔(ゆうがお)란 여자.

6)簀子(すのこ)와 廂(ひさし) 사이에 있는 발. 창문 옆에 있는 발을 올리고.

7)저녁 노을에 어스름하게 보이는 서로의 아름다운 얼굴을 보고. 「かは
す」는 '서로'라는 뜻이 있는 보조동사.

8)불가사의한.

9)여러 가지.

10)걱정거리.

11)허물없는 모습.

12)약한 이 어린이를 돌봐 주고 싶다는 것이 원뜻. 귀엽다.

13)하루 종일.

14)무서운 것이 무엇인지 모르고 막연히 무섭다. 「ものむつかし」라는 감
정이 「すこしうちとけゆく気色(けしき)」가 되었지만 또 다시 뭔가를
무서워하는 마음이 되었다.

15)어려서.

16)애처롭다.

17)가느다란 나무를 가로와 세로로 겹쳐서 검은 색을 칠한 문. 2미터 간격
으로 상하에 하나씩 설치하여, 낮에는 올려서 빛이 들어오게 했다.

18)기름을 사용한 등.

19)불을 켜고.

20)「なごりなく」가 한 단어. 형용사 「なごりなし」의 연용형. 어떤 일이
끝난후에도 마음속에 남아있는 감정이 없는 상태를 나타냄. 서로의 마
음에 말이나 태도를 나타낼 것이 아무것도 없는 사이가 되어있으니. 유
감없이.

21)아직.

22)마음 속의 벽. 일부러 숨김. 夕顔(ゆうがお)는 光源氏(ひかるげんじ)에게
자신의 현재 상태를 분명하게 하지 않는다. 夕顔(ゆうがお)는 光源氏(ひ
かるげんじ)의 친구인 頭(とう)の中将(ちゅうじょう)의 옛 애인으로, 두
사람 사이에는 나중에 光源氏(ひかるげんじ)의 양녀가 된 玉鬘(たまかず
ら)라고 하는 딸이 있었지만, 頭(とう)の中将(ちゅうじょう) 부인의 미움
때문에 신분을 감추고 있었을때 光源氏(ひかるげんじ)와 우연히 만났다.

23)박정하다.

24) 内裏(うち)는 천왕을 일컫는다.

25)찾다. 「させたまふ」는 존경 조동사+존경 보조동사로 「이중 존경」으로 가장 높은 경어 표현이다.

26)여기에서는 존경의 뜻을 나타내는 조동사도 보조동사도 없으므로, 天皇(てんのう)이 명령하여 파견시킨 사자가 주어.

27)한편으로는.

28)자신도 모르는 이상한 마음. 이름도 주소도 모르고, 신분도 모르고, 초라한 집에 살고 있던 夕顔(ゆうがお)와 같은 여자에게 왜 이렇게도 마음을 빼앗겼을까? 스스로 의문스럽게 생각하는 마음.

29)六条御息所(ろくじょうみやすんどころ). 「わたり」의 원의는 근처. 여기서는 六条에 살고 있는 사람을 가리킴.

30)六条御息所(ろくじょうみやすんどころ)에게 원망을 받을 것이지만. 「られ」는 수동 조동사 「らる」 미연형.

31)고통스럽지만 六条御息所(ろくじょうみやすんどころ)가 나(光源氏=ひかるげんじ)를 원망하는 이유가 있는 것이라고.

32)불쌍한 사람으로서는.

33)맨먼저 夕顔(ゆうがお)를 마음속에 그려본다. 「きこえ」는 겸양(謙譲) 보조동사 「きこゆ」의 연용형. 「たまふ」는 존경 보조동사.

34)무심하고 천진난만한 夕顔(ゆうがお). 「さしむかひ」는 대면(対面=たいめん). 光源氏(ひかるげんじ)는 아직도 17살. 눈 앞에 있는 夕顔(ゆうがお)가 마음속으로 여러가지 고민을 하고 있는 것을 알 수가 없었다.

35)사랑스럽게(귀엽게) 생각하셔서. 「ままに」는 원인·이유를 나타냄. 「思(おぼ)す」는 「思(おも)ふ」의 존경어.

36)이하는 六条御息所(ろくじょうみやすんどころ)의 성격에 대한 묘사. 지나치게 깊이 생각하여 六条御息所의 모습을 보고 있는 사람의 마음을 답답하게 하는 성격을.

37)희망을 나타내는 종조사.

38)자기도 모르게 마음 속으로 夕顔(ゆうがお)와 六条御息所(ろくじょうみやすんどころ)의 성격을 비교하셨다. 「らえ」는 앞 동사에 나도 모르게 자연히라는 뜻을 덧붙이는 자발(自発じはつ) 조동사.

39)현재의 밤 10시경까지를 나타내는 말.

40)베갯머리. 밤에 베갯머리에 나타나는 것은 사람을 괴롭히는 「もののけ」임.

41)아름다운 여인이 앉아 있고. 「ゐる」는 '서다'가 아닌 상태를 나타냄.

42)제가.

43)당신(光源氏ひかるげんじ)을 훌륭한 사람으로 생각하여 사랑해 온 저를.

44)夕顔(ゆうがお)를 가리킴. 뛰어난 것이 없는 여인을.

45)총애하시는 것이. 「時(とき)めかす」는 「時(とき)めく」의 사역형.

46)예상외로 밉다. 아랫 사람을 비하하는 감정을 나타냄.

47)사람을 괴롭힌 처사나 무자비한 행동에 대해 참을 수 없는 심정을 나타
   냄. 「つらし」의 已然形(いぜんけい). 계조사 「こそ」의 結(むす)び.

48)자고 있는 夕顔(ゆうがお)를.

49)손으로 夕顔(ゆうがお)의 몸을 끌어 일어나게 한다.

50)꿈을 꾼다. 光源氏(ひかるげんじ)는 꿈인지 현실인지 아직도 모름.

51)보살·신·귀신·영혼 등을 직접적으로 표시하지 않아 막연히 표현하는
   말. 여기서는 生(い)き霊(りょう). 귀신과 같은 것인데 살아 있는 사람의
   혼임.

52)잠에서 깨어나니.

53)으스스하게. 「るれ」는 자발 조동사 「る」의 已然形(いぜんけい).

54)平安(へいあん)시대 太刀(たち=큰 칼)는 호신(護身)과 의식(儀式)에 쓰
   임. 마귀를 쫓기 위하여 칼을 뽑는다.

55)夕顔(ゆうがお)에게 봉사하고 있는 여인.

56)右近(うこん)을 가리킴. 右近도 光源氏(ひかるげんじ)와 똑같은 꿈을 꾼
   것이다.

57)平安(へいあん)시대 寝殿造(しんでんづくり)의 두 건물을 잇는 복도. 복
   도 한쪽에 종자(從者)가 자는 방이 있음. 「なる」는 존재(存在)나 소재
   (所在)를 나타내는 단정(斷定) 조동사.

58)귀인(貴人)을 경호하기 위하여 숙직하는 사람.

59)소나무를 길이 50cm 굵이 3mm정도로 깎어 숯불로 구운 후에 기름을
   치고 조명으로 이용하는 것.

60)'오다'의 겸양어.

61)왜, 어떻게.

62)'가다'의 겸양어.

63)성격이 아이와 같다.

64)사람을 부를 때 하는 행동.

65)광대한 집 안에 사람이 없고 으스스한 분위기를 나타냄.

66)으스스하다.

[참고] 源氏(げんじ) 처 중 한 사람인 六条御息所(ろくじょうみやすんどころ)의 生霊(いきりょう)가 앙화(殃禍)를 주어서 夕顔(ゆうがお)를 죽이는 장면이다. 『源氏物語(げんじものがたり)』에서 生霊라는 말의 용례 2개 「物(もの)の怪(け)」라는 용례는 55개이며 이야기 구성에 중요한 위치를 차지하고 있다. 「葵(あおい)の巻(まき)」에서도 六条御息所의 生霊가 葵(あおい)の上(うえ)를, 「柏木(かしわぎ)の巻(まき)」에서는 源氏에게 큰 고통을 주는 서술이 있어 수기(数奇)한 인생을 살아가는 源氏 일생을 생각할 때 너무 중요한 요소이다. 그만큼 六条御息所의 源氏에 대한 애정과 한(恨)은 큰 것이다.
  夕顔와 후에 源氏의 정치적 대립자가 된 頭(とう)の中将(ちゅうじょう)와의 딸이 源氏의 양녀가 된 玉鬘(たまかずら)이다.

【本文24-3】

　人なくて、つれづれなれば、夕暮のいたう霞みたるにまぎれて、かの小柴垣のほどに立ち出でたまふ。人々は帰したまひて、惟光朝臣とのぞきたまへば、ただこの西面にしも、持仏すゑたてまつりて行ふ尼なりけり。簾すこしあげて、花奉るめり。中の柱に寄りゐて、脇息の上に経を置きて、いとなやましげに読みゐたる尼君、ただ人と見えず。四十余ばかりにて、いと白うあてに、痩せたれど頬つきふくらかに、まみのほど、髪のうつくしげにそがれた末も、なかなか長きよりもこよなう今めかしきものかな　とあはれに見たまふ。

　きよげなる大人二人ばかり、さては童べぞ出で入り遊ぶ。中に十ばかりにやあらむと見えて、白き衣、山吹などの萎えたる着て走り来たる女子、あまた見えつる子どもに似るべうもあらず、いみ

じく　生い先見えてうつくしげなる容貌なり。　髪は　扇　をひろげたる

やうにゆらゆらして、顔はいと　赤くすりなして立てり。

(尼君)「何ごとぞや。　童　べと　腹立ちたまへるか」

とて、尼君の見上げたるに、すこしおぼえたるところあれば、　子な

めりと見たまふ。

(女子)「雀　の子を　犬君が逃がしつる。　伏籠の中に籠めたりつるも

のを」とて、いと　口惜しと思へり。このゐたる大人、「例の、心

なしの、かかるわざをしてさいなまるるこそ、いと　心　づきなけれ。

いづ方へかまかりぬる。いとをかしうやうやうなりつるものを。　烏

などもこそ見つくれ」とて立ちて行く。　髪ゆるやかにいと長く、め

やすき人なめり。　少納言の乳母とこそ人　言ふめるは、この子の

後見なるべし。(尼君)「いで、あな　幼　や。　言ふかひなうものした

まふかな。おのがかく今日明日におぼゆる命をば、何とも　思したら

で、　雀　慕ひたまふほどよ。　罪得ることぞと常に聞こゆるを、心

憂く」とて、(尼君)「こちや」と言へば、ついゐたり。頬つきいとら

うたげにて、　眉のわたりうちけぶり、いはけなくかいやりたる　額

つき　髪ざし、いみじううつくし。ねびゆかむさまゆかしき人かな、

と目とまりたまふ。(「若　紫　」源氏 18살)

【注釈24-3】

1)할 일이 없어서 심심하므로. 光源氏(ひかるげんじ) 18살 때 말라리아같은

병에 걸려서 가지기도(加持祈祷かじきとう)를 받으려고 京都(きょうと) 북쪽에 있는 산 속 절에 갔다. 매일 가지기도를 받은 후에는 할 일이 없었다.

2)해질녘 때의 봄안개를 틈타서.

3)여인들이 살고 있다고 남에게 들었던 집. 小柴垣(こしばがき)는 산속에서 자라나고 있는 작은 잡목으로 만든 울타리.

4)종자(從者) 사람들을.

5)光源氏(ひかるげんじ)의 유모의 아들.

6)서향(西向) 방. 서방정토(西方浄土さいほうじょうど)에 가고 싶은 사람은 서향(西向) 방에서 불교 수행을 함.

7)수호신으로 믿고 아침 저녁에 예배하는 불상.

8)불교 수행을. 「尼(あま)」는 여승. 이 부분 전후에 과거 조동사가 쓰이고 있지 않아서 여기서 「けり」는 과거가 아니라 감동이나 영탄을 나타내는 용법.

9)갈대나 가늘게 쪼갠 대나무를 실로 엮고 비단등으로 선을 두른 발. 여인은 발을 내린 방 안에 있어서 밖에서는 방 안에 있는 사람을 볼 수 없음. 여기서는 불상에 꽃을 드리기 위해 발을 조금 올리고 있기 때문에 안에 있는 사람을 보았음.

10)불상에. 「めり」는 눈으로 본 것으로 추정하는 조동사. 光源氏(ひかるげんじ)가 보고 꽃을 드리는 것 같다고 판단한 것이다.

11)벽과 접하지 않는 기둥.

12)사방침. 앉아서 팔을 기대는 베개.

13)괴롭게 불교 문을 읽고 있는.

14)일반 사람으로는 보이지 않는다. 여승이 되기 전에는 고귀한 사람이었음을 암시함.

15)피부가 희고 기품이 있고.

16)平安(へいあん)시대에는 오동통한 볼이 미인의 조건.

17)눈매.

18)어깨 언저리에서 가지런히 자른 머리 모양. 「尼(あま)そぎ」라 함.

19)오히려.

20)현대풍으로 아름답다.

21)절실하게. 흥미 있게.

22)청초한 아름다움을 나타내는 말.

23)그리고.

24)방 안에 들어가거나 나오면서 노는 아이들 중. 많은 아이들이 있음.

25)속옷임.

26)겉감이 옅은 적갈색이고 안감이 노란색인 옷. 「汗衫(かざみ)」. 여자 어
　린아이가 입은 상의.

27)낡아서 후줄근해진 옷을 입고.

28)비할 수 없을 만큼 귀엽고. 「べう」는 추정 조동사 「べし」의 연용형
　「べく」의 ウ음편.

29)성인이 된 후의 아름다움.

30)귀여운. 이 소녀가 후에 光源氏(ひかるげんじ) 처가 된 紫(むらさき)の上
　(うえ)임.

31)동녀의 머리 모양.

32)우는 얼굴임.

33)무슨 일이 있었느냐. 목소리까지 들을 수 있다는 서술에 좀 이상한 느낌
　이 있음. 본문 중 여기까지는 光源氏(ひかるげんじ) 시점으로 서술되어
　있는데 집 안의 모습이 서술되어 있는 이 부분은 원래 그이 光源氏(ひ
　かるげんじ)가 체험할 수 없는 일이다.

34)싸우셨습니까?「たまへ」는 존경 보조동사. 여승이 아이에게 존경어를
　쓰고 있기 때문에 이 아이가 고귀한 가문임을 알 수 있음.

35)여자 어린아이는 여승을 닮은 부분이 있기 때문에.

36)여승의 딸일까.

37)참새.

38)여승에게 봉사하는 여인의 딸 이름.

39)완료 조동사. 「つ」의 연체형. 의도적으로 한 행위에 쓰임.

40)원래 배롱으로 쓰는 것을 어리로 이용한 것.

41)역접 접속조사. 문말에 쓰여져 역접과 가벼운 감동을 나타냄.

42)유감스럽게.

43)그 자리에 있는 여인.

44)평소와 같이. 「して」나 「さいなまるる」에 수식한다고 생각할 수 있음.

45)무분별한 아이.

46)잘못한 일.

47)책망하다. 「るる」는 조동사 「る」의 연체형인데 뜻은 수동이나 존경
　이라 생각할 수 있음.

48)마음에 들지 않는다.

49)「まかる」는 '가다'와 '오다'의 겸양어인데 여기서는 이야기를 듣고 있
　는 여자 아이를 존경하기 위하여 참새의 동작에 비유하여 쓴 것임.

50)더욱 귀엽게 자랐는데요.

51)까마귀가 보면 큰 일이군요. 「もこそ」의 꼴로 '어떤 사태가 되면 큰일
　이다, 걱정이다'라는 뜻을 나타냄.

52)머리카락이 길고 풍부한 것은 미인의 조건.

53)보기 흉하지 않은.

54)율령제(律令制=りつりょうせい)의　태정관(太政官=だいじょうかん)　판관
　(判官=はんがん). 그 당시 여성의 이름을 표시하지 않았기 때문에 부친
　들의 관위로 부른다. 「乳母」는 유모.

55)여러 사람들이 부르고 있는 분은.

56)아이를 보는 사람.

57)어머나.

58)아이고.

59)어린아이같이 보인다. 유치하다.

60)철없게 행동하시는군요.

61)제가. 여승을 가리킴.

62)자발동사. 생각되다.

63)존경 동사. 생각하지 않으시고.

64)참새를 뒤쫓을 만큼 분별이 없군요.

65)불벌(仏罰ぶつばつ)을 받는 것이라.

66)걱정이 된다.

67)이리 오세요. 「こち」는 방향을 나타냄.

68)무릎을 끓어 앉고 있다. 「つい」는 「突(つ)く」 연용형의 イ음편.

69)귀엽고.

70)눈썹의 윤곽이 선명하지 않는 상태. 성인이 된 여인은 눈썹을 깎아 眉墨
　(まゆずみ=눈썹 그리는 먹)로 그린다.

71)천진스럽게.

72)손으로 끌어모아 올린.

73)이마의 머리털이 난 언저리.

74)어른이 되어 가는 모습을.

75)보고 싶은. 「ゆかし」는 '보고 싶다' '알고 싶다' '가고 싶다'등 희망을

　　나타냄.
76)뚫어지게 본다.

　[참고] 이 장면에 등장하는 여자 아이는 후에 源氏(げんじ) 처가 된 紫(む
らさき)の上(うえ)이다. 부친은 兵部卿(ひょうぶのきょう)이고 源氏가 사모
하고 있는 藤壷(ふじつぼ)の中宮(ちゅうぐう)의 형이다. 源氏는 이 여자 아
이를 떠맡아 이상적인 여성으로 양육한다. 어린 紫の上는 천진 난만하게
源氏를 사모하여 같이 놀고 源氏도 紫の上와 같이 놀고 있으면 고민도 없
어지고 마음이 누그러진다. 源氏 살 때 紫の上는 성인식을 치러 결혼한다.
紫の上는 源氏가 가장 사랑하는 여인인데 天皇이었던 朱雀院(すざくいん)
에게서 딸인 女(おんな)三(さん)の宮(みや)와 결혼하면 어떨까라는 이야기
를 듣고 고민한 끝에 승낙하여 정실(正室)로서 맞아들였다. 朱雀院의 딸과
결혼하는 것은 源氏의 정치적 권력을 확고히 한 것이 된다. 소위 정략 결
혼이지만 源氏의 고민을 읽어보면 스스로 희망한 결혼이 아닌 것을 알 수
있다. 紫の上도 源氏의 고뇌를 알면서도 역시 절망할 수 밖에 없었다. 源氏
의 일생에 큰 영향을 준 紫の上와의 만남을 서술한 유명한 부분이다.

【本文24-4】

　物語の出で来はじめの親なる 竹取の翁 に宇津保の俊蔭を合はせ
てあらそふ。
　「なよ竹の 世々に古りにける事、をかしきふしもなけれど、かぐや
姫のこの世の濁りにも 穢れず、はるかに思ひのぼれる 契りたかく、
　神世のことなめれば、 浅はかなる 女 、 目及ばぬならむかし」と
言ふ。
　　右は、「かぐや姫の上りけむ 雲ゐは、げに及ばぬことなれば、
誰も知りがたし。この世の契りは 竹の中に結びければ、 下れる人
のこととこそは見ゆめれ。 ひとつ家の内は照らしけめど、 百敷のか

しこき御光には並ばずなりにけり。　阿倍のおほしが　千々の金を棄てて、　火鼠の思ひ片時に消えたるもいとあへなし。　車持の親王の、まことの蓬莱の深き心も知りながら、いつはりて　玉の枝に瑕をつけたるを、あやまちとなす」

　　絵は　巨勢相覧、　手は紀貫之書けり。　紙屋紙に　唐の綺を陪して、赤紫の表紙、　紫檀の軸、　世の常のよそひなり。

　　「俊蔭は、激しき浪風におぼほれ、　知らぬ国に放たれしかど、なほさして行きける方の心ざしもかなひて、つひに　他の朝廷にもわが国にもありがたき　才のほどを弘め、名を残しける　古き心を　いふに、絵のさまも唐土と日本とを　取り並べて、　おもしろきことどもなほ　並びなし」と言ふ。白き色紙、青き表紙、黄なる玉の軸なり。絵は　常則、手は　道風なれば、　今めかしうをかしげに、目も輝くまで見ゆ。左にはそのことわりなし。

　　次に　伊勢物語に、　正三位を合はせて、また　定めやらず。これも右はおもしろくにぎははしく、　内裏わたりよりうちはじめ、近き世のありさまを描きたるは、をかしう　見どころまさる。

　　平内侍、

　　　伊勢の海の　ふかきこころを　たどらずて　ふりにし跡と　波や消つべき

　　「世の常のあだごとのひきつくろひ飾れるにおされて、　業平が名

をや^{70くた}朽すべき」と、⁷¹あらそひかねたり。（「^{えあわせ}絵合」^{げんじ}源氏　31살）

【注釈24-4】

1)『竹取物語(たけとりものがたり)』.일본　物語(ものがたり)로서　최초의　작품.

2)『宇津保物語(うつほものがたり)』「俊蔭巻(としかげのまき)」.

3)사람들이　左方(ひだりかた)와　右方(みぎかた)로　나눠　物語(ものがたり)의　어떤　부분을　그린　그림을　제시하여　아름다움을　겨루는　놀이.「絵合(えあわせ)」라　함.　左方(ひだりかた)는　藤壷(ふじつぼ)의　中宮(ちゅうぐう),　右方(みぎかた)는　弘徽殿(こきでん)의　女御(にょうご)임.

4)이하는　左方(ひだりかた)의　주장.『竹取物語(たけとりものがたり)』　주인공　이름은　「なよ竹のかぐや姫(ひめ)」임.　여기서는　世々(よよ)에　걸리는　枕詞(まくらことば).

5)『竹取物語(たけとりものがたり)』가　성립된　후　오래　세월이　흘러서.

6)이야기　내용으로서는　정취가　없는　부분도　있겠지만.　이야기　구성이나　취향(趣向)이　源氏物語(げんじものがたり)의　시대에는　예스러운　것을　지적.

7)かぐや姫(ひめ)는　달의　세계로부터　지상에　온　사람.　하늘은　청정하지만　지상은　더럽다는　생각이　있었음.

8)かぐや姫(ひめ)가　5인의　귀족들의　구혼은　물론　天皇(てんのう)의　구혼도　거부한　것을　가리킴.

9)「のぼれる」는　「思(おも)ひのぼれる(=품위　있게　생각하다)」와　하늘로　높이　「のぼれる(=올라간다,승천하다)」와의　掛詞(かけことば).

10)숙연(宿縁)깊게.

11)작가는　『竹取物語(たけとりものがたり)』　시대　배경이　神代(かみよ)라　함.　달을　향해　승천한　서술을　근거로　하는가?　「なめれ」는　단정　조동사　「なり」의　연체형에　추정　조동사　「めり」의　已然形(いぜんけい)가　접속하여　발음편(撥音便)　「なんめれ」가　되어　「ん」이　생략된　말.

12)경박한　여인.「絵合(えあわせ)」를　겨루는　상대방　女房(にょうぼう=여관)를　가리킴.

13)아름다움을　알　수　없겠지요.　생각할　수　없겠지요.

14)弘徽殿(こきでん)의　女御(にょうご)의　밑에　있는　女房(にょうぼう)들을　가리킴.　주3　참조.

15)천상　세계.

16)정말 인지로는 이해할 수 없는 것이어서. 左方가 「浅はかなる女、目及ばぬならむかし」라 한 것을 받고 말한 것.

17)누구도 알기 어렵다.

18)이 세상에 태어난 숙연(宿縁).

19)신분이 낮은 竹取(たけとり)の翁(おきな)가 대나무 속에 있는 かぐや姫(ひめ)를 발견하여 키웠다.

20)고귀하지 않은 사람에 관한 이야기라고. 신분이 낮은 사람의 이야기이기 때문에 우아한 이야기가 아니라고 주장.

21)『竹取物語(たけとりものがたり)』에 「屋(や)のうちは暗(くら)き所(ところ)なく光(ひか)り満(み)ちたり(집 안에는 어두운 장소도 없이 빛이 찼다)」와 같이 「屋(や)のうちは」라고 있는데 집 밖이 어떤지에 대해서는 서술이 없음.

22)「ひとつ家(いえ)」에 대해 天皇(てんのう)가 있는 内裏(だいり)를 가리키는 말. かぐや姫(ひめ)는 한 집을 비추는데 天皇(てんのう)는 일본 전체를 비춘다는 뜻.

23)황송한(황공한) 은혜.

24)현존 『竹取物語(たけとりものがたり)』에는 「阿倍(あべ)のみむらじ」라고 있음. 잘못 썼는지 「阿倍(あべ)のおほし」라 하는 책을 보면서 썼는지는 미상.

25)구혼에 응하는 조건으로 火鼠(ひねずみ)の皮衣(かわぎぬ)를 요구받은 阿倍(あべ)のみむらじ는 중국 당나라 상인에게 큰돈을 주고 샀는데 가짜였다.

26)손에 넣은 火鼠(ひねずみ)の皮衣(かわぎぬ)에 건 희망이 한순간에 없어진 것도. 「思(おも)ひ」의 「ひ」는 「火」와의 掛詞(かけことば).

27)모처럼의 고민과 근심도 수포로 돌아가고 보람이 없다. 「あへ」는 「あべ(阿倍)」와의 掛詞(かけことば).

28)かぐや姫에게 구혼한 사람 중 한 사람. 蓬莱(ほうらい)の玉(たま)の枝(えだ)를 요구받고 장인(匠人)이 만든 가짜를 드렸지만 진실이 밝혀지고 실패.

29)진짜 蓬莱(ほうらい)の玉(たま)の枝(えだ)를 구하기 어려운 것과 かぐや姫(ひめ)와 결혼하는데 어렵다는 것을 알고 있지만. 蓬莱(ほうらい)는 삼신산(三神山)의 하나. 중국 전설에 의하면 동쪽 바다에 있는 섬으로 선인(仙人)들이 살고 있는 불로불사(不老不死)의 영산(霊山).

30)금·은·보석등으로 만들어진 나뭇가지. 「玉(たま)に瑕(きず)」는 완벽

한 것 중에 취약점이 있다는 뜻. 가짜 蓬莱(ほうらい)の玉(たま)の枝(え
だ)라는 이야기 취향(趣向)이 전설로 유명한 것에 하자(瑕疵)를 주었다
는 주장.

31)이야기 구성의 단소.

32)巨勢金岡(こせのかなおか)의 아들이라 함. 延喜(えんぎ 901년~922년)
때 유명한 화가.

33)필적. 글씨를 쓴 사람. 紀貫之(きのつらゆき 868년경~945년경)는『古今
和歌集(こきんわかしゅう)』선자(選者)의 한 사람. 『土佐日記』의 작가.
紀貫之가 본문을 서사(書写)하여 巨勢相覧(こせのあふみ)가 그림을 그린
『竹取物語(たけとりものがたり)』 사본(写本)은 미상. 「蓬生(よもぎふ)
の巻」에도 「かぐや姫(ひめ)の物語(ものがたり)の絵(え)に描(か)きたる
を」라고 있음.

34)平安(へいあん)시대 京都(きょうと) 紙屋川(かみやがわ)근처에 있었던
図書寮(ずしょりょう) 소속 관용(官用) 제지소(製紙所)에서 만든 질이
좋은 종이.

35)중국산 錦(금은 색실로 짠 고급 비단)와 같은 綺(き)라는 비단으로 배접
(褙接)하여.

36)자단.

37)흔해빠진 장정.

38)이하는 右方(みぎかた)의 주장.『宇津保物語(うつほものがたり)』 주인
공 俊蔭(としかげ). 중국에 건너가려고 했는데 조난당하고 波斯国(はし
こく=중국에서는 페르시아, 일본에서는 말레이시아 반도의 옛 이름)에
표착, 후에 거문고의 명인으로 귀국하는 이야기.

39)波斯国(はしこく)를 가리킴.

40)그런데도 당초의 희망 실현을 시도하여.

41)뜻을 이루고.

42)여기서는 중국에서도 유명한 사람이 된 것을 가리킴.

43)유례없는.

44)재능.

45)우아한 것을 추구하는 일본 전통의 마음. 「深き心」라고 한 사본도 있음.

46)物語(ものがたり) 내용을 가리킴.

47)중국 풍속과 일본 풍속을 같이 그려서.

48)정취가 있는 것.

49)필적할 것이 없다.

50)사각형의 종이. 左方(ひだりかた)의 『竹取物語(たけとりものがたり)』 장정과는 대조적.

51)村上天皇(むらかみてんのう 926년~967년) 때의 화가.

52)小野道風(おののみちかぜ. とうふう라고도 함. 894년~966년). 藤原佐理 (ふじわらのすけまさ. さり라고도 함)·藤原行成(ふじわらのゆきなり. こうぜい라고도 함)와 함께 三蹟(さんせき)라 하는 능필가. 小野道風도 常則도 『源氏物語(げんじものがたり) 』가 배경으로 설정한 시대에 실제로 존재한 사람임.

53)현대적이고. 右方(みぎかた)의 작품을 만든 사람은 현대인인데 左方는 그것보다 대략 30년 전의 사람.

54)정취가 있고.

55)눈부실 정도로.

56)도리·판단·구실과 같은 뜻이 있는데 여기서는 右方(みぎかた)에 반론할 도리.

57)左方(ひだりかた)가 제시한 작품. 歌物語(うたものがたり)의 효시(嚆矢).

58)右方(みぎかた)가 제시한 작품. 散逸物語(さんいつものがたり=책 이름이 전래되어 있는데 현존하지 않는 이야기)의 하나.

59)우열을 겨루고.

60)결정할 수 없었다. 「やら」는 완료를 나타내는 보조동사 「やる」의 미연형.

61)재미 있고 화려하고.

62)궁중을 비롯하여 현대의 풍속.

63)정취가 있어서.

64)보는 데 가치 있는 부분. 볼만한 곳.

65)「内侍(ないし)」는 内侍司(ないしつかさ)의 여관(女官). 주로 掌侍(ないしのじょう)를 가리킴. 左方(ひだりかた)에 속하는 사람.

66)『伊勢物語(いせものがたり)』의 깊은 뜻을 생각하지 않아 아주 낡은 이야기로 헐뜯어도 되는가. 「伊勢(いせ)の海(うみ)」는 『伊勢物語』를 비유한 말.

67)흔해빠진 사랑 이야기. 正三位(しょうさんみ)에 대한 비판적인 비평.

68)거들거리며 아름답게 보이도록 말을 꾸민 것.

69)『伊勢物語(いせものがたり)』 주인공의 모델인 사람.

70)더럽히다.

71)잘 반론할 수 없다. 「かね」는 앞 동사에 '잘못하다'라는 뜻을 덧붙이는
　　보조동사 「かぬ」의 연용형.

〔참고〕 이야기를 그린 그림을 비교하여 아름다움을 겨루는 것은 우아한
궁중의 놀이일 뿐만이 아니다. 絵合(えあわせ)에서 이기는 것은 권력자의
마음을 끄는 것이며 더 나아가서는 권력자의 비호(庇護)를 받아 권력을 손
에 넣는 것으로 이어진다. 여기서 여관들의 絵合(えあわせ)는 右方(みぎか
た)가 현대적인 것이고 左方(ひだりかた)가 옛날 작품을 제시하면서 우열을
겨뤘다. 右方(みぎかた)가 약간 우세했지만 결론이 나오지 않았다. 이 장면
뒤에 源氏(げんじ)가 등장하여 天皇(てんのう) 앞에서 絵合(えあわせ) 놀이
를 계속하기로 되었다. 그 날 源氏(げんじ)가 보여준, 須磨(すま)・明石(あ
かし)에 있었을 때 그린 그림 일기가 압도적인 승리를 거두었다. 이 승리는
源氏(げんじ)의 정치적 우세를 예고한다.
　문학사 입장에 있어서 중요한 것은 이 부분이 物語(ものがたり) 평론인
것이다. 『竹取物語(たけとりものがたり)』에 대해 「物語(ものがたり)の出
(い)で来(き)はじめの親(おや)なる」라 하는 것을 비롯하여 시대 설정을
「神世(かみよ)のこと」라 하는 생각 등 당시의 읽는 방법을 알 수 있다.

【本文24-5】

　　女君も、御年こそ過ぐしたまひにたるほどなれ、世の中を知り
たまはぬ中にも、すこしうち世馴れたる人のありさまをだに見知り
たまはねば、これよりけ近きさまにも思し寄らず、思ひのほかにも
ありける世かな、と嘆かしきに、いと気色もあしければ、人々、
御心地悩ましげに見えたまふ、と、もてなやみきこゆ。
　「殿の御気色のこまやかに、かたじけなくもおはしますかな。
実の御親と聞こゆとも、さらに、かばかり思し寄らぬことなくは
もてなしきこえたまはじ」など、兵部なども忍びて聞こゆるにつ

けて、いとど、 思はずに　心づきなき御心のありさまを、うとまし

う思ひはてたまふにも、 身ぞ心憂かりける。

　　またの朝、 御文とくあり。 悩ましがりて 臥したまへれど、人々

御硯などまゐりて、「御返り疾く」と 聞こゆれば、しぶしぶに見た

まふ。 白き紙の、 うはべはおいらかに、 すくすくしきに、 いとめで

たう書いたまへり。

　　「たぐひなかりし御気色こそ、 つらきしも忘れがたう。 いかに人見

たてまつりけむ。

　　うちとけて　ねもみぬものを　若草の　ことあり顔に　むすぼほるら

む

　幼くこそものしたまひけれ」

と、 さすがに 親がりたる御言葉も、 いと 憎しと見たまひて、 御返

り事聞こえざらむも、 人目あやしければ、 ふくよかなる陸奥国紙に

ただ、

　　「　承りぬ。 乱り心地のあしうはべれば、 聞こえさせぬ」

とのみあるに、 かやうの気色はさすがにすくよかなりと、 ほほ笑み

て、 恨みどころある心地したまふも、 うたてある心かな。 （「胡蝶」

源氏 36살）

【注釈24-5】
1)모친 夕顔(ゆうがお)와 부친 頭(とう)의 中将(ちゅうじょう)의 딸. 玉鬘(た
　まかずら). 모친이 죽은 후 九州(きゅうしゅう)에서 성장. 源氏(げんじ)는
　京(みやこ)에 올라온 그녀를 떠맡아 양녀로 삼았음.

2)당시 여인은 14,5살 때 결혼했는데 玉鬘(たまかずら)는 22,3살이지만 아직
  남녀 관계를 모름. 「なれ」는 단정 조동사 「なり」의 已然形(いぜんけ
  い)이며 「こそ」의 結(むす)び. 문의(文意)가 結び로 끝나지 않고 다음
  문자에 걸리기 때문에 結(むす)び 다음에 역접의 뜻을 보충시켜야 함.

3)남녀관계.

4)가운데.

5)남녀관계를 잘 알고 있는 女房(にょうぼう=여관女官)의 모습. 九州(きゅ
  うしゅう)에서 少弐(しょうに) 부부가 玉鬘(たまかずら)를 소중하게 키움.

6)조차. 가벼운 뜻이 있는 것을 표시하여 그것보다 깊은 뜻이 있는 것은 말
  할 것도 없다는 뜻을 나타내는 부조사.

7)손을 잡거나 같이 자는 것보다 친하게.

8)남녀 관계를 가리킴.

9)생각해 내지 않아서.

10)뜻밖의 운명. 玉鬘(たまかずら)로서는 양녀로 源氏(げんじ) 집에 왔는데
   源氏는 여인으로 보게 되었다.

11)불유쾌한 모습이어서.

12)源氏(げんじ) 집에 봉사하고 있는 女房(にょうぼう=여관女官).

13)玉鬘(たまかずら)는 기분이 나쁜 것 같이 보인다.

14)어떤식으로 봉사하면 좋을지 몰라서 곤란하다. 「きこゆ」는 겸양(謙
   讓) 보조동사.

15)「殿(との)」는 源氏(げんじ)를 가리킴.

16)마음. 뜻. 「こまやかに」는 '애정이 넘치게'라는 뜻.

17)황공스럽다. 과분하다. 고맙다. 「も」는 강조하는 계조사.

18)친부모라도.

19)부정의 말을 수반하여 결코.

20)이만큼.

21)玉鬘(たまかずら)를 소중하게 생각하는 마음이 없으면. 「は」는 접속조
   사 「ば」가 정음화(清音化)한 말.

22)源氏(げんじ)가 玉鬘(たまかずら)를 돌봐주시지 않을 것이다.

23)玉鬘(たまかずら)의 양부모인 少弐(しょうに) 부부의 딸. 가장 친한 시녀
   (侍女=じじょ). 源氏(げんじ)가 玉鬘(たまかずら)를 여인으로서 사랑하고
   있는 것을 모름.

24)딴 사람에게 비밀로.

25) 여기서는 본동사. 말씀을 드리다.

26) 말씀을 드렸기 때문에. 「につけて」의 꼴로 '에 응하여' '에 관해' '에 의해' 등의 뜻을 나타냄. 여기서는 '의 이유로' '이므로'라는 뜻.

27) 더욱. 「思ひはてたまふ」에 걸림.

28) 의외로, 뜻밖에. 「心(こころ)づきなき」는 '마음에 들지 않는'다는 뜻. 어젯밤 源氏(げんじ)는 玉鬘(たまかずら)에게 사랑을 고백.

29) 완전히 귀찮아졌다. 「はて」는 '완전히 ~하다' '몹시 ~하다'라는 뜻을 덧붙이는 보조동사 「はつ」의 연용형.

30) 운명이 한심하다.

31) 다음날 아침에.

32) 源氏(げんじ)에게서 온 편지. 「とく」는 '아침 일찍'. 이른 아침의 편지는 동침했던 남녀가 아침에 헤어지고 남자가 여인에게 보내는 「後朝(きぬぎぬ)の文(ふみ)」의 형태.

33) 기분이 나빠서. 「がり」는 명사, 형용사, 형용동사에 붙어서 동사를 만드는 접미어.

34) 답장을 쓸 의지가 없는 모습을 나타냄.

35) 가져다 드리고. 源氏(げんじ)에게 답장을 쓰도록 재촉하는 모습.

36) 답장을 빨리 쓰십시오.

37) 말씀드렸더니.

38) 마지못해.

39) 실용적인 편지에 이용한 종이. 연문은 우아한 색종이에 씀. 표면적으로 양부 입장을 표시함.

40) 겉보기.

41) 의젓하게, 태연하게.

42) 쌀쌀맞지만.

43) 뛰어나게.

44) 비유할 것이 없는 당신의 태도. 사랑을 고백한 源氏(げんじ)를 거부한 玉鬘(たまかずら)의 태도를 가리킴.

45) 당신이 매정해서 저는 괴롭지만. 「忘れがたう」 다음에 공손말 「はべれ」가 생략되어 있음.

46) 女房(にょうぼう)들이 源氏(げんじ)와 玉鬘(たまかずら)의 모습을.

47) 허물없이 친하게 동침하지 않았는데 어떤 사정이 있는 듯한 얼굴로 울적해하고 있군요. 「ね」는 「寝(ね)=자다」와 「根(ね)=뿌리」의 掛詞

(かけことば).「若草(わかくさ)」는 玉鬘(たまかずら)를 비유한 말.

48)어린 행동을 하셨군요. 源氏(げんじ)를 거부한 것을 가리킴.「けれ」는
和歌(わか)나 대화 중에 쓰여져 자신이 체험한 일에 대한 감동을 나타
내는 조동사「けり」의 已然形(いぜんけい).

49)그래도 역시.「さ」는 어젯 밤에 源氏(げんじ)가 玉鬘(たまかずら)에게
남녀 관계를 강요한 것을 가리킴. 그런 짓을 하면서 女房(にょうぼう)들
의 눈에 신경을 쓰고 양부로서의 입장에 서서.

50)부친인척 하는 말.「幼くこそものしたまひけれ」를 가리킴. 사정을 모
르는 女房(にょうぼう)들에게는 어린 행동을 야단치는 뜻밖에 없음.

51)밉살스럽게.

52)답장을 드리지 않으면.「聞こえ」는 겸양(謙讓)의 동사.

53)女房(にょうぼう)들의 눈이 귀찮아서.

54)두꺼운 종이. 동북(東北) 지방에서 산출된 和紙(わし)의 한 종류인 檀紙
(だんし). 실용적인 편지에 쓰임.

55)당신의 편지를 잘 받아 읽어봤습니다.「承る」는「聞く(きく=듣다)」
의 겸양어(けんじょうご).

56)기분이 언짢아서.

57)답장을 드리지 않겠습니다.「させ」는 사역 조동사「さす」의 미연형.
사람에게 편지를 가져 가게 하기에 사역 조동사를 쓰고 있음.「ぬ」는
부정 조동사「ず」의 연체형.

58)정색하고 화내는 태도.

59)그래도 역시. 玉鬘(たまかずら)는 인품이 원망한 사람과 같은데.

60)고지식하고 무뚝뚝하다고.

61)거추장스러운.

[참고] 유교 입장에서 읽어 보면 너무 이상한 부분이다. 玉鬘(たまかずら)
는 源氏(げんじ)의 친딸이 아니라 源氏(げんじ)가 17살 때의 애인 夕顔(ゆ
うがお)의 유아(遺児)로 九州(きゅうしゅう)에서 성장했으며 서울로 올라와
서 양녀로서 源氏 집에 있는 사람이다. 源氏는 玉鬘에게 모친인 夕顔의 모
습을 발견, 사랑에 빠졌는데 玉鬘는 源氏를 거부한다. 옛날 애인의 딸과 源
氏라는 이상한 이야기 설정은 독자에게 흥미와 관심을 유발시킨다. 광언기
어(狂言綺語)라 비판할 수 있겠지만 이런 것도 源氏의 마음이며, 틀림 없이
인간 마음의 하나이다.

【本文24-6】

　宮は、この暮つ方より、悩ましうしたまひけるを、その御けしきと見たてまつり知りたる人々騒ぎ満ちて、大殿にも聞こえたりければ、驚きて渡りたまへり。御心の中は、「あな口惜しや。思ひまずる方なくて見たてまつらましかば、めづらしくうれしからまし」と思せど、人にはけしき漏らさじと思せば、験者など召し、御修法はいつとなく不断にせらるれば、僧どもの中に験あるかぎりみな参りて、加持まゐり騒ぐ。

　夜一夜悩み明かさせたまひて、日さし上るほどに生まれたまひぬ。男君、と聞きたまふに、「かく忍びたる事の、あやにくにいちじるき顔つきにてさし出でたまへらんこそ苦しかるべけれ。女こそ、何となく紛れ、あまたの人の見るものならねば安けれ」と思すに、また、「かく心苦しき疑ひまじりたるにては、心やすき方にものしたまふもいとよしかし。さてもあやしや。わが世とともに恐しと思ひし事の報なめり。この世にて、かく思ひかけぬ事にむかはりぬれば、後の世の罪もすこし軽みなんや」と思す。人はた、知らぬ事なれば、かく心ことなる御腹にて、末に出でおはしたる御おぼえいみじかりなんと、思ひ営み仕うまつる。

（「柏木」　源氏　48살）

【注釈24-6】

1)女(おんな)三(さん)の宮(みや). 源氏(げんじ)의 이복(異腹) 형이며 전 天皇(てんのう)인 朱雀院(すざくいん)와 藤壷(ふじつぼ)の女御(にょうご)사이의 딸. 源氏의 정실(正室).

2)시달리기 시작했기 때문에. 진통임. 源氏(げんじ)와의 아이가 아니라 女(おんな)三(さん)の宮(みや)를 사모한 柏木(かしわぎ)와의 아이임. 柏木는 번민한 끝에 병사.

3)진통이 시작한 것을 체험으로 알고 있는 사람.

4)源氏(げんじ)를 가리킴.

5)유감스럽구나.

6)의심스러운 것. 친아이가 아닐지 모른다는 의심.

7)反実仮想(はんじつかそう)의 조동사 「まし」의 미연형. 「ましかば~まし」「ませば~まし」「せば~まし」의 꼴로 '만약 했더라면 했을 것인데'. 만약에 의심스러운 것이 없이 출산하는 女(おんな)三(さん)の宮(みや)를 도와주었더라면 사랑스럽고 기뻤을 것인데.

8)마음속에 女(おんな)三(さん)の宮(みや)를 의심스럽게 생각하고 있는 기색.

9)신불에게 가호를 빌어 병·재앙 등을 면하기 위하여 가지기도(加持·祈祷)를 하는 修験者(しゅげんじゃ). 여기서는 순산을 빌기 위하여.

10)부르시고. 「呼(よ)ぶ=부르다」의 존경어.

11)가지기도(加持·祈祷).

12)지금까지와 달리. 사람들이 의심을 눈치채지(알아차리게 하지) 않도록 열심히 기도시키는 것이다. 그만큼 源氏의 의심은 깊다.

13)끊임없이.

14)효험이 뚜렷한 승려는 모두.

15)올라오고.

16)가지기도를 드려

17)큰소리로 기도하다.

18)밤새껏.

19)진통의 고통에 시달린다라는 뜻.

20)平仮名(ひらがな) 「む」의 발음은 「う」에 통한다. 「馬うま·むま」「梅うめ·むめ」 등.

21)源氏(げんじ)가.

22)남에게 감추어 온 출생의 비밀.

23)공교롭게도

24)실부(実父)를 꼭 닮은 얼굴 생김새.

25)태어나면.

26)곤란할 것이다.

27)태어난 아이가 여자이면.

28)여자 아이 얼굴이 源氏(げんじ)를 닮지 않아도 남녀의 차이도 있기 때문에 출생 비밀을 알기는 어렵다.

29)여인의 얼굴은 많은 사람이 보는 것이 아니고 결혼 후에는 남편 이외의 남자가 보는 것도 아니기에 얼굴이 源氏(げんじ)와 닮지 않아도 이상한 소문이 나지 않음.

30)안심하다.

31)걱정되는 출생에 관한 의심.

32)남자로. 남자는 성장한 후 사회적으로 부친으로부터 자립하여 생활할 수 있음.

33)태어난 것도.

34)그건 그렇다 하더라도 불가사의 한 운명이구나. 17살 때 源氏(げんじ)는 실부인 桐壺(きりつぼ)の帝(みかど) 처로 계모(継母)인 藤壺女御(ふじつぼのにょうご)와 간통, 태어난 남자 아이는 후에 冷泉院(れいぜいいん)가 됨.

35)늘, 항상.

36)과보를 받았기 때문에.

37)내세(来世)에 받을 과보. 당시 현세(現世)에서 과보를 받으면 내세 과보는 가볍게 된다는 생각이 있음.

38)源氏(げんじ)와 女(おんな)三(さん)の宮(みや) 이외의 사람.

39)그러나.

40)이렇게 특별한 사람을 모친으로 하여. 女(おんな)三(さん)の宮(みや)는 전 天皇(てんのう)의 内親王(ないしんのう=적출의 황녀)로 源氏(げんじ)의 정실(正室せいしつ)임.

41)말자(末子)로, 막내동이로.

42)源氏(げんじ)의 총애.

43)선악(善悪)에 상관 없이 정도가 지나친 것을 나타내는 말.

44)정성껏 봉사하다. 「思ふ」에는 '소중하게 생각하다'는 뜻이 있음.

［참고] 源氏(げんじ)는 전에 실부(実父=じっぷ)인 桐壺帝(きりつぼのみかど)의 처인 藤壺女御(ふじつぼのにょうご)와 간통했다. 30년 후 女三の宮(おんなさんのみや)를 사모해 온 柏木(かしわぎ)는 源氏의 정실이 된 女三の宮가 실가(実家=じっか)에 갔었을 때 침소(寝所=しんじょ)에 몰래 들어가서 뜻을 이뤘다. 경악한 女三の宮는 이후 柏木를 고집스럽게 거부했지만 회태하여 남자 아이를 낳았다. 후에 冷泉院(れいぜいいん)가 그 아이다. 源氏는 옛날 자신의 죄를 생각하고 그래도 태어난 아이에게 그다지 애정도 솟아나지 않아 번민한다. 源氏는 불상 앞에서 근행(勤行=ごんぎょう)을 하게 되어 한편 女三の宮도 자신의 죄에 부들부들 떨어 출가(出家=しゅっけ)하고 싶다고 생각하기 시작한다. 머지 않아 女三の宮는 출가하여 柏木는 번민한 끝에 병사했다. 源氏는 柏木 양친의 마음을 생각하고 뛰어난 자질이었던 柏木를 걱정하여 원래는 미워할 柏木를 위해 애도의 눈물을 흘린다. 오뇌(懊悩)한 끝에 시비선악(是非善悪)을 초월하여 사람을 보려고 하는 源氏의 마음을 이해해야 한다. 柏木와 女三の宮 사이에 낳은 불의의 아이야말로 『源氏物語』 후반 10권 소위 「宇治十帖(うじじゅうじょう)」 주인공 중 한 사람인 薫(かおる)이다.

【25】

まくらのそうし
枕草子

- 1004년경 -

せいしょうなごん
清少納言(생몰년 미상)

清少納言記라고도 한다. 작자 清少納言는 『後撰集』 편자의 한 사람 清原元輔(908~990년)가 아버지이며 橘 則光(생몰년 미상)와 결혼하여 아버지가 돌아가신 후 一条천황(980~1011년)의 中宮 定子(976~1000년)를 모시었다. 성립에 관해서는 995년경 초고본이 완성되어 후일의 사건을 가필하고 1004년경 재고본이 완성되었다고 한다.

　내용은 다음과 같이 분류된다. ①「山は」「市は」「すさまじき もの」「にくきもの」와 같은 형식으로 시작하는 주제가 비슷한 것을 모은 장(章), ②특정 장소와 일시에 清少納言가 듣고 본 내용을 기록한 일기(日記)적 장(章), ③자연과 사람들의 언행에 관한 감상을 기술한 수상적 장(章), 그리고 각 장(章)은 아무 질서도 없이 배열되어 있는 것 같이만, 서사본(書写本)에 따라서는 유사한 성격의 장(章)이 묶여져 있는 경우도 있다. 내용에 차이가 있는 서사본(書写本)이 많아 책에 따라 장(章) 수와 배열이 다르다. 그 내용은 잡다하며 다양하지만, 작품 전체에 작자의 강렬하고 선명한 개성이 일관되게 흐르고 있다. 결벽하고 청량한, 그리고 고귀하고 우아한 미적 감각과 예민한 착안, 모두 작자의 뛰어난 개성이 반영된 것이다. 이러한 개성을 지닌 본 작품은「あはれ」의 문학이라고 일컬어지는『源氏物語』와는 상이한「をかし」의 문학으로서, 平安시대 산문 문학의 쌍벽을 이루는 작품으로 평가받고 있다.

　『徒然草』처럼 수필을 쓰겠다는 명확한 의식은 없었지만, 결과적으로는 '수필 문학'이라는 장르의 개척자적 작품이라고 할 수 있다. 中宮 定子의 後宮문화 정신을 교묘하게 서술한 점이 이 작품의 역사적 가치를 부여하고 있다.

　연구사가 풍부한 만큼 다양한 논쟁이 전개되어 있다. 작품을 근본으로부터 재고하게 하는 수필이라는 장르를 어떻게 설정하느냐 하는 문제와 본 작품을 문학으로 인정하는가의 여부라는 문제도 제기되고 있다. 어느 한쪽으로 기울어진 감상을 피하면서, 또 안일한 작자 숭배에 빠지지도 않은, 폭 넓은 작품 연구를 개척하기 위해서도 모든 분야에 열린 자세가 요망된다.

Ⅰ 新日本古典文学大系25 枕草子. 渡辺実. 岩波書店. 1991.1
Ⅱ 吉田幸一. 堺本枕草子 斑山文庫本. 古典文庫. 1996.10.20

Ⅲ加藤裕一郎他．枕草子·徒然草·方丈記研究文献目録抄．国文学解釈
　と鑑賞　第59巻5号．1994.5

【25-1】

　春は曙。やうやう白くなりゆく山際、すこしあかりて、紫

だちたる雲の、細くたなびきたる。

　夏は夜。月のころはさらなり。やみもなほ蛍飛びちがひたる。

雨などの降るさへをかし。

　秋は夕暮。夕日花やかにさして、山際いと近くなりたるに、烏の

寝所へ行くとて、三つ四つ二つなど、飛び行くさへあはれなり。まい

て雁などの連ねたるが、いと小さく見ゆる、いとをかし。日入り果て

て、風の音、虫の音など。

　冬はつとめて。雪の降りたるは、言ふべきにもあらず。霜などのい

と白く、またさらでもいと寒きに、火などいそぎおこして、炭持て渡

るも、いとつきづきし。昼になりて、ぬるくゆるびもて行けば、火桶

の火も、白き灰がちになりぬるは悪し。(1단)

【注釈25-1】

1）「をかし」(마음이 사로잡히다)가 생략되어 있음. 밤이 점점 밝아오기
　　시작하는 모습.

2）「著(しる)し＝현저하다」와 어원이 같다고 한다. 확실히 보인다.

3）산등성이에 가까운 하늘. 산등성이 자체는 「山(やま)の端(は)」라 한다.
　　京(みやこ)에서는 東山(ひがしやま)로부터 아침 해가 떠오른다. 해가 지
　　평선에서 떠오르면 산 전체는 어두워져 어렴풋이밖에 보이지 않지만,
　　그 배경 하늘에 아침 햇살이 비쳐, 점점 밝게 되어 산등성이가 확실히

보이게 된다.

4)「赤(あか)る=붉은 빛을 띠다」란 뜻도 포함하는 「明(あか)る」인가? 붉은 빛을 띤 밝은 하늘이 되어.

5)가로로 길게 낀 구름. 「をかし」가 생략되어 있음.

6)「(が)をかし」가 생략되어 있음.

7)「言(い)へばさらなり」「言(い)ふもさらなり」의 준말. 말할 것도 없다. 옛날부터 달을 읊은 和歌(わか)는 수없이 많은데, 별을 읊은 것은 거의 없다. 또 달을 읊을 경우 계절은 가을로 하는 것이 일반적이지만, 여름의 달을 「をかし」라 하는곳에 작자의 독특한 감각이 있다. 〔참고〕 참조.

8)달이 없는 밤에도 같은 판단을 할 수 있다는 뜻. 같이. 마찬가지로.

9)개똥벌레.

10)산등성이. 태양이 지는 서쪽에는 西山(にしやま)가 있음.

11)어떤 사물에 유사한 것으로 다른 사물을 첨가할 때 이용하는 부조사.

12)정취가 있다.

13)「まして」의 イ음편.

14)일몰후의 소리 세계를 교묘히 묘사한다.

15)이른 아침.

16)눈이 오지 않아도 흰 서리가 내리지 않아도.

17)새빨갛게 타는 숯불이 추위에 어울린다.

18)추위가 누그러져 간다.

19)화로.

20)그다지 춥지 않아서 숯을 보충한다거나 재를 제거하지 않아서 재가 점차 많아지고.

21)좋지 않다.

〔참고〕 『枕草子(まくらのそうし)』 전체에서 작자의 미의식은 매우 특징적이다. 『万葉集(まんようしゅう)』에서는 매화,『古今和歌集(こきんわかしゅう)』 이후에는 벚꽃이나 휘파람새등이 봄에는 세상으로부터 칭찬을 받는 것이었다. 「春(はる)は」라고 쓰기 시작하면 독자는 당연히 자연 풍물에 대한 서술을 예상한다. 봄 휘파람새, 가을 달, 겨울 눈이다. 그러나 작자는 독자의 예상을 뒤엎어 「春(はる)は曙(あけぼの)」「夏(なつ)はよる」「秋(あき)は夕暮(ゆうぐれ)」「冬(ふゆ)はつとめて」가 아니라 우선 시간을 기술한다. 자연 풍물에 관해서는 겨울 묘사에서 눈을 언급하지만 「いふべき

にあらず」라고 기술할 뿐, 전경에 대해서는 언급하지도 않고, 서리나 숯불의 상황만을 서술한다. 中宮(ちゅうぐう=천황 처)인 定子(ていし)나 女房(にょうぼう)에게 이야기했을 때, 의표를 찌른 이 내용은 획기적인 것이었다. 낮이 제외되고 있는 것과 「すこし」「ほのかに」「ちいさく」 등 미묘한 상태가 강조되고 있는 것도 주목하여야 한다.

【本文25-2】

　暁に帰る人の、昨夜置きし扇、ふところ紙もとむとて、暗ければさぐり当てむさぐり当てむと、たたきもわたし、「あやしあやし」などうち言ひ、もとめ出でて、そよそよとふところにさし入れて、扇ひきひろげて、ふたふたとうち使ひて、まかり申ししたる、にくしとは世の常、いと愛敬なし。同じごと、夜ふかく出づる人の、烏帽子の緒強く結ひたる、さしも結ひかためずともありぬべし。やをらさながらさし入れたりとも、人のとがむべき事かは。いみじうしどけなう、かたくなしく、直衣、狩衣などゆがみたりとも、たれかは見知りて笑ひそしりもせむとする。

　人は、なほ暁のありさまこそ、をかしくもあるべけれ。わりなくしぶしぶに起きがたげなるを、強ひてそそのかし、「明け過ぎぬ。あな見苦し」など言はれて、うち嘆くけしきも、げにあかず、物憂きにしもあらむかしとおぼゆ。指貫なども、ゐながら着も敢へず、まづさし寄りて、夜一夜言ひつる事の残りを、女の耳に言ひ入れ、何わざすとなけれど、帯などをば結ふやうなりかし。格子押しあげ、妻戸ある所は、やがてもろともに率て行きて、昼のほどのおぼつかなからむ事なども、言ひ出でにすべり出でなむは、見送られて名残もをかしかりぬべし。

　名残も、思ひ出でどころあり、いときはやかに起きて、ひろめき立ちて、指貫の腰つよく引き結ひ、直衣、うへの衣、狩衣も、袖かいまくり、よろづさし入れ、帯つよく結ふ、にくし。(28단)

【注釈25-2】
1)새벽. 하룻밤을 함께 한 남녀가 헤어지는 시간. 당시 풍습은 남자가 여자 집을 방문하는 것이어서 떠나는 사람은 남자.
2)품에 넣고 다니면서 和歌(わか)를 적어 보내기도 한 종이.
3)찾아서.
4)이불과 畳(たたみ)를 두드려 찾는다.
5)「懐紙(ふところがみ)」를 품에 넣을 때의 소리.
6)부채를 예절이 바르지 못하게 부치는 모습을 형용.
7)작별 인사를 한다.
8)떠들썩하게 이것저것 바쁘게 챙겨 떠나려는 정취 없는 남자가 밉다.
9)아직 날이 밝아지지 않는 어두운 밤중.
10)당시 귀족이 쓰던 관의 일종.
11)턱 밑에서 끈을 맺음. 자신의 옷차림에 지나치게 신경 쓰는 남자의 태도를 묘사함.
12)끈을 매지 않고 살짝 관을 써도 되는 것을. 아쉬움을 남기고 가는 모습을 형용.
13)깔끔하지 못하여.
14)세련되지 못하여 보기에 흉하게.
15)귀족의 의상.
16)절도를 벗어나.
17)강제로 몸을 일키고.
18)참으로 만족치 못한 기분으로.
19)귀족이 입던 하의.

20)앉은 체 제대로 입지도 않고. 떠나려는 마음보다 여자와의 작별을 아쉬
　　워하는 마음을 묘사.
21)특별히 무엇을 한다는 것도 아니고.
22)가는 나무를 횡종으로 정간을 맞추어 짠 창문. 상하로 되어 있어 열 때
　　는 윗문을 매달아 올린다.
23)귀족 주거 건축 양식인 寢殿造(しんでんづくり)에서 건물 네 귀퉁이에
　　있는 양여닫이문.
24)작별을 아쉬워하며 그대로 여자와 둘이 가서.
25)함께 하지 못한 낮 동안 어떻게 지내나 걱정이 된다는 이야기 등을.
26)아쉬움의 작별 인사를 나눌 때도 남자에게는 따로 마음에 둔 여자가 있어.

[참고] 하룻밤을 함께 하여 새벽 헤어짐은 재회의 시작이기도 하다. 다시
만날 때까지 서로의 추억을 간직하려 하는 시간으로 연애하는 남녀가 소중
히 여기는 시간 중의 하나이다. 남자가 찾아오기를 기다리는 입장인 여자
로서는 아쉬움으로 마음이 아프고 예민한 때이다. 그리고 이 시간은 남녀
의 관계가 무(無)가 되는 시간의 시작이기도 한다. 상대방에 대하여 불신감
을 갖는 것도 당연한 일이다. 지나치게 복장에 신경 쓰는 남자가, 여자가
모르는 데에서 무엇을 하고 있는지, 여자로서는 의심이 되기도 한다. 보통
여성의 입장은 수동적이고 약한 경우가 많지만, 작자의 필치는 그렇지 않
다. 여성의 심리를 이해하지 않고 정취를 모르는 남성에 대한 교훈을 제시
하려는 솔직하고 명랑한 작자의 개성이 뚜렷하다.

【本文25-3】
　心ときめきするもの 雀の子。ちご遊ばする 所の前わたりた
る。 唐鏡のすこし暗き、見たる。よき男の、 車とどめて、物の案
内せさせたる。よき薫物たきて一人臥したる。 頭洗ひ化粧じて、香
にしみたる衣着たる。ことに見る人なき 所にても、 心のうちは、
なほをかし。待つ人などある夜、雨のあし、風の吹きゆるがすも、ふ
とぞおどろかるる。(29단)

【注釈25-3】

1)가슴이 두근거리는 일.

2)「雀(すずめ)の子(こ)がい」라하여 참새 새끼를 키우는 놀이가 있었다. 참
　새 새끼가 탈 없이 잘 자랄까 하는 마음.

3)아꼈던 거울이 흐려지거나 한 것을 보는 것.

4)비가 내려서, 또는 바람이 불어 문이 흔들리는 소리에도.

〔참고〕 작자의 풍부한 감수성을 여성다운 글이 잘 나타내고 있다. 명랑하
고 건전한 필치가 독자의 마음까지 상쾌하게 해준다.

【25-4】

　　はしたなきもの、こと人をよぶに、われぞとさし出でたる。物など
とらするをりはいとゞ。をのづから人の上などうち言ひ、そしりた
るに、おさなき子供の聞きとりて、その人のあるにいひ出でたる。

　　哀なることなど、人のいひ出で、うち泣きなどするに、げにいと
哀なり、など聞きながら、涙のつと出で来ぬ、いとはしたなし。
泣き顔つくり、気色ことになせど、いとかひなし。

　　めでたき事を見聞くには、まづたゞ出で来にぞ出で来る。　(122단)

【注釈25-4】

1)쑥스러운 일.

2)딴 사람.

3)나를 부른다고 생각하면서 앞으로 나가고 있을 때. 「ぞ」는 係助詞. 여
　기서는 종조사적으로 강하게 지시하는 뜻.

4)뭔가 물건을 주실 때는.

5)더욱.

6)의도한 것이 아니라 자연히.

7)남의 이야기.

8)비난하고 있었으니.「に」는 접속조사. 여기서는 '~하자 우연히'나 '~하
니 뜻밖에'라는 뜻.

9)「聞く」는 듣다. 보조동사「とる」가 접속한 「聞きとる」는 듣고 이해
하다.

10)작가가 욕을 한 그 상대방.

11)슬픈 일.

12)「うち」는 강조의 접두사.

13)정말 슬픈 일이라 작가 자신도 듣고 있는데도. 「ながら」는 역접 접속
조사.

14)즉시.

15)창피하다.

16)울고 있지 않는듯 표정을 바꾸지만.

17)효과는 없다. 쓸데없는 노력이다.

18)너무 풍아(風雅)한 것이나 우아한 것. 「見聞」라고 써 있기 때문에 内
裏(だいり)에서 벌어지는 행사를 구경하는 것이나 지위 높은 사람에 관
한 우아한 이야기와 같은 감동적인 것들.

19)「見(み)聞(き)く」 다음에 「時(=때)」「場合(=경우)」라는 명사가 생략
되어 있음.

20)주어 '눈물이'가 생략되어 있음.

〔참고〕 작자 清少納言(せいしょうなごん)은 남의 고생담을 듣고 덩달아
우는 성격은 아닌 것 같다. 슬픈 이야기를 듣고 이성적으로는 슬프지만 심
정적으로는 슬프게 느낄 수 없는 자신을 발견한다. 슬픈 것에 대해서는 어
디까지나 이성적인 작가의 모습을 볼 수 있다. 그러나 훌륭한 일이나 멋진
것을 보거나 듣거나 하면 자기도 모르게 감동하여 한없이 감격의 눈물이
쏟아지는 것이다. 본서 제1단에서 볼 수 있는 옛날의 미의식과는 거리가
있는 독특한 대상 파악의 방식을 여기서도 볼 수 있다.

【26】

<ruby>和泉式部日記<rt>いずみしきぶにっき</rt></ruby>

- 1008년경 -

和泉式部<rt>いずみしきぶ</rt>(생몰년 미상)

和泉式部 자신의 작품이라고 생각되지만 그렇지 않다는 설도 있다. 어느 설에 동조할지는 작품의 특질 규명에 깊은 관계를 가지고 있고 작자가 확정되지 않은 한 성립 연대에 관한 추측도 끊이지 않을 것이다. 그 중 성립 연대는 1004년이라는 설과 1008년이라는 설 등이 있다.

為尊親王(?~1002년)와 사별하여 마음에 상처 입은 和泉式部는 1003년 4월 그의 동생 敦道親王(981~1007년)와 새로운 사랑을 하여, 다음 해 1월 주위의 반대를 무릅쓰고 그의 저택으로 거처를 옮긴다. 그간의 10개월의 심리를 150수의 贈答歌(두 사람이 서로 의중을 털어놓고 주고받는 和歌)를 중심으로 式部를 제3인칭으로 서술한다. 작품명이 「日記」라고도 「物語」(応永本)라고도 전해지고 있는데 이렇게 두 가지 이름을 가진 것 또한 이 작품의 특이한 성격과 관련이 있다고 하겠다. 내용도 한결같은 연애 심정이 서정적으로 표현되어 있다. 분방한 삶과 정열적 和歌로 알려진 和泉式部는 작품 속에서는 사랑의 허무함을 알면서 수동적으로 살아가는 고민이 많은 여성으로 그려져 있다. 이 작품 주제는 얽히고 설킨 남녀의 연애 감정이며, 여성을 중심으로한 의식의 흐름을 묘사하려 하는 것이다. 게다가 그 의식의 흐름을 지문보다 오히려 和歌를 중심으로 전개해 간다. 지문은 和歌의 詞書き의 연장선상에 위치하여 자연 묘사까지 和歌가 담당하고 있으며, 지문에서 和歌로 和歌에서 지문으로 지극히 자연스럽게 이어져 간다. 이 작품은 충분한 산문화(散文化)를 거치지 않은 歌日記라고도 할 수 있다.

和泉式部는 越前守 大江雅致(생몰년 미상)의 딸. 藤原道長(966~1027년)의 부름으로 中宮彰子(988~1074년)를 모시기도 하였다. 和歌는 『拾遺集』 등에 233수가 수록되어 있고 私家集 『和泉式部集』도 있다.

연구는 자작설과 타작설, 그에 따른 성립 시기와 일기 문학의 집필 태도라는 문제를 둘러 싼 연구와 작품 해석 등 심도 있게 행해지고 있다.

Ⅰ 新編日本古典文学全集26 和泉式部日記. 藤岡忠美. 小学館. 1994.9
Ⅱ 山田孝雄. 和泉式部日記. 古典保存会. 1937
Ⅲ 金正凡他. 王朝女流日記文学研究文献目録抄. 国文学解釈と鑑賞 第62巻5号. 至文堂. 1997.5. 兪仁淑他. 和泉式部研究文献目録抄. 国文学解釈と鑑賞 第60巻8号. 至文堂. 1995.8

【本文26】

晦日の日、女、

　　ほととぎす 世にかくれたる 忍び音を いつかは聞かむ 今日もすぎなば

と聞こえさせたれど、人々あまたさぶらひけるほどにて、え御覧ぜさせず。つとめて、もて参りたれば見たまひて、

　　忍び音は 苦しきものを ほととぎす こだかき声を 今日よりは聞け

とて、二 三日ありて、忍びてわたらせたまへり。女は、ものへ参ら
むとて精進したるうちに、いと間遠なるもこころざしなきなめりと思
へば、ことにものなども聞こえで、仏にことづけたてまつりて明か
しつ。つとめて、「めづらかにて明かしつる」などのたまはせて、

　　いさやまだ　かかる道をば　知らぬかな　あひてもあはで　明かす
ものとは
あさましく」とあり。さぞあさましきやうにおぼしつらむといとほし
くて、

　　よととともに　もの思ふ人は　夜とても　うちとけて目の　あふ時もな
し
めづらかにも思うたまへず」と聞こえつ。

　またの日、「今日やものへは参りたまふ。さていつか帰りたまふべ
からむ。いかにましておぼつかなからむ」とあれば、

　　をりすぎて　さてもこそやめ　さみだれて　今宵あやめの　根をやか
けまし
とこそ思ひたまうべかりぬべけれ」と聞こえて、参りて、三日ばか
りありて帰りたれば、宮より「いとおぼつかなくなりにければ、参り
てと思ひたまふるを、いと心憂かりしにこそ、ものうくはづかしう
おぼえて。いとおろかなるにこそなりぬべけれど、日ごろは、

　　すぐすをも　忘れやすると　ほどふれば　いと恋しさに　今日はまけ
なむ

あさからぬ 心 のほどを、 さりとも」 とある、 御返り、

　　まくるとも 見えぬものから 玉かづら とふ一すぢも たえまがち

にて

と聞こえたり。

【注釈26】

1)애인 為尊親王(ためたかしんのう)가 죽은(1002년 6월 13일) 다음 해 4월
　30일의 일.

2)불여귀는 5월을 기다리며 울기 시작한다고 함. 그 이전에는 몰래 운다는
　데, 오늘이 4월 30일이라서 오늘이 지나면 몰래 만날 수도 없게 되니, 오
　늘은 꼭 오시라는 뜻. 和泉式部(いずみしきぶ)가 새 애인 敦道(あつみち)
　親王(しんのう)께 보낸 和歌(わか).

3)和歌(わか)를 지었지만.

4)다음 날 아침.

5)오늘부터는 몰래 오지 않겠다는 뜻.

6)敦道(あつみち)는 여전히 몰래 찾아온다.

7)작자가 자기자신을「女(おんな)」라고 3인칭으로 부르는 것은 사본(写本)
　에 따르면 『和泉式部日記(いずみしきぶにっき)』와『和泉式部物語(いず
　みしきぶものがたり)』두 가지 이름이 전해온 것과 작자의 경험 이외의
　일들이 서술 되어 있거나 작품 전체에서 허구성을 지적할 수 있는 것
　등의 문제와 관련하여, 본 작품을 단순한 일기가 아닌「物語(ものがた
　り)」를 지향한 창작물이라고 보는 근거가 되어 있다.
　작품이 제3자에 의한 서술 아닌가라는 학설이 주장되기도 하였지만 작
　자가 자신을 제3자의 입장에서 서술해야 했던 필요성에 의함으로 이해하
　는 설이 타당하다.

8)절에 참배하려고. 죽은 애인의 공양을 드리기 위해.

9)敦道(あつみち)가 요사이 찾아오지 않는 것.

10)사랑하는 마음이 없어서 그럴 것이다.

11)말씀을 드리지 않고.

12)돌아가신 분께 공양 드린다는 것을 핑계로.

13)같은 집에 있으면서 사랑을 속삭이는 일도 없이 그저 밤을 지냈습니다.

　敦道(あつみち)의 말. 敦道는 밤에 和泉式部(いずみしきぶ)를 방문했지만
만나지 못하여 집으로 돌아와 아침에 편지를 보냄.
14)사랑하는 방법.
15)어이없습니다.
16)「目(め)の合(あ)う」에「妻(め)の逢(あ)う」를 엇걸음. 밤이 되면은 죽
　은 남편에 대한 그리움으로 편안히 잠들 수 없습니다. 자신은 하룻밤이
　아니라 매일 밤을 외롭게 보낸다는 뜻.
17)언제나 그렇지만 오늘은 특히 보고 싶은 마음이 얼마나 간절한지. 여자
　의 냉정한 태도에 오히려 敦道(あつみち)는 열정을 불태운다.
18)「やめ」는 비가 그친다,「さみだれ」는 장마와 슬픔의 눈물을 뜻함.
　「かけ」는 눈물을 소매에 흘리다. '시기가 지나면 장마도 그치 듯 시간
　이 지나면 남편 為尊親王(ためたかしんのう)와의 사별을 슬퍼하여 흘리
　는 눈물도 그만 흘릴 것이다. 그래서 오늘밤은 돌아가신 분을 그리워하
　는 눈물로 소매를 적시기로 할까 생각합니다'라는 것이 전체의 뜻.
19)이 심정은 이해해 주시리라 생각합니다.
20)대단히 가슴이 아팠던 지난 날 일도 있기 때문에.
21)너무 냉정한 태도라 생각하실지 모르지만.
22)요즘은.
23)세월이 지나면 당신을 잊을 수 있으리라 생각하고 지내왔습니다만, 오늘
　은 당신을 향한 그리운 마음을 견디다 못해 찾아가겠습니다.
24)강렬한.
25)그렇다는 것을 제발 알아 주십시오.
26)「負(ま)くる」와「繰(まく)る」그리고「来(く)る」를 엇걸음.「玉(たま)
　かづら」는「絶(た)え」앞에 습관적으로 놓은 枕詞(まくらことば=和歌
　(わか)의 수식어). 저를 향한 그리움을 견디지 못해 그러시는 것 같이
　보이지는 않습니다. 편지 하나도 제대로 주시지 않는 것을.

　[참고] 사랑하는 사람을 잃고 1년도 지나지 않은 4월 10일쯤 죽은 애인의
동생 敦道(あつみち)가 和歌(わか)를 보내왔다. 和泉式部(いずみしきぶ)도
和歌를 보내 응한다. 두 사람의 새로운 관계가 시작된지 보름이 지나갈 무
렵의 일이다. 여자는 남자가 찾아오기를 청할 정도가 되었다. 그러나 두 사
람의 관계는 세간의 비난을 받기도 하고, 남자의 태도도 명백하지 않자 죽
은 애인의 공양을 드린다는 이유로 세속적인 것을 금하며 마음을 달래려

한다. 이러한 여자의 냉담한 태도에 오히려 남자는 적극적인 태도를 보여 준다. 여자의 냉담한 태도는 남자의 마음을 자기에게로 끌려는 수단이 되기도 하였다. 마음은 동요하면서도 서로 가까워져가는 남녀의 모습을 贈答歌(ぞうとうか=두 사람이 서로 의중을 털어 주고받는 和歌)를 중심으로 物語(ものがたり)식으로 전개되는 묘사가 독자의 관심을 끈다.

【27】

紫式部日記
むらさきしきぶにっき

- 1010년경 -

紫式部 (생몰년 미상)
むらさきしきぶ

　藤原道長(966~1027년)의 딸이며 一条천황(980~1011년)의 中宮 彰子(988~1074년)를 모시고 있던 紫式部가 1008년 가을부터 1010년 1월까지의 궁정에서의 견문과 감상을 기록한 일기다.

　그 서술은 하루하루의 정확한 기록이 아니라, 어떤 감동할 만한 사건과 장면을 연상적으로 회상하면서 써 내려간 것으로 생각되어진다. 특히 一条천황의 제2 황태자 敦成親王 탄생과 이를 전후한 행사 의식을 세밀하게 묘사하여 그 기사가 전체의 3분의 2에 이른다. 후반 부분은 「消息文」이라고 하여 和泉式部·清少納言들에 대한 날카로운 인물평과 작자 스스로의 인생관을 드러내고 있다. 그 서술은 화려한 궁정 생활을 상세하게 묘사하면서, 내성적 통찰을 통해 고독한 작자 자신을 주시하는 것은, 화려함을 더 해 가는 바깥 세계와는 반비례적으로 그 깊이를 더 해 나아간다. 그것은 자신의 인생을 회상하며 반성과 비판을 하면서 고독하고 묵직한 사색에 잠기는 후반부의 수상적 부분에 이르러서는 한 층 더 날카로워지고 또 깊어 간다. 불교에서 구원을 찾지만, 속세를 버리지 못하고 계속 고뇌하는 인간의 숙명적인 모습을 다시 발견하여 괴로워하는 것이다. 이러한 정신적 고민의 편력을 서술한 본 작품은 일본 고전문학의 대표작 『源氏物語』의 작자 스스로가 남긴 유일한 인간 기록으로서 큰 문학사적 가치를 지니는 것과 동시에 당대의 행사·풍속·관습을 세밀히 서술한 역사 풍속 자료로서도 큰 가치를 인정받고 있다.

이 작품은 황태자 탄생을 중심으로한 영화의 기록을 의도하면서 단순한 기록으로서의 일기에 그치지 않고, 입체적이며 복안적으로 묘사하여, 자기 반성과 고백적 사유까지 동반한 깊이 있는 인간 기록이라고 할 수 있다. 기타 일기 문학에서는 볼 수 없는 날카로운 자기 응시의 자세는 歌合의 仮名 일기 등 여성 기록의 흐름 속에서 도 작자의 비범한 자질에 의해 일기 자체의 기록성을 초월하며, 내성적으로도 심화된 고도의 달성을 보았다는 평가를 받고 있다.

Ⅰ 日本古典文学全集26 紫式部日記. 中野幸一. 小学館. 1994.9.
Ⅱ 秋山虔. 影印本紫日記. 笠間書院. 1970.
Ⅲ 金正凡他. 王朝女流日記文学研究文献目録抄. 国文学解釈と鑑賞
    第62巻5号. 至文堂. 1997.5

【本文27】

和泉式部といふ人こそ、おもしろう書きかはしける。されど、和泉はけしからぬかたこそあれ。うちとけて文はしり書きたるに、そのかたの才ある人、はかない言葉の、にほひも見えはべるめり。歌は、いとをかしきこと。ものおぼえ、うたのことわり、まことの歌よみざまにこそはべらざめれ、口にまかせたることどもに、かならずをかしき一ふしの、目にとまる詠みそへはべり。それだに、人の詠みたらむ歌、難じことわりゐたらむは、いでやさまで心は得じ。口にいと歌の詠まるるなめりとぞ、見えたるすぢにはべるかし。はづかしげの歌よみやとはおぼえはべらず。

　丹波の守の北の方をば、宮、殿などのわたりには、匡衡衛門とぞいひはべる。ことにやむごとなきほどならねど、まことにゆゑゆゑしく、歌よみとて、よろづのことにつけて詠みちらさねど、聞こえたるかぎりは、はかなきをりふしのことも、それこそはづかしき口つきにはべれ。ややもせば、腰はなれぬばかり折れかかりたる歌を詠みいで、えもいはぬよしばみごとしてもわれかしこに思ひたる人、にくくもいとほしくもおぼえはべるわざなり。

　清少納言こそ、したり顔にいみじうはべりける人。さばかりさかしだち、真名書きちらしてはべるほども、よく見れば、まだいとたらぬこと多かり。かく、人にことならむと思ひこのめる人は、かならず見劣りし、行くすゑうたてのみはべれば、艶になりぬる人は、いとすごうすずろなるをりも、もののあはれにすすみ、をかしきことも見すぐさぬほどに、おのづからさるまじくあだなるさまにもなるにはべるべし。そのあだになりぬる人のはて、いかでかはよくはべらむ。

　かく、かたがたにつけて、一ふしの、思ひいでらるべきことなくて、過ぐしはべりぬる人の、ことに行くすゑのたのみもなきこそ、なぐさめ思ふかたただにはべらねど、㉛心すごうもてなす身ぞとだに思ひはべらじ。その㉜心なほ失せぬにや、もの㉝思ひまさる秋の夜も、㉞はしに出でゐてながめば、いとど、㉟月やいにしへほめてけむと、見えたる㊱有様をもよほすやうにはべるべし。

【注釈27】
1)사람들과 정취 깊은 편지를 주고받았다.
2)윤리적으로 칭찬할 수 없는.
3)사물에 구애받지 않고.
4)격이 없이 편지를 줄줄 써 내려가니.
5)대수롭지 않은 한 마디에도.
6)정취를 느낄 수 있다.
7)옛 和歌(わか)에 대한 지식.
8)和歌에 대한 비평과 가치 판단.
9)비난과 비평.
10)그것은 지식뿐, 和歌의 정신은 재대로 이해하지 못하고 있다.
11)입에서 저절로 和歌가 읊어져 나오는 듯하다.
12)그런 종류의 사람.
13)우리가 열등감을 느낄 정도의 和歌 솜씨를 가진 사람.
14)大江匡衡(おおえのまさひら).
15)大江匡衡(おおえのまさひら)의 정실이며, 平安(へいあん)시대 三十六歌仙
　　(さんじゅうろっかせん=36며의 和歌 명인)의 한 사람인 赤染衛門(あか
　　ぞめえもん).
16)和歌(わか)의 솜씨가 뛰어나다는 것이 아니지만.
17)일류 가문다운 품위와 정취를 갖추고 있어.
18)가인(歌人)이라고 해서.
19)세간에 알려져 있는 작품들은.
20)특별한 때가 아닌 때에 지은 작품도.
21)읊은 솜씨. 和歌(わか) 솜씨.
22)제3구에서 제4구로 잘 이어지지 않은 和歌(わか). 제3구를 腰句(こしの

〈)라 함.

23)정취 있는 듯한 언행을 하여도.

24)자기가 으뜸이라고 의기양양한 사람.

25)우월감으로 사람을 대하는 사람.

26)풍류스럽게 행동하는 것이 몸에 밴 사람.

27)정취를 느끼고 있는 듯 행동하여.

28)보기 좋지 않은 경솔하고 무책임한 태도.

29)작자 자신.

30)장래를 함께 하기로 한 남편(이 죽었다는 뜻).

31)슬픈 나머지 마음이 거칠어져 자포 자기한 행동을 하는 몸.

32)자포 자기한 거칠어진 마음.

33)잠자리에 들었지만 수심으로 가득차서 쉽게 잠이 들지 않는.

34)툇마루 가까이.

35)옛날 나를 칭찬해 준 달일까?

36)눈앞에 보이는 듯.

［참고］內裏(だいり)에서 봉사하고 있는 여자들의 개성에 관한 비평으로서 가치가 있다. 淸少納言(せいしょうなごん)에 관해서는 격한 비난으로 일관하여 두 사람 사이의 특별한 관계를 짐작할 수 있다. 그 서술은 그러나 타인에 대한 비판에 그치지 않고 작자 스스로의 깊은 자성으로 이어진다.

【28】

和漢朗詠集
わかんろうえいしゅう

- 1013년경 -

藤原公任(966~1041)
ふじわらのきんとう

朗詠는 平安 귀족 사이에서 성립된 가요. 시가·한시의 명구를 2구씩 뽑아 곡절을 붙인 노래이다. 『和漢朗詠集』은 朗詠에 올리는 한시 한문의 가구 약 590과 『古今集』 『拾遺集』 의 뛰어난 구 220 수를 하나로 묶고 있다.

상권은 춘하추동의 각 부, 하권은 雜部이다. 각 부에는 朗詠의 주제(입춘, 早春, 혹은 바람, 구름 등)를 제시하여, 중국 한시·일본 한시·和歌의 순으로 작품을 배열하고 있다. 상권에서는 세시(歲時)를 우선으로 계절적 풍물을 뒤로하여 66의 제목으로 구성되고, 하권 雜部는 48의 제목으로 구성된다. 작품 수는 한시 588수와 和歌 216수. 한시 중 432수가 7언 2구의 형식이다. 작자를 보면 한시에는 중국의 白居易(白楽天), 일본인으로 菅原道真(845~903년)·菅原文時(899~981년)·大江朝綱(886~956년)· 源 順 (911~983년), 和歌에는 紀貫之(872?~945)·凡河内躬恒(생몰년 미상) 등이 있다. 풍아를 사랑한 公任의 平安 귀족다운 그의 이념과 일치한 작품이 많다.

편찬자의 저서에는 가론(歌論)『新撰随脳』『和歌九品』, 家集 『前大納言公任卿集』 등이 있다. 『和漢朗詠集』 전에 중국 시인의 구를 채록한 大江維時(888~963년)찬 『千載佳句』가 있는데, 이에 채록된 시구에는 『和漢朗詠集』와 일치한 작품이 많다. 平安 후기의 藤原基俊(1060~1142년)는 『和漢朗詠集』를 모델로 하여 『新撰朗詠集』를 찬집하기도 하였다. 문체면에서는 한시와 和文와의 융합인 和漢混合文를 형성하였다.

후속 문학에 미친 영향이 크며, 한문학뿐만 아니라 중고에서 중세의 仮名 문학에도 인용된 것이 많고, 『方丈記』 『海道記』 『平家物語』 『太平記』 등에 영향을 주었다. 朗詠句를 주제로 한 和歌가 성행하기도 하였다.

I 日本古典文学大系73 和漢朗詠集. 川口久雄. 岩波書店. 1965.1.

Ⅱ川瀬一馬. 竜門文庫善本叢刊9. 勉誠社. 1987.12. 片桐洋一. 陽明叢
　書 和漢朗詠集. 思文閣出版. 1978.6.30
Ⅲ林雅彦他. 古典歌謡研究文献目録抄. 国文学　解釈と鑑賞　巻55巻5
　号. 至文堂. 1990.5

【本文28】

袖ひぢて むすびし水の こほれるを 春立つけふの 風やとくらん

(7)
　　　　　　　　　　　　　　　　　　　　　　　　　　　　紀貫之

春立つと いふばかりにや みよしのゝ 山もかすみて けふはみゆらむ

(8)
　　　　　　　　　　　　　　　　　　　　　　　　　　　　忠岑

遥かに人家を見て花あればすなはち入る　貴賎と親疎とを論ぜず

(155)
　　　　　　　　　　　　　　　　　　　　　　　　　　　　白

原文　　　遙見人家花便入　不論貴賤與親疎　　　　　白

誰か謂つし水 心 なしと　濃 艶臨んで波色を変ず
誰か謂つし花ものいはずと　軽漾激して影 屑 を動かす

(177)　　　　　　　　　　　　　　花の 光 水 上 に浮む　菅三品

原文　　　誰謂水無心　濃艷臨兮波變色
　　　　　誰謂花不語　輕漾激兮影動屑

　　　　　　　　　　　　　　　　　花光浮水上　　　菅三品

盛夏_{せいか}に 銷_{15き}えざる雪_{ゆき}　年_{とし}を終_をふるまで尽_つくること無_なき風_{かぜ}

秋_{16あき}を引_ひいて手_ての裏_{うち}に生_なる　月_{17つき}を蔵_{かく}して 懐_{ふところ} の中_{うち}に入_いる

(199)　　　　　　　　　　　　　　　　　　　　　　　　白_{はく}

原文　　盛夏不銷雪　終年無盡風　　引秋生手裏　藏月入懷中　　白

【注釈28】
1)젖어서.
2)손으로 떠낸 물.
3)작년 여름에 떠낸 물이 겨울이 되어 얼은 것을.
4)얼음을 녹이는 것이구나.
5)『古今集(こきんしゅう)』찬자(撰者)의 한 사람. ?~945년? 和歌(わか)가
　한시(漢詩)와 대등한 문학이라는 것을 주장한『古今集』仮名序(かなじょ)
　및『土佐日記(とさにっき)』의 저자. 작품에는 이지적인 발상, 시조 가락
　의 아름다움이 보인다.

［참고］『古今集(こきんしゅう)』에「春(はる)たちける日(ひ)よめる」라고
되어 있다.『新撰和歌集(しんせんわかしゅう)』에도 수록되어 있다.

6)눈이 많은 吉野山(よしのやま)에서도.
7)봄 안개.
8)壬生忠岑(みぶのただみね). 생몰년 미상.『古今集(こきんしゅう)』찬자(撰
　者)의 한 사람. 즉흥시와 정서(情緒)를 주류로한 작풍으로 유명하다.

［참고］『拾遺集(しゅういしゅう)』에「平(たいらの)さだふんが家(いえ)に
歌合(うたあわせ)し侍(はべ)りけるに」라고　되어　있다.『忠峯集(ただみね
しゅう)』에도 수록되어 있다. 평판이 각별히이 높은 和歌(わか)이다.

9)唐(とう)의 白居易(はくきょい).

［참고］『白氏文集(はくしもんじゅう)』권33「春(はる)を尋(たず)ねて諸家
(しょか)の園林(えんりん)に題(だい)す」에 의함. 謡曲(ようきょく)『自然居

士(じねんこじ)』이하 많이 인용되어진다.

10)白居易(はくきょい)를 가리킴.
11)농염한 꽃이 수면을 들여다보니 물은 색을 바꿔 답하는 것이 아닌가.
12)白居易(はくきょい)를 가르킴.
13)연못에 잔물결이 일 때는 꽃의 그림자는 입술(꽃잎)을 움직이게 하는 것
　　이 아닌가.
14)菅原道真(すがわらのみちざね)의 손자 文時(ふみとき).

〔참고〕『本朝文粹(ほんちょうもんずい)』卷10, 詩序三, 木(き)에 의함. 菅
原文時(すがわらのふみとき)는 일본인으로『和漢朗詠集(わかんろうえいしゅ
う)』에 작품이 가장 많이 실린 시인(詩人). 白居易(はくきょい)는 중국인으
로는 가장 많다.

15)사라지지 않은 눈.
16)시원한 가을이 눈바닥 안에서 생기고.
17)둥그런 달을 숨겨서 품속에 들여놓을 수도 있다. 부채가 둥그런것을 달
　　에 비유.

〔참고〕『白氏文集(はくしもんじゅう)』권32「白羽扇(はくうせん)」에 의함.

【29】

本朝文粹

ほんちょうもんずい

집필 시기 미상
- 1064년경 -

藤原明衡(989~1066)

平安시대에는 공식적인 문서가 모두 한문으로 쓰여졌기 때문에
한문 서적에 관한 지식이 문인들에게는 중요한 교양이었다. 그래서

그들은 명성을 얻기 위해, 한문 서적뿐만 아니라 선배와 동료들의 가구(佳句)까지 차용, 주워 모아서 수구(秀句)를 만들어야 했다. 수구(秀句)는 平安중기에 성립된 朗詠에 의해 유포되었다. 朗詠의 성행은『和漢朗詠集』를 낳았는데, 수구(秀句)를 포함한 전체를 수집 편찬하는 일은 많은 사람들의 요청이었다.『和漢朗詠集』에 실린 일본인의 長句 중 90%가『本朝文粋』에 실려 있다. 후세의 사람들이 문장 작성시 사용할 참고서를 펴내는 것이 편자의 목적이었다고 할 수 있다.

『本朝文粋』는 嵯峨천황(786~842년)부터 後一条천황(1008~1036년)까지 17대에 걸쳐 68명의 시문 427편을 14권에 수록하고 있다. 작자는 천황을 비롯 菅原·大江 두 가문을 쌍벽으로 유학자들이 많다. 그 중에서도 大江朝綱(886~956년)·大江匡房(1041~1111년)·菅原文時(899~981년)·菅原道真(845~903년)·紀長谷雄(845~912년)가 유명하다. 편자는 한시문이 성행한 延喜(901~923년)·天暦(947~957년)·寛弘(1004~1012년) 3기를 중심으로한 학자 문인의 작품을 수집하므로 문운(文運) 융성(隆盛)을 회고 구가(謳歌)하려고 한 것이다. 그 수구(秀句)는『和漢朗詠集』『新撰朗詠集』등에도 수록되어 사람들에 의해 낭송되어서『平家物語』『太平記』謡曲 등 후세 문학에 큰 영향을 주었다. 당시 사회 상황이라든가 당시 학계의 사정, 그리고 중국 문학의 영향 등을 연구함에 있어 빼놓을 수 없는 서(書)라 하겠다.

찬자(撰者)에게는『新申楽記』『明衡往来』『本朝秀句集』등의 작품이 있다.

주요 연구 업적으로서는 柿村重松의『本朝文粋注釈상·하』(1922년·富山房에서 신수판 1959년)가 오늘날까지도 연구자의 지침서이며　大曾根章介에도 많은 연구 논문이 있다.

Ⅰ日本古典文学大系69　本朝文粋. 小島憲之. 岩波書店. 1964
Ⅱ阿部隆一. 本朝文粋上・下. 汲古書院. 1980.9
Ⅲ本間洋一. 平安後期漢文学研究の現在. 国文学解釈と鑑賞　第55巻　1
　0号. 至文堂. 1990.10

【本文29】
　予 行年 漸くに五旬に 垂して、適に少宅を有てり。 蝸 は其の
舍に安むじ、 蝨 は其の 縫 に楽しぶ。 鷦 は小枝に住みて、鄧林の
大きことを望まず、 蛙 は 曲井に在りて、滄海の寛きことを知らず。
　家主職 は 柱 下に在りと 雖 も、 心 は山中に住まふが如し。 官
爵 は運命に任す、天の 工 均し。 寿夭は乾坤に付く、 丘 が 祷 久
し。人の 風鵬たるを楽はず、人の 霧豹たるを楽はず。膝を屈め腰を
折りて、媚を王侯 将相 に求めむことを要はず、又言 を避り色を避
りて、蹤を深山幽谷に刊まむことを要はず。朝に在りては身 暫く
王事に 随 ひ、家に在りては 心 永く仏那に帰る。予出でては 青草
の 袍 有り。 位 卑しと雖 も 職 尚し 貴 し。 入りては白紵の 被
有り、春よりも 暄 かく雪よりも潔し。盥 漱して初めて、西堂に参
り、弥陀を念じ 法華を読む。飯飡して後に、東閣に入り、書巻 を
開き、古賢に逢ふ。夫れ 漢の文 皇 帝 異代の主たるは、倹約を好み
て人民を安むずるを以ちてなり。唐の 白楽天異代の師たるは、詩句
に長けて仏法に帰れるを以ちてなり。晋朝の 七賢異代の友たるは、

身は朝に在りて 志 は 隠に在るを以ちてなり。予賢主に遇ひ、賢師に遇ひ、賢友に遇ふ。一日三遇有り、一 生 三楽をなす。近代人の世の事、一つも恋ふべきこと無し。人の師たる者は、 貴 きを先にし富めるを先にし、文を以ちて 次 とせず、師無きに如かず。人の友たる者は、 勢 を以ちてし 利 を以ちてし、淡を以ちて 交 はらず、友無きに如かず。予門を杜し戸を閉ぢ、独り吟じ独り詠ず。若し余興有れば、児童と少船に乗り、 舷 を叩き棹を鼓かす。若し余暇有れば、僮僕を呼ばひ 後園に入り、 以 は糞まり 以 は 潅 ぐ。我吾が宅を愛し、其の佗を知らず。 （池亭記）

【注釈29】

1)연령. 나이.

2)오십세.

3)우연히.

4)이는 옷 바늘질 눈에 즐겨 살고 있다. 작자가 자기자신의 작은 집에 안주한다는 형언. 이하 鶉(かやくき=메추라기의 일종)와 蛙(かえる=개구리)도 작자 자신을 비유.

5)이 집 주인인 자신의 관직.

6)궁중에서 정무를 주관하는 中務省(なかつかさしょう) 소속 관리인 内記(ないき)를 지칭하는 唐(とう)에서의 명칭.

7)하늘의 역사는 누구에게도 평등하게 이루어지기 때문에.

8)수명의 길고 짧음은 신(神)에게 맡긴다.

9)孔子(こうし)가 '자신은 신으로부터 벌 받지 않으려고 긴 세월 정성을 드려 왔기 때문에 이제 와서 더 이상 정성 드릴 필요가 없다'고 했듯이 모든 것을 하늘에 맡긴다.

10)바람따라 날아가는 봉황 처럼 출세하기를 바라지 않는다.

11)남산의 안개 속에 범이 숨은 듯 출사(出仕)하지 않겠다는 것이 아니다.

　재야하여 출사(出仕)하지 않는 것을 비유.

12)녹색 조복을 입은 관리라는 뜻.

13)집에서는 흰 마 옷을 입는다.

14)손을 씻고 입을 행구고.

15)밥을 먹고.

16)『漢書(かんじょ)』文帝紀(ぶんていき)에 나라를 다스리는데 있어 관용하며 생활에 있어서도 근검절약함이 전해져 오고 있다.

17)우리와는 다른 시대를 살다 간 위대한.

18)그 시집에 『白氏長慶集(はくしちょうけいしゅう)』50권(824년)과 『白氏文集(はくしもんじゅう)』75권(845년)이 있음. 불교 관계에 관해서는 832년 중국 香山寺(こうざんじ) 승려와 교류하여 香山寺 소장의 경전을 증보 수정하면서 신앙 생활에 들어간다. 앞의 두 저서집을 平安(へいあん)시대 사람들은「文集(もんじゅう)」라 하여 애독했다.

19)晉(しん)에서 老子(ろうし) 荘子(そうし)의 사상을 숭상하여 죽림에 모여 청담(清談)을 일삼았던 일곱 명의 선비.

20)은거. 은둔.

21)『論語(ろんご)』李氏(りし)에는 예절 바르고 선행을 실천하여 현명한 친구를 많이 가지는 것을 孔子(こうし)가 삼락(三樂)이라 했다.『列子(れっし)』天端(てんずい)에는 사람으로 태어난 것, 남자로 태어난 것, 그리고 장수를 栄啓期(えいけいき)가 孔子에게 삼락(三樂)이라 했다.

22)세력과 이익을 가지고서.

23)집 뒤의 논.

24)물을 대다.

［참고］비운의 황실 시인(詩人) 兼明親王(かねあきらしんのう)저「兎裘賦(ときゅうのふ)」와 더불어『本朝文粹(ほんちょうもんずい)』중 쌍벽으로 평가되는 慶滋保胤(よししげのやすたね)저「池亭記(ちていき)」의 일부분이다. 천명을 알고 달관하여 속세의 번거로움에서 벗어난 사람들의 기질은 당시 소중한 것으로 간주되었다. 이상적이고 한적한 생활을 서술하여 『方丈記(ほうじょうき)』의 선행이 되었다. 이 부분은 작자의 생활 태도를 나타내는 부분이다.

【30】

堤中納言物語
つつみちゅうなごんものがたり

- 집필 시기 미상 -

작자 미상

10편의 物語와 짧은 한 장이 현존하고 있다. 단편들은 교묘한 구성과 뛰어난 필치를 보여주고 각 편 제목에서도 物語 내용과 유기적인 관계를 가지고 있다. 그 중「逢坂越えぬ権中納言」만이 작자가 小式部(?~1025년)이며 성립 시기는 1055년이라고 판명되었다. 기타에 관해서는 여러 설이 있지만 모두 미상이다.『堤中納言物語』라는 서명도 전래 과정에서 착각으로 인해 지어진 것으로 생각되어지는데 확실한 것은 전혀 알 수 없다.

10편의 物語는「おかし形」이야기와「あわれ形」이야기가 교대로 편집되어 있고 첫 번째와 마지막에「おかし形」을 배치하는 형태를 취하고 있다. 따라서 10편을 읽다 보면 교묘하게 俳諧와 連歌를 감상하는 것 같은 변화와 추이를 충분히 즐길 수 있다. 각 편을 단독으로 음미할 경우에도 근대적 단편 소설과 비교해도 부끄럽지 않은 걸작도 있다. 경신년 어느 날 밤, 당시의 민간 신앙 중에 하루 밤을 지새우는 풍습이 있었다. 여자들은 이 때 자신의 최고 작품을 소개하여 그 우열을 겨루었던 것이다. 이것이「단편 物語」가 태어나게 되는 큰 원인이 되었던 것이다. 그다지 길지 않은 시간 내에 자리를 함께 한 사람들의 관심과 주목을 끌어야 했으며 이 때 중요한 것은 작품 구성력과 교묘한 화술이었다.

이야기의 마지막에 和歌 한 수를 읊음으로서 이후 남녀의 사랑이 어떤 추이로 변화하느냐 라는 문제를 모두 독자에게 맡기는 「逢坂越えぬ権中納言」의 필법은 교묘히 계산된 이야기의 끝이다.

이러한 필법은 「虫めづる姫君」「思はぬ方にとまりする少将」「花桜折る少将」 등과 더불어 그 후의 전개에 대한 기대감을 유발시키면서 독자 스스로가 속편을 쓰고 싶어하게 한다는 효과가 있다고 하겠다. 단편 物語의 재미와 이야기의 즐거움을 만끽하게 하는 기교가 10편의 物語 각각에서 찾아 볼 수 있다.

Ⅰ 新日本古典文学大系26 提中納言物語. 大槻修. 岩波書店. 1992.3
Ⅱ 池田利夫. 提中納言物語　高松宮本. 日本古典文学会. ほるぷ出版. 1977.4.20
Ⅲ 大槻修. 参考文献. 新日本古典文学大系26. 岩波書店. 1992.3

【本文30】

貝あはせ

「何事ならむ」と、「心苦し」とみれば、十ばかりなる男に、朽葉の狩衣、二藍の指貫、しどけなく着たる、同じやうなる童に、硯の箱よりは見劣りなる紫檀の箱の、いとをかしげなるに、えならぬ貝どもいれて、もてよる。

見するままに、「思ひよらぬくまなくこそ。承香殿の御方などに参りて、聞えさせつれば、これをぞ求めえてはべりつれど。侍従の君の語りはべりつるは、大輔の君は、藤壷の御方より、いみじく多く

賜はりにけり。すべて、残るくまなく、いみじげなるを、いかにせさ
せたまはむずらむと、道のままも思ひまうできつる」とて、顔も、つ
と赤くなりて言ひ居たるに、いとど姫君も 心細くなりて、「なかな
かなることを言ひ始めてけるかな。いとかくは思はざりしを、ことご
としくこそ求めたまふなれ」とのたまふに、「などか、求めたまふま
じき。『上は、内大臣殿の上の御もとまでぞ、請ひに奉りたまふ』
とこそは言ひしか。これにつけても、母のおはせましかば。あはれ、か
くは」とて、涙も落しつべきけしきども、をかしと見るほどに、こ
のありつる童、「東の御方わたらせたまふ。それ隠させたまへ」と
言へば、塗り籠めたるところに、みな取り置きつれば、つれなくて
居たるに、はじめの君よりは　少しおとなびてやと見ゆる人、山吹、
紅梅、薄朽葉、あはひよからず、着ふくだみて、髪いとうつくしげ
にて、たけに少し足らぬなるべし。こよなくおくれたると見ゆ。
　　「若君の持ておはしつらむは、など見えぬ。かねて求めなどはす
まじと、たゆめたまふに、すかされたてまつりて、よろづは、つゆこ
そ求めはべらずなりにけれど、いと悔しく。少しさりぬべからむもの
は、分け取らせたまへ」など言ふさま、いみじくしたり顔なるに、に
くくなりて、「いかで、こなたを勝たせてしがな」と、そぞろに思ひ
なりぬ。
　　この君、「ここにも、ほかまでは求めはべらぬものを。若君は何を

かは」といらへて、居たるさまうつくし。うち見まはしてわたりぬ。

【注釈30】

1)안쓰러워라. 정실 딸과 모친을 잃은 딸(주인공) 사이에서 貝合(かいあわせ=조개 형태와 색채의 아름다움을 겨루는 놀이)를 하는 날이 가까워지고 있다. 의붓 딸 쪽의 준비가 형편 없이 되어가는 것을 숨어서 훔쳐보던 어떤 蔵人少将(くろうどのしょうしょう)가 한 말. 예쁜 조개를 모으기 위해서는 많은 사람의 협조가 필요한데 정실의 딸을 돕는 사람은 많지만 모친이 죽어 도울 사람이 많지 않은 이 소녀를 안쓰러워하는 것이다.

2)주인공 소녀의 남동생.

3)붉은 색을 띤 노랑 색 귀족 복.

4)붉은 색을 띤 남색 袴(はかま=겉에 입는 주름잡힌 하의)의 일종.

5)아무렇게나 입은.

6)조금 작은.

7)도움을 주실 만한 사람은 모두 찾아가 보았습니다.

8)주인공의 친척.

9)정실의 딸을 모시는 여자.

10)정실의 딸을 모시는 여자.

11)정실 딸의 친척.

12)정실 딸 쪽 준비 상황은 대단한 도양이지만.

13)이쪽은 어떻게 하실 것인가?

14)섣불리 쓸데없는 일을 시작하게 되었구나. 貝合를 시작한 것을 후회하고 있다.

15)그쪽은 대단한 위세로 조개를 모으고 있다면서요.

16)상대방 모친. 정실. 주인공에게는 계모가 됨.

17)정실과 자매관계에 있는 인물로 생각됨.

18)蔵人少将(くろうどのしょうしょう)가 주인공 소녀를 귀엽다고 생각하면서 훔쳐보고 있더니.

19)정실 딸.

20)사방을 벽으로 싸고 의복과 가구 등을 수납한 창고.

21)아무렇지 않은 얼굴로.

22)의상의 배색도 조화롭지 못하고.

23)옷을 껴입어 뚱뚱하게 보이고.

24)키에 약간 못 미칠 정도. 머리카락 길이.

25)못해 보인다.

26)남동생.

27)왜?

28)특별히 미리 찾아 모으지 맙시다라고 방심시켜 거짓을 하니.

29)전혀 모으지도 않고 있었는데, 참으로 분합니다. 사실은 자기(정실의 딸
    쪽 사람)들이 조개를 대대적으로 찾아 모으고 있어, 이말은 거짓이다.

30)몇 개 예쁜 것을 나누어주세요. 빈정대는 말.

31)蔵人少将(くろうどのしょうしょう)의 말.

32)저절로 몹시.

33)모친이 없어 찾아갈 친척이 없는 것을 말하며 가엽게도 항의하고 있는
    발언.

34)주위를 빤히 쳐다보고 나서 물러갔다. 주어는 정실의 딸.

[참고] 継子(ままこ)いじめ譚(たん=따돌림받는 의붓자식 이야기)의 양상을
볼 수 있다. 정실의 딸과 의붓 딸 사이의 貝合(かいあわせ) 준비 단계를,
적당한 흥미꺼리를 찾아다니던 蔵人少将(くろうどのしょうしょう)가 어느
날 새벽녘 우연히 보게 되었고, 그것을 그의 눈을 통해서 묘사한 것. 어른
들의 이기주의가 원래 천진난만해야 할 어린이들 놀이에까지 그 어두운 그
림자를 던지고 있다.

【31】

夜の寝覚

-11세기 후반-

작자 미상

작자는 菅原孝標の女(1008~1059년이후)라는 설도 있다. 중간과
권말에 큰 결함이 있고 그 결함을 고려하여 4부 구조를 가진 것으

로 생각되어진다.『源氏物語』이후 平安후기를 대표하는 物語의 하나이며 그 중에서도『源氏物語』가 지향한 것을, 다른 어느 작품보다 잘 계승하면서도 이 작품 자체의 독자성을 강하게 보여주는 작품이라는 평가를 받고 있다.

이 작품은 숙명적 고뇌를 주제로 한다고 할 수 있는데, 그 고뇌는 처음에 남녀의 애정을 둘러싼 고뇌로부터 여성의 고뇌, 그리고 남녀를 초월한 인간의 보편적 고뇌로 차차 변화 하여 점층적으로 심화되어 간다. 이러한 내적 심화는 작품을 써 나아가는 사이에 일어난 작자의 필연적 성장과 발견에 깊은 관계가 있는 것으로 생각되어진다.

이 작품은 중세에서는 높은 평가를 받아『無名草子』『拾遺百番歌合』『風葉和歌集』등에서도 다루어지고 있지만, 근세에 와서는 외면 당하게 된다. 그것은 근세까지 시대가 내려가는 사이에 작품의 일부분이 상실된 것이 원인이 되었다고 추측되는 반면에, 개작도 존재하고 있서, 개작에서는 원작과는 달리 고뇌를 극복하여 행복을 얻는다는 낙관적인 줄거리로 변하고 있다는 것도 외면 당하게 된 원인이라고 생각된다. 그리고, 개작에 의해 원작의 결함 부분 내용의 상당 부분을 알 수 있게 되었다는 특수한 사정 또한 있다. 그런 이유로 작품의 원형 해명이라는 기초적 연구가 우선시 되어 物語로서의 위치 부여라는 면에서의 연구는 미흡하다 하겠다.

Ⅰ 新編日本古典文学全集28 夜の寝覚. 鈴木一雄. 小学館. 1996.9
Ⅱ 山岸徳平他. 改作本夜寝覚物語. 汲古書院. 1974
Ⅲ 河添房江. 研究参考文献. 日本文学研究資料叢書 平安朝物語Ⅳ. 有精堂. 1980.8

【本文31】

　人の世のさまざまなるを見聞きつもるに、なほ 寝覚の御仲らひばかり、浅からぬ契りながら、よに 心 づくしなる 例 は、ありがたくもありけるかな。

　こなたもかなたも 竹のみしげりあひて、隔てつきづきしくも固めず、しどけなきに、行頼押しあけて、「 同じくは。これより入らせたまへ」と申せば、「 人や見つけむ。軽々し」とは、のたまへど、箏の琴は、弾くらむ人ゆかしく 心 とどまりて、やをら入りたまへれど、こなたも竹多くしげりて、横たはれ広ごりたる松の木の陰にて、人見つくべくもあらず。

　軒近き 透垣のもとにしげれる荻のもとに伝ひ寄りて見たまへば、池、 遣水の流れ、 庭の砂子などのをかしげなるに、簾巻きあげて、三十に今ぞ及ぶらむとおぼゆるほどなる人、高欄のもとにて 和琴を弾くあり。

　頭つき、様体ほそやかに、 しなしなしく、きよらなるに、髪のいとつややかにゆるゆるとかかりて、 目やすき人かな、と見ゆるに、向ひざまにて、 紅 か 二藍かの程なめり、いと白く透きたる好ましげなる人、すべりおりて、 長押に押しかかりて、外ざまをながめ出でて琵琶にいたくかたぶきかかりて掻き鳴らしたる音、聞くよりも、うちもてなしたる有様、かたち、いと 気色ばみ、なつかしくなまめき、

こぼれかかれる 額 髪の絶え間のいと白くをかしげなるほどなど、ま
ことしく優なるものかな、と見ゆるに、 箏 の琴人は、長押の上にす
こし引き入りて、琴は弾きやみて、それに寄りかかりて、西にかたぶ
くままに曇りなき月をながめたる、この居たる人々ををかしと見るに
くらぶれば、むら雲のなかより望月のさやかなる 光 を見つけたる
心地するに、あさましく見おどろきたまひぬ。

　「これこそは、行頼がほめつる 三の君なめれ。長押の端なるは姉
どもなめり。これこそ、その際のすぐれたるならめ。いかで目もあや
にあらむ」とまもるに、「かたちは、やむごとなきにもよらぬわざぞ
かし。竹取の 翁 の家にこそかぐや姫はありけれ」と見るにも、この
程の様は、なほめづらかなり。（권1）

【注釈31】
1)남녀 사이.
2)만나지 못하여 밤새도록 사랑하는 사람끼리 서로를 그리워하다가 아침에
　잠에서 깨어나는 그러한 사이인 이 두 분이야말로.
3)고뇌라는 고뇌를 다 겪는 사람들은.
4)여주인공 中(なか)の君(きみ)가 朱雀院(すざくいん)와 형제인 부친 밑에
　서 자라, 13세의 8월15일 꿈에 하늘에서 내려온 사람한데 비파 곡을 배
　워, 다음 해 또 다시 꿈에 하늘에서 내려온 사람이 곡을 가르치면서 中の
　君의 앞으로의 비운을 예언하고 안타까워하는 이야기가 이어지고, 中の
　君의 언니 大君(おおきみ)의 약혼자로서 소개된 中納言(ちゅうなごん)가
　그녀들이라는 것을 모르고 大君와 中の君를 엿보는 장면으로 이어짐.
5)대나무 사이에서의 엿보기.『竹取物語(たけとりものがたり)』의 분위기를
　연출.
6)칸막이다운 칸막이도 없이.

7)뚜렷한 경계도 없기 때문에.

8)어차피 듣는 것이라면 더 가까이에서 들어야겠다.

9)中納言의 말.

10)알고 싶어서.

11)나무판이나 대나무로 틈이 많아 안이 보이는 담.

12)물을 정원 안에 끌어들여 만든 시내.

13)정원에 깔린 모래.

14)寝殿造(しんでんづくり)라는 귀족 주거 건축 양식에서 난간을 뜻함.

15)일본 고유의 줄이 여섯이 있는 육현금인 거문고를 연주하는 사람.「三十
　(みそぢ)に〜目(め)やすき人(ひと)かな」까지가 이 인물에 관한 서술.

16)사뭇 품위 있는 듯.

17)어깨에서 허리까지 길게 걸쳐 있어.

18)붉은 색을 띤 남색.

19)툇마루에 내려와서.

20)방과 툇마루 사이의 가로대에 기대고. 이 인물은 비파를 연주하는 사람
　이며「紅(くれなゐ)か二藍(ふたあゐ)か〜まことに優(いう)なるものか
　な」까지가 이 인물에 관한 서술.

21)〜하자 마자.

22)비파를 연주하는 몸짓과 용모가.

23)눈에 띄어.

24)당당한 아름다움을 칭찬하여.

25)앞의 육현금과 비파를 연주하는 두 사람의 여성.

26)떼구름 사이에서 비치는 둥근 보름달의 맑은 달빛. 中(なか)の君(きみ)의
　아름다움을 달에 비유하고 かぐや姫(ひめ)를 연상케 한다.

27)거문고를 연주하는 여자 즉 中の君를 但馬守(たじまのかみ)의 세째 딸로
　오해. 이 오해가 모든 사건의 발단.

28)受領(ずりょう)계급 중에서는 발군의 미인이라는 것은 틀림없다.

29)가만히 보고 있으면.

30)가문의 높낮이와는 관계가 없는 것이구나.

［참고］中納言(ちゅうなごん)는 거문고 소리에 매료되어 육현금, 비파, 거
문고를 연주하는 세 사람의 여성을 엿보게 된다. 그 중에서도 쟁을 연주하
는 여성에게 마음을 뺏기고 하룻밤의 관계를 맺는다. 그러나 그 여자야말

로 中納言과 약혼한 大君(おおきみ)의 여동생 中(なか)の君(きみ)인 것이었다. 비극의 출발이며 운명적인 만남을 『竹取物語(たけとりものがたり)』 그리고 『源氏物語(げんじものがたり)』 「橋姫(はしひめ)」에서 薫君(かおるのきみ)가 大君(おおきみ)·中(なか)の君(きみ) 자매를 엿보는 장면 등을 바탕에 둔 묘사이다.

【32】

はままつちゅうなごんものがたり
浜松中納言物語

- 1053년경 -

작자 미상

이 작품에도 후기 物語에 있어 대체로 공통적인 『源氏物語』 특히 「宇治十帖」의 영향이 두드러지다. 예를 들면 大君(中納言과 합치기는 했지만 헤어지게 되고 中納言이 당나라로 건너간 중에 여자아기를 낳아 비구니가 된다)는 宇治の八の宮の 大君, 中納言(당나라 황후와 이루어질 수 없는 사랑에 가슴을 태운다)는 薫, 式部卿宮(中納言로부터 吉野の姫를 빼앗는다. 吉野の姫는 당나라 황후의 모친 上野宮の姫의 딸이며 中納言와는 두 사람이 가까이 하게되면 죽을지도 모른다는 예언에 의해 깨끗한 사이였다)는 匂宮, 당나라 황후(中納言의 부친이 전생한 당나라 제3황태자의 모친이며 中納言가 지극히 사모한다)는 藤壷의 옛 유풍이 있다. 그러나 이 작품은 13의 꿈으로 주요 줄거리가 전개되며, 또한 기이한 세 가지의 전생 이야기가(中納言의 부친이 당나라 제3황태자로 전생, 당나라 황후가 도리천으로 전생, 그리고 吉野の姫가 딸로 전생)묘사되어진 점 등

비현실적인 구상을 볼 수 있다. 또 당나라와 일본에 걸친 무대 설정 등은 이 작품 특유의 분위기를 형성하고 있으며, 그 가운데 환상적인 취향은 작품의 특색이라 할 수 있어『更級日記』의 저자 菅原孝標の女를 작자로 추정하는 근거가 되기도 한다. 대체로 정신사적·문학사적으로는『源氏物語』시대의 사실주의 정신의 쇠퇴와 새롭게 대두되는 현실 도피적 경향, 그리고 그 구제 방법을 몽상 또는 공상 속에서 찾으려 하는 정신적 경향을 띠고 있다. 이러한 경향을『更級日記』와 비슷하다.

昭和 초기에 말권(末卷)인 권5가 발견되었는데 머리 부분으로 추정되는 부분이 소실된 상태라서 작품 복원 작업이 계속되어지고 있다. 그리고 작자·성립 시기를 둘러싼 많은 논의가 있지만 추측으로 끝나고 있다. 작품론은 당나라 황후 이야기를 작품 바탕으로 설정하는 일련의 논문이 있다. 본 작품의 연구는 이제부터이다.

Ⅰ 日本古典文学大系77 浜松中納言物語. 松尾聡. 岩波書店. 1964
Ⅱ 池田利夫. 笠間影印叢刊32　浜松中納言物語 1 ～ 5 . 笠間書院. 1972.11.20
Ⅲ 神田竜身. 研究参考文献. 日本文学研究資料叢書 平安朝物語Ⅳ. 有精堂. 1980.8.10

【本文32】
千々にわかるゝ御心も、唐国の御方をだに思ひつゞけ立ちぬれば、よろづも忘れ、など今一度見たてまつるべき契りのなかりけん、年月の過ぎ、その夜のなごりとほくなるまゝにも、あはれにかなしく見所あり、隔てなき御なごり、朝夕に見馴るゝにつけても、さりとて恋しさのなぐさむやうはなく、いよいよ姨捨山の月を見ん心ちしてかなしきに、正月十日よひのころより、かうやうくゑんの后、つゆもまどろめば、いみじうなやみわづらひ給ふとのみ見えつゝ、おそはれおそはれして、常よりも面影に見え給ひつゝ、堪へがたきまでおぼゆるに、夜をならべて、まどろめば、有りし御さまながら、たがふ事なくて、物心ぼそげに悩み臥し給へりとのみ見ゆ。「いかなれば、かゝらん」と思ひ乱るゝに、三月十六日の月、いみじうかすみおもしろきに、端近うすだれまき上げて、みよしのゝ君とながめ出で給ひて、こよひのことぞかし、さんいうの夢は思ひ出づるに、

　　「雲井の外の」

とのたまひし御けはひ、今も聞くやうにおぼえて、

　　見し夢は　あはれこよひの　月のみぞ　そのをり知れる　かたみなりける

うち泣き給ひて、添へ給へりし琴を掻きならしつゝながむれば、更け行くまゝに、浮雲たなびきかすみまされるに、常よりも心くだくるねざめは、空しき空に満ちぬる心ちして、月のかほつくづくとながむるに、空に声のかぎりきこえて、

　「かうやうくゑんの后、今ぞこの世の縁尽きて、天にむまれたまひぬる」ときこゆ。「いであな物ぐるほし。わが切に物おもふおもひなしにきこゆるか」とおぼすに、さださだと三度同じ声にきこゆるほど、若君おびえて、例ならずいみじう泣き給ふに、人びと、おどろきさわ

ぎ、うちまきのおとなどにまぎらはしくなりて、有りつる声もきこえ
ずなりぬ。(권4)

【注釈32】
1)이것 저것 고민이 많은 마음.
2)唐(とう)의 황후.
3)唐(とう)의 황후와 만난 밤의 추억.
4)멀어져 감에 따라.
5)볼 만한 가치.
6)唐(とう)의 황후와는 달리 격이 없이 친한.
7)中納言(ちゅうなごん)에게 있어서 추억이 될 吉野(よしの)の君(きみ)를.
8)唐(とう)의 황후를 그리워함.
9)고려장이 되어 버림을 받은 노파가 읊었다는 「わが心(こころ) 慰(なぐさ)
　　めかねつ 更級(さらしな)や をばすて山(やま)に 照(て)る月(つき)を見(み)
　　て」라는 和歌(わか)를 근거로 한 서술. 更級(さらしな)는 長野県(ながの
　　けん) 更級郡(さらしなぐん).『古今集(こきんしゅう)』『大和物語(やまと
　　ものがたり)』『今昔物語集(こんじゃく ものがたりしゅう)』『俊頼髄脳(と
　　しよりずいのう)』등에 이 和歌를 둘러싼 설화가 전해짐.
10)십여 일 경.
11)中納言(ちゅうなごん)가 잠을 청하니.
12)唐(とう)의 황후가 병상에서 고생하고 있는 꿈을 꾼다.
13)꿈에서 무서운 존재에 괴롭힘을 당하여.
14)唐(とう)의 황후와 만난 것은 오늘 밤(3월 16일 밤)이었습니다.
15)권一의 唐(とう)의 황후가 지은 「憂(う)しと思(おも)ふ」의 和歌(わか)를
　　가르킴.
16)唐(とう)의 황후와의 하룻밤의 만남을 뜻함.
17)여러모로 고민이 많아 잠에서 깨어난 자리에는.
18)『古今集』恋(こい)一「わが恋(こい)は 空(むな)しき空(そら)に 満(み)ち
　　ぬらし 思(おも)ひやれども 行(い)く方(かた)もなし」에 근거함.
19)얼굴.
20)이것은 참으로 기가 막힌 일이다.

21)실제로 그렇지 않은 것을 혼자 그렇게 생각하는 것. 마음 탓.
22)명확히.
23)마귀를 쫓는데 뿌리는 쌀.
24)아까 들린 목소리.

[참고] 中納言(ちゅうなごん)이 唐(とう)에서 장래를 약속한 황후를 생각하고 있었을 때, 그 죽음과 전생을 알리는 하늘의 목소리를 듣는 장면. 꿈과 전생을 묘사하는 것은 본 작품의 두드러진 특색이다.

【33】

更級日記

- 1060년경 -

菅原孝標女(1008~1059이후)

　작자의 나이 13세 때부터 40년에 걸친 자신의 인생을 회상적으로 연대를 따라 엮어 낸 일기이다. 부친이 上総介의 임무를 마치고 상경하는 여행 기록에서 시작하여, 物語에 매료된 소녀 시절, 祐子内親王(생몰년 미상) 밑에서 일한 시절을 거쳐, 33세에 결혼한 후에는 하나밖에 없는 아들 橘仲俊(생몰년 미상)의 장래에 기대를 거는 현실적인 여성이 되는데 남편과의 사별 후는 오직 꿈속의 부처를 믿고 보낸 만년 등을 그리고 있다. 物語를 탐독한 소녀 시절에는 「后の位も何にかはせむ」라고하여 『源氏物語』의 세계에 빠져들어, 夕顔·浮舟 같은 불행한 여성들을 동경하였다. 또 일기 중에 많은 꿈을 기술하고 있는 것도 특색이다.

　머리 부분에서 작자는 「あづま路の道の果よりも、なほ奥つ方に生

ひ出でたる人」 라고 실제로 어린 시절을 보낸 上総 지방이 아닌 허구의 무대를 설정하고 자신을 3인칭으로 묘사하고 있다. 현실의 자기와 생애를 대상화하여, 소녀 시절에서 만년에 이르기까지 한 여성의 일생을 그려내려고 하는 의식은 私小説(わたくししょうせつ・ししょうせつ=일본 근대에 등장한 작가가 자기의 체험을 사실대로 묘사하면서 그 심경을 서술해 나가는 소설)적 성격을 지닌『蜻蛉日記』의 계열에 속한다.

　平安시대 한 여성이 그 생애와 문학적 경험을 기술하였다는 의미에서 왕조 여성의 한 전형으로 간주되었기 때문에 본 일기 연구사는 오래 되었다. 따라서 이 한 여성의 정신 세계에 초점을 맞춘 많은 논문이 세상에 나오게 된 것이다. 여주인공의 物語관・문학관・종교관・인생관 등을 중심으로 작품을 음미하는데에서 작품 생성과 본질론이 전개되어 왔다.

Ⅰ新編日本古典文学全集26 更級日記. 犬養廉. 小学館. 1994.9
Ⅱ犬養廉. 更級日記. 新典社. 1968
Ⅲ金正凡他. 王朝女流日記文学研究文献目録抄. 国文学解釈と鑑賞 第62巻5号. 至文堂. 1997.5

【本文33】

　かくのみ思ひくんじたるを、心もなぐさめむと、心苦しがりて、母、物語などもとめて見せたまふに、げにおのづからなぐさみゆく。紫のゆかりを見て、つづきの見まほしくおぼゆれど、人かたらひなどもえせず。たれもいまだ都なれぬほどにてえ見つけず。いみじく心もとなく、ゆかしくおぼゆるままに、「この源氏の物語、一の巻よりしてみな見せたまへ」と心のうちにいのる。

親の太秦にこもりたまへるにも、ことごとなくこのことを申して、出でむままにこの物語見はてむと思へど見えず。いとくちをしく思ひ歎かるるに、をばなる人の田舎よりのぼりたる所にわたいたれば、「いとうつくしう生ひなりにけり」など、あはれがり、めづらしがりて、かへるに、「何をかたてまつらむ。まめまめしき物は、まさなかりなむ。ゆかしくしたまふなる物をたてまつらむ」とて、源氏の五十余巻、ひつに入りながら、在中将、とほぎみ、せり河、しらら、あさうづなどいふ物語ども、一ふくろとり入れて、得てかへるここちのうれしさぞいみじきや。

はしるはしるわづかに見つつ、心も得ず心もとなく思ふ源氏を、一の巻よりして、人もまじらず、几帳のうちにうちふしてひき出でつつ見るここち、后の位も何にかはせむ。昼は日ぐらし、夜は目のさめたるかぎり、灯を近くともして、これを見るよりほかのことなければ、おのづからなどは、そらにおぼえ浮ぶを、いみじきことに思ふに、夢にいと清げなる僧の、黄なる地の袈裟着たるが来て、「法華経五の巻をとく習へ」といふと見れど、人にも語らず、習はむとも思ひかけず。物語のことをのみ心にしめて、われはこのごろわきぞかし。さかりにならば、かたちもかぎりなくよく、髪もいみじく長くなりなむ。光の源氏の夕顔、宇治の大将の浮舟の女君のやうにこそあらめと思ひける心、まづいとはかなくあさまし。

【注釈33】

1)그 해 봄 돌림병이 유행하여 유모와 侍従大納言(じじゅうだいなごん) 藤原行成(ふじわらのゆきなり)의 어린 딸이 죽고 그 두 사람의 죽음을 애도하여 운 것을 가르킴.

2)우울해 하는 것을.

3)『源氏物語(げんじものがたり)』중 紫(むらさき)의 上(うえ)에 관한 이야기.

4)사람에게 상담하는 일. 여기서는『源氏物語』를 계속 읽고 싶은데 책이 없어 누군가에게 그 책을 구해달라는 부탁을 하고 싶다는 것.

5)책을 못 구하고 있다.

6)읽고 싶은 간절한 마음으로.

7)京都府(きょうとふ) 右京区(うきょうく) 太秦(うずまさ) 広隆寺(こうりゅうじ).

8)정성 드리기 위해 절에 머무른 일.

9)다른 것. 즉『源氏物語(げんじものがたり)』를 읽고 싶다는 소원 외의 것.

10)기원하여.

11)절에서 나오면 바로. 간절하면서도 순진함이 느껴진다.

12)모친을 따라 가보니.

13)실용적인 것.

14)「まさなかり」는 형용사 まさなし(좋지 않다, 적당하지 않다)의 연용형. 「な」는 완료 조동사 ぬ의 미연형.「む」는 추측 조동사 종지형. 좋지 않겠지요.

15)읽고 싶다는 것. 여기에서「なる」는 전문 조동사 なり의 연체형.

16)덮개를 위에서 여는 나무 상자.

17)在原業平(ありわらのなりひら)의 별칭.『伊勢物語(いせものがたり)』를 가리킴. 在原業平는『伊勢物語』의 주인공으로 생각되어지고 있음.「とほぎみ」이하의 작품은 현존하지 않음.

18)『源氏物語(げんじものがたり)』만 나무 상자에 넣고 그 이외의 책은 보자기에 싸서.

19)부분 부분을 건너 뛰어 읽어서.

20)이야기의 줄거리를 아직 파악하지 못한 상태라서, 애타는 마음으로 읽고 싶어 했던 『源氏物語(げんじものがたり)』를.

21)황후의 자리. 여성으로서는 최고위.

22)앞에서 기술한 책들을 가리킴.

23)提婆達多品(だいばだったぼん)를 일컬음. 여성의 성불담이 있어 여성 필독의 경전. 불교에서는 여성이 남성보다 업이 많아 성불은 물론 승려가 되는 것도 불가능하다고 하였다. 여성이 성불하는 길을 제시한 유일한 경전. 불교적으로 문학은 십악(十悪)의 하나로 성불을 막는 악이며, 『源氏物語(げんじものがたり)』 작자 紫式部(むらさきしきぶ)는 지옥에 떨어졌다는 전승이 있음. 본서 『無名草子(むみょうぞうし)』 참조.

24)자신의 성격에 비하하여 그 원인을 物語(ものがたり)만을 좋아하고 읽은 것에 둠.

25)적령기가 되면.

26)다음 浮舟(うきぶね)의 女君(おんなぎみ)와 더불어 비극의 미녀. 작자 스스로 자신의 일생을 '비극의 미녀'로 간주함. 본서 『源氏物語(げんじものがたり)』 참조.

27)너무나 어리석고 어이없는 일이구나. 젊은 시절 物語 속의 여주인공을 꿈꾸어 온 것도 그렇고 불행했던 자기 일생과 그 여주인공들이 비극의 여주인공이었다는 것을 아울러 생각할 때 안타깝게 느끼는 것이다.

[참고] 작자가 글을 쓰게 된 동기를 읽을 수 있다. 특히 비극의 여주인공들을 동경하였다는 작자의 회상은 완전한 허구가 아닌 것 같다. 자신과 함께 했던 사람들도 떠나고, 의지할 사람도 없는 지금, 物語(ものがたり)의 세계에 도취되어 허구 속에서 꿈만 꾸고 있던 어린 자신을 돌아볼 때, 그것은 아무 것도 아닌 어리석은 일이었다고 생각되어지는 것이다. 『源氏物語(げんじものがたり)』를 비롯한 수많은 문학 작품들이 작자의 인생에 있어서 어떤 의미를 가지고 있었던 것일까? 이 작품을 읽을 때 다가오는 의문이다.

【34】

狭衣物語

- 1076년경 -

작자 미상

이야기는 문예적 재능과 용모가 뛰어난 狭衣가 친남매 같이 자라난 源氏の宮를 애타게 사모하면서, 부모와 세간의 눈을 염려하며, 겪는 이룰 수 없는 사랑의 고뇌를 중심으로 전개된다.

천황은 狭衣가 저를 훌륭하게 연주한데 대해, 그 보상으로 女二の宮를 주겠다라는 약속을 하지만, 源氏の宮를 마음에 두고 있는 狭衣는 기뻐하지 않는다.

그 후 狭衣는 사소한 일로 飛鳥井姫를 사랑하게 되어 姫는 임신하지만 다른 남자의 손에 넘겨져, 筑紫(北九州 부근)에서 유괴 당하여 姫는 자살을 기도한다. 어느 날 밤 女二の宮의 아름다운 모습을 엿본 狭衣는 혼담에 응하지 않은 채 몰래 하룻밤의 관계를 가져, 그녀는 아버지 없는 남자 아이를 낳고 만다. 그녀의 모친은 세간을 의식하여 자기의 아이로 양육하지만 갑자기 세상을 떠나고 女二の宮도 출가한다. 狭衣는 자신이 범한 죄에 대한 자책과 미련으로 다시 女二の宮에게 접근하지만, 그녀는 만나 주지 않는다. 狭衣가 잊지 못하는 사람 중 한 사람 源氏の宮는 斎院가 되어있었다. 狭衣는 和歌를 보내 심중을 호소하지만 源氏の宮는 역시 상대해 주지 않는다. 모든 일에 실망한 狭衣는 출가를 결의, 기회를 살핀다. 그러나

그 결의도 꿈에서 부친에게 저지 당하자 나중에 알게 된 源氏の宮를 닮은 宰相中将妹君와 자신의 집에서 살게 된다. 그러다가 天照大神의 신탁을 받아 천황은 그 지위를 狭衣에게 물려주고 퇴위한다. 천황의 지위에 올라간 狭衣는 마지막으로 女二の宮를 찾아가지만, 변함이 없는 그녀의 태도에 뜻대로 되지 않는 현세를 탄식하며 발길을 돌리게 된다.

『源氏物語』의 영향을 짙게 받은 작품이라 할 수 있지만, 신비한 현상이 자주 나타나 이야기를 이끌어 나가는 내용은 『源氏物語』의 사실주의와는 거리가 멀며, 당시 귀족 사회의 몰락이라는 현실에 대한 무력감을 반영한 것으로 생각되어진다.

Ⅰ日本古典文学大系79　狭衣物語. 三谷栄一他. 岩波書店. 1965.8
Ⅱ三谷栄一. 古典資料類従7　狭衣物語上・下. 勉誠社. 1977.1.15
Ⅲ阿部好臣他.　平安朝物語Ⅳ研究参考文献.　平安朝物語Ⅳ.　有精堂.
　1980.8

【本文34】

少年の春は、惜しめども留まらぬものなりければ、弥生の廿日余にもなりぬ。御前の木立、何となく青み渡れる中に、中島の藤は、「松にとのみも」思はず咲きかゝりて、山ほとゝぎす待ち顔なるに、池の汀の八重山吹は、「井手の辺にや」と見えたり。「光源氏の、『身も投げつべき』との給ひけんも、かくや」と、独り見給ふも飽かねば、侍ひ童の、をかしげなる、小さきして、一枝づつ折らせ給ひて、源氏の宮の御方に持て参り給へれば、御前には、中納言・中将な

どいふ人々、 絵かき、色どりなどせさせ給ひて、宮は御手習などせ

させ給ひて、添ひふしてぞおはしける。（狭）「この花どもの 夕映は、

常よりもをかしくさぶらふものかな。春宮の、「盛りには、必ず見せ

よ」とのたまはせしものを。いかで、一枝御覧ぜさせてしがな」とて、

うち置き給へるを、宮、少し起きあがり給ひて、見おこせ給へる御ま

み・つらつきなどの 美 しさは、花の色々にも、こよなう優り給へる

を、例の胸さわぎて、花には目もとまらず、つくづくとまぼらせ給ふ。

（源）「花こそ春の」と、とり分きて山吹を取り給へる御手つきなども、

世に知らず 愛 しきを、人目も知らず、我御身に引き添へまほしう思

さるゝ様ぞ、いみじきや。（狭）「くちなしにしも、咲き初めにけん契

りぞ、口惜しき。 心 の中、いかに苦しからん」とのたまへば、中納

言の君、「さるは、言の葉も繁う侍るものを」といふ。

　（狭）いかにせん 言はぬ色なる 花なれば 心 の中を 知る人もなし

と、思ひ続けられ給へど、げにぞ知る人もなかりける。（狭）「たつ

苧環の」と、うち嘆かれて、 母屋の 柱 に寄り居給へる、御かたち

を、「この世には 例 あらじかし」と、見え給へるに、よしなしごと

にて、さばかりめでたき御身を、「 室の八島の 煙 ならでは」と、

たちゐ思し焦るゝ様ぞ、いと 心 苦しきや。さるは、その 煙 のたゝ

ずまひ、しらせたてまつらん及びなく「いかならん 便 もがな」と、

おぼし 煩 ふにはあらず。（권1）

【注釈34】

1)사람들은 아쉬워하지만 지나가는 봄은 머물지 않는 법으로. '소년의 봄'이
  란『和漢朗詠集(わかんろうえいしゅう)』상(上) 春(はる)의 春夜(しゅん
  や)에 실린 白居易(はくきょい)의 한시「…同(おな)ジク惜(お)シム、少年
  (しょうねん)ノ春(はる)」에 의함.

2)狭衣(さごろも)의 자택 정원의 나무들.

3)그 당시 귀족의 주거 건축 양식인 寝殿造(しんでんづくり)의 정원 연못
  가운데에 조성한 작은 섬.

4)등나무 꽃은 소나무 나뭇가지 끝에만 처지고 핀다는 것을 생각지도 않고
  여름까지 꽃을 피우고 있어, 산에서 날아 올 두견새를 기다리고 있는 듯
  한 모습을 하고 있는데도.『拾遺集(しゅういしゅう)』夏(なつ) 源重之(み
  なもとのしげゆき)작「夏(なつ)にこそ 咲(さ)きかかりけれ藤(ふじ)の花(は
  な) 松(まつ)にとのみも思(おも)ひけるかな」와『古今集(こきんしゅう)』
  夏(なつ) 작자 미상「わが宿(やど)の 池(いけ)の藤波(ふじなみ) 咲(さ)き
  にけり 山(やま)ほととぎす いつか来(き)鳴(な)かむ」에 의함.

5)京都府(きょうとふ) 綴喜郡(つづきぐん) 井手町(いでちょう) 황매화나무
  의 명소.

6)『源氏物語(げんじものがたり)』「若菜上(わかなうえ)」에 의함.

7)狭衣(さごろも)의 사촌 여동생.

8)源氏(げんじ)의 宮(みや)를 모시는 시녀를 가리킴.

9)수묵화를 그리게 하여.

10)사방침에 팔꿈치를 걸어 기대며 고개를 숙여 계신다.

11)석양을 받아 아름답게 빛나는 것은.

12)어떻게 해서라도.

13)바라보시는 源氏(げんじ)의 宮(みや)의 표정.

14)예와 같이 가슴이 두근두근 고동치고. 狭衣(さごろも)는 源氏(げんじ)의
  宮(みや)를 보면 항상 가슴이 두근두근 고동치는 것이다.

15)주어는 狭衣(さごろも).

16)황매화나무가 치자색(짙은 노란 색)으로 물들어 피기 시작한 이 꽃의 숙
  명은 슬프고 안타까울 뿐이다. くちなし(=치자나무), 즉 말이 없으므로
  자기 마음을 털어놓을 수도 없는 황매화나무의 심중은 얼마나 괴로울까?

17)황매화나무는 치자색이라고 합니다만 잎도 저렇게 많이 있지 않습니까?
  잎은 葉(は=잎)과 言葉(ことば=말) 두 가지 뜻을 나타냄.

18)어떻게 하면 좋을까. 황매화나무는 치자색이라서 말을 안하는 꽃이기 때
문에 마음을 알아주는 사람도 없다. 저도 황매화나무와 같이 말이 없는
(=くちなし) 몸이라 源氏(げんじ)の宮(みや)에 대한 사랑을 알아주는 사
람도 없다.

19)狹衣(さごろも)의 마음을 아는 사람은 없었다.

20)마음에 두고 생각하지 않을 때가 없다.

21)가옥에서 중심이 되는 방.

22)하찮은 일 즉 源氏(げんじ)の宮(みや)에 대한 사랑으로 이렇게 훌륭한
분을. 狹衣(さごろも)를 가리킴.

23)源氏(げんじ)の宮(みや)를 사랑하는 狹衣(さごろも)의 마음을 연기로 비
유. 아무리 사랑이 깊다고 하여도 그 마음을 어떻게 源氏の宮에게 고백
할 수 있을까, 아니 할 순 없다고하며 앉았다가 일어섰다가 하시는 모습은.

24)왜 안타까우냐 하면 狹衣(さごろも)가 源氏(げんじ)の宮(みや)에게 사랑
을 설령 고백하려고 하여도 힘이 모자라며, 또한 좋은 기회에 고백하려
고 고심하는 것도 아니다. 왜 안타까우냐 하는 이유는 뒤에 이어지는
즉 사촌이지만 친남매처럼 자랐기 때문에 사랑을 고백하여도 서로 사랑
할 수 없는 사이라는 것을 알고, 사랑은 간절하지만 그 마음을 억누르
는 狹衣의 입장을 서술하고 있다. 일본에서 사촌간 결혼은 근대까지 흔
히 있는 일.

〔참고〕 같은 집에서 친남매처럼 자라난 사촌 여동생 源氏(げんじ)の宮(み
や)에 대한 狹衣(さごろも)의 비련(悲恋)이 작품의 밑바닥에 깔려 있어 애
석한 심정이 작품 시작부터 묘사되어 있다.

【35】

栄花物語

えいがものがたり

- 정편1030년경, 속편1092년경 -

작자 미상

정편 30권과 속편 10권으로 나눌 수 있다. 정편은 赤染衛門(생몰년 미상)를 작자로 보는 설이 유력하지만 확증이 없다. 정편은 宇多천황(867~931년)부터 後一条천황(1008~1036년)까지의 140년간, 속편은 堀河천황(1079~1107년)까지의 60년간을 편년체, 物語 양식으로 묘사하였으며, 특히 궁정을 중심으로한 귀족 사회의 역사를 서술하였다. 대체로 전반부의 각 권이 범위가 장기간에 걸쳐 천황과 藤原씨의 관계, 특히 천황의 외척으로서의 지위 획득을 중심으로한 권력 쟁탈을 묘사하는 것에 반하여, 후반부는 한 권의 수록 시기도 짧고 단일의 역사 사항을 상세히 그리는 것이 많다. 六国史의 연대기적인 전통을 이어 받은 역사적인 것과 장면을 구체적으로 그리는 物語적 수법의 양자가 혼재하는 이원적 구조, 국사 계열에 허구 物語 계열이 합류한데에 본 작품의 위상을 찾을 수 있다. 내용상 영향을 받아 작품 형성의 모체가 된 것은 物語적 정신이며, 직접적으로는 『源氏物語』에 의하는 부분이 많다. 특히 정편은 『源氏物語』의 光源氏의 영화와 실재의 인물 藤原道長(966~1027년)를 겹쳐 묘사하고 있을 뿐만 아니라 道長의 영화를 그리면서, 그 반면. 실의·몰락·가출·질병·천재지변·화재 등 인생의 부정적인 면의 묘사가 많아, 명암의 대조를 두드러지게 그려내려고 하고 있다. 이러한 수법은 작자가 어떻게 해야 문학적 효과를 가장 잘 발휘할 수 있을지에 대해 부심한 모습을 엿볼 수 있다. 본 작품을 단순한 역사서의 차원을 넘어선 것으로 그 위치를 높이고 있다. 역사 物語를 앞서 가는 것으로 후세에는 『大鏡』이하, 근세 역사 物語에 많은 영향을 주었다.

　작자가 누군가라는 논쟁과 더불어 내용·본질에 관해서는 역사성과 문학성을 들추어내는 연구가 주로 이루어져 왔다.

Ⅰ新編日本古典文学全集31～33　栄花物語1～3.　山中裕他.　1995～1998.3

Ⅱ川口久雄.　古典資料類従26　梅沢本栄花物語1～6.　勉誠社.　1979～1982

Ⅲ加藤静子・遠山一郎.　歴史物語研究文献目録.　国文学解釈と鑑賞　第54巻3号.　至文堂.　1989.3

【本文35】

　かくてかの 堀河の女御そのまゝに胸塞がりて、露ばかり 御湯をだに参らで臥し給へり。おとゞも消え入りぬばかりにて臥し給へるに、一宮おはしまして、「大臣、やゝ起きよ起きよ。馬にせん」と起し奉らせ給へば、あるかにもあらで起きあがり給ひて、高這して馬になりて乗せ奉りたまて、這ひ歩かせ給へば、一宮「例よりも動かぬ馬悲し」とて、扇してしとしとと打ち奉らせ給ふを、女御見やり奉らせ給ふて、いとゞ目くるゝ心地せさせ給へば、いとゞ御心のやみもまさらせ給ひて、御衣を引き被きて臥させ給へり。いみじうあはれなる御有様なるに、「女御は若うおはすれば、いとよしや。とのゝ御年はさばかりなるに、いかに罪得させ給ふらん」と、見奉る人も、あはれに悲しく心憂しと見る。

日頃ありて、院、堀河の院におはしまして御覧ずれば、わざと道見えぬまで荒れたり。あはれと御覧じて入らせ給へれば、女御殿は御丁の前にぞ、御硯の筥を枕にて臥させ給へる。御前に女房二三人ばかり侯ひつれど、おはしましつれば皆入りにけり。かやすき人々の侯ひしかども、このごろ皆出でてえさらぬ人々ぞ侯ひける。

見奉らせ給へば、白き御衣ども五六ばかり奉りて、御腰のほどに御衾を引きかけてぞ大殿籠りたる。御髪はいとうるはしうて、裾細くて、丈に一尺ばかり余らせ給へる程にて、御かたちいと清げにて、たゞ今ぞ卅ばかりにおはしますらんかし。いみじう若う清げに見えさせ給ふ。「猶ふりがたき、御かたちなりかし」と御覧じて、「やゝ」と驚かし奉らせ給へば、何心もなく見上げさせ給へるに、院のおはしませば、あさましうて御顔を引き入れ給へば、御傍に添ひ臥させ給ひて、よろづに泣きみ笑ひみ慰めきこえさせ給へど、それにつけても胸塞がりて、御涙のみ流れ落つれば、院はよろづに聞えさせ給へどかひなし。「いづら、一宮は」と聞えさせ給へば、おはしまして、うち恥しらひておはしませば、「この宮も皆腹立ちにけるものをば」とて、御涙を押し拭はせ給ふも、いみじうあはれなり。（권13）

224　日本 古典 文學選 (上代·中古)

【注釈35】

1)延子(えんし). 顕光(あきみつ)의 둘째 딸. 小一条院(こいちじょういん) 즉 敦明親王(あつあきらしんのう)의 정실. 부친 顕光가 堀河大臣(ほりかわのだいじん)이라 불림. 道長(みちなが)의 딸 寛子(かんし)에게 小一条院의 총애를 빼앗긴 顕光의 부친 兼通(かねみち=형)와 道長의 부친 兼家(かねいえ=동생)와는 견원지간일 뿐만 아니라 顕光와 道長도 정치적 라이벌이었으며, 顕光는 항상 道長에 의해 입신 출세를 방해받고 있었다.

2)小一条院(こいちじょういん)가 寛子(かんし)와 결혼하여 寛子 곁에 오신 후.

3)탕약.

4)사람을 부를 때 하는 말.

5)제정신이 아닌 상태로.

6)엉덩이를 높이 들고 말이 되어줘서.

7)재미가 없다.

8)부채로 가볍게 때리는 형용.

9)눈앞이 캄캄해지는.

10)더욱 무거워져서.

11)불쌍하고 안타까운 모습.

12)顕光(あきみつ).

13)꽤 많으신 데도. 74세.

14)小一条院(こいちじょういん).

15)길이 안 보일 정도로 특히 심하게 황폐되어 있었다.

16)사방에 방장을 드리고 한층 높게 한 귀인의 침소.

17)小一条院(こいちじょういん)가 오셨기에 延子(えんし)를 모시고 있는 여자들은 모두 안쪽으로 들어갔다.

18)일 잘 하는 여자들이 延子(えんし)를 모시고 있었지만 요사이 그녀들은 모두 나가 버리고.

19)그저 그러한 여자들만 남게 되었다.

20)小一条院(こいちじょういん)가 延子(えんし)를 보시니.

21)입으시고.

22)잠옷.

23)延子(えんし)는 누워 계신다.

24)아름다워서.

25)역시 언제나 젊으십니다.

26)잠에서 깨어나시면.

27)아무 생각 없이.

28)너무나 놀라서 얼굴을 잠옷 속으로.

29)어디에 계십니까?

30)주어는 一(いち)の宮(みや).

31)一の宮도 완전히 화를 내고 계시는구나.

［참고］道長(みちなが)가 小一条院(こいちじょういん)를 딸 寛子(かんし)
의 신랑으로 맞이하였기 때문에 이미 小一条院의 정실이었던 延子(えんし)
와 그녀의 부친 顕光(あきみつ)가 비탄에 잠긴다. 그 때 천진 난만한 네 살
인 一(いち)の宮(みや)가 등장하여 묘사를 한층 더 정취 깊어 가게 한다.
顕光(あきみつ)는 이때 하룻밤 사이에 백발이 되어 道長를 저주함에 부심
하게 되었다고 한다. 「悪霊(あくりょう)의 大臣(だいじん)」 라고 불리는 顕
光를 둘러싼 설화는 『十訓抄(じっきんしょう)』 『古事談(こじだん)』 『続古
事談(ぞくこじだん)』 등에서도 볼 수 있으며 강렬한 한을 품은 악령으로서
후세에 전해지게 된다.

【36】

ゆうじょのき　かいらいし のき
遊女記・傀儡子記

- 집필 시기 미상 -

おおえのまさふさ
大江匡房(1041~1111)

『洛陽田楽記(らくようでんがくき)』『狐媚記(こびのき)』『暮年記(ぼねんのき)』 등 작자의 일련의 한문 산문
작품의 저작으로부터 추측하여, 모두 작자 말년인 1090年 이후의
성립이라 여겨진다. 遊女(ゆうじょ)는 연회석에서 가무 등을 펼치며 매춘 등
을 하여 생계를 지탱해 나가던 여성들. 傀儡子(かいらいし)는 「くぐつ」 또는
「くぐつまわし」 라고도 하여 원래는 인형을 조종하여 생계를 꾸려

나가는 芸人를 가리켰지만, 남자는 그 이외에 수렵이나 곡예, 여자는 가무나 매춘 등을 하였다. 과세를 피하기 위해 유랑 생활을 하지만, 생활은 불안정하여 사회의 최하층에 속한다고 여겨졌다. 이와 같은 그들에 대한 작자의 호의적 관심이 만들어 낸 이들 작품은 풍속 역사상의 자료로서도 귀중하다.

『本朝無題詩』 권2에 보이는 遊女나 傀儡子를 읊었던 일련의 한시와 관계가 있고 『二中歷』의 예능(芸能)에 열거되는 傀儡子의 명칭이나 『梁塵秘抄口伝抄』의 가요에 관한 기술에도 공통되는 것이 있다. 이와 같은 문장은 작자 말년의 문학 의식의 변용을 나타낸다고 말하여진다. 한문이기는 하지만 소박하고 이해하기 쉬운 문장이다.

작자는 後三条천황(1034~1073년)이 황태자때에 스승으로서 신임받아 다음의 白河천황(1053~1129년)에게도 등용된 박학다식함을 겸비한 당시 최고의 학자로 알려졌으며, 정치가로서도 유능하였다. 또한 시문·和歌에도 뛰어났다. 저작에는 상기 이외에『江家次第』『続本朝往生伝』『本朝神仙伝』『江記』그리고 그 담화를 제자인 藤原実兼(1249~1322년)가 기록한『江談抄』가 전해지고 있다.

Ⅰ 日本思想体系8 古代政治社会思想. 大曾根章介. 岩波書店. 1979.3.29

Ⅱ 東京帝国大学[文学部]史料編纂掛. 古簡集影 第6輯 朝野群載 第1巻 (上). 七条書房. 1924-1937.

Ⅲ 吉原浩人. 大江匡房研究史·附文献目録. 国文学解釈と鑑賞 第55巻 10号. 1990.10. 吉原浩人. 大江匡房研究の動向と展望·附文献目録. 国文学解釈と鑑賞 第60巻10号. 1995.10

【本文36-1】

遊女記

　山城国与渡津より、巨川に浮びて西に行くこと一日、これを 河陽 と謂ふ。 山陽・ 西海・ 南海の三道を往返する者は、この路に遵らざるはなし。江河 南 し北し、邑々 処々 に流れを分ちて、 河内国 に向ふ。これを 江口と謂ふ。蓋し 典薬 寮 の 味原の 牧 、 掃部 寮 の大庭の 庄 なり。

　摂津国に到りて、神崎・蟹島等の 地 あり。門を比べ戸を連ねて、人家絶ゆることなし。倡女 群 を成して、 扁舟に棹さして旅舶に着き、もて 枕席を薦む。声は 渓雲を過め、 韻 は水風に 飄 へり。

　経 廻 の人、家を忘れず、といふことなし。 洲蘆浪花、 釣翁 商 客、 舳艫相連なりて、 殆 に水なきがごとし。蓋し天下第一の楽しき 地 なり。

　江口は 観 音が 祖 を為せり。 中 君・□□・小馬・白女・主殿あり。蟹島は宮城を 宗と為せり。如意・香炉・孔雀・ 立枚あり。神崎 は河菰姫を 長 者と為せり。孤蘇・宮子・ 力 命 ・ 小児の 属 あり。皆これ 倶尸羅の再誕にして、 衣通姫の後身なり。上は卿 相 より、下は黎庶に及るまで、 牀 第 に 接 き慈愛を 施 さずといふことなし。また妻 妾 と為りて、身を 歿するまで籠せらる。賢人君子といへども、この 行 を 免 れず。 南 は 住吉、西は 広田、これをも

て 徴 嬖を祈るの 処 と為す。殊に 事 る 百 大夫は、道祖神の一名なり。人別にこれを剋れば、数は 百 千に及べり。能く人の 心 を 蕩 す。また 古風ならくのみ。

【注釈36-1】

1)연회장 등에서 노래를 부르고 춤을 추며, 매춘 등을 하는 여인. 가장 오래된 문헌으로『万葉集(まんようしゅう)』에 기록이 있다.『大鏡(おおかがみ)』에는 藤原道長(ふじわらのみちなが)의 총애를 받고 있던 여인도 있었다는 것이 기록되어져 있다.

2)京都市(きょうとし) 伏見(ふしみ)区. 加茂川(かもがわ)・桂川(かつらがわ)・宇治川(うじがわ)의 합류점이며, 서울과 지방을 연결하는 淀川水運(よどがわすいうん)의 항구로서, 중요한 교통의 거점이었다.

3)宇治川(うじがわ).

4)京都府(きょうとふ) 乙訓郡(おとくにぐん)에 위치한 淀川(よどがわ)의 항구. 옛날부터 京都와 大阪(おおさか)를 연결하는 교통의 요소.

5)본문에서는 大阪보다 서쪽 편의 육로를 의미한다.

6)瀬戸内海(せとないかい).

7)본문에서는 紀伊水道(きいすいどう)를 의미한다.

8)大阪府(おおさかふ)의 옛 이름.

9)大阪市(おおさかし) 東淀川区(ひがしよどがわく).

10)의약(医薬)을 담당하는 공적 기관.

11)大阪市(おおさかし)의 동부에는 典薬寮(てんやくりょう)의 목장이 있었다.

12)궁중의식시, 식장의 설비를 담당하는 기관.

13)大阪府(おおさかふ) 북동부.

14)大阪府(おおさかふ) 북부로부터 兵庫県(ひょうごけん) 동부.

15)大阪府(おおさかふ)와 兵庫県(ひょうごけん) 尼崎市(あまがさきし)와의 경계. 神崎川(かんざきがわ) 하구.

16)「遊女(ゆうじょ)」의 별칭.

17)작은 배.

18)「枕席(しんせき)」는 침상. 침상을 깨끗이 청소한다는 본래의 의미로부터, 자기 자신의 주변을 살핀다는 의미이지만, 여기서는 밤의 동침(同寝)

을 권한다는 의미.

19)아름다운 목소리를 의미한다.

20)왕래하는 사람들.

21)中州(なかす=강 가운데의 모래톱)의 갈대의 흰 꽃이 아름답게 강에 비
추인다.

22)낚시를 하는 노인과 행상인도 있다.

23)「舳(ぢく)」는 배의 뒷부분에 있는 노.「艫(ろ)」는 뱃머리. 많은 배가
함께 하여 계속되는 모습.

24)이하 院政期(いんせいき)의 명기(名妓) 이름.『二中歷(にちゅうれき)』
『古事談(こじだん)』등에「観童(かんどう)」가 있다.「白女(しろめ)・宮
城(みやき)・如意(にょい)・香炉(こうろ)」도『二中歷(にちゅうれき)』에
서 찾아 볼 수 있다.「中君(なかのきみ)」다음은 파손으로 읽지 못함.

25)통솔자.

26)읽는 법 미상.

27)읽는 법 미상.

28)읽는 법 미상.

29)인도의 흑두견으로, 새의 외형은 추하지만, 아름다운 목소리를 가졌다는
것. 또는『太平広記(たいへいこうき)』권284에 있는 환술(幻術)의 명인
「尸羅(しら)」를 가리킨다면 사람을 즐겁게 하는 예능이 뛰어나다는 것
이던가, 혹은 손님을 농락하는 것을 의미하는 것은 아닐까?

30)전설상의 절세의 미인. 그 아름다움이 옷을 통과하여 비추어 반짝반짝
빛나고 있는 것 같았기 때문에 이 이름이 붙여졌다.

31)침실.

32)大阪市(おおさかし) 남동부. 住吉大社(すみよしたいしゃ)가 있다. 당시는
해안이었다.

33)兵庫県(ひょうごけん) 西宮市(にしのみやし). 広田神社(ひろたじんじゃ)
가 있다.

34)「遊女(ゆうじょ)」가 손님에게 불려 손님을 받는 것.

35)「遊女(ゆうじょ)」나「傀儡(くぐつ)」의 보호 신.

36)길이나 마을의 경계에 있으면서 악령역병(悪霊疫病)을 막아 주는 것과
함께, 남녀의 생식기의 모양을 하고 있는 것으로서, 남녀의 인연을 맺게
하는 신으로도 여겨졌다.

37)예로부터의 풍습.

【本文36-2】

¹ 傀儡子記

傀儡子は、定まれる 居 なく、当る家なし。穹廬氈 帳 、水草を逐
ひてもて 移徙す。 頗 る 北狄の 俗 に類たり。 男 は皆弓馬を 使
へ、狩猟をもて事と為す。 或 は 双剣を跳らせて七 丸 を 弄 び、
或 は 木人を舞はせて 桃梗を 闘 はす。生ける人の態を能くするこ
と、 殆 に 魚 龍 曼蜒の 戯 に近し。沙石を変じて金銭と為し、草
木を化して 鳥 獣 と為し、能く人の目を□す。 女 は 愁眉・啼
粧 ・ 折腰歩・ 齲歯咲を為し、朱を 施 し 粉 を傳け、倡歌淫樂し
て、もて妖媚を求む。

【注釈36-2】

1)유래에 관해서는, 국내설·대륙 전래설·양자의 융합설 등이 있다. 조선의
　백정과 유사. 남자는 검도·인형을 다루는 일·요술, 여자는 노래·매춘 등
　을 전업으로 삼았다.

2)대나무나 새이영 등으로 만든 작은 집.

3)이동하다. 유랑 생활을 했었다.

4)북방의 미개 민족.

5)두자루의 칼을 공중에 던졌다가 받기도 하고 7개의 공을 던지는「田楽
　（でんがく=축제 무악의 하나）」의 연기.

6)목제인형. 꼭둑각시.

7)복숭아나무로 만든 인형. 여기서는 인형에게 씨름을 시키는 것.

8)물고기나 뱀을 용으로 변화시키는 등의 환술.

9)돌이나 모래를 금전으로 바꾸는 환술.

10)파손으로 알아볼 수 없다. 변할 환(幻)자 일까?

11)後漢(ごかん) 때, 서울의 부인들이 그렸던 가늘고 둥근 눈썹.

12)흰 분을 바르고 나서 눈 아래만을 엷게 지우는 화장법. 슬퍼서 운 것 같

은 표정이 된다.

13)살짝 허리를 굽혀 걷는 것. 다리가 약하고 힘이 없는 것처럼 가장함.

14)충치로 아픈 것 같은 얼굴을 하고 웃는 것.

15)입술연지와 볼연지.

[참고] 같은 시대의 문헌으로 생각되어진다. 당시의 풍속·예능의 일부분을 알고 있다고 하여도, 또한 유사한 예능자(芸能者)의 발생·계보를 생각하는데 있어서 귀중한 자료이다. 遊女(ゆうじょ)에게 동정적인 기술을 하고 있는 것에 주목 할 만한 가치가 있고, 또한 당시의 중류 귀족의 취향을 잘 나타내고 있다.

【37】

大鏡
(おおかがみ)

- 1119년경 -

작자 미상

　때는 藤原道長(ふじわらのみちなが)(966~1027년)가 영화를 누리고 있던 後一条(ごいちじょう)천황(1008~1036년) 시대(1025년), 어느 날 嵯峨(さが)의 雲林院(うりんいん)에서 열린 菩提講(ぼだいこう)에 나이 190세인 大宅世継(おおやけのよつぎ)와 180세인 夏山繁樹(なつやまのしげき) 그리고 그 아내가 만나 회고담을 시작한다. 그 자리에 탐구심이 많은 젊은 무사가 들어와 4명은 世継(よつぎ)를 중심으로, 그 외 사람은 때때로 맞장구를 치거나 의견을 내는 형식으로 文徳(もんとく)천황(827~858년) 시대를 기점으로 道長(みちなが)의 영화의 유래를 이야기하기 시작한다. 이 작품은 흥미로운 일화들을 모아 엮으면서 진행되는 4명의 대화를 작자가 곁에서 듣고 그대로 옮겨 쓰는 형식으로 文徳(もんとく)천황 즉위 때(850년)부터 後一条(ごいちじょう)천황까지(1025년) 176년간의 역사를 서술한 것이다. 소재 면

에서　藤原 가문의 역사를 주제로 한 이상, 당연하기는 하지만, 작자는 그 상당 부분을 『栄花物語』에 의존하고 있다. 그리고 작자는 『栄花物語』이외의 자료를 널리 탐색하는 것과 동시에 모든 자료에 작자 자신의 해석을 더하고,『栄花物語』에 없는 독자적 역사관·인간관에 입각한 독특한 역사 物語를 이루어 냈다. 그러한 의미에서 이 작품은 역사서로서도 문학 작품으로서도『栄花物語』를 초월하고 있을 뿐만 아니라, 역사 物語 중 최고 걸작으로 일본문학사(日本文学史)상 독자적 위치를 차지하고 있다.

　성립 시기·작자 문제에 관해서는 여러 설이 있어 연구사와 더불어　松本治久의 「歴史物語(中古)研究の軌跡と展望」（「国文学解釈と鑑賞」第54巻3号)에 상세한 논이 있다. 역사 物語 중에서는 작자·성립 시기·어법 등 연구가 가장 활발하게 이루어지고 있다고 할 수 있지만, 문학적 측면에서의 연구는 그다지 많이 되어있지　않다.

Ⅰ新編日本古典文学全集34　大鏡. 橘健二他. 小学館. 1996.6
Ⅱ山岸徳平. 大鏡1～6. 貴重古典籍刊行会. 1953～1981. 赤松俊秀. 天理図書館善本叢書 大鏡諸本. 八木書店. 1975.5.14
Ⅲ加藤静子·遠山一郎. 歴史物語研究文献目録. 国文学解釈と鑑賞　第54巻3号. 至文堂. 1989·3

【本文37】

　この中納言は、かやうにえさりがたきことの折々ばかり歩きたまひて、いといにしへのやうに、まじろひたまふことはなかりけるに、入道殿の 土御門殿にて御遊びあるに、「かやうのことに、権中納言のなきこそ、なほさうざうしけれ」とのたまはせて、わざと御消息聞え

させたまふほど、杯あまたたびになりて、人々みだれたまひて、[8]紐

おしやりてさぶらはるるに、この[9]中納言まゐりたまへれば、[10]うるは

しくなりて、居直りなどせられければ殿、「とく御紐解かせたへ。

[11]ことやぶれはべりぬべし」と仰せられければ、かしこまりて[12]逗留し

たまふを、[13]公信の卿、うしろより、「解きたてまつらむ」とて寄り

たまふに、中納言[14]御けしきあしくなりて、「隆家は不運なることこ

そあれ、[15]そこたちにかやうにせらるべき身にもあらず」と、荒らかに

のたまふに、人々御けしき変りたまへるなかにも、[16]今の民部卿殿

は、[17]うはぐみて、人々の御顔をとかく見たまひつつ、[18]こと出できなむ

ず、いみじきわざかな、と思したり。入道殿、うち笑はせたまひて、

「今日は、かやうのたはぶれごと侍らでありなむ。道長解きたてまつ

らむ」とて、寄らせたまひて、はらはらと解きたてまつらせたまふに、

「[19]これらこそあるべきことよ」とて、御けしきなほりたまひて、さし

おかれつる杯とりたまひてあまたたび召し、常よりも乱れあそばせ

たまひけるさまなど、[20]あらまほしくおはしけり。殿もいみじうぞもて

はやしきこえさせたまひける。

　さて、[21]式部卿の宮の御ことを、さりともさりともと待ちたまふに、

[22]一条院の御悩重らせたまふきはに、[23]御前にまゐりたまひて、[24]御気

色たまはりたまひければ、「あのことこそ、つひにえせずなりぬれ」

と仰せられけるに、「『あはれの[25]人非人や』とこそ[26]申さまほしくこ

そありしか」とこそのたまひけれ。さて、まかでたまうて、わが御家^{おんいへ}の ^{27ひがくし}日隠の間^まに尻^{しり}うちかけて、^{28て}手をはたはたと打ちゐ^うたまへりける。

世^よの人^{ひと}は、「^{29みや}宮の御^{おん}ことありて、³⁰この殿^{との}、御後見^{おんうしろみ}もしたまはば、天下^{てんか}の 政^{まつりごと} は³¹したたまりなむ」とぞ、思^{おも}ひまうしためりしかども、この ^{32にふだうどの}入道殿の御栄^{おんさか}えのわけらるまじかりけるにこそは。 (권7)

【注釈37】

1)이렇게. 이 부분 앞에 道長(みちなが)의 加茂(かも)詣(もうで=참배)의 기술이 있음.

2)피하려고 해도 피할 수 없는 일.

3)花山(かざん)法皇(ほうおう)를 향해 활을 쏜 配流(はいる)사건(996년) 이전(以前). 이로 인해 형 伊周(これちか)와 함께 하야함. 998년 사면되어 귀경. 1002년 権中納言(ごんのちゅうなごん)에 복임함.

4)道長(みちなが) 주변의 귀족들과 교제하시는 일이 없다.

5)道長(みちなが) 자택.

6)역시 뭔가 부족하구나.

7)특별히 불러 들인다.

8)입으신 옷의 끈을 풀고.

9)隆家(たかいえ).

10)엄숙히. 가까운 사람끼리 모인 술자리에서 모두 편안히 즐기고 있었을 때 道長(みちなが)도 경의를 표하는 隆家(たかいえ)가 왔기 때문에.

11)흥이 깨지고 만다.

12)망설이다.

13)藤原公信(ふじわらのきんのぶ) 977~1026년. 나이는 隆家(たかいえ) 보다 세 살 위.

14)기분이 상하여서.

15)2인칭. 公信(きんのぶ)를 가르킴. 아래 사람에 대한 말씨.

16)俊賢(としたか).

17)어처구니없어.

18)뭔가 큰일이 일어날 것이다.

19)당연히 이렇게 해주어야지. 道長(みちなが)가 직접 자신을 대접해 주어
  서야 마땅하다고 주장함.
20)호감이 가는 모습이시다.
21)隆家(たかいえ)의 여동생. 황후 定子(ていし)가 낳은 一条(いちじょう)천
  황의 장남 敦康親王(あつやすしんのう). 부친 一条천황의 의향에 따라서
  는 후계자인 황태자가 될 수도 있었다. 隆家는 敦康親王가 황태자 되기
  를 고대하였다.
22)一条(いちじょう)천황의 건강 상태가 나빠졌을 때.
23)隆家(たかいえ)가 천황 앞에.
24)뜻을 여쭤 보았더니.
25)사람이 아닌 사람.
26)후일 隆家(たかいえ)가 어떤 사람에게 말씀하셨다고 한다.
27)안채에 들어가기 전 계단 부근으로 생각 됨.
28)유감스러워하는 모습.
29)敦康親王(あつやすしんのう)가 황태자에 즉위하시고.
30)隆家(たかいえ).
31)순조롭게 잘될 것이다.
32)道長(みちなが).

[참고] 비운 속에서도 비굴하지 않으며, 조카 敦康親王(あつやすしんのう)
에 대한 숙부로서 道長(みちなが)의 처사를 분연히 하는 隆家(たかいえ)의
행동은 권력자에게 아첨하지 않는 대쪽같은 성격이 잘 묘사되어 있다. 道
長가 실권을 장악하는 것은 道隆(みちたか=隆家의 부친)와 道綱(みちつな)
두 형이 돌림병으로 죽은 뒤의 일. 隆家는 道長와의 권력 투쟁에서 패한다.

【38】

讚岐典侍日記

- 집필 시기 미상 1109년경 -

藤原長子(생몰년 미상)

상·하권의 2권. 작자 藤原長子는 藤原顯綱(생몰년 미상)의 딸이며 그녀의 맏아들이 讚岐典侍라고 불린 것은 아버지 顯綱(藤原道綱의 손자)가 讚岐 지방의 국사였기 때문이다.

일기 머리 부분에 작자의 의도를 명시한 서문이 있고, 그 서문에는 堀河천황(1079~1107년)의 죽음을 슬퍼하여 눈물로 날을 보내는 자신의 마음을 달래기 위해 죽은 堀河천황과의 추억을 남기려고 한 흔적을 볼 수 있다. 상권은 천황의 발병부터 죽음에 이르는 상황이 병에 시달려 죽음을 두려워하는 인간으로서의 천황의 모습을 중심으로 세밀히 묘사되어 있으며, '죽음'을 묘사한 이색 일기로서 높은 평가를 받고 있다. 그리고 그것은 작자의 堀河천황에 대한 사모의 정과 헌신에 뿌리를 둔 감정의 고조 속에 묘사되므로서 강렬한 박력으로 독자에게 다가온다. 하권은 고향에 돌아가 堀河천황의 거상을 입고 있는 중, 鳥羽천황(1103~1156년)께 다시 출사하게 된 경위를 이야기하는 것으로 시작하는 堀河천황 생전의 회상기이다. 그러나 현실과 회상 속에서 피할 수 없는 질적 변화가 일어난다. 둘도 없는 사랑하는 사람을 잃은 슬픔이 나중에는 생전의 모습을 그리워하는 마음으로 변하고, 결국은 그 추억도 날마다 희박해져 가는 것을 작자는 느끼고 있는 것이다.

『源氏物語』를 비롯하여 궁정 귀족 사회를 배경으로 한 여성에 의한 작품 흐름에 따라서, 12세기 전반 궁정 귀족 사회의 일상 언어를 알기 위한 연구서로서도 중요시되고 있다.

연구사는 짧으나, 주로 작품 형성 과정과 형태에 관한 논, 작자 주변 특히 堀河천황과의 관계 규명 등이 이루어져 왔다. 본문 중 미해결 부분에서 새로운 해석과 감상으로 가능성이 많은 작품이며, 작가론·작품론·주제 본질론에도 과제가 많다.

Ⅰ新編日本古典文学全集26 讃岐典侍日記. 石井文夫. 小学館. 1994.9
Ⅱ本位田重美他. 関西学院本さぬき日記. 和泉書院. 1979
Ⅲ金正凡他. 王朝女流日記文学研究文献目録抄. 国文学解釈と鑑賞　第
　62巻　5号. 至文堂. 1997.5

【本文38】

　うち見ん人、「女房の身にて、あまりものしり顔に、にくし」などぞ、そしりあはんずらん。かやうの法問のみちなどさへ、朝夕のよしなし物語に、常におほせられ聞かさせたまひしかば、ことの有様、思ひいでらるるままに、書きたるなり。もどくべからず。しのびまゐらせざらん人は、何とかは見ん。われは、ただ、ひと所の御心の、ありがたくなつかしう、女房主などこそかくはおはしまさめと、おぼえたまひしが、わすらるる世なくおぼゆるままに、書きつけられて。

　　なげきつつ年の暮れなば　なき人の　わかれやいとど　遠くなりなん

　十月十日あまりのほどに、里にゐて、よろづのことにつけても、お

はしまさましかばと、常よりもしのばれさせたまへば、御姿にこそ
見えさせたまはねど、おはします所ぞかし、といへば、香隆寺に参
るとて、見れば、木々のこずゑももみぢにけり。ほかのよりは、色ふ
かく見ゆれば、

いにしへを こふる 涙の そむればや 紅葉の色も ことに見ゆらん
御墓に参りたるに、　尾花のうらしろくなりて、まねきたちて見ゆ
るが、　所がら、さかりなるよりも、かかるしもあはれなり。「さば
かり、われもわれもと男女のつかうまつりしに、かくはるかなる山
のふもとに、なれつかうまつりし人ひとりだになく、ただひと所ま
ねきたたせたまひたれども、とまる人もなくて」と思ふに、おほかた
涙せきかねて、かひなき御あとばかりだに、きりふたがりて、見え
させたまはず。

花すすき まねくにとまる 人ぞなき けぶりとなりし あとばかりして
たづねいる 心のうちを しり顔に まねく尾花を 見るぞかなしき
花すすき 聞くだにあはれ つきせぬに よそに 涙を 思ひこそやれ
これを、ある人、いひおこせたり。（하권）

【注釈38】
1)이 일기를 읽을 사람.
2)불법(仏法)에 관한 문답. 앞부분에 그러한 내용이 없음.
3)사소한 이야기 끝에.
4)주어는 堀河(ほりかわ)천황.
5)비난하지 말아 주세요.

6)堀河(ほりかわ)천황을 추모하지 않은 사람.

7)돌아가신 堀河(ほりかわ)천황의 마음.

8)여주인이 아니면 하지 못하는 배려를 남자임에도 불구 하고 돌아가신 천
　황께서는 참으로 따뜻한 배려를 해주셨다.

9)느껴졌던 것들이. 堀河(ほりかわ)천황의 따뜻한 마음을 말함.「おぼえ」의
　「え」가 수동의 뜻.

10)『拾遺集(しゅういしゅう)』「哀傷(あいしょう)」소수.　紀貫之(きのつら
　ゆき)의 和歌(わか) 첫 구를 고쳐 씀. 천황의 죽음을 애도하면서도, 한
　해가 저물고 나서는 돌아가신 분과 헤어졌던 그 날이 더욱 멀어져 갈
　것인가.

11)돌아가신 천황께서 누워계시는 곳.

12)京都市(きょうとし) 北区(きたく) 衣笠(きぬがさ) 근처에 있었다는 절.
　화장된 堀河(ほりかわ)천황의 유골이 안치되어 있었다.

13)생전의 모습을 그리워하는 저의 피 눈물이 스며들어서.『新勅撰集(しん
　ちょくせんしゅう)』「雑(ぞう)」3에 실림.

14)화장한 장소에 만든 무덤.

15)참억새가 희고 흐리게 보이고.

16)참억새가 손짓하며 사람을 부르고 있는 듯 서 있는 모습.

17)무성하게 자라 있는 것보다.

18)생전에는 그만큼 많이.

19)남자도 여자도 모두가 혈안이 되어 堀河(ほりかわ)천황을 모시려고 했지
　만. 그런 사람들은 모두 권력욕으로 천황에게 접근한 것이다.

20)친히 모시고 있는 사람.

21)발걸음을 멈추는 사람.

22)도저히 눈물을 멈출 수 없어서.

23)찾아와도 소용이 없는 무덤.

24)눈물에 가려서.

25)옅은 흰색 꽃. 다음 和歌(わか)와 더불어 長子(ちょうし)의 작.

26)알고 있는 듯한 표정.

27)앞의 두 수 和歌(わか)를 받아 읽은 사람이 읊은 和歌.

28)和歌(わか)를 보내 왔다.

[참고] 하권의 집필 의도를 기술하고 있다.「なげきつつ～」의 和歌(わか)

로 하권 기술을 끝낸다. 이하는 나중에 첨가된 것으로 생각되며, 이 일기를 읽은 사람과 주고받은 和歌가 실려 있기도 한다.

【39】

俊頼髄脳

- 1111~1114년경 -

源 俊頼(1055~1129)

성립 시기에 관해서는 『今鏡』 등의 기술에 의해, 藤原忠実(1078~1162년)가 의뢰하여 그 딸 勲子(1095~1155년)를 위해 집필한 것으로 알려져 있다. 서명에 관해서도 현존하는 필사본 俊頼髄脳, 俊頼無名抄, 俊秘抄, 俊頼口伝集 등 여러 이름으로 전해져 오고 있다.

『俊頼髄脳』는 和歌를 작성하기 위한 실용서로서, 구체적 방법을 설명하는 것이 주된 내용이다. 그래서 和歌 전반에 관한 지식도 공급해야 하며, 상세한 지식 도입에 있어서도 유일한 독자가 흥미를 가질 만한 和歌 설화를 많이 실을 필요도 있었다. 그렇기 때문에 『俊頼髄脳』는 가론서(歌論書)로서도 학문서로서도 완전히 정비된 것은 아니고, 구성 면에서도 일관성을 볼 수 없다. 『俊頼髄脳』는 서문을 시작으로, 和歌의 종류·歌의 病·가인(歌人)의 범위·和歌의 효용·실질 작품의 다양한 양상·和歌 제목과 그에 따른 작성법·뛰어난 작품의 예·和歌 기법·歌語와 그 표현의 실태 순으로 기술된다. 그 중 歌語를 기저로 한 그 의미와 표현의 실태 설명이 전체의 3분의 2를 차지한다. 그 부분에는 이명(異名)·季語·歌語의 유래와 표현의 허구, 歌心·連歌의 표현, 歌語에 대한 의문 등을 구체적으로 서술하고 마지막에 和歌와 그 발상의 바탕이 된 설화와 전승을 기술하고 있다.

가론(歌論)으로서는 藤原公任(966~1041년)의 가론을 따라, 뛰어난 작품의 구체적 예에도 『拾遺抄』『金玉集』를 중심으로 公任가 선별한 작품들을 제시하고 있다. 또 그 해석이 『奧義抄』를 비롯한 平安 말과 鎌倉 초기의 가론에 큰 영향을 주고 있어 이 작품의 和歌사적(史的) 가치를 인정받고 있다. 그러나 오해와 오인, 그리고 사실에 대한 잘 못이 상당히 많다는 것도 지적되고 있다.

Ⅰ 日本古典文学全集50 歌論集. 橋本不美男. 小学館. 1975.4
Ⅱ 없음.
Ⅲ 없음.

【本文39】

序

　やまと御言の歌は、わが秋津洲の国のたはぶれあそびなれば、神代よりはじまりて、けふ今に絶ゆることなし。おほやまとの国に生れなむ人は、男にても女にても、貴きも卑しきも、好み習ふべけれども、情ある人はすすみ、情なきものはすすまざる事か。たとへば、水にすむ魚の鰭を失ひ、空をかける鳥の翼の生ひざらむがごとし。

　おほよそ歌のおこり、古今の序、和歌の式に見えたり。世もあがり、人の心も巧みなりし時、春・夏・秋・冬につけて、花をもてあそび、郭公[9]を待ち、紅葉を惜しみ、雪をおもしろしと思ひ、君を祝ひ、身をうれへ別を惜しみ、旅をあはれび、妹背[10]のなかを恋ひ、事にのぞみて思ひを述ぶるにつけても、詠みのこしたる節もなく、つづけもらせる詞もみえず。いかにしてかは、末の世の人の、めづらしき様にもとりなすべき[11]。よく知れるもなく、よく知らざるもなし。よく詠めるもなく、よく詠まざるもなし。詠まれぬをも詠み顔[12]に思ひ、知らざるをも知り顔にいふなるべし。

　そもそも歌に、あまたの姿をわかち、八の病[13]をしるし、九の品[14]をあらはして、いときなき者を教へ[15]、愚かなる心をさとらしむるものあり。しかはあれど、習ひ伝へざれば、さとること難く、うかべて[16]学ばざれば、覚ゆることすくなし。埋木のむもれて、人に知られざる[17]臥所を尋ね、滝の流れにながれて、過ぎぬる言の葉の葉を集め[18]てみれば、浜の真砂[19]よりもおほく、雨の脚よりもしげし。霞をへだてて春の山にむかひ、霧にむせびて秋の野辺にのぞめるがごときなり。

　山賤[20]の卑しきことばなれど、尋ねざれば、あしたの露ときえ失せぬ。玉の台[21]の妙なる御言なれど、きき知らざれば、風のまへの塵となりぬるにや。

　あはれなるかなや。この道の目の前に失せぬる事を。俊頼のみ独り、このことをいとなみて、いたづらに歳月を送れども、わが君も遊め給はず[22]。世の人もまた、憐れぶともなし。あけくれは身の憂へ[23]

を嘆き、起き伏しは人のつらさを怨む。かくれては男山にましませる八つの幡のおほむうつくしみを待ち、あらはれては、三笠の杜にさかえ給へる藤の裏葉にたのみをかく。めぐみ給へ。あはれび給へ。かくれたる信あれば、あらはれたる感あるものをや。

【注釈39】

1)唐歌(からうた=한시)에 대해 일본어로 읊은 和歌(わか).

2)일본을 지칭.

3)서정적 예능이기 때문에.

4)일본을 지칭.

5)정취를 아는 사람은 읊는 것도 잘하고.

6)『古今集(こきんしゅう)』仮名序(かなじょ=紀貫之(きのつらゆき) 지음)와 真名(まな=한문)序(じょ).

7)『和歌式(わかしき)』만이 아닌, 당시 존재한 가론서(歌論書)를 일반적으로 말함.

8)시대를 거슬러 올라가.

9)뻐꾸기.

10)남녀의 사랑을 그리워하여.

11)훌륭한 和歌(わか)를 읊을 수 있을까?

12)훌륭한 가인(歌人)으로 생각하여.

13)시, 和歌(わか)를 지을 때에 여덟 가지 꺼리는 일.『和歌式(わかしき)』에 同心(どうしん), 乱思(らんし), 欄蝶(らんちょう), 渚鴻(しょこう), 花橘(かきつ), 老楓(ろうふう), 中飽(ちゅうほう), 後悔(こうかい)の病(やまい)라 하여 기술 함.

14)부처의 자리에 이르는데 아홉 가지 등급이 있다는 불교사상을 따라서 和歌(わか)의 우열을 나누는 아홉 등급. 藤原公任(ふじわらのきんとう)의 『和歌九品(わかくぼん)』을 뜻함.

15)연소자.

16)고생하여.

17)사람 눈에 띄지 않은데.

18)「葉(は=나무 잎)」와 「言葉(ことば=말)」와의 掛(か)け詞(ことば).

19)해변 모래사장의 모래.

20)산 속에 사는 신분이 천한 사람.

21)옥 같이 아름답고 훌륭한 건물에 사는 귀하신 분(=천황)의 和歌(わか).

22)和歌(わか)를 좋아하지 않으시고.

23)하루 종일.

24)자나깨나.

25)京都(きょうと) 남부에 있는 산. 정상에 石清水八幡宮(いわしみずはちま
　んぐう)가 있음.

26)石清水八幡宮(いわしみずはちまんぐう). 당시 황실이 숭배한 신사. 石清
　水臨時祭(いわしみずりんじさい)는 加茂祭(かもさい)와 더불어 화려한
　축제였다.

27)奈良市(ならし) 동쪽 산. 春日神社(かすがじんじゃ)가 있음.

28)春日神社(かすがじんじゃ)에 모신 藤原家(ふじわらけ)의 氏神(うじがみ=
　씨족의 수호신)을 뜻함. 藤原氏(ふじわらし)는 당시 실력자.

29)숨은 정성이 있으면 언젠가는 지성 감천하여 실현 될 것이다.

〔참고〕『古今集(こきんしゅう)』序(じょ),『和歌(わか)の式(しき)』,『和歌
九品(わかくぼん)』등 기존의 가론(歌論)을 바탕으로 和歌에 대한 대단한
애착과 신념을 가지고 집필을 시작한 것으로 보여진다.

【40】

こんじゃくものがたりしゅう
今昔物語集

- 집필 시기 미상 -

편자 미상

　성립은 院政기(1086~1185년) 초기로 보아지는데, 편집 인원수와
규모, 목적 등에 관한 정설은 없다. 전 31권 중, 현존하는 사본 모
두에는 권8, 18, 21의 3권이 없고, 또 권이 있다 하더라도 설화의

일부가 없는 권도 적지 않다. 현존하는 설화 수만도 천여 편이 된다. 수록 설화는 천축(인도), 진단(중국), 본조(일본) 설화로 나눌 수 있고 한반도를 포함하면 당시의 전세계를 의미하는 구조를 갖고 있다. 그리고 전체의 3분의 2를 차지하는 본조 설화는 불교 설화와 세속 설화로 구분 할 수 있다. 편자는 전세계를 포괄하는 설화의 결집을 의도하고 있었다. 설화의 무대를 보아도 일본에서 지명이 한번도 등장하지 않은 지방은 壱岐·対馬의 2개 섬 및 石見(島根県 서부) 뿐이다. 그 범위는 광대하고 등장 하는 것도 수 많은 신불(神仏), 황족 귀족부터 승려, 무사, 학자, 기술자, 농·공·상·어민들 그리고 기타 천민시 되고 있던 사람들까지를 망라하여 그래도 부족하다는 듯, 요괴 화신에서 동식물에 이를 정도이다. 이러한 것들은 세계적으로도 손꼽히는 설화의 보고라 할 수 있으며, 또 단편 소설로서도 근대의 걸작과 어깨를 나란히 하는 설화가 적지 않다.

「今は昔」로 시작하여「となむ語り伝へたるとや」로 끝나는 독특한 설화 형식으로 서명도 이 형식에서 유래한다.「宣命書き」라 불리는 한자에 가타카나가 섞인 표기법에 한어, 범어, 속어를 곁들인 문체도 독특하다. 平安朝物語에서 많이 볼 수 있는 히라가나문과는 전혀 다르며, 후세의 和漢混合文의 선구적 문장이라 하겠다. 그래서 본서는 본문을 送り仮名 등 원문대로 기재하기로 한다.『今昔物語集』는 문장혁명이라고 할 수 있는 문체로 그때까지의 문학이 묘사하지 못했던 강렬하고 적나라한 것, 그리고 더럽고 흉한 것들을 생생하게 묘사하는데 성공하고 있다. 대상의 내부에 파고들어 묘사하는 物語문학과는 상대적으로,『今昔物語集』는 심리 묘사보다는 행동 묘사에 능숙하여 즉물적이며 심오함이 부족한 문장이다. 그러나 대상을 겉으로 드러난 외적인 면을 보이는 그대로 묘사함으로서 그 내면까지 표현하는 문학작품이라 할 수 있다.

Ⅰ日本古典文学大系22～26　今昔物語集1～5. 山田孝雄他. 岩波書店.
　1959～1963
Ⅱ東京大学国語研究室資料叢書1～6　今昔物語集1～6. 汲古書院. 198
　4～1986
Ⅲ中野猛他. 説話文学関係文献目録. 今昔研究年報1～10. 風間書房.
　1987～1996

【本文40-1】
源 頼 信 朝 臣 男 頼 義 射 殺 馬 盗 人 語 第12　（권25）

今昔、河内前司、源頼信朝臣ト云兵有キ。東ニ吉キ馬持

タリト聞ケル者ノ許ニ、此頼信朝臣乞ニ遣タリケレバ、馬ノ主難辞ク

テ其馬ヲ上ケルニ、道ニシテ馬盗人有テ此ノ馬ヲ見テ、極メテ欲ク

思ケレバ、「構テ盗マム」ト思テ、蜜ニ付テ上ケルニ、此

ノ馬ニ付テ上ル兵共ノ緩ム事ノ無カリケレバ、盗人道ノ間ニテ

ハ否不取シテ、京マデ付テ、盗人上ニケリ。馬ハ将上ニケレバ、

頼信朝臣ノ厩ニ立テツ。

　而ル間、頼信朝臣ノ子頼義ニ、「我ガ祖ノ許ニ東ヨリ今日吉

キ馬将上ニケリ」ト人告ケレバ、頼義ガ思ハク、「其ノ馬由無カラ

ム人ニ被乞取ナムトス。不然前ニ我レ行テ見テ、実ニ吉馬ナラバ我

レ乞ヒ取テム」ト思テ、祖ノ家ニ行ク。

　雨極ク降ケレドモ、此ノ馬ノ恋カリケレバ、雨ニモ不障

ラ、夕方タ行タリケルニ、祖、子ニ云ハク、「何ド久クハ不見リツ

ルゾ」ナド云ケレバ、次デニ、「此レハ『此ノ馬将来ヌ』ト聞テ、

『此レ乞ハム』ト思テ来タルナメリ」ト思ケレバ、頼義ガ未ダ不

云出前ニ、祖ノ云ク、「『東ヨリ馬将来タリ』ト聞ツルヲ、我レハ未

ダ不見。遣タル者ハ、『吉キ馬』トゾ云タル。今夜ハ暗クテ何トモ

不見。朝見テ心ニ付カバ、速ニ取レ」ト云ケレバ、頼義不乞前ニ

此ク云ヘバ、「喜シ」ト思テ、「然ラバ今夜ハ[18]御宿直仕リテ、

朝見給ヘム」ト云テ留ニケリ。宵ノ程ハ物語ナドシテ、夜深

更ヌレバ、祖モ寝所ニ入テ寝ニケリ、頼義モ傍ニ寄テ[20]寄臥シケリ。

然ル間、雨ノ音不止ニ降ル。夜半許ニ[21]雨ノ交レニ馬盗人入来

リ、此ノ馬ヲ取テ引出テ去ヌ。其ノ時ニ、厩ノ方ニ人音ヲ挙テ叫

テ云ク、「[22]夜前将参タル御馬ヲ、盗人取テ罷リヌ」ト。頼信、此ノ

音ヲ髣カニ聞テ、頼義ガ寝タルニ、「此ル事云ハ、聞クヤ」ト不告シ

テ、[23]起ケルママニ衣ヲ引キ、[24]壷折テ[25]胡簶ヲ掻負テ、厩ニ走行

テ、自ラ馬ヲ引出シテ、[26]賤ノ鞍ノ有ケルヲ置テ、其レニ乗テ只独

リ[27]関山様ニ追テ行ク。心ハ、「此ノ盗人ハ、東ノ者ノ、此ノ吉

キヲ見テ、『取ラム』トテ付テ来ケレバ、道ノ間ニテ、否不取シテ、

京ニ来テ此ル雨ノ交レニ取テ去ヌルナメリ」ト思テ、行ナルベ

シ。亦頼義モ其ノ音ヲ聞テ、祖ノ思ヒケル様ニ思テ、祖ニ[28]此トモ

不告シテ、未ダ装束モ不解デ[29]丸寝ニテ有ケレバ、起ケルマヽニ、祖

ノ如クニ胡簶ヲ掻負テ、厩□ナル[30]関山様ニ、[31]只独リ追テ行ナリ。祖

ハ、「我ガ子必ズ追テ来ラム」ト思ケリ。子ハ、「我ガ祖ハ必ズ

追テ前御ヌラム」ト 思 テ、其レニ不後ト走ラセツ、行ケル程ニ、
河原過ニケレバ、雨モ止ミ空モ晴ニケレバ、 弥 ヨ走ラセテ追ヒ行
程ニ、関山ニ行キ懸リヌ。

　此ノ盗人ハ、其ノ 盗 タル馬ニ乗テ、「 今ハ逃得ヌ」ト 思 ケレ
バ、関山ノ 喬ニ 水ニテ有ル 所 、痛クモ不走シテ、水ヲツフツフト
歩バシテ行ケルニ、頼信此ヲ聞テ、事シモ其々ニ本ヨリ 契 タラム様
ニ、暗ケレバ頼義ガ有無モ不知ニ、頼信、「射ヨ、彼レヤ」ト云ケル
言モ未ダ不畢ニ、 弓 音スナリ。尻答ヌト聞クニ合セテ、馬ノ 走 テ
行ク 鐙 ノ、 人モ不乗音ニテカラカラト聞ヘケレバ、亦頼信ガ云ク
「盗人ハ既ニ射落テケリ。速 ニ末ニ走ラセ会テ、馬ヲ取テ来ヨ」ト
許 云懸テ、取テ来ラムヲモ不待、其ヨリ返リケレバ、末ニ 走 セ会
テ、馬ヲ取テ 返 ケルニ、郎等共ハ此ノ事ヲ聞付ケテ、一二人ヅヽゾ
道ニ来リ会ニケル。 京 ノ家ニ返リ着ケレバ 二三十人ニ成ニケリ。

頼信家ニ返リ着テ、此ヤ有ツル彼コソ有レ、ト云事モ、 更ニ不知シ
テ、未ダ不明程ナレバ、本ノ様ニ亦這入テ寝ニケリ。頼義モ、取返シ
タル馬ヲバ郎等ニ打預テ寝ニケリ。

　其後夜明ケテ、頼信出デヽ、頼義ヲ呼テ、「希有ニ馬ヲ不被取ル。
吉ク射タリツル物カナ」ト云フ事、 懸テモ云ヒ不出ジテ、「其馬引
出ヨ」ト云ケレバ、引出タリ。頼義見ルニ、 実 ニ吉キ馬ニテ有ケレ
バ、「然ハ給ハリナム」トテ、 取テケリ。但シ 宵ニハ 然モ不云リケ

ルニ、吉キ鞍置テゾ取セタリケル。夜ル盗人ヲ射タリケル 禄ト思ヒ

ケルニヤ。

　怪キ者共 心バヘ也カシ。兵ノ心バヘハ此ク有ケル、トナム

語リ伝ヘタルトヤ。

【注釈40-1】

1)권25는 平安(へいあん)시대로 아직 武士(ぶし)가 귀족에 존속하였던 시기
　에 武士를 특수한 능력을 보유한 예능인에 준하는 무리로서 인식하여 수
　록한 권이다.

2)大阪府(おおさかふ) 동부 일대.

3)武将(ぶしょう)로서 유명함. 源満仲(みなもとのみつなか)의 삼남. 권25 제
　9·10·11에도 그에 관한 이야기가 있음.

4)関東(かんとう) 지방.

5)持(も)ちあり의 준 말.

6)서울로 상경시킴.

7)어떻게든 훔치자.

8)방심하지 아니하니. 빈틈없이 지키고 있으니.

9)수용하였다는 뜻.

10)권25 제13에도 그의 활약이 나옴. 前九年(ぜんくねん)の役(えき)(1051~
　1062년) 때 공을 올렸으나 그후 불교에 귀의하여 출가.

11)汝(なんじ)라 해야 하는 것을 주어로 혼동함.

12)보잘것없는 사람. 말할 것도 없는 사람.

13)보고 싶어서.

14)비에도 지장을 받지 않고.

15)「タ」는「方(かた)」의 捨(す)て仮名(がな).

16)문득 눈치채고 갑자기.

17)頼義(よりよし)가 오랜만에 찾아온 것은.

18)경호하는 사람들의 숙소. 장남이 부친의 집안에서도 이런 곳에 머문다는
　것은 예외적인 일.

19)여기서는 下二段 동사로 겸손의 뜻을 나타낸 보조 동사.

20)무엇인가에 기대고 잔다는 뜻으로 잠시 눈을 부친다는 것을 뜻함.

21)비로 인하여 혼동되는.

22)밤 되기 전에.

23)일어나자 마자 옷을 걸치고.

24)겉옷의 아랫단을 허리에 찌른 모양.

25)화살을 넣어 등에 매는 무구(武具).

26)頼信(よりのぶ)를 위해 특별히 마련된 것이 아니라 아무 곳에나 있는 것을.

27)逢坂山(おうさかやま)를 향하여. 京都(きょうと)와 滋賀県(しがけん) 경계에 있는 산. 京都에서 동쪽 지방에 가는 길이며 関所(せきしょ)가 있음.

28)자기도 도둑을 추적하여 나가겠다는 말.

29)옷을 입는 채 누운 상태.

30)방향을 나타내는 문자를 후에 기입하려고 의식적으로 비어 둔 것으로 추측됨.

31)경호하는 몇 명의 사람들도 도둑을 쫓아갔다는 것을 알 수 있다.

32)賀茂川(かもがわ) 강가를 지나가니.

33)이제 안전하다.

34)蕎(そば=메밀)와 비슷한 「喬(교)」자를 사용함. 옆이라는 뜻.

35)비가 온 후 물이 고인 곳.

36)철벅철벅.

37)마치 어디어디에서 잡으라고 미리 정해둔것 처럼.

38)활의 적중한 소리가 들려 오고 거기에.

39)활에 맞은 도둑이 쓰러져, 더 이상 탈 사람이 없는데 말발굽 소리가 들려 왔기 때문에.

40)전진하여 도망가는 말을 잡아 오라.

41)돌아가는 길.

42)오늘밤 일에 대하여 이렇다저렇다하는 일.

43)전혀 말하지 않고.

44)말을 도둑 맞지 않아 다행이었구나.

45)전혀 말하지 않고.

46)어제 밤.

47)훌륭한 안장을 준다는 이야기.

48)포상.

49)일반인 생각에 비추어 불가사의하고 특이한 頼信(よりのぶ) 부자간의 마음을 평(評)한 말.

［참고］武士(ぶし)에 의한 첫 정권 鎌倉幕府(かまくらばくふ)를 세운 源頼朝(みなもとのよりとも)의 6대 조상 源頼信(みなもとのよりのぶ)와 그의 장남 頼義(よりよし) 부자에 관한 일화. 武士가 아직 귀족에 존속하고 있던 당시,『今昔物語集(こんじゃくものがたりしゅう)』가 다른 설화집에는 볼 수 없는 武士들에 관한 이야기를 수록하는데 한 권을 마련하였다는 것은 주목할만하다. 말없이 전개되는 부자간의 의사 소통과 그들의 일치하는 판단 및 행동은 암흑 속의 이야기이지만 독자들에게는 선명한 화상으로 제공된다. 게다가 이 장면은 그 누구도 목격한 사람이 없었을 것이다. 그런데도 마치 사건 전모를 자세히 지켜 본듯한 서술은 누구에 의해 이루어진 것일까? 상상에 의해 당사자만 아는 이 긴장된 장면을 재현하고 있는 것이다. 이러한 서술이『今昔物語集』를 단순한 불교 설화집이 아닌 문학작품으로 격상시킨 것이다.

【本文40-2】

羅城門登上層見死人盗人語 第18 　（권29）

今昔、摂津ノ国辺ヨリ、盗セムガ為ニ京ニ上ケル男ノ、日ノ未ダ明カリケレバ、羅城門ノ下ニ立隠レテ、立テリケルニ、朱雀ノ方ニ人重ク行ケレバ、人ノ静マルマデト思テ、門ノ下ニ待立テリケルニ、山城ノ方ヨリ人共ノ数来タル音ノシケレバ、其レニ不見エジト思テ、門ノ上層ニ和ラ掻ツリ登タリケルニ、見レバ、火髴ニ燃シタリ。

盗人、「怪」ト思テ、連子ヨリ臨ケレバ、若キ女ノ死テ臥タル有リ。其ノ枕上ニ火ヲ燃シテ、年極ク老タル嫗ノ白髪白キガ、其ノ死人ノ枕上ニ居テ、死人ノ髪ヲカナグリ抜キ取ル也ケリ。盗人此レヲ見ルニ、心モ不得ネバ、「此レハ若シ鬼ニヤ有ラム」ト思テ怖ケレドモ、「若シ死人ニテモゾ有ル。恐シテ試ム」ト思テ、和ラ戸ヲ開テ、刀ヲ抜テ、「己ハ、己ハ」ト云テ走リ寄ケレバ、嫗手迷ヒヲシテ、手ヲ摺テ迷ヘバ、盗人、「此ハ何ゾノ嫗ノ此ハシ居タルゾ」ト問ケレバ、嫗「己ガ主ニテ御マシツル人ノ失給ヘルヲ、繕フ人ノ無ケレバ、此テ置奉タル也。其ノ御髪ノ長ニ余テ長ケレバ、其ヲ抜取テ鬘ニセムトテ抜ク也。助ケ給ヘ」ト云ケレバ、盗人、死人ノ着タル衣ト嫗ノ着タル衣ト抜取テアル髪トヲ奪取テ、下走テ逃テ去ニケリ。

然テ其ノ上ノ層ニハ死人ノ骸骨ゾ多カリケル。死タル人ノ葬ナド否不為ヲバ、此ノ門ノ上ニゾ置ケル。

此ノ事ハ其ノ盗人ノ人ニ語ケルヲ聞継テ此ク語リ伝ヘタルトヤ。

【注釈40-2】
1)大阪府(おおさかふ)의 일부와 兵庫県(ひょうごけん) 북부.
2)平安京(へいあんきょう) 외곽의 정문으로 朱雀大路(すざくおおじ) 남단에 세워진 2층 기와 지붕의 장대한 문.
3)이하 「立(たち・た)」가 연속 기술되어 긴장감을 연출함.
4)빈번히. 「重(しげ)」는 繁(しげ)와 음이 통함.
5)여기서는 羅城門(らしょうもん) 남쪽을 가르킴.
6)오는 사람들로부터 모습을 감추려고 하여.
7)살짝. 조용히.
8)손발 디딜 곳을 찾으면서.
9)살창.
10)머리맡에.
11)여기서는 ‘잡아 뽑다’의 뜻. 손으로 잡아 몹시 거친 동작.
12)왜 노파가 죽은 여자의 머리털을 잡아뜯고 있는지 이해를 못하여.

13)권2 제24의 이야기와 『江談抄(ごうだんしょう)』에는 羅城門(らしょうもん) 위층에서 鬼(おに)가 비파를 연주하는 이야기가 있어, 당시 羅城門 위에 鬼가 산다고 사람들이 생각하고 있던 것 같다.

14)鬼(おに)라면 큰 일이지만 그것보다 무섭지 않은 죽은 사람의 영(귀신) 인지도 모른다. 鬼는 귀신 또는 도깨비와는 다른 상상의 괴물. 사람 형태를 하고 있지만 뿔과 큰 송곳니가 있으며 그 무서운 힘으로 사람을 잡아먹는다고 함.

15)작은 칼.

16)상대를 욕하거나 위협할 때 하는 말.

17)매우 당황하여.

18)어떤 사람이며 무엇을 하고 있느냐.

19)여기서는 죽은 뒤의 처치를 해 준다는 '매장하다'의 뜻.

20)지극히 길어서. 긴 머리카락은 미인의 조건.

21)이층에서 뛰어 내려가서.

〔참고〕 芥川龍之介(あくたがわりゅうのすけ)작 『羅生門(らしょうもん)』에 의해 잘 알려진 이야기. 귀족 문화가 꽃핀 平安(へいあん)시대의 이면에 존재했던 장렬하고 암흑적인 면과 사람들의 황폐한 마음을 극히 간결한 필치 (筆致)로 묘사하고 있다.

【41】

古本説話集

- 平安말기 -

편자 미상

2권으로 되어 있는데 상권은 大斎院選子内親王(964~1035)의 이야기에서 시작하여 赤染衛門(생몰년 미상)·和泉式部(생몰년 미상)· 清少納言(생몰년 미상)·紀貫之(872?~945)·藤原公任(966~1041) 등

왕조 문학의 저명인사를 중심으로 하여, 가난한 여자의 이야기에 이르기까지 유명·무명의 사람들의 歌徳 설화와 和歌를 둘러싼 연애 담 등 46의 이야기가 수록되어 있다. 하권은 불법(仏法) 설화 모음 으로, 인도 설화 3개를 제외하고는 모두 일본의 설화이며 여성을 주인공으로 하는 이야기와 관음 영험담이 많은 것이 특징이다. 상 권에 관해서는 平安시대를 대표하는 勅撰集·私家集·歌物語 등의 수 많은 명품 중에서 왕조의 기품과 향기를 감돌게 하는 일화를 수집 하여 재구성한 것이라는 평가를 받고 있다. 하권은 불교 설화이지 만, 지계·출가를 권유하는 설교성은 희박하고 현세 이익적 측면이 강하다. 그래서 종교적 기적이나 영험에 대해서도 조금의 거리낌도 없이 오로지 믿고 찬양한다는 평안하고 행복한 종교 감각의 소산이 라 할 수 있다.

발견된 것은 1942년이며, 공식 발간된 것은 1955년인 본집은 기 타 설화집과의 동문적 공통 설화가 많아『今昔物語集』『宇治拾遺 物語』등의 의거 자료로서의 모습을 짙게 전하는 표현 등에 의해, 그때까지의 설화 문학 연구 상황을 일변시켰다. 현존하는 설화집을 단순히 비교한 결과의 전승 관계 추정은 의의를 잃었고, 현존하지 않는 설화집의 존재를 배려한 유연한 전망을 가져야 한다는 인식이 정착되는 계기가 되었다. 의거 자료에는 거의 손을 가하지 않고 전 하는 본집의 의의는 동시대 설화집간의 상호 관계 추정에 유익하다 는 점에서 더욱 크다 하겠다.『大和物語』『枕草子』『栄花物語』 등 극히 빠른 시기의 본문을 전하는 자료로서도 귀중하다.

상권의 和歌 설화는『後撰和歌集』『大和物語』『栄花物語』등 왕조 문학작품과의 사이에서 많은 유화 관계를 가지고 있기 때문에 상당수의 논문이 상권을 취급한 것이다. 또한 국어학의 측면에서 일련의 연구도 있지만 작품론과의 관련이 희박하다는 지적도 있다.

Ⅰ新日本古典文学大系42　古本説話集.　中村義雄他.　岩波書店.　1990.11
Ⅱ川口久雄.　古典資料類従6　梅沢本古本説話集.　勉誠社.　1977.4.25
Ⅲ中野猛他.　説話文学関係文献目録.　今昔研究年報1～10.　笠間書院.
　　1987～1996

【本文41-1】

　　　　　　貧女蒙観音加護事

　今は昔、身いとわろくて過ごす女ありけり。時々来る男、来たりけるに、雨に降りこめられてゐたるに、「いかにして物を食はせん」と思ひ歎けど、すべき方もなし。日も暮れ方になりぬ。いとほしく、いみじくて、「わが頼み奉りたる観音、助け給へ」と思ふ程に、わが親のありし世に使はれし女従者、いときよげなる食ひ物を持て来たり。うれしくて、よろこびに取らすべき物のなかりければ、小さやかなる紅き小袴を持ちたりけるを、取らせてけり。我も食ひ、人にもよくよく食はせて、寝にけり。

　暁に男は出でて往ぬ。つとめて、持仏堂にて、観音持ち奉りたりけるを、見奉らんとて、丁立て、据ゑ参らせたりけるを、帷子引きあけて見まゐらす。この女に取らせし小袴、仏の御肩にうち掛けておはしますに、いとあさまし。昨日取らせし袴也。あはれにあさましく、おぼえなくて持て来たりし物は、この仏の御しわざなりけり。(하　48)

【注釈41-1】
1)사회적으로 혜택받지 못한. 가난한.

2)생각대로 되지 않는 내 자신의 처지가 가련하고 기막혀서.

3)여인의 부모가 생전에 부리던 사람.

4)굉장히 맛있어 보이는 음식.

5)감사의 마음을 표하는 것. 답례, 포상.

6)길이가 짧은 하카마. 신분이 그리 높지 않은 者가 입는다.

7)이른 아침 날이 밝아서.

8)신변을 지켜 주는 수호불(守護仏)로서 모셔져 있던 것을.

9)장막.

10)칸막이로 쓰던 휘장 등에 걸쳐 드리워진 천.

11)뜻밖에. 짐작 가는 일도 없는 상황으로.

〔참고〕観音菩薩(かんのんぼさつ=관음보살)이 곁에 두고 부리던 여자, 혹은 이웃집 사람으로 변신하여 돕는 이야기는,『古本説話集(こほんせつわしゅう)』하권 54,『日本霊異記(にほんりょういき)』중권 34,『今昔物語集(こんじゃくものがたりしゅう)』16권 제7・제8,『宇治拾遺物語(うじしゅういものがたり)』하권 108, 『宝物集(ほうぶつしゅう)』,『観音利益集(かんのんりやくしゅう)』40 등에서 볼 수 있다.

【本文41-2】

依関寺牛事和泉式部詠和歌事

今は昔、逢坂のあなたに、関寺といふ所に、牛仏現れ給ひて、よろづの人参りて見奉りけり。大きなる堂を建てて、弥勒を造り据ゑ奉りける。榑、えもいはぬ大木ども、たゞこの牛一して運ぶわざをなんしける。繋がねども行き去ることもせず、さゝやかに、みめもをかしげにて、例の牛の心ざまにも似ざりけり。入道殿をはじめまゐらせて、世の中におはしある人、参らねはなかりけり。御門、東宮ぞえおはしまさざりける。

この牛、悩ましげにおはしければ、失せ給ひぬべきかとて、いよい
よ参りこむ。聖は御影像を描かせんと急ぎけり。西の京に、い
と貴く行ふ聖の夢に見えける。「迦葉仏道入涅槃のそむ也。
智者当得結縁せよ」とぞ見えたりける。いとゞ人参りけり。歌詠む人
もありけり。和泉式部、

　聞きしより牛に心をかけながらまだこそ越えぬ逢坂の関

（하 50）

【注釈41-2】

1)통행을 관리하는 関所(せきしょ=관문)이 있었다. 京都(きょうと)를 떠나
　逢坂(おうさか)를 지나면 東路(あずまじ)가 나온다.
2)창건 연대 미상. 예로부터 유명했지만, 976년에 대지진으로 붕괴. 후에 源
　信(げんしん)가 제자 延鏡(えんきょう)에게 명하여 재건시켰다. 南北朝(な
　んぼくちょう) 이후 황폐하여 一遍上人(いっぺんしょうにん)가 그 자리에
　長安寺(ちょうあんじ)를 세웠다. 滋賀県(しがけん) 大津市(おおつし) 逢坂
　(おうさか)2丁目(ちょうめ).
3)소로 변한 부처.
4)석가 입적으로 부터 56억7천만년 후 중생을 구하는 미래불(未来仏).
5)그다지 가공되지 않은 목재로, 건물 내부에 사용된다.
6)얼굴이 작고 귀여운.
7)藤原道長(ふじわらのみちなが).
8)後一条(ごいちじょう)천황과 敦良親王(あつよししんのう).
9)아파하고 있기 때문에.
10)関寺(せきでら)의 스님.
11)右京(うきょう). 平安京(へいあんきょう)의 서쪽 반.
12)과거 7부처 중에서 6번째 부처. 소로 변한 부처는 바야흐로 열반에 들어
　가려고 하고 있다. 지혜가 있는 자는 자신도 극락왕생 할 수 있도록 이
　부처와 조속히 인연을 맺어 불도에 귀의하시오.
13)平安(へいあん)시대의 여류 가인.

14) 『和泉式部続集(いずみしきぶぞくしゅう)』에　수록되어　있다. 「牛仏(う
　　しぼとけ)」가　나타났다고　들은　때부터　참배해야지　하고　마음속으로　생
　　각하면서, 아직도　참배를　위해　逢坂(おうさか)의　관문을　넘지　않고　있
　　는　것이다.

〔참고〕 『栄花物語(えいがものがたり)』『世継物語(よつぎものがたり)』37
에도　같은　이야기가　수록　되어　있다. 소의　공양　탑은　長安寺(ちょうあんじ)
에　지금도　남아　있다. 또한　謡曲(ようきょく)「関寺小町(せきでらこまち)」
의　무대이며　長安寺에는　나이든　小野小町(おののこまち)가　関寺(せきでら)
의　곁에　있는　암자에서　살았다라고　하는　전설에　얽힌　유적이　있다.

【42】

打聞集

- 1134년 이전 -

편자미상

　설교를　위한　자료로　편찬한　것으로　생각되는　본집에　수록된　설화
는　천축 6, 진단 7, 본조 14의　설화로　구성되어, 불법의　유전과　교
법·경전·고승의　영험담, 寺社縁起에　관계한　이야기가　많으며, 대부
분의　이야기가　당시　상당히　유명했던　것들이라고　추측된다. 수록
설화　27화　중　26화는 『今昔物語集』『宇治拾遺物語』『古本説話
集』『日本霊異記』중　하나와　공통되는　설화이다. 남은　하나는　설
화　내용을　명백히　알　수　없는　짤막한　메모이기　때문에, 『打聞集』
고유　설화는　전무라　해도　과언이　아니다. 『打聞集』 및　이들　4 설화
집간에는　직접적　서승　관계는　없다고　하는　것이　정설이며, 『打聞
集』는　이들 (『日本霊異記』는　제외) 배후에　예상되는　서로　뒤섞

인 전승 관계를 규명하는 귀중한 존재로 여겨져 있다. 또 『打聞
集』는 그 서명에 있듯이 귀로 들은 대로 적는다라는 소박한 의미
의 받아쓰기 메모라고는 할 수 없을 정도로, 선행 설화의 표현을
충실히 계승하고 있으며 그러한 부분은 상당히 인정되고 있다. 특
히 『打聞集』와 『今昔物語集』의 설화 배열을 보아도 집중적이고
연속적인 공통 설화가 존재하지만, 그것이 무엇을 뜻하는지는 아직
밝혀지지 않고 있다.

　문체는 『今昔物語集』에 가깝지만, 독자를 예상하고 쓴 작품이
아닌 것 같아, 표현이 충분치 못한 문장도 눈에 띤다는 평가이다.
그 반면 이야기로서의 재미를 충분히 느낄 수 있는 설화가 많은 것
은 『打聞集』가 수록한 설화가 모두 전승 과정에서 다듬어진 뛰어
난 표현을 그대로 전하고 있는 일면이 있기때문이라고 여겨지고 있다.

Ⅰ打聞集. 中島悦次. 白帝社. 1961.10
Ⅱ東辻保和. 打聞集の研究と総索引影印篇. 清文堂出版. 1981.1
Ⅲ中野猛他. 説話文学関係文献目録. 今昔研究年報1～10. 風間書房.
　1987～1996

【本文42-1】

唐僧入穴事

昔、唐ける僧、天竺渡ぬ。非他事、只物の為見物也。所
所見往く。片山に大きなる穴有り。牛此穴にはひ入る。其ともに
次て入れば、久しく通りて明き所に通り出でて、見れば、天竺にも
不似花開きたり。牛此花を食ふ。心見むとて此花を一枝取りて一
つの花を食ふ。甘き事極り无し。甘き事口に満ちたり。甘きまゝに
又取りて食ふ。三房許食ふ。食ふまゝに、只肥えに肥ゆ。不得□お

ぼゆれば、怖ろしくて、有りつる穴より帰り出づ。初めは安らかに通りつる穴に今度はせめて強ちにこみ通る。此の方免に通らむとするに穴に満ちぬ。内ちほらなるに、帰りも帰らず。出でも出でで、穴より頭許を指し出で止みぬ。わびしき事限なし。渡と渡る人に助くべき由を云へども、聞き入るゝ人なし。日来になれば、死にぬ。後には石に成りて、其頭あり。玄奘三蔵の天竺に渡りけるときの記に此由をしるせり。(20)

【注釈42-1】
1)唐(とう)의 어떤 중.
2)특별한 목적 없이.
3)여기 저기 구경하며 돌아다니고 싶어서.
4)산 중턱에.
5)소 뒤를 따라 그 구멍에 들어가 보니.
6)본적도 없는 꽃. 이 세상의 꽃이라고는 생각할 수 없는 꽃.
7)시험삼아.
8)점점 뚱뚱해져 가는.
9)「心(こころ)」의 글자가 손실. 뭐가 뭔지 알 수 없고.
10)좀 전에 들어갔던 구멍.
11)들어 갈 때는 아무런 노고도 없이 들어갔다.
12)꽉 차서 쉽게 들어갈 수 없어, 강제로 몸을 눌러서 앞으로 나아감.
13)건너편으로 나오려고 하지만.
14)구멍 가득 몸이 끼었다.
15)안은 넓은데.
16)머리만 내 놓은 채 움직일 수 없게 되었다.
17)왕래하는 사람. 그냥 지나가는 사람.
18)몇 일 지나가니.
19)중의 머리가 돌이 되어 그 자리에 있었다.

20)중국 唐(とう) 초기의 스님. 629년 또는 627년 단신으로 인도로 출발, 645년에 귀국, 太宗(たいそう)의 명령에 따라 75부 1300여권의 경전을 번역. 여행기『大唐西域記(だいとうさいいきき)』가 있음.

21)『大唐西域記(だいとうさいいきき)』에는 이 기사가 없음.

[참고]『宇治拾遺物語(うじしゅういものがたり)』권13 제11에 같은 이야기가 있다. 당나라에서 천축(인도)으로 건너간 중이 원래 해야 할 수행보다 세상일에 신경을 쓴 결과 어처구니없는 죽음을 당한다.

【本文42-2】

銭亀買人事

昔、天竺の人、宝かひに銭五千巻を子に以せて遣る。大きなる河の辺に銭を以て行く。船に乗りたる人来。船の方を見れば、亀五頚を捧げて有り。銭以る人立ち留りて「そは何亀ぞ。」と問へば、「害して物にせむとする也。」と云へば、銭以る人「其亀かはむ。」と云へば、船の人云はく「いみじき大切事にて、つり得たる亀也。されば、いみじきあたひなりとも、えうりたいまつらじ。」と云ふ。猶強に手を摩りて、此五千巻の銭にに亀五かひとりて去りぬ。心に思ふ様、『我が祖の宝かひに隣国遣りつる銭を亀にかへてやみぬれば、祖いかに腹立ち給はむずらむ』と思へど、さりとて祖の許に帰りいかで有るべきならねば、祖の許に帰るに、道に人対ひて云ふ様、「其こに銭に亀うりつる人は、ふ員に河中て船うち返して死にぬ。」となむ談りけるを聞きて、祖屋に帰り至る。此銭亀にかへつる由語らむと思ふ程に、祖云ふ様、「などて此銭を

ば返しをこせたるぞ。」と問ふ。子答ふ、「錢返し 奉 らず。錢は然

然也。其由申さむとて帰り参るなり。」と云ふ。祖云ふ「黒き 衣 着

たる人 各 錢千 巻 づゝ取りてなむ以来つる。此の錢也。」とて取り

出でたれば、此の錢未だぬれながら有り。早くかへて免ちつる亀、錢

の川に落ち入るを見て、 五 亀 各 千 巻 づゝ祖の□に、子帰らぬ先

に、 以 到るなりけり。亀の奇有なる事に注したるなりと有る僧語り

しなり。 (21)

【注釈42-2】

1)원전(原典)『冥報記(めいほうき)』에는 중국의 陳(ちん) 楊州(ようしゅう)
　의 厳恭(げんきょう)이라 함.
2)돈의 단위, 관(貫). 1관은 동전(銅錢) 1000개(千文).
3)거북이 다섯 마리가 머리를 올리고 있었다.
4)그 거북이들을 어떻게 할 것입니까?
5)많은 돈을 준다고 해도.
6)그래도.
7)부모에게 돌아가야 하기 때문에.
8)길을 지나가는 사람들이 이야기하기를.
9)갑자기.
10)배가 전복하여.
11)사정을 말씀 드리려고.
12)왜.
13)그때 돈과 바꾸어 놓아 준 거북이가.
14)결자.『今昔物語集(こんじゃくものがたり)』에는 「家(いえ)」『宇治拾遺
　物語(うじしゅういものがたり)』에는 「もと」라고 기술.

[참고] 거북이 報恩譚(ほうおんたん)의 하나.『今昔物語集(こんじゃくもの
がたりしゅう)』『宇治拾遺物語(うじしゅういものがたり)』외에도『日本法
華経験記(にほんほけきょうげんき)』『私聚百因縁集(ししゅうひゃくいんね

んしゅう)」『元亨釈書(げんこうしゃくしょ)」등에 같은 이야기가 있다. 거북이의 보은담(報恩譚)인데 순수한 마음을 가진 효자의 마음만큼 서술도 간략하고 순수하다.

【43】

梁塵秘抄

- 1169년경 -

後白河院(1127~1192)

平安 후기에 유행한 今様라고 불리는 가요를 가요 10권, 口伝 10권의 형태로 편찬한 것으로 생각되고 있지만, 그 일부만이 현존하고 있다. 今様는, 催馬楽·朗詠 등 옛 노래에 대하여, 그 당시 유행한 가요라는 뜻이다. 白拍子·遊女들이 읊었는데, 주로 7·5 음절을 네 번 반복하며 가락이 좋아서 서민 사이에서도 성행하였고 궁중에서도 즐겨 읊었다.

가요 권1은 조각이 난 문서이며, 목차에는 309수가 기록되어 있으나, 현존하는 것은 21수(長歌 10수, 古柳 1수, 今様 10수)와 말미에 후세 사람이 부가한 것으로 생각되는 서명의 유래가 기록되어 있다. 가요 권2는 불법을 해설한 和讃계 法文歌 220수와 神事歌계 四句神歌 204수, 그리고 二句神歌 121수가 수록되어 있다. 가요 중 등장하는 인물 계층도 무사(武士)·농부·海人·상인·山伏·巫女·博打うち 등 다양하고 12 세기경의 생활·풍속을 잘 반영하여 서민들의 애환의 심정을 전하고 있다.

『徒然草』에 서명이 보이는데, 그후 수백 년간 사람들에게 읽혀지지 않았지만, 明治 44년(1911년)에 권2가 발견되어 이듬해 권1과 함께 공식 간행된 것이 근대 수용사(受容史)의 시작이다. 고전 和歌에서는 볼 수 없는 그 독특한 예술성은 근대 작가와 가인(歌人)들에게 영향을 미치고 있다.

　『梁塵秘抄』 연구에는 今様를 주축으로 한 중고·중세의 여러 예능에 관한 역사적 고찰과 불교 가요에 대한 체계적 연구 등이 중요하고 종교사적 전망도 빠뜨릴 수 없다. 그 중에서도 法文歌가 난해함으로 불교·언어학·한문학 등이 많은 도움이 된다. 지금까지도 많은 연구 업적이 있지만 다양한 문제를 제시하고 있는 작품이다.

Ⅰ 日本古典文学全集25 梁塵秘抄. 新間進一. 小学館. 1976.3.
Ⅱ 林謙三. 天理図書館善本叢書和書16 古楽書遺珠. 八木書店. 1974.3
Ⅲ 林雅彦他. 古典歌謡研究文献目録抄. 国文学解釈と鑑賞第55巻5号. 至文堂. 1990.5.

【本文43】

法文歌　仏歌

仏は常にいませども　現ならぬぞあはれなる

人の音せぬ暁に　ほのかに夢に見えたまふ　（권第二26）

法文歌　法華経二十八品歌　序品

空より華降り地は動き　仏の光は世を照らし

弥勒文殊は問ひ答へ　法華を説くとぞかねて知る　（권第二57）

法文歌　雑

われを頼めて来ぬ男　角三つ生ひたる鬼になれ

さて人に疎まれよ　霜雪霰降る水田の鳥となれ

さて足冷たかれ　池の浮草となりねかし

と揺りかう揺り揺られ歩け　　（권第二339）

冠者は妻設けに来んけるは　構へて二夜は寝にけるは

三夜といふ夜の夜半ばかりの暁に　袴取りして逃げにけるは

　　　　　　　　　　　　　　　　　　　　（권第二340）

わぬしは情なや　わらはがあらじとも住まじとも

言はばこそ憎からめ　父や母のさけたまふ仲なれば

切るとも刻むとも世にもあらじ　　（권第二341）

【注釈43】
1)귀하게 여겨진다.

［참고］원전인 法華経(ほけきょう)寿量品(じゅりょうぼん)에 「我常(われつね)ニココニ住(じゅう)スレドモ, 諸(もろもろ)ノ神通力(じんつうりき)ヲ以(もっ)テ, 顚倒(てんとう)ノ衆生(しゅじょう)ヲシテ, 近(ちか)シト雖(いへど)モ而(よく)モ見(み)エザラシム(사람들이 번뇌가 많으므로 부처님이 존재를 알지 못한다는 뜻)」에 의함. 阿弥陀仏(あみだぶつ)가 꿈 속에 나타나는 것은 『更級日記(さらしなにっき)』에서도 볼 수 있다.

2)원전인 法華経(ほけきょう)序品(じょぼん)에 의하면 크고 작은 흰 연꽃(만다라화와 마가만다라화) 그리고 역시 크고 작은 선산 가지 꽃. 四華(しけ)라 하여, 석가가 法華経(ほけきょう)를 설법했을 때 그 징조로 나타난 여섯 가지 서상(瑞相)의 하나로 하늘에서 내린 네 가지 연꽃.

3)부처의 눈썹 사이에서 나오는 무량세계에 비친다는 광명. 부처의 그 때
   모습을 백호상이라 함.
4)원전을 보면, 앞에서 읊은 기이하고 상서로운 일이 무슨 까닭인지 미륵이
   묻고 있다.
5)미륵의 물음에 대해, 그 일들이 바로 부처가 法華経(ほけきょう)를 설법
   하시려는 징조임을 설명함.

〔참고〕원전을 용이하고 교묘히 축약한 것. 和歌(わか)와 더불어 法華経
(ほけきょう) 신앙을 중심으로 한 불교적 소양을 높이는 것도 당시 귀족
사회에서는 필수였다.

6)내가 당신을 의지하고 믿게끔 해놓고서.
7)그리하여.
8)되어 버려라.「ね」는 완료 조동사ぬ의 명령형으로 여기서는 강조.
9)여기저기.「と」는 부사로 '저렇게'란 뜻.「かう」는 부사かく의 ウ음편으
   로 '이렇게'란 뜻.

〔참고〕사랑하는 사람에게 배신당한 여자가 질투심을 솔직하게 읊는다.
슬픔보다 남자에 대한 우월감을 느낄 수 있다.

10)젊은이. 원래 성인이 되는 의식에서 관을 쓴 젊은 사람이라는 뜻.
11)속여서.
12)당시 결혼 풍속으로는 남자가 여자 집을 다니게 되어 삼일 째 되는 날
   露顕(ところあらわし=여자의 가족과의 대면)라는 의식을 올리고 결혼을
   알리는 연회가 있었다.
13)袴(はかま=당시 귀족이 정장 겉에 입는 주름잡힌 하의)의 좌우 자락을
   걷어 아귀에 끼워서. 위급할 때의 모습.
14)대등 또는 아래 사람에게 쓰는 2인칭.
15)여성이 겸손하게 쓰는 1인칭 대명사.
16)헤어지겠다라든가.
17)같이 살지 않겠다라든가.
18)주어는 남자. 당신은 나를 미워하겠지만.
19)헤어지게 하시는.

20)비록 이 몸에 칼을 대어, 내 몸이 조각조각 나도 결코 헤어지지는 않겠
  습니다.

[참고] 앞의 결혼 사기꾼 같은 남자의 우스꽝스러운 모습에 비하여, 부모
의 반대에 부딪쳐서 동요하는 남자를 나무라며 일편단심의 사랑을 읊은 여
자의 정정당당한 모습이 훌륭하다.

【44】

今鏡
いまかがみ

- 1170년경 -

작자 미상

성립에 관해서는 서문의 기술대로 1170년으로 보는 설과 그 이후
로 보는 설로 크게 나눌 수 있다. 작자에 관해서는 山口康助
「今鏡作者考」(「国語と国文学」 1953.6) 등의 藤原為経(생몰년 미
상)설 외에 花田和子「今鏡作者試論」(「女子大国文」 1971.7) 등의
藤原為業(생몰년 미상)설 등이 있다.

嘉応 2년(1170년) 3월 10일을 지난 무렵 작자가 친구와 함께
初瀬詣で를 하고 돌아오는 길에 大和国의 어떤 나무 그늘에서 나이
150세로 보이는 노파 - 『大鏡』의 화자(話者) 大宅世継의 손녀로
젊은 시절「あやめ」라는 이름으로 紫式部를 모신 적도 있다 - 와
우연히 만난다. 이야기는 이 노파의 회고담 형태로 진행되어,
『大鏡』의 끝부분 後一条천황(1008~1036년) 때(1025년)부터 高倉
천황(1170년)까지 13대 140여년간의 역사가 『大鏡』를 본따서 기전

체로 기술되고 있다. 즉 첫 머리에 천황기를, 그 다음에 藤原씨 열전, 村上源氏 열전, 황태자들의 열전, 마지막으로 예문 풍아에 관한 전설·일화를 기술하고 있다. 구성의 형태는 대체로『大鏡』를 계승하고 있지만 각 권마다「雲井」「子の日」「初春」라는 우아한 제목을 가진 몇 개의 장으로 구성되어 있는 점은『大鏡』와는 상이하며 이것은『栄花物語』를 본딴 것으로 보인다.

　작자가 묘사한 平安 후기 귀족 사회는 藤原道長 사망(1027년) 후, 藤原 세력이 차차 쇠퇴하여 승려들의 횡포와 무사 세력의 대두 등으로 크게 흔들리고 있었다. 그러나 작자는 이러한 정치적 사회적 면에 대해서는 거의 언급하지 않고 그의 최대 관심은 단지 여러 인물의 학문과 和歌 재능에만 있었다. 귀족적 풍류를 묘사하는 일화를 많이 수집하여『大鏡』와는 취향을 달리한 우아한 문체로 흥미롭게 그리고 있는 점이 이 작품의 특징이며 예문사적 가치가 인정되는 점이기도 하다. 기초적 연구가 정리되어지고 있으나 문학적 측면에서의 연구는 늦어진 작품이다.

Ⅰ日本古典全書 今鏡. 板橋倫行. 朝日新聞社. 1950
Ⅱ伊井春樹. 日本古典文学影印叢刊20·21 今鏡上·下. 日本古典文学会. 1986.10.12
Ⅲ朧谷寿외. 今鏡研究文献目録. 歴史物語講座4. 風間書房. 1997.4

【本文44】

　常陸守実宗と聞えし人、医師に尋ぬべき事ありて、雅忠が許に行けりけるに、暫しとて、障子の外に据ゑたりけるに、客人 饗 応しける間 に、門より入り来る 病 人を、 予て顔気色を見て、「これはそ

の病を問ひに来るものなり」といひて、尋ぬれば、誠にしかあり

けり。その中に、見苦しき事もあり、をかしき事もありて、えいひや

らねば、皆「心得たり」などいひて、繕ふべきやうなどいひつゝ、

あへしらひやりけるに、客人は有行なりけり。家主、杯執りた

るを、「疾くその御酒召せ。たゞ今ゆゝしき地震の振らむずれば、打

ち零し給ひてむず」といふに、さしもやはとや思ひけむ、急がぬ程に

地震おびたゞしく振りて、はたとひとしき酒を打ち零してけり。あさ

ましき事を聞きたりしとぞ語りける。

　中頃、笙の笛の師にて、市佑時光と聞えしが、いづれの御時

にか、内裏より召しけるに、同じ様に老いたる者と二人、碁打ちて、

歌うたふ様によりあはせて、大方聞きも入れず、御返りも申さざりけ

れば、御使嘲りて、帰り参りて、かくなむ侍ると愁へ申しけれ

ば、戒はなくて、仰せられけるは、「いと哀れなる事かな。唱歌し

すまして、よろづ忘れたるにこそあむなれ。帝の位こそくち惜し

けれ。さるめでたき事を行きてもえ聞かぬ」とぞ宣はせける。用

光といひし篳篥の師と二人、裏頭樂を唱歌にしけるとぞ、後に聞え

ける。

　その用光が、相撲の使に、西の国へ下りけるに、吉備国の程に

て、沖つ白波立ち来て、こゝにて命も絶えぬべく見えければ、狩

衣・冠など麗しくして、屋形の上に出でて居りけるに、白波の

舟漕ぎ寄せければ、その時、用光篳篥取り出だして、恨みたる声にえならず吹き澄ましたりければ、白波ども、各々悲しみの心起りて、かづけものどもをさへして、漕ぎ離れて去りにけりとなむ。さほどの理もなき武士さへ、情かくばかり吹き聞かせむもあり難く。また昔の白波は、なほかゝる情なむありける。　（昔話第9）

【注釈44】

1)전승 미상.
2)성은 丹波(たんば). 의술의 명인이었다는 기술이『古事談(こじだん)』등에 보인다.
3)우선 얼굴 색을 보기만 하고.
4)모모라는 병을.
5)증상을 명확히 설명하지 못했는데.
6)모두 알았다. 환자 자신이 증상을 충분히 설명할 수 없는데도 병을 꿰뚫어 볼 수 있는 명의(名医)라는 것을 알 수 있다.
7)치료 방법.
8)치료하여 돌려보내는데.
9)성이 安倍(あべ). 음양 박사라고 불리는 신비한 능력을 소유하고 예언 등을 하는 사람.
10)강력한 지진이 일어날 테니까.
11)주어는 有行(ありゆき).
12)지진이 일어나는 소리와 동시에.
13)불가사의하고 놀라운 이야기.
14)호리병박을 잘라 원형으로 만든 통 안에 보통 17개의 길이가 다른 관을 원형으로 세워 관마다 현을 달아 통 옆에 구멍을 뚫은 관악기.
15)어느 천황이 다스리던 시대였을까.
16)궁중에서.
17)서로 모여서.
18)천황께 보고해 드렸더니.
19)관악기의 선율을 노래하는 일에 전념하여.

20)천황의 자리와 바꿔도 아쉽지 않다.

21)성은 和迩(わに).

22)중국에서 전래한 대나무로 만든 관악기의 하나. 길이 약 20cm 앞에 7개
　와 뒤에 2개의 구멍이 있다. 애조를 띤 날카로운 소리가 남.

23)唐(とう)의 음악의 하나. 唐의 李徳祐(りとくゆう)의 작곡이라고 함.

24)칠월의 相撲(すもう=일본 씨름) 시합에 출장할 선수를 각 지방에서 초
　청하러 가는 사신.

25)岡山県(おかやまけん)와 広島県(ひろしまけん) 동부.

26)해적을 뜻함.

27)귀족의 의상과 장식.

28)지붕이 있는 배의 지붕 위.

29)상으로 받은 물건인데 주로 의류. 받은 사람은 왼쪽 어깨에 걸치고 물러
　간다.

30)별 풍류도 모르는.

31)감정을 담고.

[참고] 이 설화는『古今著聞集(ここんちょもんじゅう)』권7에 보이며, 세
번째 用光(もちみつ) 이야기도『古今著聞集』권12와『十訓抄(じっきんしょ
う)』제10에 보인다. 관악기 연주와 노래에 전념하는 생활을 할 수 있다면
천황의 지위까지 포기해도 좋다는 극단적인 기술에 왕조 말기, 武士(ぶし)
계층에게 실권을 빼앗기고 몰락해 가는 귀족이 예능을 탐닉하는 모습을 볼
수 있는 부분이기도 하다.

【45】

宝物集

- 1179년경? -

平康頼(1145?~1200이후)

복잡한 필사본의 양상으로 성립과 작자에 관한 학설은 일치하지

않는다. 1권본과 제2종7권본을 康頼 작품으로 보고 전자를 후자의 초고로 보는 설이 유력하다.

　필사본에 따라 설화 수와 기술에 큰 차이가 있지만, 서론, 보물론, 육도론, 12문론으로 된 기본적 구성은 모든 필사본에 공통한다. 이야기는 嵯峨清涼寺釈迦堂 참예자들의 좌담을 설정하여 보물을 둘러싼 논의에서 불법이야말로 보물이라는 결론에 이르고, 이어서 육도의 여러 고통을 이야기한 후, 그 고통을 피하여 정토 왕생하기 위한 12가지 방법이 교시된다. 이러한 취향은『大鏡』『往生要集』의 영향이라 생각할 수 있다. 그 사이에 화제마다 천축, 진단, 본조의 각 설화가 몇 개씩 기술되어 있고, 그 설화는 각 논점을 증명하는 역할을 한다. 그리고 말미에는 원칙적으로 5수1군의 和歌가 실린다. 제2종7권본이 그 배열 등 가장 정리된 형식을 갖추고 있다. 수록 설화는 대체로 경계가 간단히 기술되는 경우가 많아, 때로는 항목적 언급에 그치는 경우도 있다. 그렇기 때문에『宝物集』의 설화는 문학적 매력이 부족하다는 평가를 받지만, 설화의 전거(典拠)가 된 서명을 본문 안에서 찾아볼 수 있는 것만 해도 100여개 이상이며, 종류는 불전, 한적, 歌書, 物語까지 다양하다. 같은 취향의 작품을 분류하여 수록한 가집(歌集)적 성격도 인정되지만, 인용하는 경문 등을 창도(唱導)의 상투적인 문구에서 많은 소재를 얻고 있으며, 또 日蓮 교단이『宝物集』를 설교 재료로 사용한 사실 등에서도『宝物集』가 창도(唱導) 활동과 깊은 관계를 가지고 있는 것으로 보아진다.

　『宝物集』를 출전으로 하는 작품에는『平家物語』『発心集』『曾我物語』『西行物語』『保元物語』『平治物語』『教訓抄』등이 있다. 康頼의 和歌는『千載集』『玉葉集』『新続古今集』에 합계 6수가 수록되어 있다. 그 외에『月詣和歌集』『若宮社歌合』등에도

그가 읊은 노래가 있다.

Ⅰ 新日本古典文学大系40　宝物集. 小泉弘他. 岩波書店. 1993.11
Ⅱ 小泉弘. 貴重古典籍叢刊8　宝物集. 角川書店. 1973.3
Ⅲ 山田昭全他. 宝物集研究文献目録. 宝物集. おうふう. 1995.4

【本文45】

　しかりといへども、富めるものは、楽にふけりて道心をおこさず。貧しきものは、世路をわしりて、出家の心なし。されば、

行基菩薩だにおもひわづらひて、

　　　随世似望有　　　背俗如狂人

　　　穴憂哉世間　　　何処隠一身

となげき、弘法大師は、「田をつくるおりはうゑその中にあり、物をならふ時は禄その中にあり」と、三教指帰と申文には書き給へる也。まことには、たれも善にはものうく、悪にはすすめる事にてぞ侍るめる。

　おろかなるかなや、菩提の善友におろそかにして、煩悩の悪縁にしたしめる。あはれなるかなや、うけがたき人身をうけて、あひがたき仏法を修行せざる。朝の花をみる人、夕の風にちり、宵の月をながむるもの、暁の雲にかくる。楊梅桃李のなつかしきにほひ、春の風にさそはれ、蘭菊紅葉のさかりなる色、秋の霜にうつさる。暁の露ににたり、宵の電のごとし。昔みし人は、皆三途の古郷へかへり、今きく人は、また黄泉の旅におもむかんとす。

まことに、天下の衰幣、仏法の魔滅、たとへをとりて申すべきにあらず。天竺・大唐・吾朝の事、おろおろ申し侍るべし。

　毘沙離国の仏跡をたづぬれば、大林 精 舎は名をのみきく。給弧独薗の伽藍をとぶらへば、祇園 精 舎は名をのみきく 石ずゑのみ残り、白鷺池は水たえてうゑ木しげり、菩提樹は、根をはなれて若葉さゝず。うちかちおりて君として、摩竭陀国の外に王なし。（권4）

【注釈45】

1)앞 부분에서 불교를 신봉하는 마음의 존귀함을 설파함.

2)돈벌이에 바빠서.

3)奈良(なら)시대 불교를 민간에 전파한 승려(668~749년). 백제 도래인의 후손. 15세에 출가하여 745년 첫 「大僧正(だいそうじょう=승려의 관직 중 최고위)」가 됨.

4)「行基菩薩遺誡(ぎょうきぼさつゆいかい)」의　한　구절.『古今集(こきんしゅう)』에　西行(さいぎょう)의　和歌(わか)로　실려,『方丈記(ほうじょうき)』『沙石集(しゃせきしゅう)』『私聚百因縁集(しじゅうひゃくいんねんしゅう)』등에서도 인용됨.

5)空海(くうかい). 唐(とう)에 유학 다녀 온 승려(774~835년). 天台宗(てんだいしゅう)의 조(祖).

6)『論語(ろんご)』의　孔子(こうし) 어록 중에서　空海저『三教指帰(さんごうしいき)』에 인용되어진 구. 견작 할 때 식량은 이미 견작하는데에 있고 배우는 곳에 재산이 이미 있는 법이다.

7)불도(仏道).

8)인간으로서의 몸.

9)아침에 꽃을 보는 사람은 저녁에 그 꽃이 바람에 흩어지듯 그 사람도 쇠퇴하리라.

10)밤하늘에 뜬 아름다운 달도 새벽에는 구름에 가리게 되리라.

11)永観(えいかん)저「三時念仏観門式(さんじねんぶつかんもんしき)」3단의 문장을 윤색. 항상 사람을 즐겁게 하는 벚꽃과 매화꽃 향기도 번성하지

만 그것들도 후일 바람에 사라지게 되고, 뛰어난 불법의 공덕을 구비한 난(蘭)과 국화도 번성하지만 시간이 지나면 추위에 사라지리라.

12)가을을 상징하는 식물.

13)여기도 「三時念仏観門式(さんじねんぶつかんもんしき)」 3단의 문장을 윤색. 찰나적 존재이다.

14)「三時念仏観門式(さんじねんぶつかんもんしき)」 1단의 한 문장을 윤색.

15)지옥을 가르킴.

16)지옥.

17)인도, 중국, 일본. 불교가 발생하여 일본에 전파된 길. 고대 일본의 세계관.

18)고대 인도의 국명. 석가가 교화를 위해 자주 찾아왔음으로 유적이 많다.

19)큰 숲속에 있었기에 붙여진 이름. 이곳을 찾아온 석가는 이 건물에서 설법함.

20)인도 舍衛国(しゃえこく)에 있던 祇陀太子(ぎだたいし)의 동산. 이하는 『平家物語(へいけものがたり)』 권2에서도 같은 기술을 볼 수 있다.

21)祇陀太子가 須達長者(すだつちょうじゃ)와 함께 건립하여 석가에게 봉헌한 사원.

22)초석. 주춧돌.

23)王舍城(おうしゃじょう=인도 동북부. 여기서 최초의 불전 편집이 이루어짐)에 있던 연못. 여기서 석가가 설법함.

24)석가는 이 나무 밑에서 깨달음을 얻었다. 불가(仏家)에서 신성시(神聖視)함. 뿌리가 썩어 새잎이 싹트지 않는다.

25)고대인도 정치 문화의 중심지. 불교 발상지.

〔참고〕「行基菩薩遺誡(ぎょうきぼさつゆいかい)」『三教指帰(さんごうしいき)』「三時念仏観門式(さんじねんぶつかんもんしき)」등 작자가 불교를 배움에 있어서 읽었을 것으로 생각되어지는 문헌으로부터 작자가 윤색을 가하여 결론을 기술한 후, 인도·중국·일본의 설화를 제시, 논증해 나간다.

【46】

とりかへばや物語

- 집필 시기 미상 -

작자 미상

시대를 거슬러 올라가면 「とりかへばや」와 「今とりかへばや」 두 종류가 있었는데 그 중 「とりかへばや」가 원작이지만 소멸되어 현존하는 것은 「とりかへばや」의 개작으로 생각되는 「今とりかへばや」인 것이다. 소멸된 「とりかへばや」는 院政期(1086~1185), 현존하는 개작도 院政期에서 鎌倉시대 초기에 걸쳐 성립한 것으로 여겨진다.

權大納言 겸 大将의 자녀로 배 다른 남매가 있었는데 오빠는 여성적이며 여동생은 남성적이었기에 아버지는 두 남매의 성(性)을 「とりかへばや(바꾸고 싶다)」라고 탄식하며 실제로 오빠를 딸로서 「若君」라 부르며 키운다. 둘은 성(性)이 바뀐 체 성인이 되고 여동생은 中将에서 權中納言로 눈부신 승진을 하여 「四の君(여)」와 결혼까지 한다. 나중에 四の君는 호색한 宮の宰相와 부정을 범하여 임신하게 되고, 權中納言는 아내의 부정을 알고서 세상을 원망하며 괴로워한다. 또 宮の宰相는 中納言(權中納言에서 승진)의 비밀(여자라는 것)을 알아내고 그녀와도 정을 통한다. 결국 中納言에게도 임신의 징조가 나타나는데 中納言는 右大将로 승진하고 宮の宰相도 權中納言가 된다. 오빠는 천황으로부터의 입정 요청을 사양하여 女一の宮 밑으로 출사하는데 점점 정을 통하는 사이가 된다.

이야기의 끝은 필연적으로 수많은 파란을 겪은 두 남매가 결국 원래의 성(性)으로 돌아가 오빠는 関白 여동생은 中宮가 되어, 더 할 나위 없는 번영을 누리며 행복을 얻게 된다는 것으로 끝을 맺는다. 성(性) 위장이라는 기발한 구상과 관능적이고 퇴폐적인 내용 등 平安후기 物語의 특징이 현저하게 나타난 작품이라 하겠다.

Ⅰ 新日本古典文学大系26　とりかへばや物語.　今井源衛他.　岩波書店.　1992.3
Ⅱ 今井源衛.　とりかへばや物語　宮内庁書陵部蔵.　新典社.　1971
Ⅲ 今井源衛他.　参考文献.　新日本古典文学大系26.　岩波書店.　1992.3

【本文46】

　親王もかゝるよし聞き給ひて、これには便なかるべければ、姫君たちのおはする方をしつらひて、おろし奉り給ひて、あきらかにさし向かひて見奉り給ふに、かたみに、いとめでたき有様も夢のやうに、うれしくあはれにもおぼす。殿よりも、おぼつかなく心もとなき御消息、遠き程とも見えずうちしきりて、そのわたりのさるべき物はみな奉るべきよりおほせらるれば、みな持て参り集まる。

　心やましき思ひ絶えずいぶせかりし憂き世の中離れて、やすらかにおぼさるれど、明け暮れ見馴れし限りなく山口しるかりし顔つきぞ恋しく、人やりならずほれぼれしく打ちながめて、にはかにかゝるさまをあやしと見驚き給ひぬべき恥づかしさに、あなたの姫君たちにも対面し給はず、つくづくと打ち臥し給へるを、男君は、たち離れながら、中納言の心の中苦しくおぼさるゝにやと心得たまひて、

「あやしく世づかぬ有様も見奉り知り給ひにけん人を、あらためて

かく離れさせ給はんも、あぢきなき御事に侍るべきを、いかにおぼし

めし定めさせ給ふぞ」との給ふを、「心より外に心得ぬ契りの有り

けるに、寝ざとくまではいかが侍らん。心憂しと思ひながら、何心

なくいはけなき有様を身に添へて、あやしかりぬべく侍りしかば。見

捨てつる心苦しさばかりをなん思ひ侍る」とて、忍びがたくうち泣

き給ふけしき、いとあはれ也。「げに、さおぼさるべき事に侍る。そ

の御ゆかりしも、離れにくき御契り侍れ」と聞こえ給へば、さりけり

と殿などには聞え奉らじの御けしき深く、中納言にはかけ離れなん

の御心なめりと見ゆるも、いかなるべき事にかと心苦ししく、

我もかくてすずろにあり馴れにし身を変へて、参り初めにし後は、

二夜と隔つることなく見奉り馴れにし春宮に、久しく離れたてま

つりて、たゞならぬ御けしきの見えしも、かく見奉らで、行方知

らぬ野山の末にあくがれ過ぐすも、またいとうつし心にもあらず、

さりとても、にはかにさし出でて人に見え知られんさまのうひうひし

くまばゆきにより、身をも馴らすほど、思ひ念じつゝ、わが代はり

にはこの人さておはせば、春宮に対面給はる事もをのづからかまへ出

でてん、とかくおはしまさんほども、この人にこと寄せたてまつり

てこそはもて隠しあつかひ奉らめなど思ひなすにぞ、胸のひまあ

けて、「かうかうの事有りしが、いとおぼつかなきを、わが代はりに

もて隠し聞え給へ」と、いとこまかに聞え給へり。(권3)

【注釈46】

1)吉野(よしの)の宮(みや)도 大将(たいしょう)가 원래의 여자 모습으로 되돌아 왔다는 것을 들으시고 자신의 거처에서는 사정이 좋지 않을 것이라는 생각으로.

2)집.

3)어떤 남장(男裝)도 하지 않은 원래 여자 모습으로 있는 大将(たいしょう)과 대면한 것을 뜻함.

4)부친에게서도 염려가 되어 빨리 만나고 싶다는 편지가 멀리 떨어져 있다는 생각이 들지 않을 정도로 빈번히 와서.

5)吉野(よしの) 주변 左大臣(さだいじん)의 荘園(しょうえん=귀족이나 사찰 소유지)에 있는 것으로 宮家(みやけ)에서 필요할 만한 것은 모두 宮(みや)에게.

6)장래 크게 성공할 것이 지금부터 확실히 예측되는 若君(わかぎみ)의 생김새가.

7)후궁의 모든 예식과 사무를 맡아 보던 여관(女官)의 장인 尚侍(しょうし)로서 여성으로 활동하는 男君(おとこぎみ)는 자기와는 관계없는 일이라고 생각하시면서도 '大将(たいしょう)는 権中納言(ごんのちゅうなごん)의 심중을 헤아리며 불쌍하다고 생각하시는지'라고 생각하시고.

8)기묘하고 색다른 당신 모습도 알고 계셨던 権中納言(ごんのちゅうなごん)와 지금 새삼스럽게 이렇게 떨어져 계시는 것도. 尚侍(실은 오빠)의 말.

9)마음에 들지 않고 이해할 수 없는 전생의 인연이 있었습니다만, 그것을 고민하여 잠들 수 없다니 그런 일이 어떻게 있겠습니까? 大将(실은 여동생)의 말. 남녀 관계를 고민하여 밤을 샌다는 것을 비웃는 표현.『夜(よる)の寝覚(ねざめ)』가 그 전형적 작품.

10)中納言(ちゅうなごん)과의 관계를 몹시 싫증난다고 생각하면서도, 아무 것도 모르는 아이를 곁에 두고 있는 채로는 이상하게 될지도 모른다고 생각해서.

11)그 아이를 나두고 온 것에 대한 아픔을 느낄 뿐입니다.

12)그 若君(わかぎみ)와의 혈연이야말로 끊으려고 해도 끊을 수 없는 전생부터의 인연인 것입니다.

13)'이러 이러한 사정이 있었습니다' 하고.

14)尚侍(しょうし)는 어떻게 될지 염려가 되어서.

15)저도 이렇게 그냥 타성으로 익숙한 모습을 바꿔서. 尚侍(しょうし)의 생각.

16)처음 궁정에서 일하기 시작한 이래.

17)돌아가신 황후가 낳은 외동딸. 여자이지만 황위 후계자가 됨. 尚侍(しょうし)는 春宮(とうぐう)를 모시기 위해 궁정에 들어온 후 春宮와 정을 통하게 됨.

18)春宮(とうぐう)는 임신한 징후가 있었다.

19)이렇게 잘 모시지도 못해 드리고.

20)아무 연고도 없는 산야를 헤매고 다녀 나날을 보내는 것도 완전히 미친 짓이다.

21)오색하고 부끄러워서.

22)남자로서 행동하는 일에 익숙해질 동안 春宮(とうぐう)와 만나지 못하는 것은 참고.

23)저 대신 이 사람(大将)이 尚侍(しょうし)로 오시게 되면 春宮(とうぐう)를 뵐 기회도 자연스럽게 만들 수 있을 것이다.

24)여러 가지로 일이 있을 것으로 생각되는 春宮(とうぐう)의 출산을 전후하는 시기도.

25)大将(たいしょう).

26)탓하고.

27)비밀리에 아무 탈이 없도록 처치해주겠다.

28)메인 가슴이 풀리고.

29)尚侍(しょうし)의 말. 春宮(とうぐう)와 자신사이에서 이러이러한 일이 있었다는 것을 알고, 자기 대신 春宮(とうぐう)를 잘 보살펴달라는 부탁을 함.

[참고] 배 다른 남매는 오빠가 여성적이고 여동생이 남성적이라는 이유로 오빠는 여자로 여동생은 남자로 서로 성(性)을 바꾸어 성장한다. 그로 인해 발생하는 희비극 중에 연애·동성애·부모의 사랑·원수에 대한 사랑 등 여러 사랑의 형태가 묘사되는 작품 중에서 이 부분은 성을 바꾸어 지내던 남매가 원래 성으로 돌아가기로 하고 이에 대비하여 이야기를 나누는 장면이다.

【47】

無名草子

– 1198년~1202년 사이에 성립 –

藤原俊成の女

작가에 대해서는 藤原俊成の女 외에 藤原俊成·式子内親王설도 있다.『建久物語』·『無名物語』라는 별명도 있다.

어느 집에 묵었던 83세의 노여승이 그 집의 여인들과 서로 애기하는 형식이며 이것은『大鏡』나『宝物集』의 형식에 의거한 것이다.『法華経』의 이야기로부터『源氏物語』의 화제가 되고 작가 紫式部와 종교와의 관계 각권에 등장하는 인물·장면를 비평한다. 더욱이『源氏物語』이후의『狹衣物語』·『夜の寝覚』·『浜松中納言物語』·『とりかへばや物語』·『海人の刈藻』등 25개의 작품을 논하고『源氏物語』이전의『伊勢物語』·『大和物語』를 평론한다. 歌集에 대한 평론에서 勅撰和歌集·私家集등을 논하고 小野小町·清少納言·小式部内侍·和泉式部·紫式部·定子内親王등 여성 작가들을 논평한다. 소위 平安시대 여류 문학 전체에 대한 평론서이고 현존하는 문예 평론서로서는 최고(最古)의 작품이다. 그리고 현존하지 않는 이야기, 이른바 散逸物語에 관한 평론도 있고『拾遺百番歌合』나

『風葉和歌集』와 함께 散逸物語의 연구 자료로서 귀중하다.

　본서는 그 절반 이상을 『源氏物語』 평론에 대해 쓰고 있고 당시의 『源氏物語』의 읽는 방법을 알기 위한 귀중한 책이다. 등장 인물론(人物論)에서는 「めでたき人」・「好もしき人」・「いみじき人」・「いとほしき人」로 분류하여 여성들을 논하고、장면에 관해서는 「あはれなること」「いみじきこと」・「いとほしきこと」・「心やましきこと」・「あさましきこと」로 나누어서 논평하고 있으므로, 平安시대에 있어서의 이야기를 읽는 방법이나 미의식을 생각하는 단서가 된다.

Ⅰ 無名草子(新潮日本古典集成38). 桑原博史. 新潮社. 1982.7
　　無名草子(日本思想大系「古代中世芸術論」). 岩波書店.
Ⅱ 無名草子(日本の古典27). 久保木哲夫. 小学館. 1987.1
Ⅲ 久松潜一. 建久物語. 笠間影印叢刊43. 笠間書院. 1973.3

【本文47】

　「など『源氏』とてさばかりめでたきものに、この 経 の文字の一偈一句おはせざらむ。何事か、作り残し書き漏らしたること、一言も侍る。これのみなむ、第一の難とおぼゆる」と言ふなれば、あるが中に若き声にて、「 紫 式 部が 法 華 経を読み 奉 らざりけるにや」と言ふなれば、(老尼)「いさや。それにつけても、いと 口惜しくこそあれ。あやしの我が歌に、 後 の世のためはさるものにて、 人 のうち聞かんむも、 情 おくれて、おぼえぬべきわざなれば、あながち

にしても 見奉らまほしくこそあるに、さばかりなりけむ人、いかでかさることあらむ」など言へば、また、(老尼)「さるは、いみじく道心あり。 後世の恐れを思ひて朝夕行ひをのみしつつ、なべて世には心もとまらぬさまなりける人にや、とこそ見えためれ」など言ひ初めて

(老尼)「さても、この『源氏』作り出でたることこそ、思へど思へどこの世一つならずめづらかに思ほゆれ。まことに、仏に申し請ひたりける験にや、とこそおぼゆれ。それよりのちの物語は、思へばいとやすかりぬべきものなり。かれを才覚にて作らむに、『源氏』にまさりたらむことを作りいだす人ありなむ。わづかに『宇津保』『竹取』『住吉』などばかりを、物語とて見けむ心地に、さばかりに作り出でけむ、凡夫のしわざともおぼえぬことなり」など言へば、また、ありつる若き声にて、「いまだ見侍らぬこそ口惜しけれ。それを語らせ給へかし。聞き侍らむ」と言へば、(老尼)「さばかり多かるものを、そらにいかがは語り聞こえむ。 本を見てこそ言ひ聞かせ奉らめ」と言へば、「ただ、まづ今宵おおせられよ」と、ゆかしげに思ひたれば、「げにかやうの宵、つれづれ慰めぬべきわざ」など口々言ひて、「巻々の中にいづれかすぐれて心にしみてめでたくておぼゆる」と言へば、(老尼)「『桐壷』に過ぎたる巻やは侍るべき。『いづれの御時にか』とうちはじめたるより 源氏初元結のほど

まで、言葉続き、有様をはじめ、あはれに悲しきこと、この巻に籠りて侍るぞかし。

【注釈47】
1)『源氏物語(げんじものがたり)』.
2)그만큼.
3)매우 훌륭한 작품에.
4)『法華経(ほけきょう)』.
5)한마디도. 偈(げ=계)는 부처님의 덕(德)과 가르침을 칭송하는 시(詩).
6)「おはす」는 「あり」의 존경어인데 여기서는 「あり」의 공손한 말로 쓰여져 있음.
7)「か」는 係助詞(かかりじょし). 結(むす)び는 「侍る」이며 여기서는 反語(はんご).
8)이야기로서 저술하지 않는 세계와 빠뜨리고 쓰는 것.
9)「何事か」의 「か」를 받아서 反語(はんご)가 되며 '한마디도 없습니다'라는 뜻.
10)『法華経(ほけきょう)』에 있는 문장이 인용되어 있지 않는 것이.
11)유일한 단점.
12)추측의 조동사. 목소리이나 소리에 의한 추정. 『無名草子(むみょうぞうし)』의 주인공인 늙은 여승은 어둠 속에서 몸을 눕혀 다른 여성들의 모습을 보지 않는채 이야기하는 목소리만 듣고 있다.
13)그 자리에 있는 여성들 중에서.
14)紫式部(むらさきしきぶ)를 비판하는 표현.
15)平安(へいあん)시대 사람들은 불교 교전 중에서 『法華経(ほけきょう)』를 가장 존경하며 믿었으며 和歌(わか)속에 『法華経』의 어구를 인용하면서 노래하는 것이 유행하는 등, 문학과 불교 사이에서는 밀접한 관계가 있었다. 그러나 『源氏物語(げんじものがたり)』는 이치에 맞지 않는 말이나 지나치게 꾸민 말이 쓰여져 있는 광언기어(狂言綺語きょうげんきぎょ)의 이야기이기 때문에 작자인 紫式部(むらさきしきぶ)는 죽은 후에 지옥에 떨어졌다는 전승이 있음.
16)판단을 망설일 때 하는 소리. 글쎄 어떨까요.
17)『源氏物語(げんじものがたり)』가 매우 훌륭한 이야기인데 『法華経(ほ

けきょう)」를 인용한 저술이 없어서 「法華経(ほけきょう)を読(よ)み
奉(たてまつ)らざりけるにや」라는 비판을 받을 것이.

18)유감스러운 일이다.

19)대수롭지 않는 저의 和歌(わか) 중에.

20)죽은 후에 극락에 가기 위하여 『法華経(ほけきょう)』의 말을 和歌(わ
か) 중에 노래하는 것은 당연하며. 「さるものにて」는 '말할 수 없으며'
의 뜻.

21)제(老尼)가 살아가고 있을 때 『法華経(ほけきょう)』를 인용하지 않은
저의 和歌(わか)를 딴 사람이 읽는 것도.

22)풍아함이 부족하여.

23)생각지도 못하는 것. 그당시 불교는 종교로서 또 문학 이념으로서 중요
한 것이었다.

24)무리하게 해도.

25)『法華経(ほけきょう)』를 읽고 싶은 것인데. 「奉(たてまつ)ら」 종지
형은 「奉る」는 老尼이 『法華経』를 존경하는 마음을 나타내는 겸손
어. 「まほしく」 종지형은 「まほし」. 희망을 나타내는 조동사.

26)그만큼 훌륭한 작품을 쓴 사람.

27)왜. 「か」는 번어(反語).

28)紫式部(むらさきしきぶ)가 『法華経(ほけきょう)』를 읽어본 적이 없는 것.

29)게다가.

30)너무.

31)불교를 신앙하는 마음. 주어는 紫式部(むらさきしきぶ). 紫式部가 石山寺
(いしやまでら)의 관음에 기도하여 『源氏物語(げんじものがたり)』를
썼다는 전승이 있음.

32)죽은 후에 극락에 갈 수 있는지 없는지에 대해 걱정하며.

33)불교 수행.

34)반복 계속을 나타내는 접속조사. 아침 저녁으로 몇번이나 불교 수행을
하여.

35)이 세상. 속세(俗世).

36)관심이 없는 사람이 아닐까.

37)「見え」의 종지형은 「見ゆ」. 보려고 하지 않아도 자연히 보인다. 老
尼의 주관을 배제함으로서 紫式部(むらさきしきぶ)의 신앙심을 강조한
다. 「ためれ」는 「たるめれ」의 撥音便「たんめれ」에서 「ん」이

　　탈락한 것. 소리내어 읽을 때는 「たんめれ」라고 해야 함.
38)그런데.
39)어떤식으로 생각해 봐도.
40)이 세상 뿐만이 아니라 내세(来世)에 있어서도.
41)매우 훌륭하게.
42)주35참조. 「験(しるし)」는 효과.
43)『源氏物語(げんじものがたり)』이후의 작품들.
44)『源氏物語(げんじものがたり)』를 모방할 수 있기 때문에 저술하기 쉽다.
45)『源氏物語(げんじものがたり)』를 가리킴.
46)『源氏物語(げんじものがたり)』의 창작법을 기초로 저술하면. 추량 조
　　동사「む」+ 접속조사「に」의 꼴로 가정을 나타냄.
47)『宇津保物語(うつぼものがたり)』『竹取物語(たけとりものがたり)』
　　『住吉物語(すみよしものがたり)』는　모두　『源氏物語(げんじものがた
　　り)』 이전 작품.
48)평범한 사람.
49)행위. 여기서는 『源氏物語(げんじものがたり)』 집필을 가리킴.
50)조금 전에 발언한.
51)옛날에는 이야기의 전승이 원본 또는, 원본을 베껴 쓴 사본을 베껴 쓰는
　　방법과 말로 구전하는 방법이 있었다. 여기서는 『源氏物語(げんじもの
　　がたり)』 내용을 말로 이야기하시라고 부탁하고 있다.
52)『源氏物語(げんじものがたり)』는 전부 55권.
53)암송하여.
54)겸손 보조동사.
55)본문. 어떤 사람이 본문을 읽으면서 목소리를 내고 딴 사람은 이야기 내
　　용을 귀로 듣는 것이 그 당시 이야기의 공유에 있어서 일반적이다.
56)'알고 싶다', '보고 싶다'란 뜻을 가지고 있는 형용사 「ゆかし」에 형용
　　동사를 만드는 어미「げなり」가 접속된 것. 여기서는 노여승의 이야
　　기를 듣고 싶은 마음이 있는 것 같이 보이기 때문에.
57)할 일이 없이 따분한 마음을.
58)가장.
59)마음에 사무쳐.
60)매우 훌륭하게.
61)『源氏物語(げんじものがたり)』55권 중 제1권.

62)뛰어난.

63)『源氏物語(げんじものがたり)』「桐壺(きりつぼ)」의 기필. p000 참조.

64)初元結(はつもとゆひ)는 남자 아이가 어른과 똑같은 머리형을 하는 것.
   『源氏物語(げんじものがたり)』 주인공인 源氏(げんじ)가 12살로 성인식
   을 행한 기술이 「桐壺(きりつぼ)」 끝에 있음.

65)문장의 격조와 이야기 내용.

66)슬픈 정취.

[참고] 平安(へいあん)시대 말기 문학과 종교와의 밀접한 관계를 말하고
있는 부분이다. 紫式部(むらさきしきぶ)가 狂言綺語(きょうげんきぎょ)인
『源氏物語(げんじものがたり)』를 썼기 때문에 지옥에 떨어졌다는 전승은
『宝物集(ほうぶつしゅう)』에 기록되어 있다. 『無名草子(むみょうぞう
し)』의 작자는、紫式部에게 신앙심이 있었던 것을, 작가의 주관을 배제한
형식으로 아무렇지도 않는 듯이 주장하고, 이야기 본문에 『法華経(ほけ
きょう)』에서의 인용은 없지만 마음 속에는 신앙심이 있었던 것을 표시한
후에 이야기에 대한 평론이 시작된다. 실제로 『源氏物語』 본문에는 「法
華経一部(いちぶ)づつ供養(くよう)ぜさせたまふ」(「柏木(かしわぎ)の巻」)
와 같이 8개 용례와 장면이 쓰여져 있는데 『法華経』 본문 인용은 없어서
紫式部가 『法華経』를 어떻게 생각하고 있었는지에 대해서는 미묘한 문제
를 제시할 수 있다. 또 이 부분에서 이야기 본문을 어떤 사람이 소리내어
읽고 주변 사람이 그 내용을 듣는다는 형식으로 物語(ものがたり)가 공유
되어 있었던 실태를 알 수 있다.

참 고 도 판

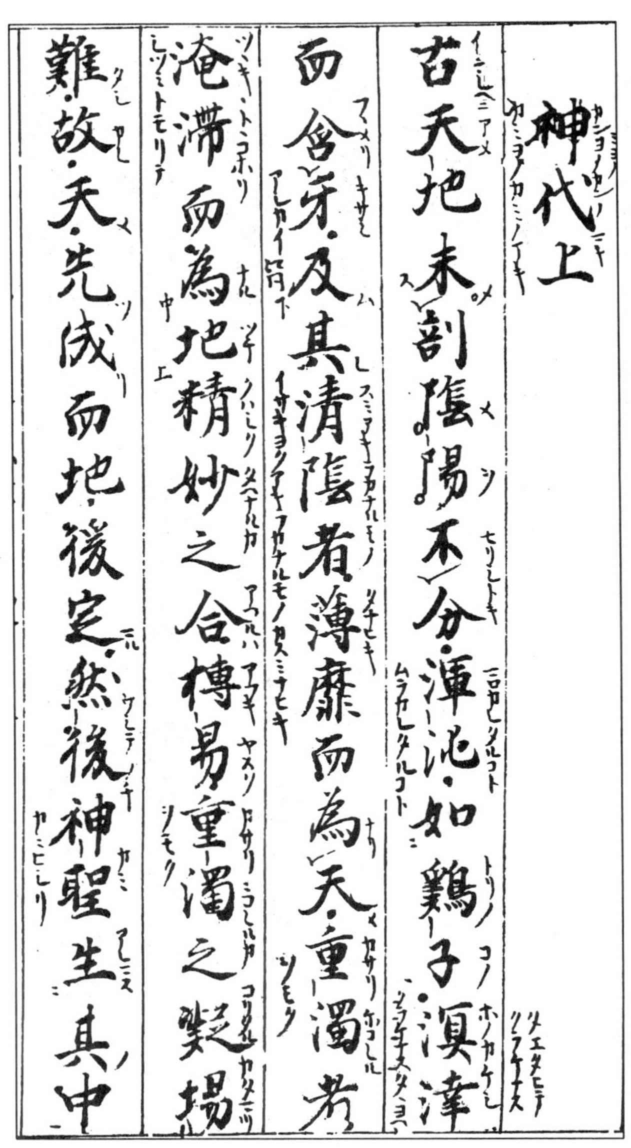

神代上

古天地未剖陰陽不分渾沌如鷄子溟涬

而含牙及其清陽者薄靡而爲天重濁者

淹滯而爲地精妙之合搏易重濁之凝竭

難故天先成而地後定然後神聖生其中

八雲國者狭布之稚國在哉初國小所作故
将作縫詔而栲衾志羅紀乃三埼矣國之餘
有耶見者國之餘有詔而童女胸鉏所取
更見大魚之支太衝別而波多須々支穂振別而三身
之綱打挂而霜黒葛闇耶々々尓介河舩之毛曽
々呂尓来引未縫國者自去豆乃折
絶而八穂米支豆支乃御埼以此而里之堅

茜草指武良前野逝標野行野守者不見哉君之袖布流

皇太子答御歌
明日香宮御宇天皇
諡曰天武天皇

紫草能尒保敝類妹乎尒苦久有者人嬬故尒吾戀目八方

紀曰天皇七年丁卯夏五月五日縦猟於蒲生野

于時天皇第諸王内臣及群臣皆悉從焉

大伴郎女和謌四首

狭穂河乃小石踐渡夜干玉之黒馬之来夜者年尓

母有糠

千鳥鳴佐保乃河瀬之小浪止時毛無吾恋者

将来云毛不来時有乎不来云乎将来常者不待不来

云物乎

弓

本
由義天戸波志奈〻木毛能加安津佐由見万

由見津攴由義志那古佐留良志

由見津攴由義志那古佐留良志

末
見知乃久乃安佐多乃万由見和加此加皮我

求我久与利古志乃斐志紫不尓

神楽歌【06】

三孝指歸注卷

三孝云　揮李子孔也　尺逸　天竺尺☐梅云樹ト

有リ　其本　生ツルカ　故ニ　尺逸ト云也木李ト云

李ニノ木本　テ生故李ト云也又八十一年

死疾ニ　八ラニヒ生ツルカ　故ニ　云ヒ子ト孔孔子ノ

頭　穴有リ　故云孔子、孔山、云山生故孔子ト

云名付タリ　又大唐穴山ニ山有リ　指解云

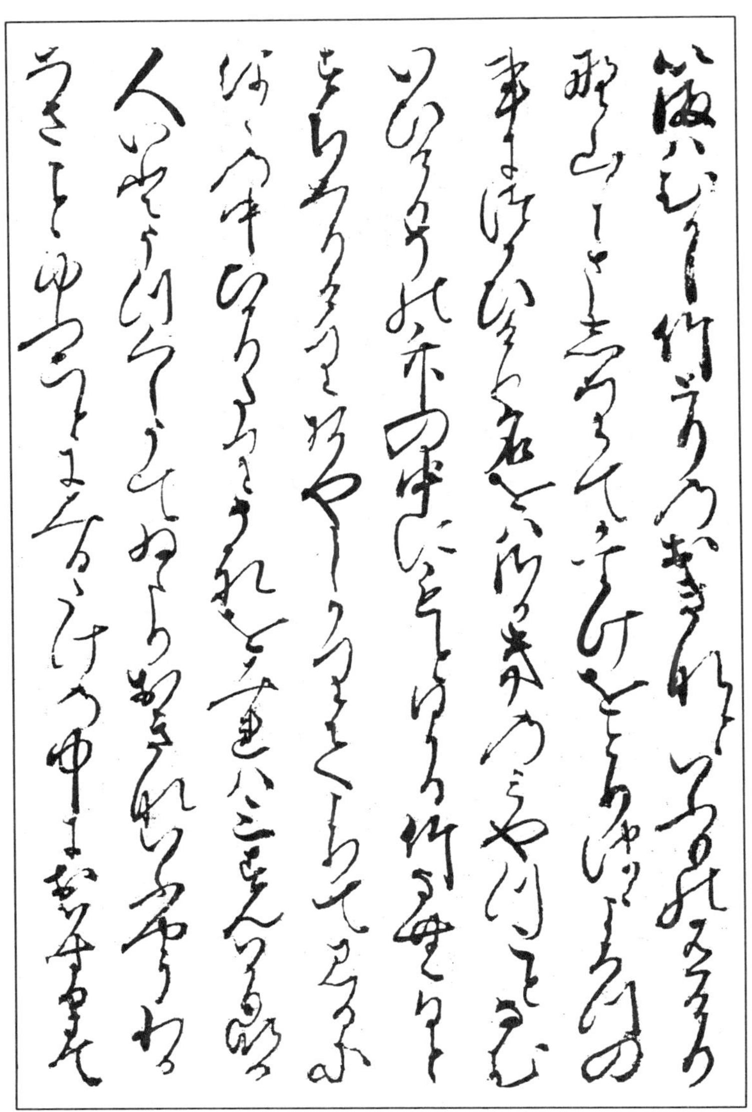

竹取物語 【11-1】

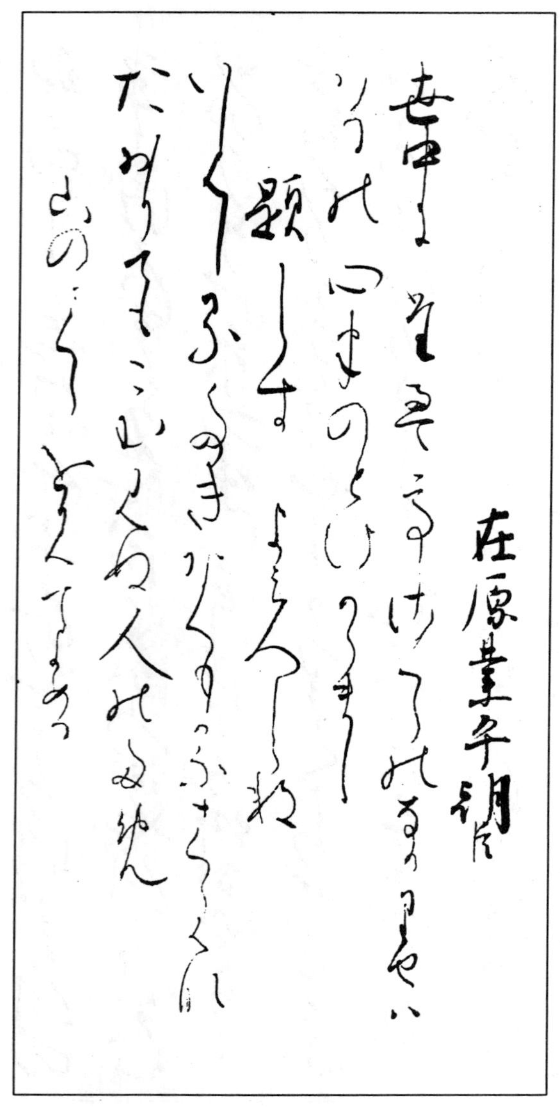

古今和歌集【12-1】

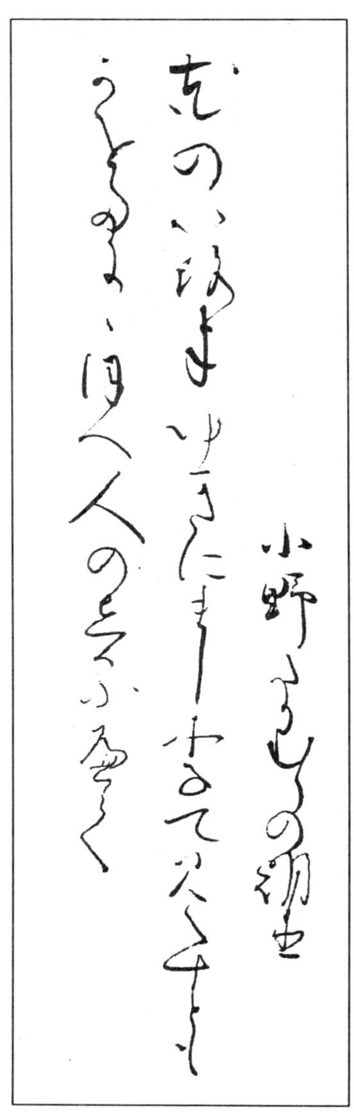

古今和歌集【12-2】

古今和歌集【12-3】

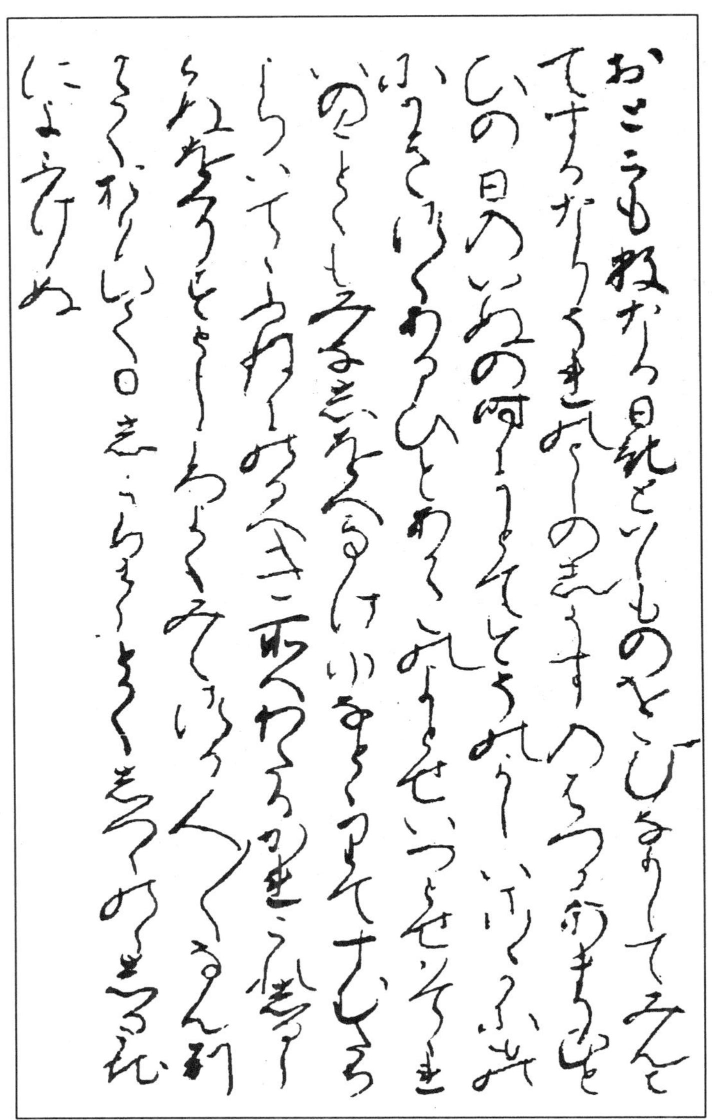

土佐日記【13-1】

伊勢物語 【14-2】

伊勢物語【14-3】

伊勢物語 【14-4】

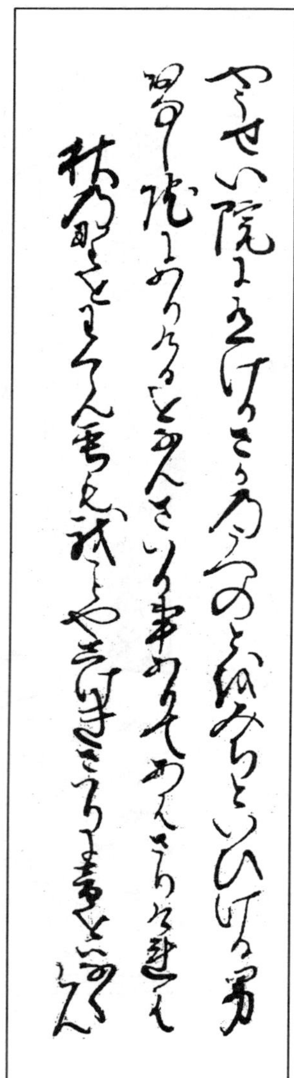

大和物語【15-1】

大和物語【15-2】

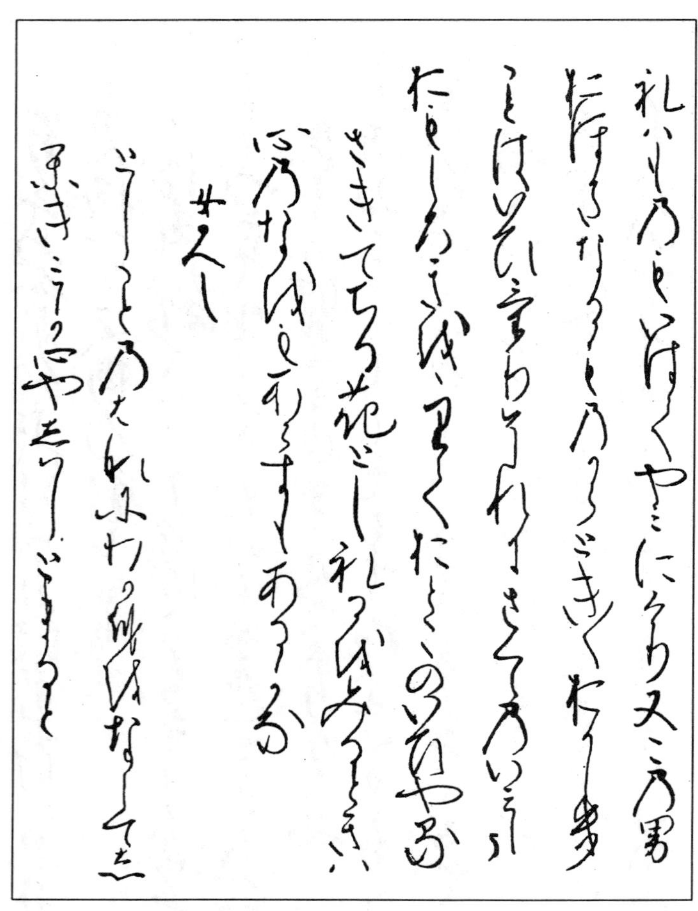

平中物語 【16-1】

宇津保物語【17】

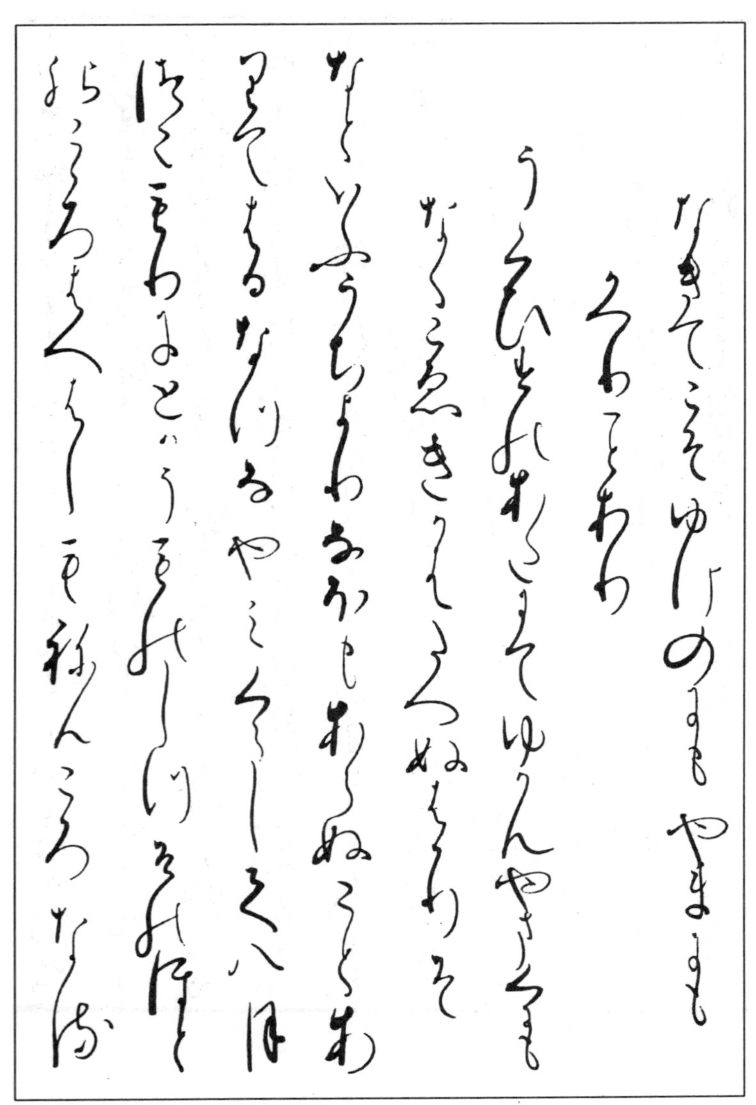

蜻蛉日記【19】

三五　顔偁言要、臨命終令佗特遷相開暁、為稱弥陀
名号願生極楽、聲相次使成十念、上所言十
念雖有多揮、世一心十遍稱念南无阿弥陀
仏謂之十念、此義順徃文、餘如下斯文、
次臨終劫念額善女同行有具志者、為順化教為
排礼生涯涂者、初来向病床、幸垂勸進矢、但勸

源氏物語 【24-1】

源氏物語【24-2】

源氏物語 【24-3】

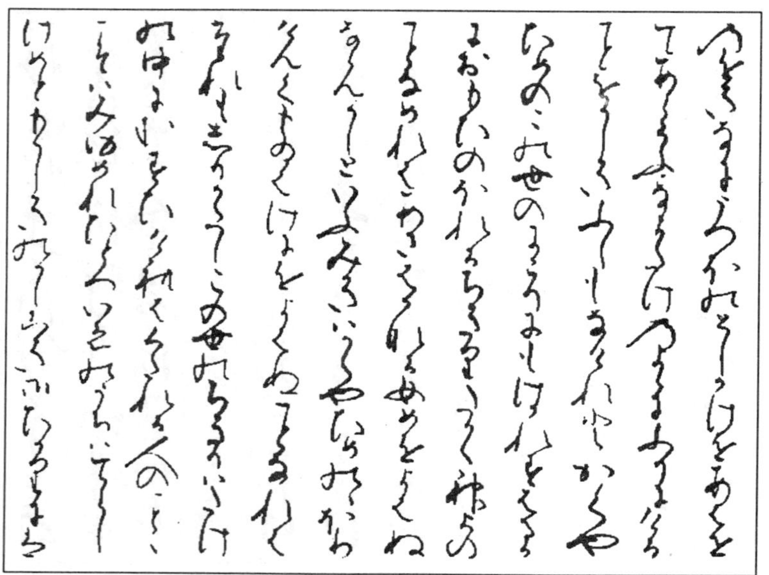

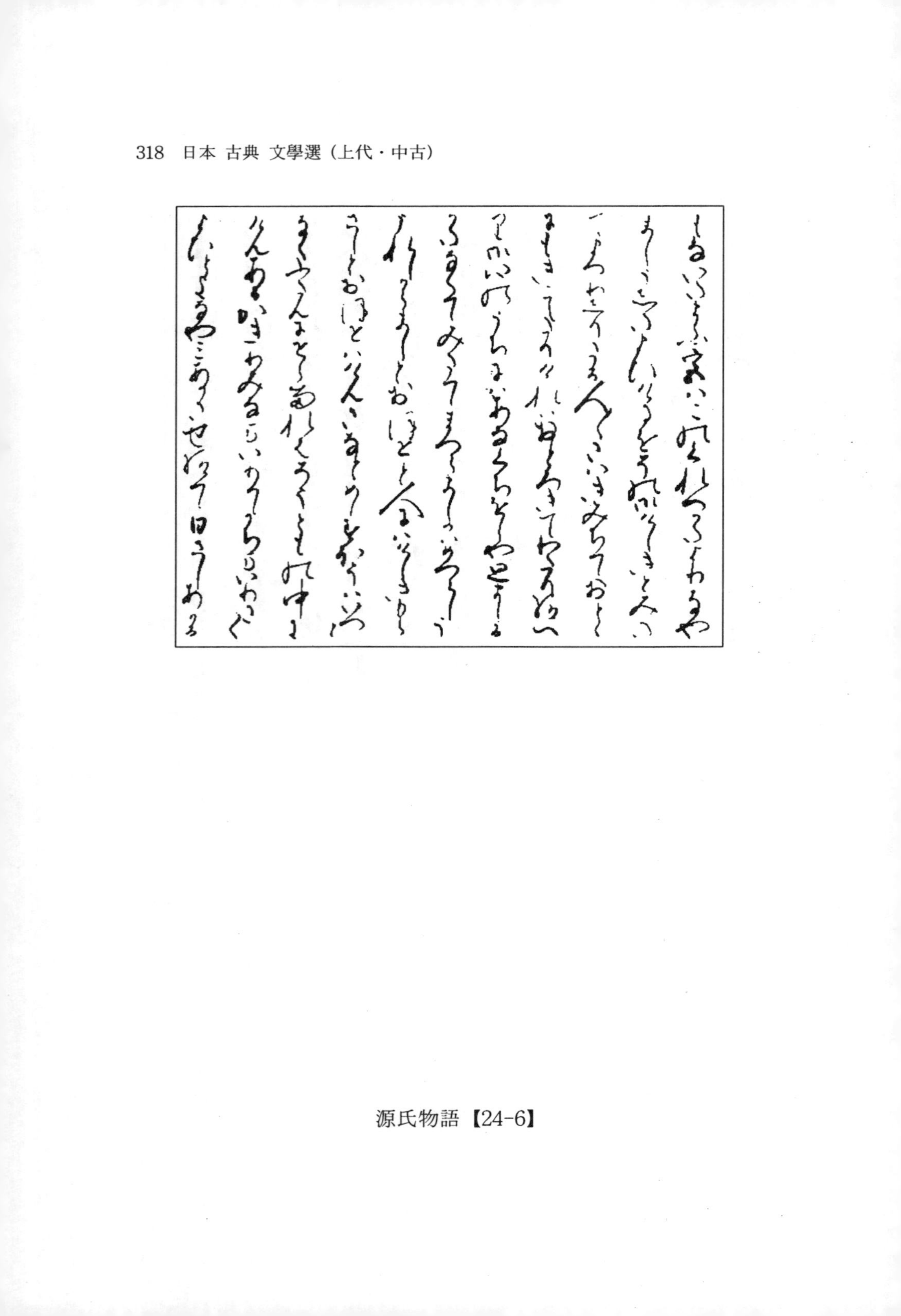

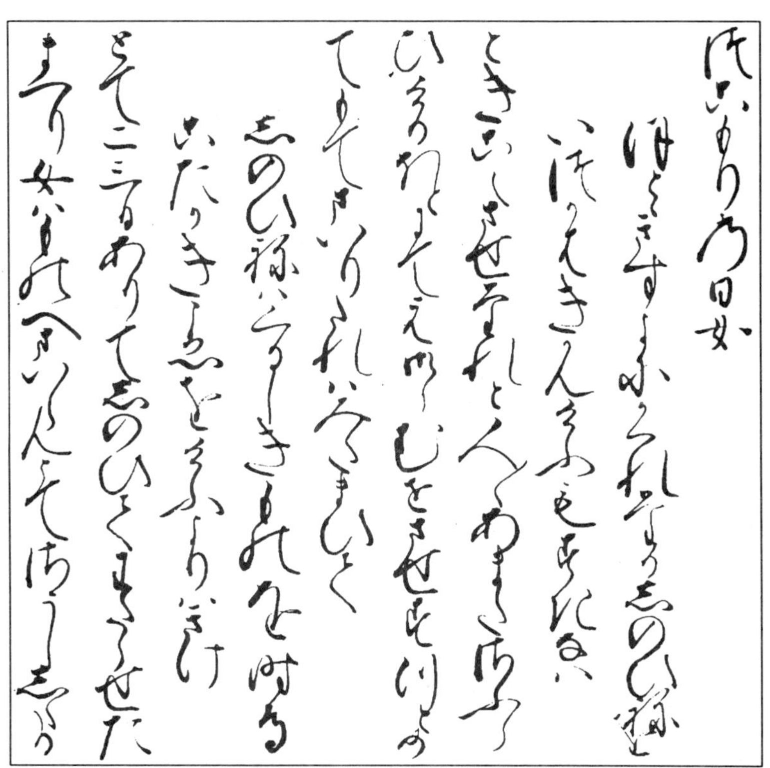

和泉式部日記 【26】

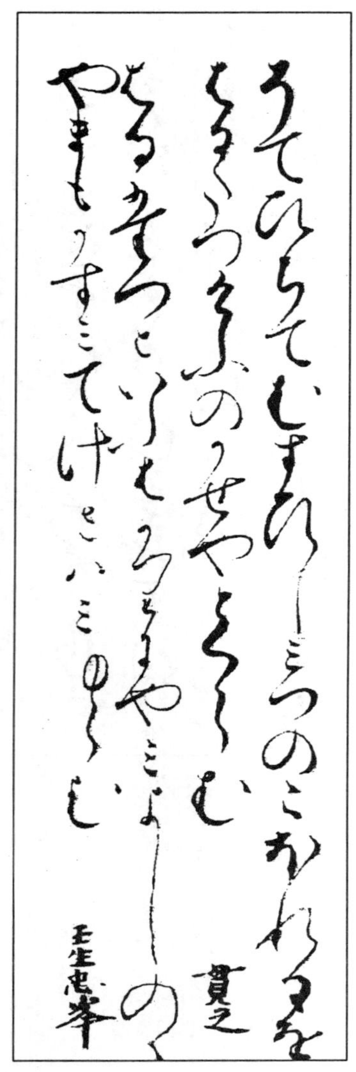

和漢朗詠集 【28-1】

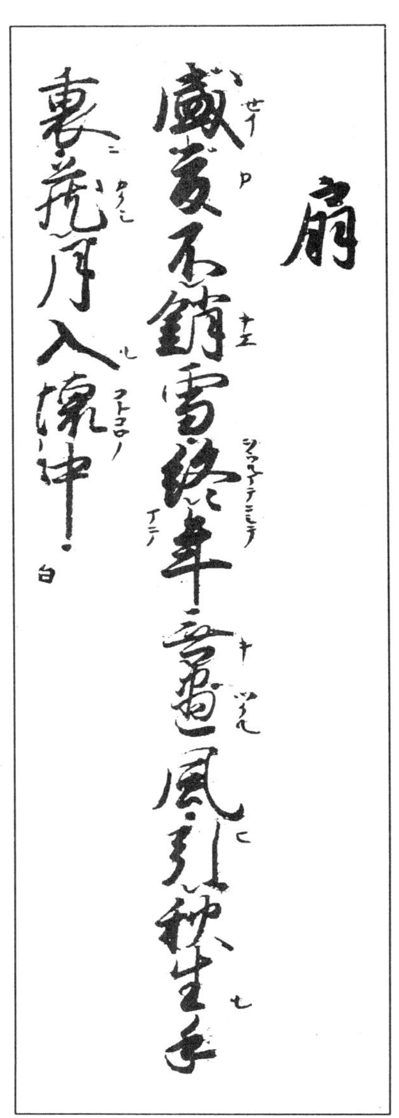

和漢朗詠集【28-2】

沙汀・紅鯉白鷺・小橋小舡・平生所好盡在
中況乎春有東岸之楊細煙嫋娜夏有
北戸之竹清風颯然秋有西窓之月可以披書
冬有南簷之日可以炙背乎行年漸垂五旬
適有少宅蝸女其舎風巢其縫鷃住小枝不
望鄧林之大蛙在曲井不知滄海之寛家主

本朝文粹【29】

堤中納言物語 【30】

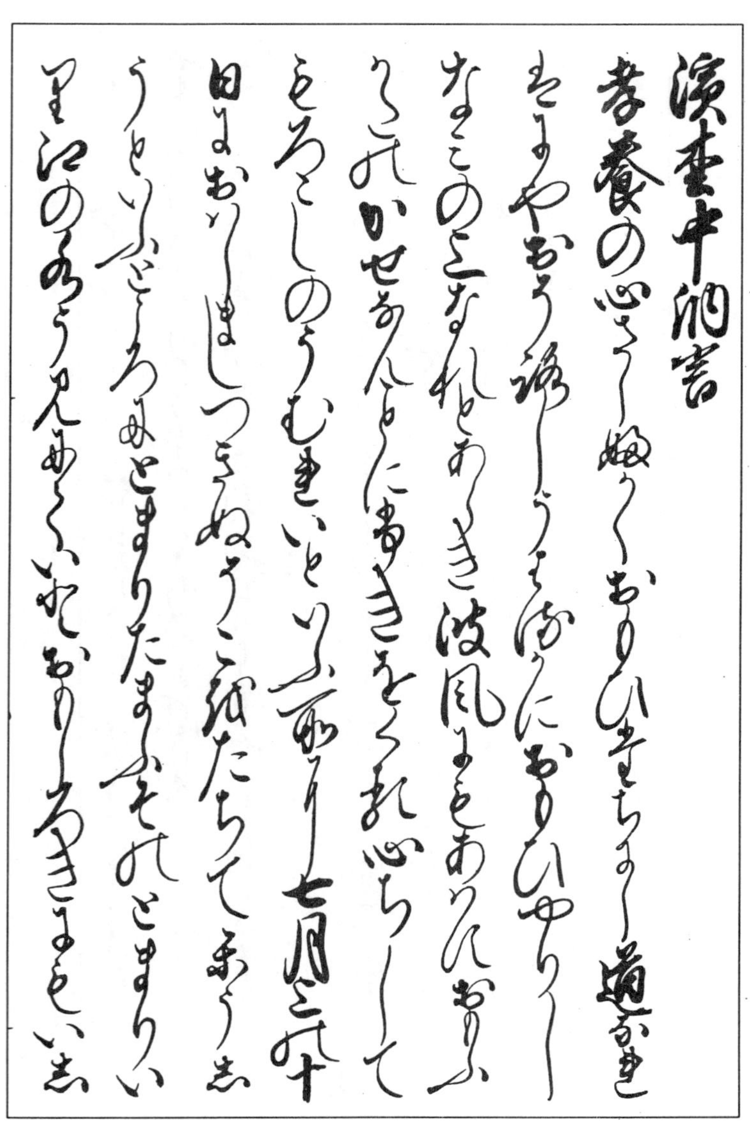

浜松中納言物語 【32】

狭衣巻第一之上

栄花物語【35】

源頼信朝臣男頼義射殺馬盗人語第十二

今昔河内前司源頼信朝臣ト云兵有キ東ニ吉キ

馬持タリ聞ケル者ノ許ニ此頼信朝臣乞ニ遣ハ

馬ノ主難辞シテ其馬ヲ上ニ次道ニテ馬盗人有テ此ノ

馬ヲ見テ極メテ欲ク思ハセ捕テ盗ムト思テ蜜ニ付テ

上ニケル此ノ馬ニ付テ上ル兵共ノ緩ム事ノ無カリケ盗

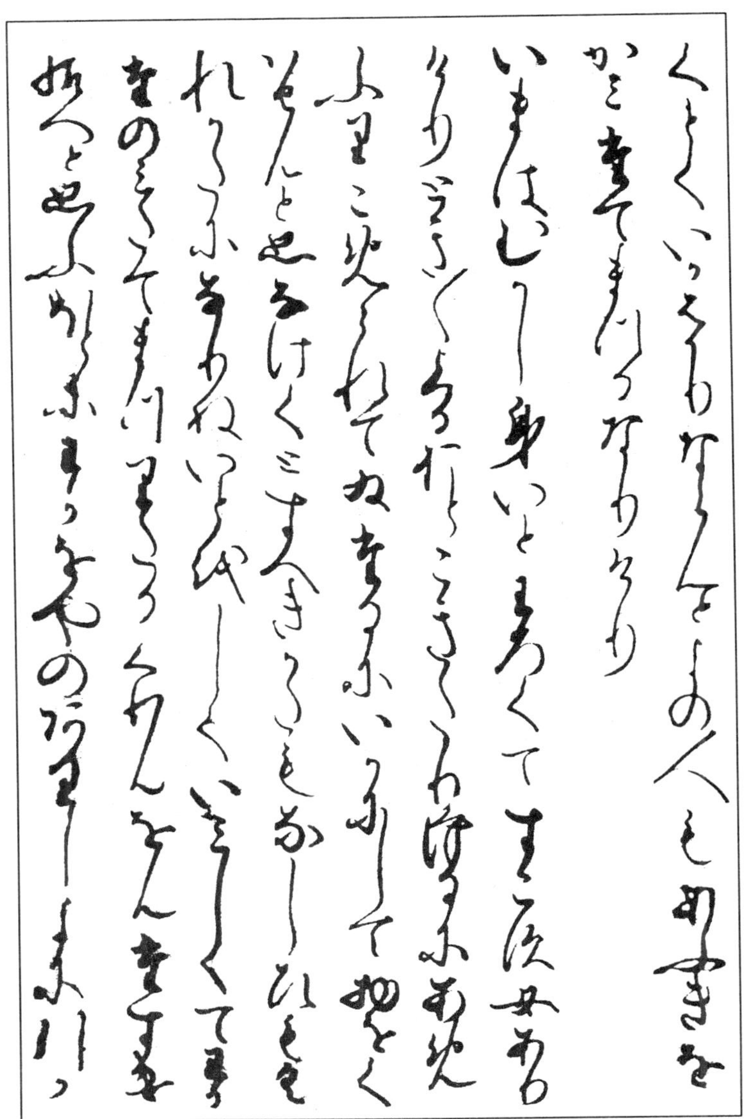

古本説話集【41-1】

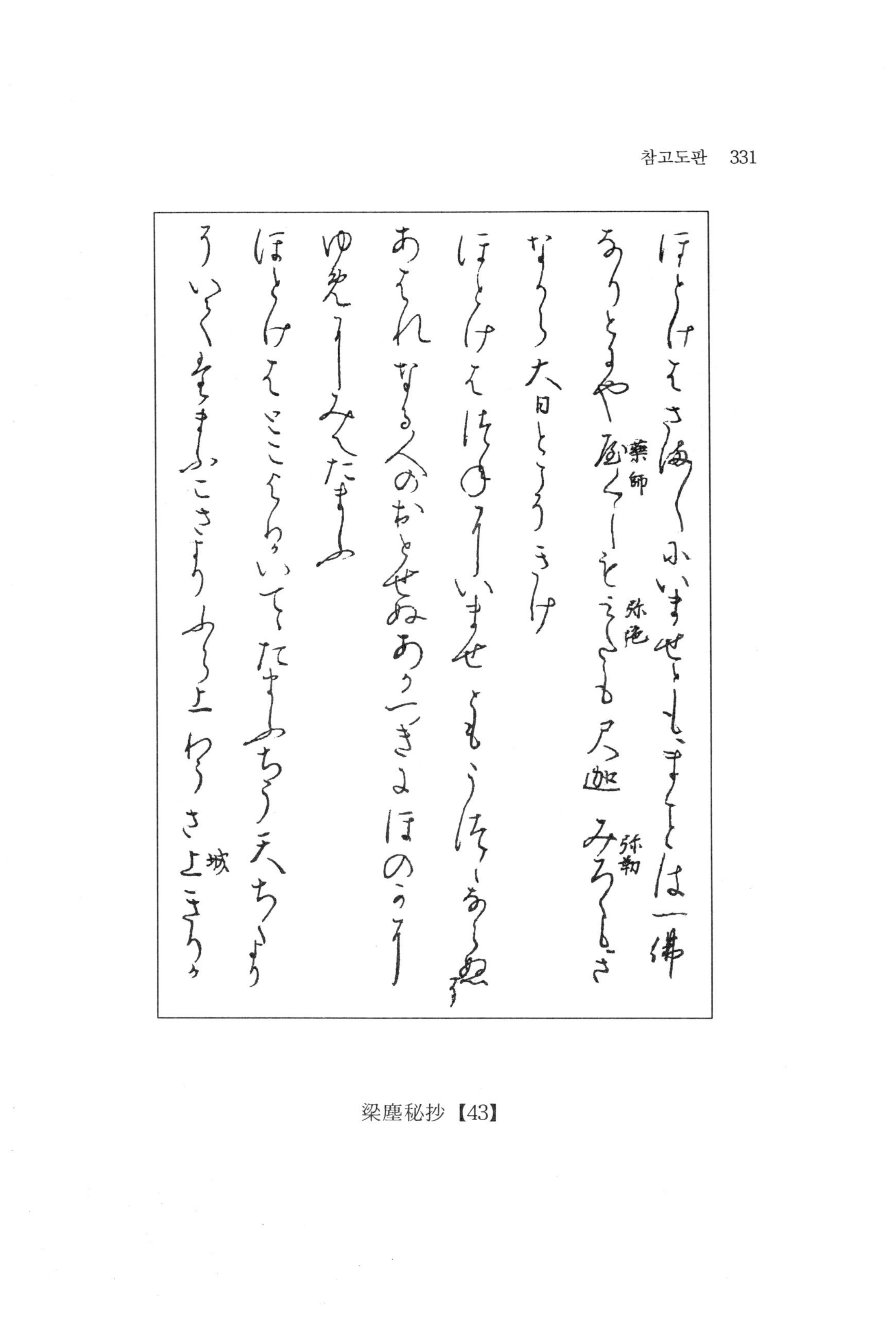

梁塵秘抄【43】

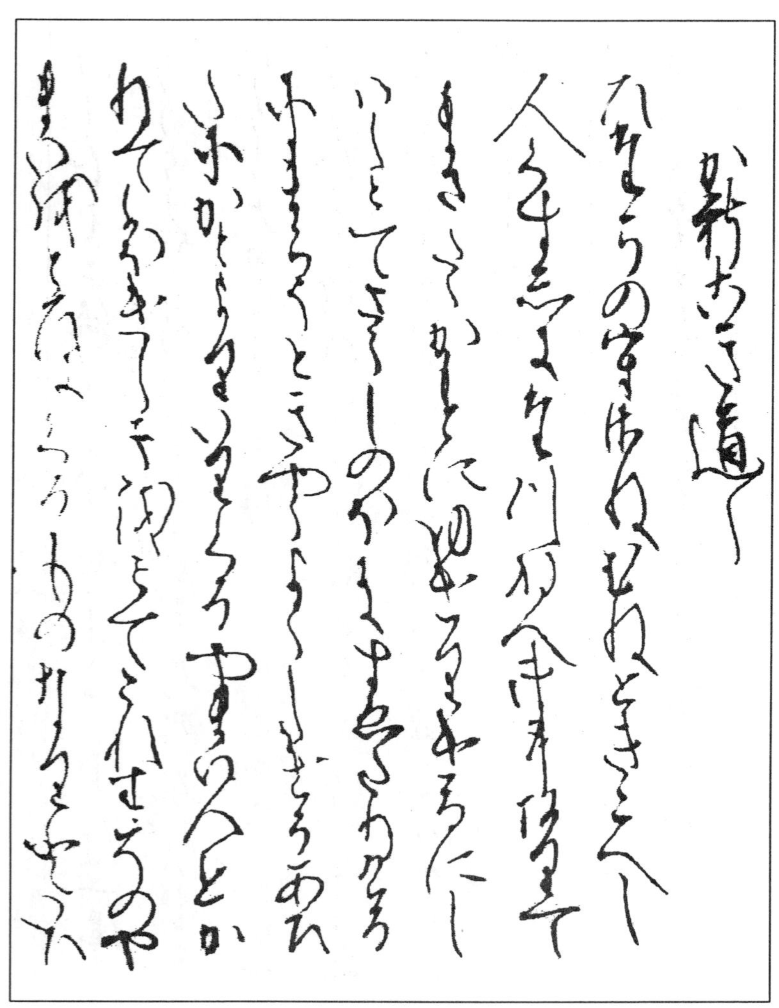

今鏡【44】

寶物集一

宝物集【45】

지 도

舊國名　一覧表

東山道（とうさんどう）　陸奥（むつ）（青森・岩手）　羽前（うぜん）（山形）　羽後（うご）（秋田・山形）　陸中（りくちゅう）（岩手・秋田）
陸前（りくぜん）（宮城・岩手）　磐城（いわき）（福島・宮城）　岩代（いわしろ）（福島）　下野（しもつけ）（栃木）
上野（こうずけ）（群馬）　信濃（しなの）（長野）　飛騨（ひだ）（岐阜）　美濃（みの）（岐阜）　近江（おうみ）（滋賀）

北陸道（ほくりくどう）　越後（えちご）（新潟）　佐渡（さど）（新潟）　越中（えっちゅう）（富山）　能登（のと）（石川）　加賀（かが）（石川）
越前（えちぜん）（福井）　若狭（わかさ）（福井）

東海道（とうかいどう）　常陸（ひたち）（茨城）　下総（しもふさ）（千葉・茨城）　上総（かずさ）（千葉）　安房（あわ）（千葉）
武蔵（むさし）（東京・神奈川・埼玉）　相模（さがみ）（神奈川）　甲斐（かい）（山梨）　駿河（するが）（静岡）
伊豆（いず）（静岡）　遠江（とおとうみ）（静岡）　三河（みかわ）（愛知）　尾張（おわり）（愛知）　伊勢（いせ）（三重）
伊賀（いが）（三重）　志摩（しま）（三重）

畿内（きない）　山城（やましろ）（京都）　大和（やまと）（奈良）　河内（かわち）（大阪）　和泉（いずみ）（大阪）　摂津（せっつ）（大阪・兵庫）

南海道（なんかいどう）　紀伊（きい）（和歌山・三重）　淡路（あわじ）（兵庫）　阿波（あわ）（徳島）　讃岐（さぬき）（香川）
伊予（いよ）（愛媛）　土佐（とさ）（高知）

山陰道（さんいんどう）　丹波（たんば）（京都・兵庫）　丹後（たんご）（京都）　但馬（たじま）（兵庫）　因幡（いなば）（鳥取）
伯耆（ほうき）（鳥取）　出雲（いずも）（島根）　岩見（いわみ）（島根）　隠岐（おき）（島根）

山陽道（さんようどう）　播磨（はりま）（兵庫）　美作（みまさか）（岡山）　備前（びぜん）（岡山）　備中（びっちゅう）（岡山）　備後（びんご）（広島）
安芸（あき）（広島）　周防（すおう）（山口）　長門（ながと）（山口）

西海道（さいかいどう）　筑前（ちくぜん）（福岡）　筑後（ちくご）（福岡）　豊前（ぶぜん）（福岡・大分）　豊後（ぶんご）（大分）
肥前（ひぜん）（佐賀・長崎）　肥後（ひご）（熊本）　日向（ひゅうが）（宮崎）　薩摩（さつま）（鹿児島）
壱岐（いき）（長崎）　対馬（つしま）（長崎）　琉球（りゅうきゅう）（長崎・沖縄）

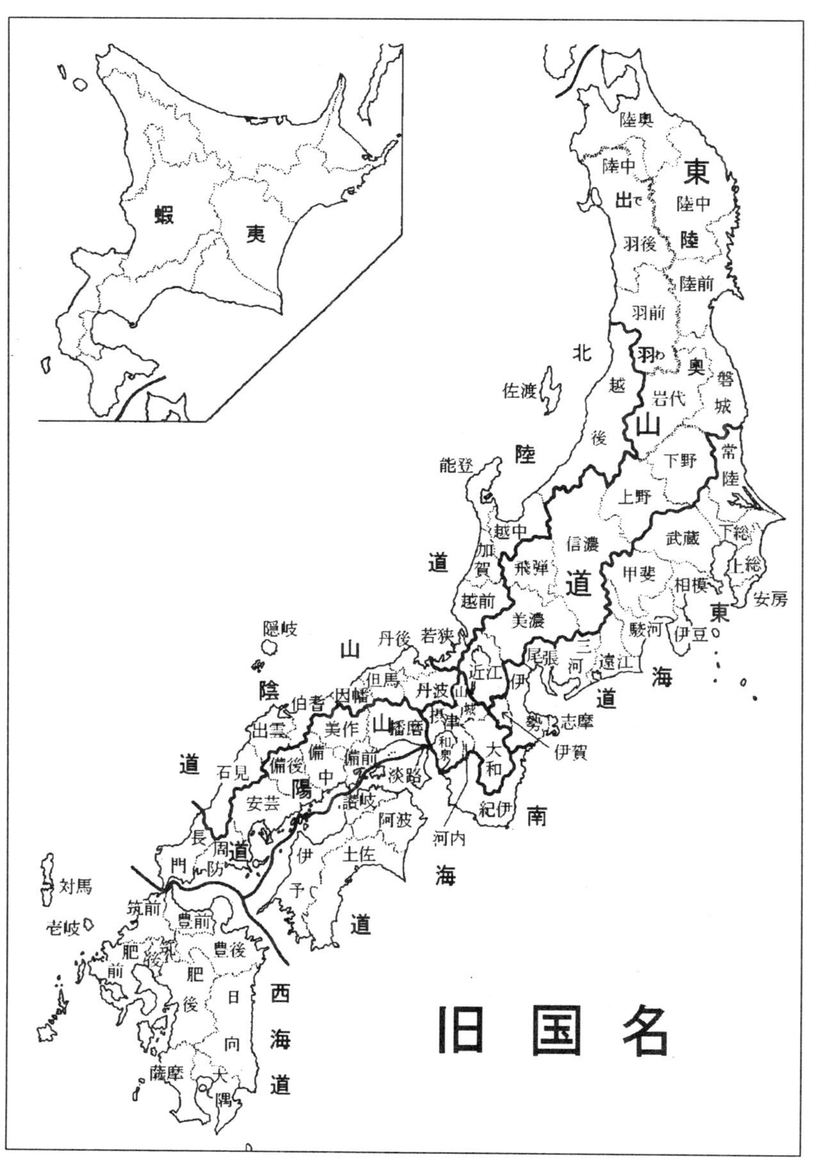
蝦夷
陸奥
陸中
出で
羽後
東
陸
中
陸前
羽前
奥
羽わ
岩代
磐城
北
佐渡
越
後
山
常陸
下野
上野
下総
上総
能登
陸
武蔵
甲斐
相模
安房
越中
信濃
道
加賀
飛弾
東
越前
美濃
甲斐
駿河
伊豆
海
隠岐
山
丹後
若狭
近江
尾張
三河
遠江
道
陰
伯耆
因幡
但馬
丹波
山城
伊勢
志摩
出雲
美作
山
摂津
和泉
大和
伊賀
道
石見
備中
備前
淡路
紀伊
南
安芸
陽
讃岐
河内
海
長
周
道
防
阿波
伊
土佐
道
門
予
対馬
筑前
豊前
壱岐
肥
豊後
前
肥
後
西
日
海
薩摩
向
道
大隅
旧　国　名

平安京条坊図

一条大路
正親町
土御門大路
鷹司
近衛
勘解由
中御門大路
春日
大炊御門
冷泉
二条大路
押小路
三条坊門
姉小路
三条大路
六角
四条坊門
錦小路
四条大路
綾小路
五条坊門
高辻
五条大路
樋口
六条坊門
楊梅
六条大路
佐女牛
七条坊門
北小路
七条大路
塩小路
八条坊門
梅小路
八条大路
針小路
九条坊門
信濃小路
九条大路
大内裏
朱雀門
朱雀大路
羅生門
賀茂川
西京極大路
桂川
無差
山小路
菖蒲
大辻大路
恵止利
馬代
宇多
道祖大路
野寺
西堀川
西靱負
西大宮大路
西櫛笥
皇嘉門大路
西坊城
壬生大路
坊城
櫛笥
大宮大路
南市門
堀川
油小路
西洞院大路
町尻
室町
烏丸
高倉
東洞院大路
万里小路
富小路
東京極大路

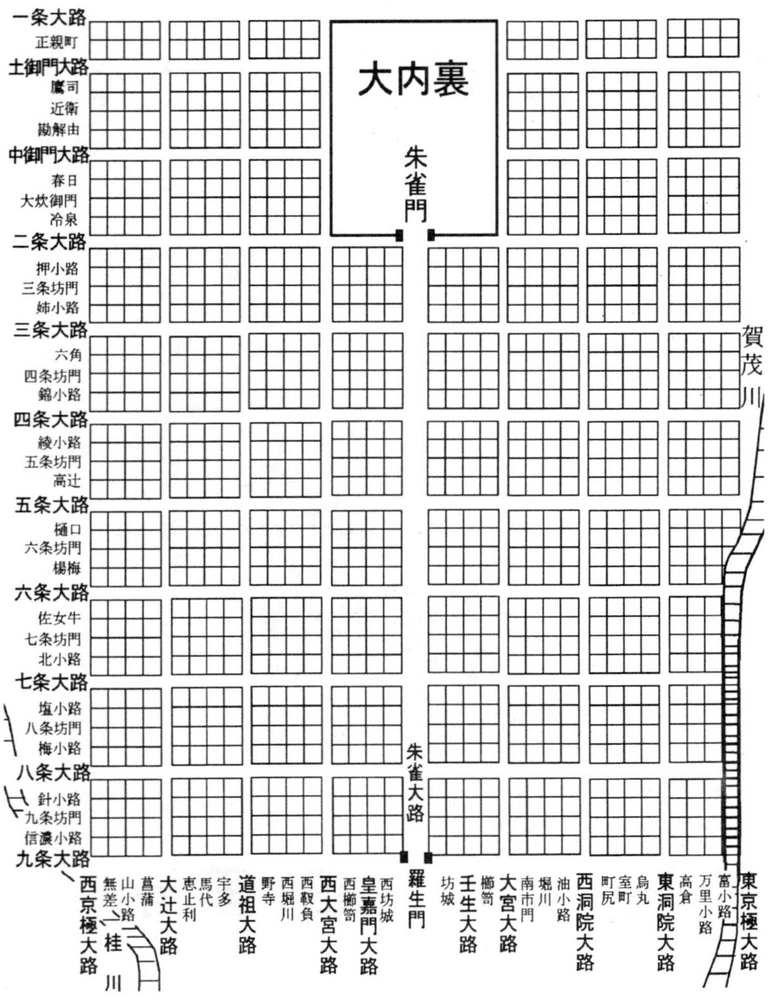

平安京大内裏図

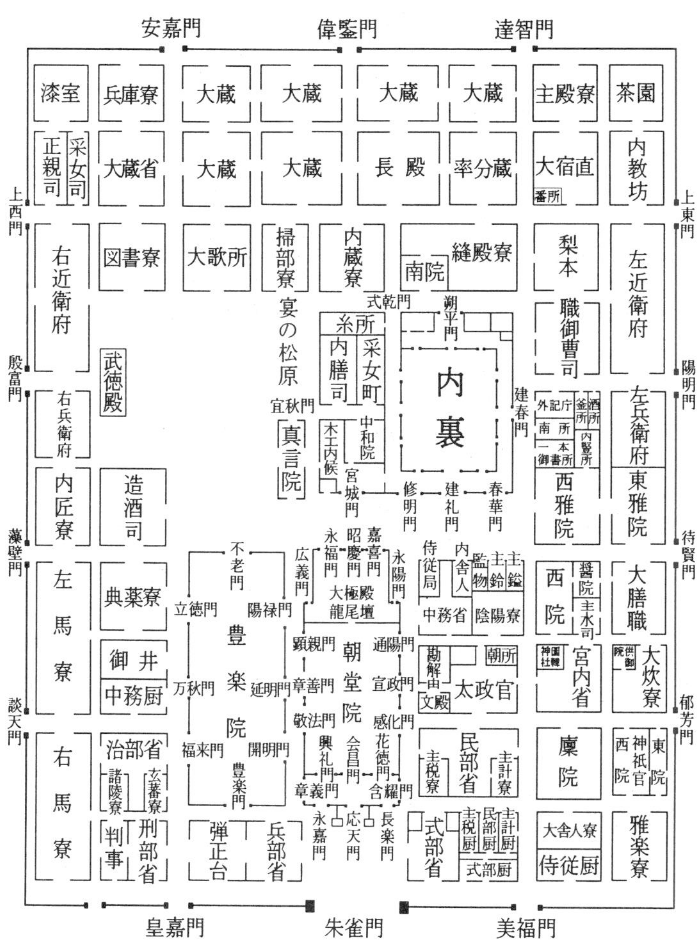

平安京大内裏図

内　裏

蘭林坊
朔平門
玄輝門
桂芳坊
華芳坊
徽安門
安喜門
襲芳舎
登花殿
貞観殿
宣耀殿
淑景北舎
凝華舎
常寧殿
淑景舎
遊義門
弘徽殿
麗景殿
昭陽北舎
飛香舎
昭陽舎
嘉陽門
滝口の陣
承香殿
温明殿
陰明門
後涼殿
清涼殿
仁寿殿
綾綺殿
宣陽門
建春門
右兵衛陣
左兵衛陣
蔵人所
町屋
校書殿
弓場殿
紫宸殿
宣陽殿
御奧宿
武徳門
橘
（운향과의 상목
소교목）
桜（벚꽃）
日華門
延政門
造物所
進物所
安福殿
月華門
春興殿
造物所
承明門
永安門
長楽門
修明門
建礼門
春華門

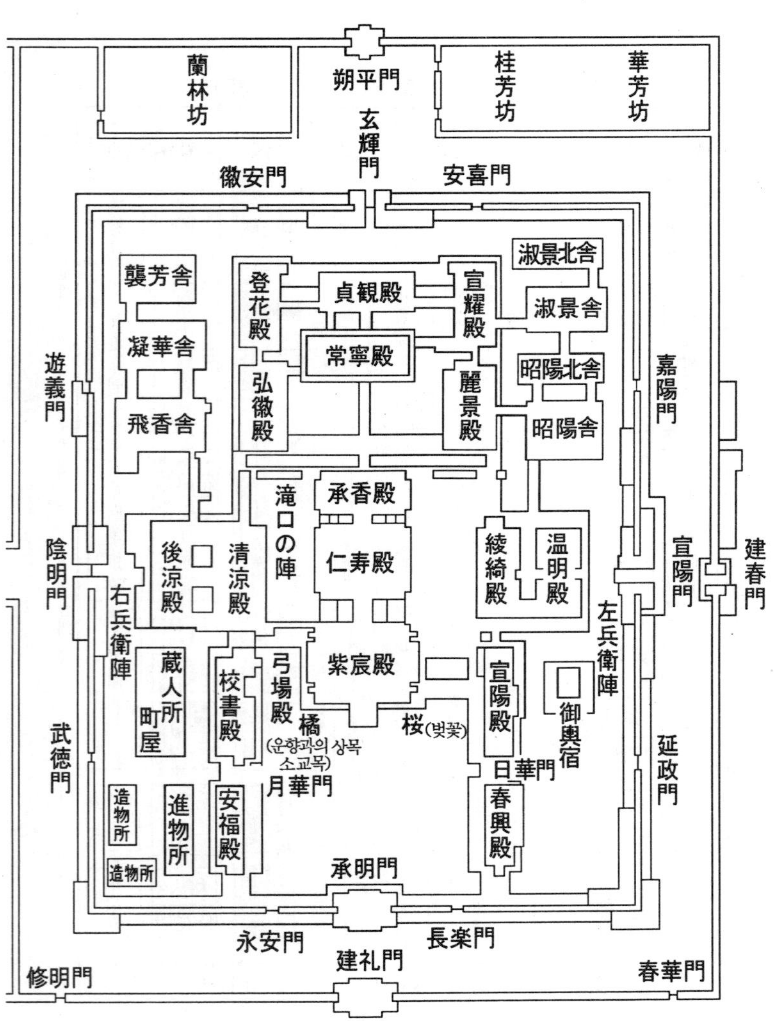

1尼削ぎ

2振分髪

3十二単

4十二単

5裳

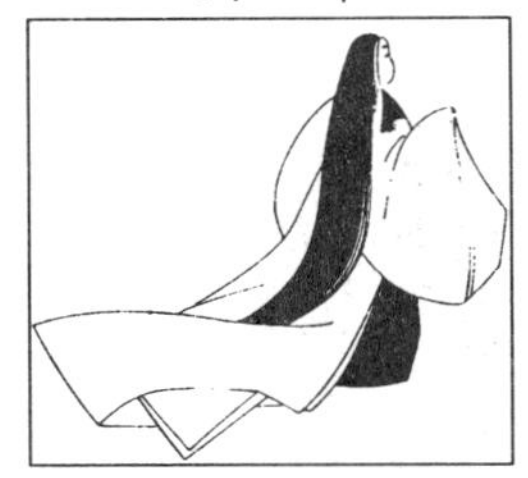

6 袿

7小袿

8背子裳(唐衣와 裳)

9打ち掛け

10腰巻き

11小袖

12襖袴

13文官束帯

14武官束帯

15衣冠

16衣冠

17直衣

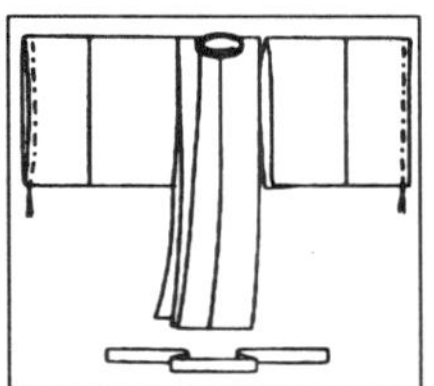

19狩衣

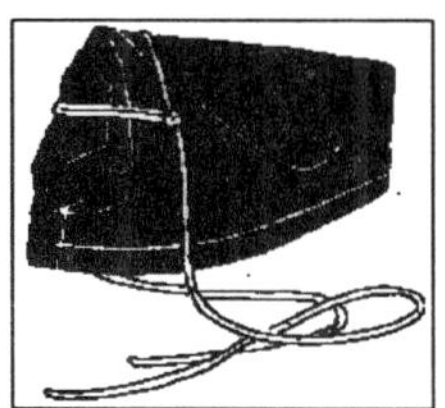

21烏帽子

23指貫

18直衣

20水干(水干와 小袴)

22烏帽子

24胡籙

25 <ruby>夷廻<rt>えびすまわ</rt></ruby>し

26 <ruby>寝殿造<rt>しんでんづく</rt></ruby>り

27 <ruby>透垣<rt>すいがい</rt></ruby>

28 <ruby>妻戸<rt>つまど</rt></ruby>

29 <ruby>格子<rt>こうし</rt></ruby>

30 <ruby>几帳<rt>きちょう</rt></ruby>

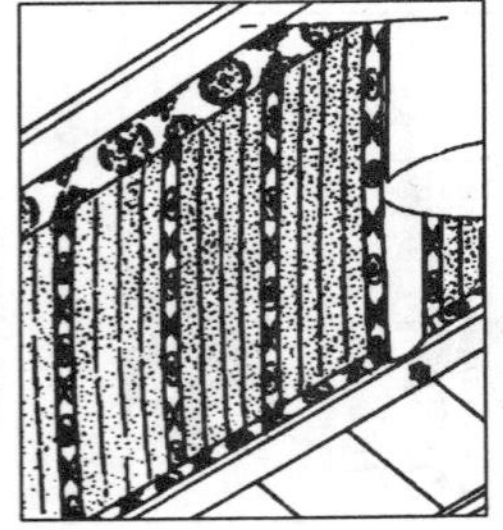

31 <ruby>御簾<rt>すみ</rt></ruby>

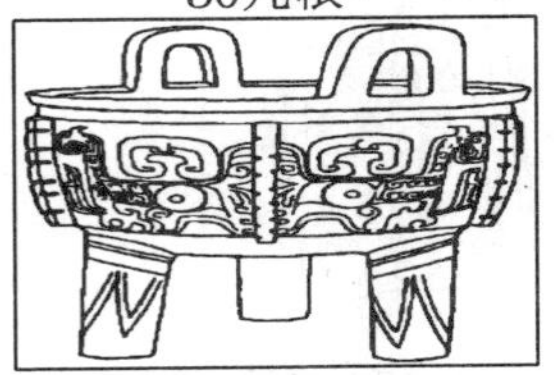

32 <ruby>鼎<rt>かなえ</rt></ruby>

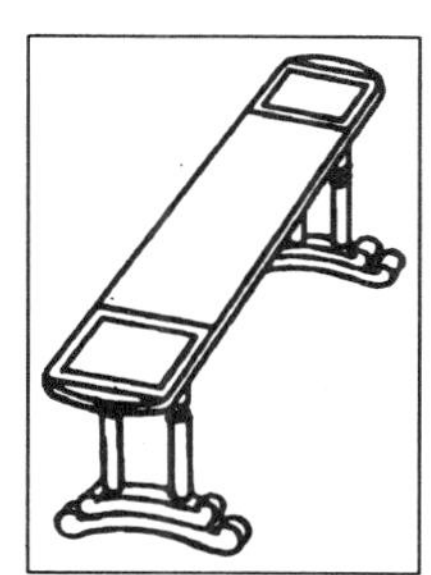

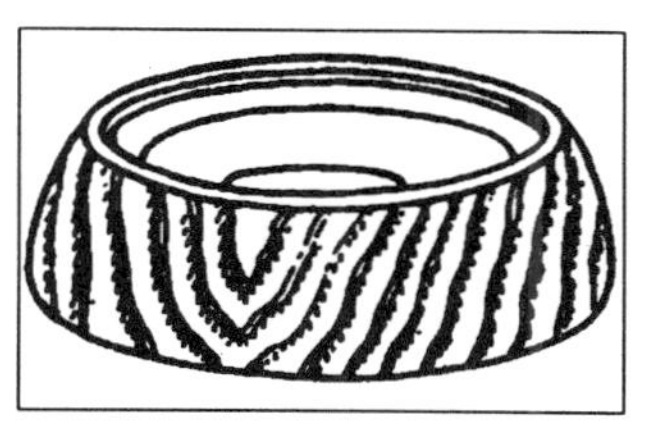

34 火桶（ひおけ）

33 脇息（きょうそく）

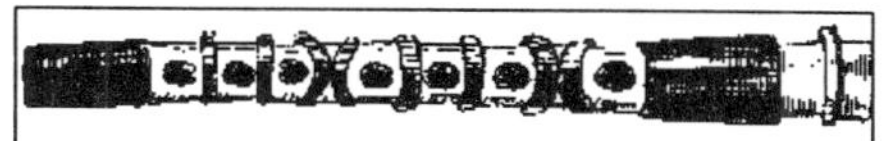

36 篳篥（ひちりき）

35 伏籠（ふせご）

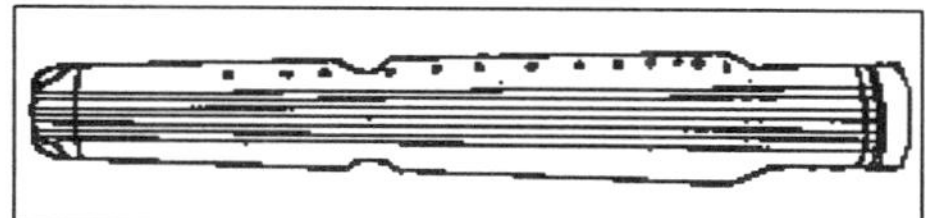

37 和琴（わごん）

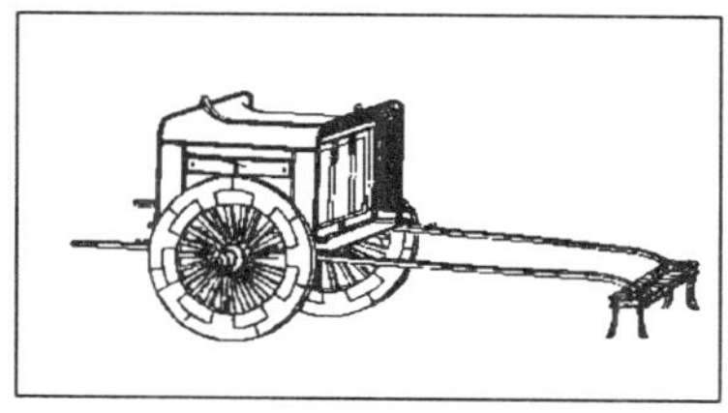

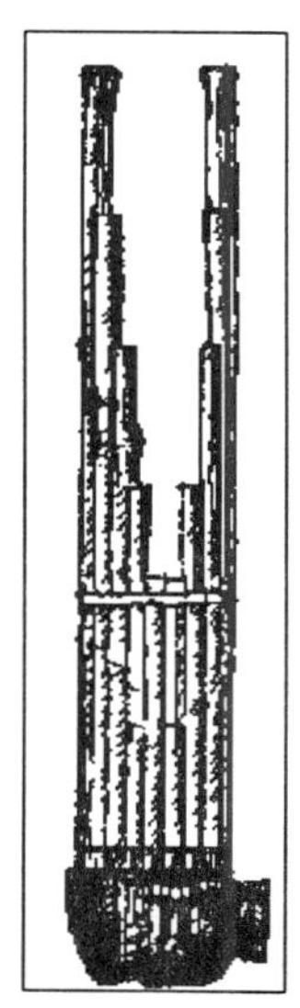

39 牛車（ぎっしゃ）

38 笙（しょう）

일본 문학사 연표

(上代・中古)

西暦	年　号	天皇	文　　学	作者・事件・参考
			祭祀・労働 等의 歌謡 神話・説話・伝説・祝詞・宣命의 구전 전승 記紀歌謡・風土記・万葉集・古語拾遺・ 琴歌譜의 歌謡	
552	壬申13	欽明		백제로 부터 불교가 전래(일설에는 538) 聖徳太子17条의 憲法 제정(604)
658	斉明4	斉明	万葉集1기(舒明天皇・額田王) 600〜672	舒明天皇(641) 有間皇子의 모반(658) 蘇我入鹿 암살(645) 大化改新　(646)
663	白雉13	天智		捕生野遊猟 有間皇子몰(658) 백제 구원 출병(661) 白村江 대패(663)
668	白雉18	天智		防人와 烽를 설치(664) 近江천도(667)
681	白雉31	天武	帝記・上古의 여러 일들을 기록하게 함(682)	藤原鎌足몰(669) 天智天皇몰(671) 壬申의 난(672) 飛鳥浄御原천도(672)
686	朱鳥1	持統	万葉集2기（柿本人麻呂・高市黒人） 673〜710	撰善言司를 설치 天武天皇몰(686) 大津皇子의 모반(686) 大津皇子몰(686)

689	朱鳥 4	持統		藤原京 천도(694)
697	朱鳥12	文武	최초의 宣命(文武天皇 즉위)	
701	大宝 1	文武	古歌集 柿本人麻呂歌集	大宝律令 발포 (701) 大伯皇女몰(701) 持統天皇몰(702)
712	和銅 5	元明	古事記 歌謡 古事記(太安万侶)	平安京 천도(710)
715	霊亀 1	元正	播磨国風土記 常陸国風土記	養老律令 반포 (718)
720	養老 4	元正	日本書紀 歌謡 日本書紀(舎人親王)	藤原不比等몰 (720) 3月 농민들은 궁 핍함을 견디다 못해 도망가는 자가 많아짐(720)
721	養老 5	元正	風土記 歌謡	太安万侶몰(723) 大伴旅人몰(731)
732	天平 4	聖武	高橋虫麻呂歌集 万葉集3기 (山部赤人·山上憶良·大伴旅人·高橋虫麻呂) 711~733	
733	天平 5	聖武	出雲国風土記 笠金村歌集 類聚歌林(山上憶良)	山上憶良몰(733) 舎人親王몰(735) 藤原宇合몰(737) 葛城王을 신하의 신분으로 하여 橘 씨라는 성을 하사함
742	天平14	聖武	続日本書紀 歌謡 万葉集4기 (大伴家持·大伴坂上郎女) 734~759	
748	天平20	聖武	田辺福麻呂歌集	

751	天平 勝宝3	孝謙	懐風藻	
752	天平 勝宝4	孝謙	仏足石歌	東大寺大仏開眼 (752)
755	天平 勝宝7	孝謙	防人の歌(万葉集巻20)	
759	天平 宝字3	淳仁	万葉集(759년 이후 최종작품)	唐, 安禄山의 난 (762) 李白몰(762) 杜甫몰(770)
772	宝亀3	光仁	歌経標式(藤原浜成) 高橋氏文(789)	長岡京천도(784) 大伴家持몰(785) 最澄 延暦寺창건 (788) 藤原浜成몰(790)
794	延暦13	桓武		平安천도(794)
797	延暦16	桓武	三教指帰(空海) 万葉集완성? 続日本紀(菅野真道)	最澄 귀국, 天台宗를 전함 (805) 空海 귀국, 真言宗를 전함 (806)
807	大同2	平城	古語拾遺(斎部広成)	藤原薬子의 난 (810)
814	弘仁5	嵯峨	凌雲集(小野岑守 등)	菅野真道몰(814)
818	弘仁8	嵯峨	文華秀麗集(藤原冬嗣 등)	
819	弘仁10	嵯峨	文鏡秘府論(空海809〜820경)	
820	弘仁11	嵯峨	日本霊異記(景戒)(810〜824년) 文筆 眼心抄(空海)	最澄몰(822)

827	天長 4	淳和	経国集(良岑安世 등)	藤原冬嗣몰(826) 小野岑守・良岑安世몰(830)
835	承和 2	仁明	性霊集(空海)	空海몰(835) 小野 篁 몰(852) 藤原関雄몰(853)
841	承和 3	仁明	日本後紀(藤原冬嗣 등)	承和의 난(842)
869	貞観11	清和	続日本後紀(藤原良房 등)	藤原基経의 섭정(872)
879	元慶 3	陽城	都氏文集(都良香) 文徳実録(藤原基経 등)	都良香몰(879)
880	元慶 4	陽城		在原業平몰(880) 女六歌仙의 활약
884	元慶 8	光孝	在民部卿家歌合	
889	寛平 1	宇多	寛平 御時 后 宮歌合(~893)	
893	寛平 5	宇多	新撰万葉集상권 菅家万葉集(菅原道真)	遍昭(良岑宗正)몰(890)
894	寛平 6	宇多	句題和歌集(大江千里)	菅原道真의 건의로 遣唐使파견 금지 (894)
900	昌泰 3	醍醐	竹取物語(910년 이전 성립) 菅家文草(菅原道真) 三代実録(藤原時平 등)	藤原敏行몰(901)
903	延喜 3	醍醐	菅家後草(菅原道真)	菅原道真몰(903)
905	延喜 5	醍醐	古今和歌集(紀貫之・紀友則 등) 古今和歌集仮名序(紀貫之)	延喜式편찬 시작(905)
907	延喜 7	醍醐		藤原国経몰(908) 당나라 멸망(907)
913	延喜13	醍醐	亭子院歌合　新撰万葉集하권	紀淑望몰(919)
921	延喜21	醍醐	神楽譜　　凡河内躬恒集 論春秋歌合	

927	延長5	醍醐	延喜式(祝詞)	藤原兼輔몰(933)
935	承平5	朱雀	土佐日記(紀貫之)	承平의 난(935)
937	承平7	朱雀	伊勢物語 倭名類聚抄(源 順 찬)(931~937)	
939	天慶2	朱雀	貫之家歌合	天慶의 난(939) 将門의 난(平将門가 그의 백부인 平国香와 前常陸大掾 源護를 죽임)(935~940) 藤原純友의 난(940)
940	天慶3	朱雀	将門記	平貞盛·藤原秀郷·平将門 죽음(940) 藤原純友 죽음(940)
945	天慶8	朱雀	伊勢物語 이 때까지 증보 和歌体十種(壬生忠岑) 新撰和歌集(紀貫之)	紀貫之몰(945)
951	天暦5	村上	大和物語 後撰和歌集 찬집 시작 (源 順 등)	梨壺에 和歌所설치 大江朝綱몰(957)
960	天徳4	村上	平中物語(965이전) 多武峯少将物語 이 때쯤 성립 天徳内裏歌合	清涼殿 앞에서 猿楽 관람(965) 安和의 난(969)
974	天延2	円融	宇津保物語 (970~999 사이) 蜻蛉日記(藤原道綱의 母)	藤原伊尹몰(972)
981	天元4	円融	琴歌譜	
982	天元5	円融	古今和歌六帖	
983	永観1	円融		源 順 몰(983)
984	永観2	円融	三宝絵(源為憲)	

985	寛和1	花山	往生要集(源信)	
987	永延1	一条	落窪物語	清原元輔 몰(990) 大中臣能宣 몰(991)
997	長徳3	一条	日本往生極楽記(慶滋保胤) 拾遺集	藤原道綱의 母 몰(995) 藤原道長 左大臣가 됨(996)
999	長保1	一条	曾丹集(曾根好忠)	
1000	長保2	一条	枕草子(清少納言)	
1004	寛弘1	一条	和泉式部日記	
1005	寛弘2	一条	源氏物語 일부 완성(紫式部) 拾遺和歌集(花山法皇 또는 藤原公任)	藤原氏의 융성기
1008	寛弘5	一条	紫式部日記(1007년까지의 기록) 本朝麗草(高階積善)	大江匡衡 몰(1012) 源 為憲 몰(1011)
1013	長和2	三条	栄花物語上巻(赤染衛門) 和漢朗詠集(藤原公任)	紫式部 몰(1014?) 藤原道長의 섭정 시작(1016) 清少納言 몰(1025)
1028	長元1	後一条		藤原道長 몰(1027) 富士山 분화(1032)
1035	長元8	後一条	賀陽院水閣歌合	
1037	長暦1	後朱雀	本朝法華験記(鎮源) 本朝文粋(藤原明衡)1045년경까지 완성?	伊勢神宮·延暦寺 強訴(1039)
1041	長久2	後朱雀	新選髄脳(藤原公任) 和歌九品(藤原公任)	藤原公任 몰(1041) 末法思想 유행(1051)(해설) 宇治平等院 건립(1052)
1055	天喜3	後冷泉	堤中納言物語 六条斎院家物語歌合	

1060	康平3	後冷泉	夜の寝覚 浜松中納言物語 更級日記(菅原孝標女)	
1073	延久5	白河	成尋阿闍梨母集	成尋阿闍梨母몰 (1073)
1074	承保1	白河	狭衣物語	
1077	承暦1	白河		源 隆国몰(1077)
1086	応徳3	白河	後拾遺和歌集(藤原通俊)	堀河天皇즉위, 白河法皇의 院政 시작(1086)
1092	寛治6	堀河	栄花物語하권(1107년까지 완성)	白河法皇 출가 (1096) 源 経信몰(1097) 鳥羽殿에서 田楽 행해짐
1104	長治1	堀河	江談抄(大江匡房)1104〜1108경 성립	
1107	喜承2	鳥羽	大鏡(〜1123경 까지)	
1109	天仁2	鳥羽	讃岐典侍日記(藤原長子)	大江匡房몰(1111) 源氏物語絵巻 (1119)
1125	天治3	崇徳	今昔物語(1120?) 俊頼髄脳(源 俊頼)	
1127	天治2	崇徳	金葉和歌集(源 俊頼)	
1129	天治4	崇徳	散木奇歌集(源 俊頼)	源 俊頼몰(1129)
1130	大治5	崇徳	古本説話集 打聞集	平忠盛 得長寿院 건조의 功으로 殿上人가 됨
1142	康治1	近衛	新撰朗詠集(藤原基俊)	藤原基俊몰(1142)
1151	仁平1	近衛	詞花和歌集(藤原顕輔)〜1153년까지 완성	
1155	久寿2	近衛	後葉和歌集(藤原為経)	藤原顕輔몰(1155) 後白河天皇즉위 (1155) 保元의 난(1156)

1158	保元3	後白河	袋草子(藤原清輔)	
1164	長寛2	二条	玉葉(九条兼実)집필 개시	
1165	永万1	二条	後詞花和歌集(藤原清輔)	平 清盛太政大臣에 임명(1167) 末法思想유행(1167~9년경)
1169	嘉応1	高倉	梁塵秘抄(後白河院)	
1170	嘉応2	高倉	今鏡(藤原為経)	法然(호는 源空) 淨土宗를 포교(1175)
1177	治承1	高倉	奥儀抄(藤原清輔)	藤原清輔몰(1177) 鹿谷의 난(1177)
1178	治承2	高倉	宝物集(平康頼) 長秋詠藻(藤原俊成) 林葉和歌集(1179)	
1180	治承4	高倉	吾妻鏡(~1266년까지 성립)	源 頼朝・源 義仲 거병(1180) 平清盛몰(1181)
1182	寿永1	安徳	月詣和歌集(賀茂重保)	平家멸망(1185)
1187	文治3	後鳥羽	千載和歌集(藤原俊成)	
1190	建久1	後鳥羽	山家集(西行)	西行몰(1190)
1192	建久3	後鳥羽	とりかへばや物語 六百番歌合	後鳥羽天皇 崩御(1192) 源 頼朝가 鎌倉幕府를 엶(1192)
1195	建久6	後鳥羽	水鏡 이 때까지 성립 (藤原忠親)	
1197	建久8	後鳥羽	古来風体抄(藤原俊成) 無名草子(物語論)	

편집필자

箕輪吉次(미노와 요시쓰구)
早稻田大學문학부 졸업·석사·박사 수료
경희대학교 외국어대학 교수

田阪正則(다사카 마사노리)
靑山學院大學 문학부 졸업
경희대학교 대학원 석사
고려대학교 대학원 박사 수료
경희대학교 외국어대학 교수

집필자

노희진
同志社大學 문학부 졸업
경희대학교 대학원 석사
경희대학교 강사
문학사 연표 담당

신은영
경희대학교 외국어대학 졸업
경희대학교 대학원 석사
昭和女子大學 대학원 박사 과정
萬葉集 古今和歌集 담당

유기숙
경희대학교 외국어대학 졸업
경희대학교 대학원 석사
경희대학교 강사
伊勢物語23단 담당

日本 古典 文學選(上代·中古)

초판 인쇄
1999년 8월 10일
초판 발행
1999년 8월 20일

지은이
箕輪吉次/田阪正則
펴낸이
이 대 현
펴낸곳

圖書出版 亦樂
서울 특별시 중구 필동3가 28-19
(진성빌딩 306호) ⊕100-273
02)2268-8656
FAX.2264-2774

등록
제2-2803호(1999. 4.19)

ISBN 89-950571-2-2-93830

값 12,000원